유빅

Ubik

11
필립 K. 딕 걸작선

유빅
Ubik

◆

김상훈 옮김

폴라북스

글렌 런시터 | 런시터 안심보장사 사장

엘라 런시터 | 글렌 런시터의 죽은 아내. 반생자半生者

헤르베르트 폰 포겔장 | '사랑하는 동포를 위한 모라토리엄' 경영주

죠리 밀러 | 반생자

조 칩 | 런시터 사의 초능력 측정 기술자

G. G. 애시우드 | 런시터 사의 불활성자 스카우터. 텔레파스

레이 홀리스 | 초능력자들의 수령. 런시터의 라이벌

스탠튼 믹 | 투기 금융 업계의 거물

팻 콘리 | 런시터 사의 불활성자. 반反 예지능력자

이디 돈 | 런시터 사의 불활성자. 반 텔레파스

앨 해먼드 | 런시터 사의 불활성자

티피 잭슨 | 런시터 사의 불활성자

존 일드 | 런시터 사의 불활성자

프란체스카 스패니시 | 런시터 사의 불활성자

티토 애포스터스 | 런시터 사의 불활성자

돈 데니 | 런시터 사의 불활성자. 반 재생능력자

새미 먼도 | 런시터 사의 불활성자

웬디 라이트 | 런시터 사의 불활성자

프레드 재프스키 | 런시터 사의 불활성자. 반 염동력자

◑ 차례

토니 바우처에게

Ich sih die liehte heide
in gruner varwe stan
dar suln wir alle gehen,
die sumerzeit enphahen

햇살에 잠긴 숲이 보인다
초록이 무성한 숲이
우리 모두 곧 그곳으로 가노라
여름철을 맞이하기 위해

01

여러분, 재고 정리 세일 기간이 돌아왔습니다. 무소음 전기식 유빅을 할인 판매합니다. 물론 표준 중고차 시세보다 더 저렴한 가격으로 모시겠습니다. 게다가 전시 중인 유빅들은 설명서에 명기된 방법으로만 사용된 것들뿐입니다.

1992년 6월 5일, 오전 3시 30분에 뉴욕 시에 있는 런시터 어소시에이츠의 본사 사무실에 걸린 추적 지도에서 태양계 최고의 텔레파스가 자취를 감췄다. 그 즉시 영상전화들이 잇달아 울리기 시작했다. 최근 두 달 동안 런시터 社의 감시하에 있는 홀리스 측 초능력자들의 행방이 묘연해지는 일이 너무 잦았기 때문에, 이번 일은 도저히 묵과할 수가 없었다.

"사장님? 이렇게 늦은 시각에 전화를 드려 죄송합니다." 지도실에서 야간 당직을 서고 있던 기술자는 영상전화 화면 가득 글렌 런시터의 커다랗고 부스스한 얼굴이 떠오르는 것을 보고 불안한 듯이 헛기침을 하며 말했다. "우리 측 불활성자不活性者 한 명에게서 새로운 보고가 들어왔습니다. 잠깐만 기다려주십쇼." 기술자는 외부에서 들어오는 메시지들을 모니터하는 녹화장치에서 뽑아낸 난잡한 테이프 더미를 뒤졌다. "발신자는 미스 돈입니다. 사장님도 아시다시피 유타 주 그린 리버까지 그자를 미행했는데, 거기서—"

잠이 덜 깬 런시터가 쉰 소리로 되물었다. "그자라니? 어느 불활성자가 어느 팁*이나 프리코그**를 추적하고 있었는지 내가 일일이 기억하고 있을 리가 없잖나." 그러고는 잔뜩 헝클어진 반백의 뻣뻣한 머리카락을 쓸어내렸다. "복잡한 얘기는 생략하고 홀리스의 부하 중 누가 사라졌는지만 얘기해줘."

"S. 돌 멜리폰입니다." 기술자가 말했다.

"뭐? 멜리폰이 사라졌어? 자네 지금 농담하나."

"농담이 아닙니다." 기술자는 단호하게 말했다. "이디 돈하고 두 명의 동료 불활성자가 '에로틱 다형多形 체험 연대'라는 이름의 모텔까지 멜리폰을 미행했습니다. 이 모텔은 60개의 독립 룸을 가진 지하 구조물이고, 성매매 이외의 접대를 원하지 않는 비즈니스맨과 매춘부들이 이용하는 곳입니다. 이디하고 그 동료들은 멜리폰이 활동 중이 아니라고 판단했지만, 만일의 경

우에 대비해서 우리 측 텔레파스인 G. G. 애시우드를 모텔로 보내 멜리폰의 마음을 읽어보려고 했습니다. 애시우드는 방해파 패턴이 멜리폰의 마음을 에워싸고 있는 걸 발견하고 결국 읽기를 포기했습니다. 그래서 최근에 유망한 신인 하나를 물색 중이라는 캔자스 주 토피카로 돌아갔습니다.”

이제 어느 정도 잠기운을 떨쳐낸 런시터는 담배에 불을 붙였다. 손으로 턱을 괴고 의자에 기대앉은 자세로, 양방향 채널 회선의 스캐너 쪽으로 연기를 뿜었다. “그 팁이 멜리폰인 게 확실해? 그 작자가 어떻게 생겨먹었는지 아는 사람이 없지 않나. 아마 매달 외모 템플릿을 갈아치우는 모양이지. 역장力場 상태는 어땠나?”

“조 칩한테 ‘에로틱 다형 체험 연대’ 모텔 내부로 들어가서 거기서 발생한 역장의 최대치와 최소치를 측정하게 했습니다. 칩이 보고한 바로는 정신파는 최고 68.2 blr 단위까지 치솟았다고 합니다. 기존의 텔레파스들 중에서 이런 수치를 낼 수 있는 사람은 오직 멜리폰뿐입니다. 그래서 저희는 지도의 해당 지점에 멜리폰의 식별 깃발을 꽂아놓았습니다. 그러다가…… 사라진 겁니다.”

“바닥은 찾아보았나? 지도 뒤쪽은?”

“전자적으로 사라졌다는 뜻입니다. 깃발이 가리키는 사내는 더 이상 지구에는 없고, 저희가 아는 한 어느 식민 행성에도 없습니다.”

런시터는 말했다. “죽은 아내와 의논해봐야겠군.”

"하지만 야심한 시각이라서 모라토리엄[猶豫所]은 닫혀 있을 텐데요."

"지금 스위스는 밤이 아냐." 런시터는 쓴웃음을 떠올렸다. 심야에서 스며 나온 뭔가 혐오스러운 액체가 그의 나이 든 목젖 바로 밑까지 치밀어 오른 듯한 표정이었다. "잘 자게." 런시터는 영상전화를 끊었다.

'사랑하는 동포를 위한 모라토리엄'의 오너인 헤르베르트 쉰하이트 폰 포겔장은 물론 언제나 직원들보다 먼저 출근한다. 싸늘하고 소리를 잘 반사하는 모라토리엄 건물은 이제야 눈을 뜨고 활동을 개시하려는 참이었지만, 이미 누군가가 와 있었다. 호피 무늬의 블레이저 웃옷을 걸치고 앞코가 뾰족한 노란색 구두를 신고 거의 불투명한 안경을 낀 사무원풍의 사내가 보관증을 손에 든 채 침착하지 못한 표정으로 안내 카운터 앞에서 기다리고 있었다. 축일에 앞서 친척을 만나러 온 것이리라. '부활의 날'—반생자半生者들을 공개적으로 참배하는 축일—이 며칠 남지 않았다. 모라토리엄은 얼마 지나지 않아 참배객들로 북적거릴 터였다.

"어서 오십시오." 헤르베르트는 서글서글한 미소를 띠고 말했다. "제가 안내해드리겠습니다."

"나이 든 여성입니다." 손님이 말했다. "여든 살쯤 됐습니다. 아주 자그마하고 쪼글쪼글한 분인데, 제 할머니입니다."

"잠시만 기다려주시면 됩니다." 헤르베르트는 냉동보존고로 들어가서 3054039-B호 관을 찾기 시작했다.

해당 인물을 찾아낸 그는 비치된 보존 보고서를 훑어보았다. 이 인물의 남은 반생半生 기간은 15일에 불과했다. 그리 긴 시간은 아니군, 하고 헤르베르트는 생각했다. 그는 반사적으로 휴대용 영파靈波 증폭기를 투명한 플라스틱관의 외피에 갖다 대고 동조시킨 다음, 두부頭部 활동을 가리키는 주파수에 귀를 기울였다.

스피커에서 희미한 목소리가 흘러나왔다. "……그러고는 틸리는 발목을 삐었는데, 다들 그 애가 다시는 회복 못 할 거라고 생각했어. 나을 틈도 주지 않고 무작정 걸으려고만 하니……."

헤르베르트는 만족했고, 증폭기를 떼어낸 다음 조합에 소속된 작업원을 불러서 3054039-B호 관을 면회 라운지까지 운반하라고 지시했다. 아까 온 그 손님은 거기서 이 노부인과 대면하게 된다.

"할머니 상태를 점검해주셨죠?" 손님은 규정 요금을 내면서 물었다.

"예, 제가 직접 점검했습니다." 헤르베르트는 대답했다. "완전히 기능하고 계십니다." 그는 발을 써서 이런저런 스위치들을 넣고 뒤로 물러났다. "그럼 즐거운 '부활의 날'이 되시기를 빕니다."

"고맙습니다." 손님은 흰 김을 뿜고 있는 냉동보존용 관 건너편에 앉았다. 귓가에 이어폰을 갖다 대더니 마이크에 대고 뚜렷한 어조로 말했다. "플로라 할머니, 제 목소리가 들리세요?

지금 말씀하시고 계신 것 맞죠, 할머니?"

내가 사망하면, 하고 헤르베르트 쉰하이트 폰 포겔장은 생각했다. 자손들한테는 1세기에 한 번만 부활시키라는 유언을 남길 거야. 그렇게 해서 전 인류의 운명을 목도하는 거지. 그러나 그럴 경우 상속인들은 막대한 유지비를 부담해야 한다— 그리고 헤르베르트는 그것이 무엇을 의미하는지를 알고 있었다. 늦든 빠르든 그들은 그의 의사에 반해 그를 냉동보존 장치에서 꺼낸 다음—맙소사—매장할 것이 뻔하다.

"매장은 야만적이야." 헤르베르트는 중얼거렸다. "인류 문화의 원시성의 잔재야."

"옳으신 말씀이세요." 타이프를 치고 있던 그의 비서가 동의했다.

면회 라운지에서는 이제 여러 명의 손님들이 일정한 간격을 두고 배치된 각각의 관을 앞에 두고 반생자 친척과의 대화에 조용히 몰두하고 있었다. 실로 마음이 훈훈해지는 광경이었다. 이들은 평소에도 주기적인 참배를 거르지 않는 성실한 유족들이다. 바깥세상 소식을 전달하고, 뇌 활동이 활성화되는 면회 시간 동안 음울한 반생자들의 기운을 북돋아주고 있는 것이다— 헤르베르트 쉰하이트 폰 포겔장에게 소정의 요금을 지불하고 말이다. 모라토리엄 운영은 벌이가 좋은 장사였다.

"우리 아버지가 좀 쇠약해지신 것 같군요." 한 청년이 헤르베르트에게 와서 말했다. "조금 시간을 내서 점검해주시면 정말로 고맙겠습니다만."

"물론 점검해드려야죠." 헤르베르트는 이렇게 말하고 청년과 함께 라운지를 가로질러 고인이 있는 곳으로 갔다. 이 반생자의 보존 보고서를 보니 며칠밖에는 남지 않은 상태였다. 대뇌 작용이 열화劣化한 것도 이것으로 설명이 된다. 그렇지만…… 헤르베르트가 영자靈子 증폭기의 감도를 올리자 이어폰에서 들려오는 반생자의 목소리가 약간 강해졌다. 거의 끝나가고 있군, 하고 헤르베르트는 생각했다. 아들 쪽은 보존 상태 보고서를 굳이 보고 싶지 않은 눈치였다. 아버지와 접촉할 수 있는 시간이 얼마 남지 않았다는 사실로부터 눈을 돌리고 싶은 것이다. 그런 연유로 헤르베르트는 아들이 아버지와 대화를 계속할 수 있도록 잠자코 자리를 떴다. 아마 이번이 마지막이 될 것이라는 사실을 굳이 알릴 필요는 없지 않은가? 어차피 곧 알게 될 일인데.

모라토리엄 건물 뒤쪽에 있는 하역 플랫폼 앞에 트럭 한 대가 와서 멈췄다. 문이 열리고 눈에 익은 하늘색 제복을 입은 사내 두 명이 뛰어내렸다. '아틀라스 행성간 운송 및 보관 서비스'에서 온 사내들임을 헤르베르트는 알아차렸다. 얼마 전에 사망한 반생자를 또 배달하러 왔거나, 반생명을 소진한 누군가를 데리러 온 것이다. 헤르베르트는 하역 작업을 감독하기 위해 어슬렁어슬렁 그쪽으로 걸어갔다. 그러자 비서가 그를 불렀다. "쉰하이트 폰 포겔장 사장님. 명상을 방해해서 죄송하지만 손님 한 분이 친척을 부활시킬 때 사장님 도움을 받고 싶다고 말씀하셔서요." 비서는 의미심장한 어조로 말을 이었다. "글렌 런시터 씨입니다. 멀리 북미 연맹에서 왕림하셨다네요."

키가 크고 커다란 손이 인상적인 초로의 사내가 활기찬 걸음으로 성큼성큼 다가왔다. 얼룩덜룩한 데이크론제의 빨아 입을 수 있는 양복에 털실 장식띠와 침염浸染한 무명 넥타이를 매고 있었다. 수고양이처럼 둥글고 커다란 머리를 앞으로 쑥 내밀고, 조금 튀어나온 따스하며 기민한 느낌의 둥근 눈으로 앞을 응시하는 모습이었다. 런시터는 얼굴에 노련하고 친근한 표정을 떠올리고 있었지만, 재빠르고 주의 깊게 헤르베르트를 한번 훑어보는가 싶더니 어느새 다른 곳으로 시선을 주고 있었다. 마치 현재를 떠나 이미 장래의 문제들에 집중하고 있다는 듯이.

"엘라는 어떤가?" 런시터는 마치 전자적으로 증폭시킨 듯한 우렁우렁한 목소리로 말했다. "나와 얘기를 나눌 준비는 다 되어 있나? 엘라는 스무 살밖에 안 됐으니 나나 자네보다는 원기 왕성할 거야." 이러고는 껄껄 웃었지만, 어딘가 다른 데 정신이 팔린 듯한 웃음소리였다. 언제나 미소를 띠고 언제나 껄껄 웃으며 우렁우렁한 목소리로 말하지만, 속으로는 그 누구에게도 관심을 주지 않고 연연하지도 않는 느낌. 미소를 짓고 고개를 끄덕이고 악수를 하는 것은 그의 육체였고, 실제로는 그 무엇도 그의 마음을 건드리지 못했다. 모든 것에 초연하고 무관심하지만 태도만은 언제나 상냥한 사내였다. 런시터는 헤르베르트를 밀다시피 하며 성큼성큼 냉동보존고 쪽으로 나아갔다. 그의 아내를 포함한 반생자들이 모두 안치되어 있는 곳으로.

"오랜만에 오셨군요, 런시터 씨." 헤르베르트는 말했다. 최근 런시터 부인의 보존 상태 보고서에 쓰여 있는 정보를 훑어보지 않은 탓에 그녀의 반생명이 얼마나 남아 있는지 기억이 나지 않았다.

런시터는 재촉하듯이 커다랗고 넓적한 손을 헤르베르트의 등에 대고 말했다. "폰 포겔장, 지금은 아주 중요한 시기라서 말이야. 나하고 내 부하들은 모든 합리적 이해를 초월하는 직종에 종사하고 있다네. 아직 발표할 단계는 아니지만, 현 상황은 위협적이긴 하나 절망적이지는 않은 걸로 보고 있네. 아직 절망 따위와는 거리가 멀지— 어디를 봐도. 엘라는 어디 있나?" 그는 멈춰 서서 흘끔흘끔 주위를 둘러보았다.

"제가 냉동보존고에서 면회 라운지로 직접 모시고 오겠습니다." 헤르베르트는 말했다. 참배하러 온 고객을 냉동보존고에 입장시킬 수는 없었다. "번호가 찍힌 보관증은 가지고 오셨습니까, 런시터 씨?"

"실은 없네." 런시터가 말했다. "몇 달 전에 분실했어. 하지만 내 아내가 누군지는 알잖나. 자네가 찾아주면 되지. 엘라 런시터. 스무 살쯤 됐고, 눈과 머리카락은 갈색이야." 런시터는 조급하게 주위를 둘러보았다. "면회 라운지는 어디로 옮겼나? 예전에는 쉽게 찾을 수 있는 곳에 있었는데."

"런시터 씨를 면회 라운지로 안내해드리게." 헤르베르트는 근처로 와서 얼쩡대던 직원에게 말했다. 아무래도 세계적으로 유명한 반反 초능력 조직의 경영주가 어떻게 생겼는지 호기심을 느끼고 구경하러 온 듯했다.

라운지 내부를 들여다본 런시터는 불쾌한 표정으로 말했다. "가득 찼잖나. 저런 데서 엘라와 얘기를 나눌 수는 없어." 그는 모라토리엄의 서류를 점검하러 사무실로 가던 헤르베르트에게 성큼성큼 다가갔다. "폰 포겔장 선생." 그는 헤르베르트를 따라 잡고 다시 한 번 커다란 손으로 상대의 어깨를 움켜잡았다. 헤르베르트는 육중한 손의 무게와 더불어 마치 그를 설득하려는 듯한 힘찬 기운을 느꼈다. "남의 간섭을 받지 않고 좀 더 내밀하게 얘기를 나눌 수 있는 지성소至聖所 같은 데는 없나? 내 아내인 엘라하고 지금부터 의논해야 하는 일은 우리 런시터 사 입장에서는 아직 세상에 공표할 준비가 안 되어 있는 거라서 말이야."

런시터의 박력 있는 목소리와 존재감에 떠밀려 헤르베르트는 자기도 모르는 새에 이렇게 대답하고 있었다. "그럼 안쪽 사무실로 아내분을 모시고 가겠습니다." 도대체 무슨 일이 일어났는지 궁금했다. 런시터는 대체 어떤 압력을 받았길래 본거지에서 나와 이 '사랑하는 동포를 위한 모라토리엄'까지 뒤늦게 참배하러 와서, 런시터 본인의 조야한 표현을 빌리자면 반만 죽은 아내를 깨우려고 하는 것일까. 비즈니스에 관계된 모종의 위기일 것이라고 헤르베르트는 짐작했다. 이런저런 반反 초능력 안심보장 회사들이 TV나 전송신문에 내는 광고는 최근 들어 절규하는 듯한 비방 선전의 양상을 띠고 있었다. 개인의 프라이버시를 지켜야 한다는 광고가 매시간마다 모든 미디어에서 쏟아져 나오고 있었다. 혹시 모르는 사람이 당신의 생각을 엿듣고 있지는 않습니까? 당신은 정말로 혼자입니까? 이런 문구는 텔레파스에 대한 공격이었고…… 개중에는 프리코그에 대한 불안을 선동하는 것들도 있었다. 혹시 당신의 행동이 전혀 모르는 사람에게 예측당하지는 않았습니까? 당신이 만나고 싶지도 않고, 집으로 초대하고 싶지도 않은 사람에게? 그런 불안을 단박에 해소시키려면, 가까운 안심보장 기관에 연락하시는 것이 가장 확실한 해결책입니다. 안심보장 기관은 고객님이 정말로 불법적인 침입 행위의 희생자인지를 조사해드리고, 고객님의 판단에 입각해서 그 침입을 무효화해드립니다―적정 요금만 받고.

'안심보장 기관.' 그는 이 표현이 마음에 들었다. 품위가 있고 정확하니까 말이다. 그는 개인적 경험을 통해 그렇게 단언할 수 있었다. 2년 전에 텔레파스 한 명이 이 모라토리엄 직원으로 위장 취직한 적이 있었다. 무슨 이유에서 그랬는지는 지금도 모른다. 아마 반생자들과 방문자들 사이의 은밀한 대화를 엿들을 작정이었을 것이다. 어쩌면 어느 특정 반생자만을 표적으로 삼았는지도 모르겠다. 여하튼 간에, 예의 반反 초능력 기관에서 보내온 조사원은 텔레파시 역장을 탐지해냈고, 그 사실을 그에게 통보해주었다. 그가 의뢰 계약서에 서명을 하자 반초능력자 하나가 파견되어 와서 모라토리엄 내부에 자리를 잡았다. 문제의 텔레파스가 누구인지는 결국 알아내지 못했지만 그 능력은 TV 광고가 보장한 대로 무효화되었다. 패배한 텔레파스는 떠나갔다. 모라토리엄은 이제 초능력 걱정을 덜었고, 앞으로도 그런 상태로 남을 수 있도록 한 달에 한 번씩 반 초능력 안심보장 기관의 검사를 받고 있었다.

"고맙네, 포겔장." 런시터는 이렇게 말하고 헤르베르트의 뒤를 따라 사무원들이 바쁘게 일하고 있는 바깥쪽 사무실을 지나 불필요해진 마이크로필름 서류 냄새를 풍기는 칙칙하고 텅 빈 안쪽 방으로 갔다.

물론 그건 이곳에 텔레파스가 침입했다는 그치들의 주장을 내가 곧이곧대로 받아들였기 때문이지. 헤르베르트는 묵상을 계속했다. 여기서 측정했다는 결과를 나타낸 그래프를 증거라면서 나한테 보여줬잖아. 혹시 자기들 연구소에서 위조해 온 가짜 그래프였을 수도 있겠군. 또 텔레파스가 떠났다는 그치들의 말도 나는 순순히 믿었어. 텔레파스는 왔다가 갔고—나는 그걸 알기 위해 2000포스크레디트를 지불했지. 안심보장 기관들은 알고 보면 실은 사기꾼이 아닐까? 실제로는 전혀 필요가 없는 경우에도, 자기네 서비스가 반드시 필요하다고 주장하는 것은 아닐까?

폰 포겔장은 그런 의문을 곱씹으면서 다시 한 번 서류들이 있는 곳으로 걸음을 옮겼다. 이번에는 런시터도 그를 따라오지 않았다. 그러는 대신 거구를 요란스럽게 움직이며 비좁은 의자 안에서 편한 자세를 취하는 일에 몰두하고 있었다. 런시터는 한숨을 쉬었다. 헤르베르트의 머리에 갑자기 이런 생각이 떠올랐다. 언제나 활기에 가득 차 있는 이 거구의 노인은 실은 피로로 녹초가 되어 있는 것이 아닌가 하는.

저 정도의 고령에 달하면, 일종의 관록을 보일 필요가 있는 것인지도 모르겠군, 하고 헤르베르트는 생각했다. 평범한 약점을 가진 인간 이상의 존재로 자신을 치장해야 할 필요가 있는지도 모른다. 런시터의 몸에는 아마 십여 개의 아티포그 artiforg, 즉 원래 있던 진짜 장기가 고장 나면 그 자리에 새로 이식되어 생리적인 기능을 이어받는 인공장기들이 이식되어 있을 공산이 컸다. 의학이 물질적인 토대를 제공하면, 런시터가 나머지 부분을 특유의 정신력으로 보완하는 식이다. 도대체 몇 살이나 되었을까. 일정한 연령에 달한 뒤에는 외모만으로 당사자의 나이를 추측하는 것이 불가능해진다. 특히 90살을 넘긴 뒤에는.

"미스 비슨." 그는 비서에게 지시했다. "미시즈 엘라 런시터를 찾아내서 등록 번호표를 내게 가져다줘. 해당 관은 2-A호 사무실로 운반해놓고." 그는 비서 반대편에 있는 책상에 앉아서 '프라이버그 앤 트레이어 프린시즈' 코담배를 한두 줌 빨아들였다. 한편 미스 비슨은 글렌 런시터의 아내의 서류를 찾아낸다는 비교적 단순한 일에 착수했다.

02

맥주를 주문하는 가장 현명한 방법은 유빅이라고 외치는 것입니다. 엄선된 호프와 최상의 물만을 써서 천천히 숙성시킴으로써 완벽한 맛을 낸 유빅은 국내 판매량 1위에 빛나는 맥주입니다. 유빅은 클리블랜드에서만 생산됩니다.

직립한 투명 관 속에서, 엘라 런시터는 얼음처럼 차가운 증기에 감싸인 채로 누워 있었다. 눈을 감고, 무표정한 얼굴 위쪽으로 양손을 영원히 들어 올린 채로. 그가 엘라를 보는 것은 3년 만이었지만, 물론 엘라는 전혀 변하지 않았다. 앞으로도 결코 변하지 않을 것이다. 적어도 겉으로 보이는 육체적인 모습은 말이다. 그러나 지금처럼 활동적인 반생半生 상태로 부활해서 대뇌 활동이 재개되면, 설령 아무리 짧은 시간 동안만 그런다고 해도 엘라는 조금씩 죽어간다. 그녀에게 남겨진 시간이 시시각각 줄어들면서, 스러져가는 것이다.

좀 더 자주 엘라를 소생시키지 않았던 그의 태만함의 이면에는 그런 인식도 어느 정도 작용하고 있었다. 런시터의 논리는 이랬다. 소생은 그녀의 수명을 단축시키므로, 결국 엘라에 대해 죄를 저지르는 것과 다름없다고 말이다. 엘라의 유언과, 죽은 뒤에 반생자로 그를 대면하기 시작했을 무렵의 의향에 관해서는—런시터의 입장에서는 편리하게도 흐릿한 기억밖에는 없었다. 어쨌든 간에 엘라보다 네 배는 더 산 그가 더 현명하지 않겠는가. 엘라의 원래 희망이 무엇이었더라? 런시터 사의 공동 소유주로서 그와 함께 계속 일하는 것이 아니던가. 대충 그런 느낌이었고, 그도 그 희망에 부응했다. 지금처럼 말이다. 과거에 예닐곱 번쯤 회사가 위기를 맞았을 때에도 그는 그녀와 상의했고, 지금 이 순간에도 그러고 있다.

그나저나 이 이어폰은 마음에 들지 않는군. 그는 플라스틱제 원반을 옆머리에 갖다 대며 구시렁거렸다. 이 마이크로폰도 마찬가지다. 자연스러운 의사소통에는 방해만 되는 물건들이다. 포겔장인가 뭔가 하는 위인이 마련해놓은 불편한 의자 위에서 몸을 뒤척이며 런시터는 초조하고 거북한 기분을 맛보았다. 그는 그녀가 서서히 의식을 되찾는 광경을 바라보았다. 왜 더 빨리 깨어나지 못하는 것일까. 그러자 갑자기 불안이 몰려왔다. 혹시 저대로 깨어나지 못하는 것은 아닐까. 엘라의 생명은 이미 소진되어버렸고, 저 작자들이 나한테 그 사실을 통보해주

지 않은 것일지도 모른다. 아니면 저들도 모르고 있을 가능성
도 있다. 아무래도 그 포겔장이라는 작자를 여기 불러 설명을
요구하는 편이 낫지 않을까. 뭔가 끔찍한 오류가 발생했을지도
모른다.

 백옥 같은 피부를 가진, 아름다운 엘라. 그 눈. 그녀의 눈이
뜨여 있었던 시절에는 파란색으로 맑게 반짝였더랬지. 그러나
그녀가 두 번 다시 눈을 뜨는 일은 없다. 말을 걸고, 대답을 듣
는 식으로 의사소통은 할 수 있지만…… 다시는 두 눈을 뜨는
것을 볼 수 없고, 입술을 움직이는 모습도 볼 수 없다. 그가 온
것을 보고 미소 짓는 일도 없다. 그가 떠나도 울지 않을 것이다.
이게 그럴 만한 가치가 있는 일일까? 그는 자문했다. 완전하게
살아 있다가 무덤으로 직행하는 옛 방식보다 이게 더 낫다고
단언할 수 있을까? 어떤 의미에서 엘라는 아직 내 곁에 있다.
그는 마음을 굳혔다. 옛날 방식으로는 아무것도 남지 않는다.

 이어폰 속에서, 느리고 불확실하게, 말이 형태를 갖추기 시
작했다. 별반 의미가 없는 순환적인 사고, 엘라가 지금 부유하
고 있는 불가사의한 꿈의 파편의 일부다. 반생 상태로 있으면
어떤 느낌일까? 그는 생각에 잠겼다. 엘라한테 들은 얘기만으
로는 전혀 감을 잡을 수가 없었다. 반생의 근원, 반생의 경험은
말로는 결코 설명할 수 없다. 엘라는 중력에 관해서 이런 언급
을 한 적이 있다. 더 이상 중력의 영향을 받지 않게 되면서 점
점 위로 떠오르게 돼. 반생이 끝나면, 난 태양계 밖으로 떠올라
서 별들을 향해 날아가게 될 것 같아. 하지만 그녀도 확신이 있

는 것은 아니었다. 단지 궁금해하고 추측할 뿐이었다. 그러나 두려워하는 기색은 없었다. 괴로워하는 기색도. 그래줘서 다행이었다.

"여어, 엘라." 그는 마이크로폰에 대고 어색하게 말했다.

"아." 귓가에 그녀의 대답이 들려왔다. 깜짝 놀란 느낌. 물론 그동안에도 그녀의 얼굴 표정에는 변함이 없었다. 아무런 감정도 떠오르지 않은 얼굴. 그는 고개를 돌려 외면했다. "안녕, 글렌." 엘라는 일종의 어린애 같은 놀라움이 담긴 목소리로 말했다. 그가 와 있다는 사실에 깜짝 놀라고, 아연실색한 느낌이었다. "무슨—" 그녀는 잠시 주저했다. "얼마나 시간이 흘렀어?"

"2년쯤 됐어."

"무슨 일인지 얘기해줘."

"그래, 염병할." 그는 말했다. "모든 게 엉망진창이야. 조직 전체가. 그래서 당신을 만나러 왔어. 회사에서 중요한 전략적 결정을 내릴 때는 알려달라고 했잖아. 우리에게 필요한 건 바로 그거야. 새로운 전략. 아니면 적어도 스카우트 방식을 혁신할 필요가 있어."

"꿈을 꾸고 있었어." 엘라가 말했다. "흐릿한 빨간빛을, 끔찍한 빛을 보았어. 그런데도 내가 점점 그리로 다가가는 거야. 멈출 수가 없었어."

"그랬군." 런시터는 고개를 끄덕였다. "『바르도 퇴돌』, 우리말로는 『티벳 사자死者의 서』에 그런 얘기가 쓰여 있지. 의사들이 읽으라고 해서 당신도 읽었잖아. 당신이—" 그는 잠시 주저하다가 말을 맺었다. "죽어가던 무렵에."

"흐릿한 빨간빛은 안 좋은 거라고 했어. 그렇지?" 엘라가 말했다.

"응. 피하는 게 좋지." 그는 헛기침을 했다. "실은 엘라, 골치 아픈 일이 생겼어. 그 애길 들을 생각이 있어? 뭐랄까, 당신한테 부담을 주거나 그러고 싶지는 않아. 너무 피곤하다거나, 따로 듣거나 얘기하고 싶은 일이 있으면 그렇다고 내게 말하기만 하면 돼."

"정말 이상해. 지난번에 당신이 와줬을 때부터 줄곧 꿈을 꾸고 있었던 것 같아. 정말로 2년이나 흐른 거야? 글렌, 내가 무슨 생각을 하고 있는지 알아? 내 주위에 있는 사람들 말인데― 우리는 점점 함께 자라고 있는 것 같아. 내가 꾸는 꿈 중 많은 것들이 내 일이 아냐. 어떨 때 나는 남자가 되고, 또 때로는 어린 소년이 되기도 해. 정맥류를 앓는 살찐 노파인 적도 있었고…… 게다가 한 번도 간 적이 없는 장소로 가서, 전혀 이해가 안 되는 일을 할 때도 있어."

"흐음, 알다시피 당신은 다음에 들어갈 새로운 자궁을 찾아가고 있는 거야. 그리고 그 흐릿한 붉은빛 말인데― 그건 안 좋은 자궁이야. 그쪽으로 가면 안 돼. 그건 굴욕적인, 비천한 종류의 자궁이니까 말이야. 아마 당신은 새로운 생이나 뭐 그런 걸 예견하고 있는지도 모르겠군." 이런 얘기를 하면서 런시터는 바보가 된 기분을 맛보았다. 평소의 그는 신학적인 신념 따위와는 거리가 멀었기 때문이다. 그러나 반생명 체험은 부정할 길이 없는 현실이었고, 그 사실은 모든 사람을 신학자로 만들었다. "어이, 엘라." 그는 화제를 바꿨다. "무슨 일이 일어났는지, 내가 왜 당신을 깨워서 귀찮게 할 생각을 했는지 얘기해줄게. 실은 S. 돌 멜리폰이 종적을 감췄어."

짧은 침묵이 흐른 후 엘라는 웃음을 터뜨렸다. "S. 돌 멜리폰이 도대체 뭐야? 사람 이름이야? 그런 이름이 존재할 리가 없잖아." 독특하고 낯익은 따스함이 깃든 엘라의 웃음소리를 듣고 그는 등골이 오싹한 전율을 느꼈다. 이토록 오랜 세월이 흐른 뒤에도 그는 그녀의 그런 부분을 뚜렷하게 기억하고 있었다. 10년 넘게 들어본 적이 없으면서도.

"잊어버린 거 아닐까." 그는 말했다.

엘라는 말했다. "잊어버리지 않았어. S. 돌 멜리폰 같은 이름을 잊을 리가 없잖아. 무슨 호비트 이름이라도 돼?"

"멜리폰은 레이먼드 홀리스 밑에서 일하는 최고의 텔레파스야. G. G. 애시우드가 1년 반 전에 처음으로 그자를 탐지한 이래, 언제나 적어도 한 명의 불활성자가 그를 미행하도록 해왔지. 지금까지 멜리폰을 놓친 적은 없었어. 놓치면 너무나 위험하니까. 멜리폰은 필요하다면 홀리스가 고용한 그 어떤 초능력자보다 두 배는 더 강력한 초능력 역장을 발생시킬 수 있거든. 게다가 멜리폰뿐만 아니라 홀리스의 다른 부하들까지 잇달아 모습을 감추기 시작했어—그러니까, 우리의 관점에서 보면 말이야. '협회'에 소속된 모든 안심보장 회사들이 조사해봤지만 역시 마찬가지였어. 그래서 난 이렇게 생각했지. 빌어먹을,

지금 무슨 일이 일어나고 있는지, 또 어떻게 해야 할지를 엘라한테 가서 물어봐야겠군. 당신도 유언장에 그렇게 명기해놓았고— 그건 기억하지?"

"기억해." 그러나 엘라의 목소리는 어딘가 냉담했다. "TV 광고를 늘려. 사람들한테 경고하는 거야. 이를테면……." 그녀는 말꼬리를 흐리더니 이내 침묵했다.

"이런 이야기는 따분한가 보군." 런시터는 음울한 어조로 말했다.

"아냐. 난—" 그녀는 주저했고, 런시터는 그녀가 또다시 멀어져가는 것을 느꼈다. "사라진 초능력자는 모두 텔레파스야?" 잠시 후 그녀가 물었다.

"텔레파스하고 프리코그가 대부분이었어. 지구상 어디에도 없어. 그건 확실해. 우리 측 불활성자 십여 명이 지금은 할 일이 없어서 놀고 있는 상황이야. 그 친구들이 따라다니면서 능력을 중화시키던 초능력자들이 갑자기 사라졌기 때문이지. 내 입장에서 그보다 훨씬 더 걱정스러운 건 불활성자의 수요가 급격히 감소했다는 사실이야— 초능력자들이 그렇게 많이 사라졌으니 당연한 결과라고도 할 수 있겠지. 하지만 나는 놈들이 뭔가 하나의 단독 프로젝트에 종사하고 있다는 걸 알아. 그러니까, 적어도 나는 그렇게 믿고 있다는 뜻이야. 하여튼 그 부분만은 확실해. 누군가가 한꺼번에 많은 초능력자들을 고용했지만, 고용주가 어디 있는 누구인지, 또 그게 어떤 종류의 일인지는 오직 홀리스만 알고 있어." 이렇게 말하고 런시터는 음울한 침묵 속으로 빠져들었다. 이런 상황을 타개할 수 있는 조언을 어떻게 엘라가 해줄 수 있단 말인가? 그는 자문했다. 바깥세상과 절연된 상태로 관 속에서 얼어붙어 있는 엘라―그녀는 단지 내가 얘기해준 정보밖에는 모르지 않는가. 그러나 그가 지금까지 그녀의 현명함에, 지식이나 경험이 아닌 뭔가 생득적인 지혜에 기대어온 것도 사실이었다. 그녀가 살아 있던 동안은 그것이 무엇인지 결국 간파하지 못했다. 얼어붙어 꼼짝도 않고 있는 지금은 말할 나위도 없다. 엘라가 죽은 뒤에 그가 사귄 다른 몇몇 여자들은 그런 지혜와는 거의 인연이 없었다. 갖고 있었다고 해도 극히 미량에 불과했다. 잠재적인 역량은 있었을지도 모르지만, 엘라의 경우처럼 눈에 띄게 발현하지는 않았던 것이다.

"그 멜리폰이라는 인물이 어떤 사람이었는지 말해줘." 엘라가 말했다.

"기인이었지."

"돈을 위해 일하는 타입? 아니면 신념을 위해 일하는 타입이었어? 나는 언제나 그 점에 유의해. 상대가 목적의식이라든지, 우주적 정체성 같은 초능력의 신화에 사로잡히지 않았는지를 말이야. 새러피스, 그 끔찍한 사내가 바로 그런 식이었잖아. 기억나?"

"새러피스는 이제 없어. 홀리스한테 대항해서 자기 회사를 만들려고 획책하다가 홀리스한테 암살당했다는 소문이 돌더군. 자기 밑에서 일하던 프리코그가 홀리스한테 밀고한 탓에 말이야." 그러고는 이렇게 덧붙였다. "멜리폰은 우리 입장에서는 새러피스보다 훨씬 더 골치 아픈 상대야. 컨디션이 최고조에 달한 멜리폰의 역장을 중화시키려면 불활성자를 세 명이나 동원해야 하는데, 그럼 우리에겐 남는 게 없어. 그럴 경우에도 불활성자 한 명분의 요금밖에는 청구 못 하게 되어 있으니까. '협회'가 그런 요금 규정을 만든 탓에 지금은 거기 묶여 있거든." 그는 해마다 '협회'를 점점 더 싫어하게 되었다. 일종의 만성적인 강박관념이 되어버렸다고나 할까. 그 무능함, 비싼 회비, 허식虛飾. 모든 것이 마음에 들지 않았다. "우리가 보는 한 멜리폰은 돈을 위해 일하는 초능력자야. 어때, 이 얘기를 들으니 좀 마음이 놓여? 그쪽이 차라리 낫지?" 이러고는 대답을 기다렸지만, 그녀는 아무 반응도 보이지 않았다. "엘라." 침묵. 런시터는 불안한 듯이 말했다. "어이, 엘라, 거기 없어? 내 목소리가 안 들려? 뭔가 잘못된 거야?" 하느님 맙소사. 그는 생각했다. 가버렸어.

다음 순간, 사념이 목소리의 형태로 그의 오른쪽 귀에 들려왔다. "내 이름은 죠리인데요." 엘라의 사념이 아니다. 다른 엘란[生氣]이다. 그녀보다 더 활기차지만 어딘가 어색했다. 엘라의 섬세함은 흔적도 보이지 않았다.

"끼어들지 마." 런시터는 당황하며 말했다. "난 내 아내인 엘라한테 얘기하고 있었어. 넌 어디서 온 거지?"

"난 죠리예요." 사념이 전해져왔다. "아무도 나한테 말을 걸지 않아요. 그래서 아저씨가 괜찮다면 좀 얘기를 나누고 싶은

데. 아저씨 이름이 뭐예요?"

런시터는 더듬거리며 말했다. "내 아내하고 얘기해야겠어. 미시즈 엘라 런시터. 나는 돈을 내고 그녀와 얘기하러 온 거야. 내가 얘기를 나누고 싶은 상대는 엘라이지, 네가 아냐."

"미시즈 런시터라면 나도 알아요." 한층 더 강해진 사념이 그의 귀청을 때렸다. "미시즈 런시터는 나한테도 말을 걸어주지만, 그건 아저씨처럼 그쪽 세상 사람하고 얘기를 나누는 것하고는 다르죠. 미시즈 런시터는 여기 우리와 함께 있으니, 우리가 아는 것 이상을 알고 있지는 않잖아요. 지금 연도가 어떻게 되죠, 아저씨? 지구에서는 프록시마로 그 거대한 우주선을 보냈나요? 난 특히 거기 흥미가 있는데, 알고 있으면 얘기해줘요. 원한다면 나중에 미시즈 런시터를 불러줄게요. 그럼 됐죠?"

런시터는 귀에서 플러그를 뽑고 황급히 이어폰과 다른 장치들을 내려놓았다. 먼지투성이의 퀴퀴한 사무실에서 나와 번호순으로 질서 정연하게 늘어선 냉동관들 사이를 성큼성큼 걸어갔다. 눈앞에서 어른거리는 직원들을 뒤로하고, 그는 모라토리엄 경영주를 찾아 정신없이 돌아다녔다.

"무슨 일입니까, 런시터 씨?" 허둥거리며 걸어오는 런시터를 본 폰 포겔장이 말했다. "제가 뭔가 도와드릴 일이라도?"

"뭔가 엉뚱한 놈이 회선에 끼어든 것 같아." 런시터는 멈춰서서 숨을 헐떡였다. "엘라 대신에 말이야. 빌어먹을, 자네들은 어떻게 업무 관리를 이따위로 하나. 이건 절대로 일어나서는 안 되는 일이야. 도대체 이게 무슨 꼴이지?" 그는 이미 2-A호

쪽을 향해 걸어가기 시작한 모라토리엄 경영주 뒤를 따라가며 말했다. "우리 회사 운영을 이런 식으로 했다면—"

"그 인물은 자기가 누군지 말했습니까?"

"응. 죠리라고 하더군."

폰 포겔장은 우려하는 기색이 역력했다. "그건 죠리 밀러일 겁니다. 아내분 바로 옆자리 관입니다."

"하지만 난 엘라를 보고 얘기하고 있었다고!"

"장기간에 걸쳐 가까운 곳에 있다 보면," 폰 포겔장은 설명했다. "이따금 상호 침투가…… 그러니까, 반생자들의 정신 사이에서 일종의 확산 현상이 일어납니다. 죠리 밀러의 대뇌 활동은 특히 활발하지만, 아내분 쪽은 그렇지 못합니다. 그럴 경우에는 유감스럽게도 영자靈子의 일방통행이 이루어지곤 합니다."

"그건 고칠 수 있나?" 런시터는 목쉰 소리로 말했다. 그는 피로를 느꼈다. 여전히 숨이 차고, 몸이 떨렸다. "당장 그 자식을 아내의 마음에서 쫓아내고 아내를 불러내— 그게 자네 일이잖나!"

폰 포겔장은 딱딱한 목소리로 말했다. "이런 상태가 계속된다면 물론 요금은 환불해드리겠습니다."

"환불받는다고 뭐가 바뀌나? 빌어먹을 돈 따윈 필요 없어." 마침내 그들은 2-A호 관이 있는 곳으로 왔다. 런시터는 비틀거리며 자리에 앉았다. 심장이 너무 빨리 뛰는 통에 말하기도 힘들었다. "이 죠리라는 녀석을 당장 회선에서 쫓아내지 않는다면," 그는 반쯤 헐떡이고, 반쯤 소리치듯이 말했다. "자넬 고소하겠어. 그럼 여긴 영업정지야!"

폰 포겔장은 관을 마주한 채 오디오 단말에 연결된 이어폰을 귀에 댔고, 마이크를 향해 싹싹한 어조로 말했다. "거기서 나가, 죠리. 말썽을 피우지 말고." 그는 런시터를 흘끗 보며 말했다. "죠리는 열다섯 살 때 세상을 떴습니다. 그래서 저렇게 활기찬 거죠. 실은 예전에도 이런 일이 일어난 적이 있습니다. 자기 차례가 아닌데도 몇 번인가 나오면 안 되는 곳에 나왔더랬죠." 그는 다시 한 번 마이크를 향해 말했다. "이건 매우 실례가 되는 일이야, 죠리. 런시터 씨는 먼 곳에서 아내분을 만나러 오셨다고. 그러니까 죠리 넌 미시즈 런시터의 신호를 방해하면 안 돼. 그건 큰 실례야." 그는 이어폰에 귀를 기울이며 잠시 침묵했다. "아내분의 신호가 약한 것은 알고 있었습니다." 그는 엄숙한 개구리 같은 표정으로 다시 귀를 기울였다가, 이어폰을 떼어내고 일어섰다.

"뭐라고 하던가?" 런시터는 힐문했다. "그 녀석을 회선에서 쫓아내고 엘라와 얘기할 수 있을 것 같나?"

폰 포겔장이 말했다. "죠리 입장에서도 어쩔 수가 없습니다. 두 대의 AM 송신기가 있다고 가정해보십시오. 한쪽은 가까이에 있지만 출력이 500와트밖에는 안 됩니다. 다른 쪽은 더 멀리 있지만 5000와트의 출력으로 처음 라디오와 동일하거나 거의 똑같은 주파수로 방송을 하고 있는 거나 마찬가집니다. 그럴 경우 밤이 되면—"

"이미 밤이야." 런시터는 말했다. 적어도 엘라의 입장에서는. 아마 그의 입장에서도 그럴 것이다. 만약 행방이 묘연해진 홀리스 휘하의 텔레파스와 프리코그와 염동력자와 소생능력자와 재생능력자를 찾아낼 수 없다면 말이다. 그는 엘라를 잃기만 한 것이 아니라 그녀의 소중한 조언까지 잃었다. 엘라가 조언을 해주기 전에 그 죠리라는 녀석이 억지로 끼어든 탓에.

"아내분을 냉동보존실로 되돌려 보낼 때는," 폰 포겔장이 주절거리고 있었다. "죠리 곁으로 보내지 않겠습니다. 아니, 만약 지금보다 약간 더 많은 월정액을 지불하실 용의가 있다면, 아내분을 고급 격리실로 옮길 수도 있습니다. 벽을 테플론-26으로 강화 코팅한 방이라서, 외부 정신의 유입을 막는 것이 가능합니다. 죠리든, 다른 누구의 것이든."

"이미 늦은 건 아니고?" 런시터는 이번 사건이 유발한 암울한 기분을 잠깐 떨쳐내고 말했다.

"일단 죠리가 떨어져 나간다면 아내분도 돌아올 가능성이 있습니다. 그리고 아내분의 약화된 상태에 편승해서 침입했을지도 모르는 다른 자들이 비켜준다면 말입니다. 아내분은 누구에게도 영향을 받기 쉬운 상태라서." 폰 포겔장은 생각에 잠긴 듯이 입술을 깨물었다. "하지만 아내분 쪽에서 고립되는 걸 원하지 않을지도 모릅니다, 런시터 씨. 여기서 냉동 용기를─항간에서는 관이라고 부르는 물건을─한데 모아놓는 데는 그럴 만한 이유가 있습니다. 서로의 마음속을 돌아다니는 행위는, 반생자들에게는 유일한─"

"당장 격리실에 집어넣어." 런시터는 상대의 말을 가로막았
다. "아예 존재하지 않는 것보다는 고립되어 있는 편이 나아."

"아내분은 여전히 존재하고 있습니다." 폰 포겔장이 정정했
다. "단지 이쪽과 접촉하지 못할 뿐입니다. 존재하지 않는 것과
는 다릅니다."

런시터는 말했다. "그런 형이상학적인 차이는 내겐 아무 의
미도 없어."

"그럼 격리실에 수용하겠습니다." 폰 포겔장은 말했다. "하지
만 지금 말씀하신 대로 이미 늦었다고 생각합니다. 죠리는 적
어도 어느 수준까지는 영구적으로 아내분의 내부에 침투해 있
습니다. 유감입니다."

런시터는 거칠게 대꾸했다. "나도 유감이야."

03

인스턴트 유빅은 갓 끓인 드립커피의 신선한 풍미를 그대로 간직하고 있습니다. 남편분들이 이걸 마시면 이렇게 말할 겁니다. 세상에, 샐리, 솔직히 지금까지는 당신이 끓여주는 커피가 그저 그렇다고 생각해왔어. 하지만 이건 정말이지 끝내주는군! 주의 사항을 지켜 드시면 안전합니다.

여전히 핀스트라이프 무늬가 들어간 광대 옷 같은 잠옷을 걸친 조 칩은 몽롱한 머리로 식탁에 앉아 담배에 불을 붙였고, 최근 렌트한 전송신문 기계에 10센트 주화를 넣은 다음 다이얼을 돌려보았다. 숙취가 심했던 탓에 '태양계 뉴스'에 맞춘 눈금을 다른 곳으로 돌렸고, 한순간 '국내 뉴스' 근처에서 얼쩡거리다가 결국 '가십'을 택했다.

"예, 고객님, 가십입니다." 전송신문 장치가 쾌활하게 말했다. "전 태양계적으로 유명한 은둔자이자 투기 전문가이며 금융업자인 스탠튼 믹이 지금 무슨 일을 꾸미고 있는지를 알아보시죠." 그러자 윙윙 소리와 함께 슬롯에서 종이 한 장이 조금씩 밀려 나오기 시작했다. 기계가 뱉어낸 종이는 말쑥한 볼드체로 인쇄된 4색 인쇄물이었고, 네오 티크재 식탁 위를 구르다가 주방 바닥에 떨어져 튕겼다. 칩은 머리가 욱신거리는 것을 참으며 종이를 주워서 눈앞에 펼쳐보았다.

스탠튼 믹, 세계은행에서 2조兆 융자

(AP) 런던. 전 태양계적으로 명성이 높은 은둔자이자 투기 전문가이며 금융업자인 스탠튼 믹은 지금 무슨 일을 꾸미고 있을까? 화이트홀*에서 흘러나온 소문에 재계가 주목하고 있다. 과거에 이스라엘 정부에게 우주선 선단船團을 무료로 건조해줄 테니 화성의 황량한 사막지대를 비옥한 토지로 바꿔달라고 제안한 적도 있는, 통이 크지만 유별난 이 재계 거물은 유례없는 거액의 융자를 신청했고, 은행 측에서도 긍정적인

"뭐가 이래." 조 칩은 전송신문 장치를 향해 말했다. "이건 가십이 아니라 금융거래 전망이잖아. 오늘 난 어느 TV 스타가

누구의 마약중독자 와이프하고 자고 있는가 하는 식의 뉴스를 읽고 싶다고." 평소 그랬듯이 그는 어젯밤도 푹 자지 못했다. 적어도 눈알이 급하게 움직이는 렘수면에는 이르지 못했다. 게다가 수면제도 일부러 먹지 않은 상태였다. 공교롭게도 그가 사는 조합아파트 건물의 자동 약국이 지급하는 일주일분의 각성제가 바닥나버렸기 때문이다. 물론 잘못은 그것을 남용한 그에게 있었지만, 각성제가 바닥났다는 사실에는 변함이 없었다. 법적으로 다음 화요일까지는 약국에 약을 달라고 요청할 수 없었다. 약을 타려면 이틀을 더 기다려야 했다. 기나긴 이틀을.

전송신문 장치가 말했다. "그럼 '저질 가십'에 다이얼을 맞춰보시죠."

그가 그렇게 하자마자 전송신문은 두 번째 인쇄지를 슬롯에서 뱉어냈다. 그는 롤라 허츠버그-라이트를 근사하게 묘사한 캐리커처를 뚫어져라 응시했고, 노골적으로 드러난 그녀의 오른쪽 귀를 바라보며 흡족한 표정으로 입술을 핥은 다음 기사를 탐독하기 시작했다.

> 어젯밤 뉴욕에서 열린 호화 파티에서 소매치기가 다가오는 것을 눈치챈 롤라 허츠버그-라이트는 악당의 턱에 재빠른 라이트잽을 먹였다. 이 악당이 격돌한 테이블에 앉아 있던 사람은 다름 아닌 스웨덴의 에곤 그로아트 국왕과 신원을 알 수 없는 한 여성이었는데, 이 여성은 깜짝 놀랄 정도로 크고 풍만한

조합아파트 현관문에 달린 종이 댕그랑거렸다. 깜짝 놀라 고개를 든 조 칩은 담뱃불이 네오 티크재 식탁의 합성수지 표면을 그슬고 있는 것을 깨닫고 재를 떨어낸 다음 현관 자물쇠 옆에 손으로 잡기 편리한 위치에 부착된 통화관 쪽으로 졸린 듯이 휘적거리며 다가갔다. "누구야?" 그는 손목시계를 보며 구시렁거렸다. 8시도 채 되지 않았다. 아마 집세를 받으러 온 로봇일 것이다. 아니면 빚쟁이일지도 모른다. 그는 자물쇠의 해제 버튼을 누르지 않았다.

활기찬 남자 목소리가 현관문 통화관을 통해 들려왔다. "조, 너무 이른 시간인 건 알지만 멀리서 방금 도착했어. G. G. 애시우드야. 토피카에서 찾아낸 유망한 신인을 데리고 왔다네. 내가 판단하기에는 최상급인데, 런시터한테 소개하기 전에 자네한테 확인을 받고 싶어서 말이야. 어차피 런시터는 지금 스위스에 가 있고."

칩은 말했다. "이 아파트에는 테스트 장비가 없는데."

"그럼 내가 회사까지 가서 가지고 올게."

"회사에도 없어." 그는 마지못해 털어놓았다. "내 차 안에 있거든. 어젯밤엔 그걸 꺼내서 가져올 짬이 없었어." 호버카*의 트렁크를 열 수도 없을 정도로 패퍼포트에 만취해 있었다는 것이 실상이지만 말이다. "9시까지도 못 기다려줘?" 그는 신경질적으로 물었다. G. G. 애시우드의 조증에 가까운 열정은 대낮에

---

* hovercar. 지면에서 부양해 이동하는 차.

도 그의 신경을 긁어놓곤 했다……. 그런데 아침 7시 40분에 그런 것과 대면해야 하다니 기가 차서 말이 안 나올 지경이었다. 빚쟁이보다 더 고약하다.

"이봐 칩, 이 친구야, 이번 건수는 정말로 굉장하다고. 걸어 다니는 기적의 집합체 같은 거라서, 자네의 측정 장치의 바늘이 비틀릴지도 몰라. 궁지에 몰려 있는 우리 회사에 틀림없이 새로운 생명을 불어넣어줄 거야. 게다가—"

"무슨 불활성자야?" 조 칩은 물었다. "반反 텔레파시?"

"직접 보여주겠네." G. G. 애시우드는 선언했다. "하지만 칩, 여기선 좀 그렇군." 애시우드는 목소리를 낮췄다. "특히 이번 건은 극비 사항일세. 설마 이렇게 현관 앞에 서서 대놓고 큰 목소리로 설명하라는 건 아니겠지. 다른 사람이 엿들을지도 모르잖아. 사실, 이 아파트 1층에도 쓸데없는 생각을 하고 있는 작자가 한 명 있군그래. 바로 지금—"

"알았어." 조 칩은 체념했다. G. G. 애시우드의 가차 없는 모놀로그는 일단 시작하면 막을 길이 없다. "5분만 기다려줘. 옷을 입고 아파트 어딘가에 커피가 조금이라도 남아 있는지 알아볼게." 어젯밤 조합아파트 단지 내의 슈퍼마켓에서 장을 보았다는 기억 비슷한 것이 남아 있었다. 특히 초록색 배급 티켓을 뜯어낸 기억이 있다. 그렇다면 커피나 담배, 또는 고가의 수입품을 산 것이 틀림없다.

"자네도 이 여자가 마음에 들 거야." G. G. 애시우드는 열성적으로 보장했다. "다만, 이런 경우 흔히 볼 수 있듯이, 부모가—"

"여자라고?" 조 칩은 움찔하며 되물었다. "내 아파트 안은 남한테 보여줄 수 있는 상태가 아닌데. 건물의 청소 로봇한테 지불할 돈을 연체했거든— 청소 안 한 지 벌써 2주째야."

"그런 데 신경을 쓰는지 물어볼까."

"묻지 마. 나는 신경이 쓰여. 그 여자 테스트는 회사에서 할게. 근무시간 중에."

"여자 마음을 읽었는데, 신경 쓰지 않는다는군."

"나이가 몇 살이야?" 아직 어린애일지도 모른다. 조는 곰곰이 생각에 잠겼다. 새로 발탁되는 잠재적인 불활성자는 어린애인 경우가 적지 않다. 초능력을 가진 부모로부터 자기 자신을 지키기 위해 그런 능력을 발달시키기 때문이다.

"네 나이가 몇 살이지?" 고개를 돌려 곁에 있는 인물에게 묻는 G. G. 애시우드의 희미한 목소리가 들려왔다. "열아홉이라는군." 그는 조 칩에게 보고했다.

흐음, 어린애라는 생각은 틀렸군. 하지만 그는 갑자기 흥미를 느꼈다. G. G. 애시우드가 부자연스러울 정도로 이렇게 야단법석을 떠는 것은 보통 매력적인 여자가 곁에 있을 때이다. 아마 이번 신인은 바로 그런 범주에 속해 있는지도 모르겠다. "15분 기다려줘." 조는 G. G.에게 말했다. 커피와 아침식사를 포기하고 서둘러서 살금살금 청소 작업에 임한다면, 그때까지 아파트를 깔끔하게 정리해놓을 수 있을지도 모른다. 적어도 그래볼 만한 가치는 있어 보였다.

현관에서 나와 주방 찬장을 열고 빗자루(수동식이든, 자동식이든)나 진공청소기(헬륨 배터리식이든 벽의 소켓에 꽂는 방식이든)를 찾아보았다. 양쪽 모두 없었다. 그러고 보니 아파트 건물의 비품 공급자에게서 어떤 종류의 청소 도구도 지급받은 기억이 없었다. 정말이지 타이밍이 안 좋군. 조는 생각했다. 여기서 벌써 4년째 살면서도 그런 사실을 까맣게 모르고 있었다.

영상전화를 집어 들고 내선 214번을 불러냈다. 건물 보수를 담당하는 회로이다. 담당 컴퓨터가 응답하자 그는 말했다.

"실은 말이지, 내 계좌 예치금의 일부를 청소 로봇 사용에 직접 할당하고 싶어. 당장 여기로 보내서 청소를 해주면 안 될까? 청소가 끝나면 밀린 청구서 금액을 전액 지불할게."

"그러시면 청소를 시작하기 전에 전액을 지불해주십시오."

이미 그는 지갑을 꺼내 들고 있었고, 안에 들어 있는 '매직 크레디트키'를 몽땅 털어놓았다. 대부분은 이미 효력을 상실한 것들이었다. 당장 갚아야 하는 빚이 산적한 그의 현재 신용 상태를 감안하면 아마 영원히 무효화될 공산이 컸다. "연체된 금액은 이 '삼각 매직키'를 써서 내겠어." 그는 얼굴 없는 적수에게 말했다. "그럼 네가 담당한 채무를 다른 데로 돌릴 수 있어. 네 장부상으로는 완전히 상환된 걸로 나올 테고."

"연체수수료에, 위약금이 붙습니다만."

"그쪽은 이 '하트형 매직키'로—"

"미스터 칩, 페리스 브로크먼 소매신용 회계감사 분석 사무소는 고객님에 관한 특별 지침을 하달했습니다. 수신 슬롯이 그걸 수령한 것이 어제라서 잘 기억하고 있습니다. 지난 7월 이후, 고객님의 신용도는 GGG 상태에서 GGGG 상태로 하락했습니다. 이제 저희 부서는—아니, 이 조합아파트 건물 전체는—고객님처럼 황당하고 특이한 사례에 대해서 전담 서비스나 신용결제, 또는 그 양쪽 모두를 제공하지 않도록 프로그래밍되어 있습니다. 이제부터 모든 서비스는 기본적인 현금결제를 통해서만 가능합니다. 사실, 고객님은 앞으로도 영구적으로 현금결제를 요구받게 될 공산이 큽니다. 사실—"

그는 전화를 끊고 감언이설 내지는 협박을 통해 청소 로봇을 그의 너저분한 아파트 내부로 유인하려는 계획을 포기했다. 그러는 대신 성큼성큼 침실로 가서 옷을 입기 시작했다. 적어도 이건 다른 사람의 도움 없이 할 수 있었다.

스포티한 밤색 겉옷, 끝이 말려 올라간 반짝반짝 빛나는 구두, 장식술이 달린 펠트캡 등을 차려입은 다음, 혹시 커피가 있지 않을까 하는 희망에서 주방 여기저기를 뒤져보았다. 없었다. 그래서 거실을 뒤져보자 욕실로 통하는 문 옆에 어젯밤 벗어 던진 얼룩덜룩한 파란색의 커다란 망토가 펼쳐져 있는 광경이 눈에 들어왔다. 그리고 그 옆에 떨어져 있는 비닐 봉지 안에는 진짜 케냐산 커피 반 파운드 깡통이 들어 있었다. 매우 비싼 고급품이었고, 만취 상태가 아니었다면 살 생각을 하지도 않았을 물건이었다. 그의 암담한 현 재정 상태에 비춰보면 특히 그랬다.

다시 주방으로 돌아온 조는 여기저기 호주머니를 뒤져 10센트 주화를 찾아냈고, 그것을 써서 커피포트를 불에 올려놓았다. 코를 킁킁거리며 평소에는 거의 맡을 일이 없는 향기를 들이마시고는 다시 손목시계를 보았다. 약속한 15분은 이미 지나 있었다. 그는 아파트 현관으로 성큼성큼 걸어가서 손잡이를 돌리고 자물쇠를 열었다.

문은 열리려고 하지 않았고, 대신 이렇게 말했다. "5센트 넣어주십시오."

조는 호주머니를 뒤졌다. 더 이상 동전이 없었다. 단 한 닢도. "내일 낼게." 그는 문에게 말했다. 다시 손잡이를 돌려보았지만, 여전히 굳게 잠겨 옴짝달싹도 하지 않았다. "문을 열 때 내는 건 일종의 팁이잖아. 꼭 내야 하는 건 아냐."

"저는 그렇게 생각하지 않습니다." 문이 말했다. "이 조합아파트를 구입하셨을 때 서명한 계약서를 다시 읽어보시죠."

계약서는 책상 서랍 안에 있었다. 그것에 서명을 한 이래 이미 여러 번 참조해볼 필요가 있었기 때문이다. 역시 문이 옳았다. 현관문을 여닫을 때 내는 돈은 의무적인 요금이지 팁이 아니었다.

"제 말이 옳았죠." 현관문이 말했다. 우쭐한 말투였다.

싱크대 옆의 서랍에서 조 칩은 스테인리스강 식칼을 꺼냈다. 그는 그것을 써서 돈을 먹는 아파트 현관문의 개폐 장치를 고정한 나사를 하나씩 돌려 빼기 시작했다.

"고소할 겁니다." 첫 번째 나사가 풀리자마자 문이 말했다.

조 칩은 대꾸했다. "문한테 고소당한 적은 아직 없군. 하지만 그런다 해도 극복할 수 있을 거야.”

문을 똑똑 두드리는 소리가 들렸다. “어이, 조. 나야, 친구. G. G. 애시우드. 신인을 데리고 왔으니 문을 열라고.”

“거기 슬롯에 10센트를 넣어줘.” 조는 말했다. “이쪽 자물쇠가 먹통이 된 것 같아.”

개폐 장치 안으로 동전이 딸각거리며 떨어졌다. 문이 활짝 열리자 G. G. 애시우드가 득의양양한 얼굴로 서 있었다. 열정과 고양감이 번득이는 표정으로, 그는 함께 있던 젊은 여자를 떠밀다시피 아파트로 데리고 들어왔다.

여자는 잠시 동안 조를 빤히 쳐다보았다. 아무리 보아도 열일곱 이상으로는 보이지 않았다. 날씬한 몸매에 구릿빛 피부와 커다란 검은 눈을 가지고 있었다. 맙소사, 정말 아름답군. 조는 생각했다. 대용 캔버스 천으로 만든 작업 셔츠와 청바지 차림이었고, 육중한 작업 부츠에는 진짜처럼 보이는 진흙이 잔뜩 묻어 있었다. 윤기가 나는 헝클어진 머리카락은 뒤통수에서 빨간 스카프로 동여맸다. 소매를 걷어 올린 팔뚝은 햇볕에 그을리고 튼튼해 보였다. 모조 가죽으로 만든 벨트에는 나이프, 야전용 전화 단말기, 휴대용 식량과 물이 든 잡낭을 차고 있었다. 거무스름한 팔뚝에는 CAVEAT EMPTOR*라는 문신이 새겨져 있었다. 무슨 뜻인지 궁금했다.

---

* 라틴어로 ‘매입하는 쪽이 조심하라’라는 뜻이다.

"팻이라고 하네." G. G. 애시우드가 말했다. 여봐라는 듯이 여자의 허리에 팔을 두르고 있었다. "성까지 알 필요는 없어." 뚱뚱한 벽돌처럼 부풀어 오른 건장한 체격의 이 사내는 평소와 마찬가지로 모헤어로 짠 판초에 살구색 펠트모, 아가일 무늬의 스키 양말, 모직 실내화 차림이었다. 온몸의 모든 분자分子가 자기만족에 겨워 히죽거리고 있는 듯했다. 뭔가 가치가 있는 것을 발굴해냈고, 그것을 최대한 이용하려고 작정한 사내의 태도였다. "팻, 여기 이 친구는 우리 회사에서 가장 유능한 전기적 테스트 기사야."

젊은 여자는 냉정한 어조로 조 칩에게 말했다. "전기적인 건 당신? 아니면 당신 테스트?"

"그건 경우에 따라 달라지지." 조는 대꾸했다. 사방팔방에서 너저분한 아파트가 내뿜는 독기가 몰려오는 기분이었다. 먼지와 잡동사니의 망령으로 가득 차 있는 듯한 느낌. 팻도 이미 그 사실을 눈치챈 기색이 역력했다. "자리에 앉아." 조는 어색하게 말했다. "진짜 커피를 한 잔 대접해줄게."

"놀랄 노 자로군요." 팻은 식탁 의자에 앉으며 말했다. 그러면서 식탁 위에 널린 이번 주의 신문 더미를 반사적으로 가지런히 정돈했다. "진짜 커피를 사 마시다니, 어떻게 그럴 수 있는 거죠, 미스터 칩?"

G. G. 애시우드가 말했다. "조는 엄청나게 월급을 많이 받거든. 이 친구 없이는 회사가 돌아가지 않을 정도야." 그는 손을 뻗어 식탁 위에 놓인 담뱃갑에서 담배 한 개비를 꺼내들었다.

"다시 집어넣어." 조 칩이 말했다. "내가 피울 게 없잖아. 마지막 초록 티켓을 커피 사는 데 써버렸다고."

"현관문 여는 값을 대신 내줬잖나." G. G.가 아픈 데를 찔렀다. 그는 담뱃갑을 여자에게 내밀었다. "조는 지금 연극을 하고 있으니 신경 안 써도 돼. 아파트도 일부러 이렇게 어질러놓은 거야. 자기가 얼마나 창조적인지를 보여주려고 그러는 거지. 천재는 모두 이런 식이잖아. 그나저나 테스트 장비는 어디 두고 왔어, 조? 이렇게 마냥 시간을 낭비하지 말자고."

조는 여자에게 말했다. "복장이 좀 특이하군."

"토피카 키부츠에서 지하 영상전화선의 보수를 맡고 있거든요. 그 키부츠에서는 육체노동에 관련된 직종은 여자가 독점하도록 되어 있어요. 내가 위치타폴즈 키부츠가 아니라 토피카에 지원한 것도 바로 그 때문이죠." 그녀의 검은 눈이 자랑스러운 듯이 이글거렸다.

조가 말했다. "네 팔에 있는 문신 말인데, 히브리어야?"

"라틴어예요." 희미하지만 조롱하는 듯한 눈빛. "이렇게 난장판인 아파트는 처음 보네요. 애인 없어요?"

"이런 전기 기술자들은 농담 따먹기 할 시간이 없어." G. G. 애시우드가 신경질적으로 끼어들었다. "어이, 칩, 이 아가씨의 부모는 레이 홀리스 밑에서 일하고 있어. 만약 딸이 여기 와 있다는 걸 안다면 전두엽 절제를 하려고 들걸."

조 칩은 여자에게 말했다. "부모님은 네가 반反 초능력을 갖고 있다는 걸 몰라?"

"몰라요." 여자는 고개를 가로저었다. "여기 이 스카우터 아저씨가 키부츠의 식당에서 얘기해줄 때까지는 나도 몰랐어요. 아마 사실이겠죠." 그녀는 어깨를 으쓱했다. "사실이 아닐지도 모르지만 말이에요. 거기에 관해서는 당신이 객관적인 증거를 보여줄 수 있다고 하더군요. 종합 테스트를 해보면 안다고요."

"테스트를 해서 능력이 있다는 결과가 나오면 어떻게 할 건데?" 조 칩이 물었다.

팻은 생각에 잠긴 표정으로 말했다. "그건 뭐랄까, 너무— 부정적인 재능인 것처럼 들리네요. 실제로 무슨 능력을 발휘하는 것도 아니고. 염력으로 물체를 움직인다든가, 돌을 빵으로 변하게 한다든가, 임신하지 않고 아이를 낳는다든가, 아픈 사람들의 병을 고치거나 하는 능력이 아니잖아요. 다른 사람의 마음을 읽거나 미래를 예지하는 재능도 아녜요. 그런 흔한 초능력조차도 아니라, 그냥 다른 사람의 초능력을 무효화한다는 건—" 그녀는 몸짓으로 표현했다. "왠지 무기력하다는 느낌을 받아요."

"인류의 존속을 보장하는 인자라는 관점에서는 초능력과 마찬가지로 유용한 거야." 조는 말했다. "특히 보통인普通人들에겐 말이야. 반 초능력은 생태학적 균형을 잡아주는 자연의 회복력이지. 어떤 곤충이 나는 법을 터득하면, 다른 곤충은 그걸 잡는 그물을 짜는 법을 터득하는 것처럼 말이야. 그물 짜는 일이 날지 못하는 것과 동일하다고 생각해? 조개는 자기 몸을 지키기 위해서 딱딱한 껍질을 발달시켰어. 그러자 새들은 조개를 물고 공중으로 날아올라 가서 바위 위에 떨어뜨리는 법을 터득했지. 어떤 의미에서 너는 초능력자들을 먹이로 삼는 생명체이고, 초능력자들은 보통인들을 먹이로 삼는 생명체라고 할 수 있어. 따라서 너는 우리 보통인들의 친구인 셈이야. 그렇게 해서 자연의 균형, 포식자와 먹잇감의 순환이 생겨나는 거지. 이 시스템은 영원히 계속될 듯싶어. 솔직히 말해서 이를 개선할 여지가 있을 것 같지도 않고."

"배신자로 간주될지도 모르겠네요." 팻이 말했다.

"그게 마음에 걸려?"

"다른 사람들이 내게 적대감을 갖게 된다는 게 걸려요. 하지만 살다 보면 언젠가는 누군가와 적대하게 될 테죠. 모든 사람들을 만족시킬 수는 없는 노릇이니. 사람들이 원하는 건 각각 다르고. 어느 한 사람을 만족시키면 다른 사람의 불만을 사는 격이랄까."

조는 말했다. "네 반 초능력은 어떤 종류야?"

"설명하기가 쉽지 않군요."

"내가 말했듯이, 유일무이한 재능이야." G. G. 애시우드가 말했다. "그런 게 있다니 나도 금시초문이었어."

"어떤 초능력을 방해하는 능력이 있는데?" 조는 여자에게 다시금 물었다.

"아마 예지능력이겠죠." 팻은 이렇게 말하고 여전히 열띤 표정으로 히죽거리고 있는 G. G. 애시우드를 가리켰다. "당신 회사의 스카우터인 애시우드 씨가 설명해주더군요. 내가 뭔가 묘한 일을 했다는 건 알아요. 지금까지 살아오면서 종종 이상한 시기가 있었어요. 여섯 살 때부터였죠. 부모님한테는 한 번도 얘기 안 했어요. 하면 기분 나빠할 게 뻔했으니."

"부모가 모두 프리코그야?" 조는 물었다.

"그래요."

"그럼 네 말이 옳아. 얘기했다면 기분이 상했겠지. 하지만 부모 곁에서 그 능력을 단 한 번이라도 썼다면 금세 들통 났을 텐데. 전혀 의심하는 기색이 없었어? 한 번도 부모님의 초능력에 끼어든 적이 없다는 거야?"

팻은 입을 열었다. "실은―" 그녀는 모호한 몸짓을 해 보였다. "끼어들긴 했지만, 부모님은 눈치채지 못했던 것 같아요." 당혹스러운 표정이 얼굴에 떠올랐다.

"반反 프리코그가 대략 어떤 식으로 기능하는지 설명해주지. 사실, 이는 우리가 아는 모든 케이스에 들어맞는 설명이라고 할 수 있어. 프리코그는 다양한 미래를 보는데, 그것들은 벌집 구멍처럼 나란히 늘어서 있어. 프리코그는 그중에서 가장 밝고 뚜렷하게 보이는 미래를 골라내지. 프리코그가 일단 그런 선택을 하면 반 프리코그는 아무 일도 할 수 없어. 반 프리코그가 능력을 발휘하려면 프리코그가 선택을 한 뒤가 아니라 선택을 하는 현장에 있어야 해. 프리코그의 눈에 모든 미래가 똑같이 진짜처럼 보이도록 해서, 미래를 선택하는 능력 자체를 무효화하는 것이 반 프리코그의 능력이거든. 프리코그 쪽에서는 반 프리코그가 근처에 오면 즉시 눈치챌 수가 있어. 왜냐하면 미래에 대해 그자가 맺고 있는 관계 전체가 변질되어버리니까 말이야. 텔레파스의 경우도 그와 비슷한 장애가—"

"이 아이는 시간을 역행해." G. G. 애시우드가 말했다.

조는 G. G.를 빤히 쳐다보았다.

"시간을 역행한다고." G. G.는 상대방의 반응을 즐기는 듯한 표정으로 되풀이해 말했고, 조 칩의 부엌 구석구석을 향해 의미심장한 눈길을 보냈다. "이 아이의 영향을 받은 프리코그는 여전히 하나의 우세한 미래를 보게 돼. 자네가 방금 말했듯이, 가장 밝고 뚜렷한 가능성을 말이야. 그래서 그걸 고르는 거지. 거기까지는 문제없어. 하지만 왜 그게 옳은 선택이었을까? 왜 밝고 뚜렷하게 보인 걸까? 그건 여기 이 아이가—" 그는 팻을 향해 어깨를 으쓱해 보였다. "팻은 미래를 조종해. 밝고 뚜렷하게 보인 미래가 밝고 뚜렷했던 건 팻이 과거로 가서 그걸 그렇게 바꿔놓았기 때문이야. 과거를 변화시킴으로써 현재를 바꾼 거지. 그 프리코그가 포함된 현재를 말이야. 프리코그 쪽은 자기가 영향을 받았다는 걸 모르고 자기 능력이 제대로 기능하고 있다고 느끼지만, 실은 그렇지가 않은 거지. 이게 바로 다른 반 프리코그들에게는 없는 팻만의 강점 중 하나라네. 또 하나의—더 큰—강점은 프리코그가 이미 내린 결정까지도 무효화할 수 있다는 거야. 팻은 나중에라도 그런 상황에 개입할 수 있어. 따지고 보면 이게 우리의 가장 큰 골칫거리였잖아. 처음부터 그 현장에 가 있지 않는 이상 우리는 속수무책이었어. 어떤 의미에서 예지능력은 다른 종류의 초능력하고는 달리 완전하게 무효화하는 것이 불가능했지. 안 그래? 그게 우리 사업의 약점 중 하나 아니었어?" 그는 기대하는 듯한 눈초리로 조 칩을 쳐다보았다.

"흥미롭군." 이윽고 조는 말했다.

"염병할. 겨우 '흥미롭군'이라는 말밖에 못 해?" G. G. 애시우드는 분개하며 팔을 마구 흔들었다. "이건 지금까지 출현한 것 중 가장 위대한 반 초능력이라고!"

팻이 나직한 목소리로 말했다. "난 과거로 돌아가거나 하진 않아요." 그러고는 고개를 들어 반쯤 쑥스러워하고 반쯤 화난 듯한 눈으로 조 칩을 마주 보았다. "뭔가 하는 건 맞지만, 애시우드 씨는 그걸 실제보다 훨씬 더 부풀려서 얘기한 것 같네요."

"난 네 마음을 읽을 수 있어." G. G.는 조금 발끈한 표정으로 팻에게 말했다. "네가 과거를 바꿀 수 있다는 걸 알아. 실제로 그랬던 적이 있잖아."

팻은 말했다. "과거를 바꿀 수는 있지만 과거로 갈 수는 없으니까 시간여행을 하는 건 아녜요. 이 테스트 기사 아저씨한테는 그런 인상을 주고 싶으신 모양이지만."

"어떻게 과거를 바꾸는데?" 조는 그녀에게 물었다.

"그 일을 생각해요. 과거의 어느 특정한 측면, 이를테면 어떤 사건이나 누군가가 했던 말을. 아니면 과거의 어떤 사소한 일인데, 내가 일어나지 않았으면 좋겠다고 생각하는 일을. 내가 처음으로 그런 일을 한 건 아직 어렸을 적이었는데—"

"여섯 살 때였다는군." G. G.가 끼어들었다. "당시엔 디트로

이트에 있었대. 물론 부모와 함께 살고 있었을 무렵인데, 아버지가 아끼는 골동품 도자기 조각상을 부쉈다나."

"네 아버지는," 조는 물었다. "자기 예지능력으로 그걸 미리 예상하지 못했어?"

"물론 예상했어요." 팻은 대답했다. "그래서 내가 조각상을 부수기 일주일 전에 나한테 벌을 줬어요. 어차피 피할 수 없는 일이라고 하면서요. 프리코그의 초능력이 어떤 건지 알잖아요. 미리 알 수는 있지만 무슨 일도 변화시킬 수는 없다는 거. 그래서 그 조각상이 부서진 뒤에―정확히 말하면, 내가 그걸 부순 뒤에―너무 억울해서 곰곰이 생각을 해봤어요. 조각상이 부서지기 일주일 전에 나는 저녁 디저트를 못 먹는 벌을 받았고, 오후 5시에 억지로 잠자리에 들어야 했어요. 그래서 난 이런 생각을 했어요. 이런 빌어먹을 불운을―어린애니까 그땐 뭔가 다른 표현을 썼을 수도 있겠지만―어떻게든 회피하는 방법은 없을까? 아버지의 예지능력은 내 눈에는 딱히 대단해 보이지 않았어요. 일어날 사건을 변화시키지는 못하니까. 지금도 여전히 그렇게 생각해요. 일종의 경멸이랄까. 하여튼 한 달 동안 그 잘난 조각상을 다시 복원하려고 의지를 집중했어요. 전에는 그게 어떤 모양을 하고 있었는지를 마음속에 떠올리면서……. 그건 상당히 괴로운 경험이었어요. 그러던 어느 날 아침에 깨어보니―밤에 그 조각상 꿈을 꾸기까지 했는데―조각상이 다시 멀쩡해져 있더군요. 부서지기 전과 똑같은 모습으로." 팻은 긴장한 표정으로 조 칩 쪽으로 몸을 내밀고는 날카롭고 단호한 어조로 말했다. "하지만 엄마도 아빠도 전혀 눈치채지 못했어요. 그들 입장에선 그 조각상이 멀쩡하다는 게 극히 당연하고 정상적인 일이었기 때문이죠. 줄곧 멀쩡했다고 믿고 있었던 거예요. 그렇지 않다는 걸 기억하는 사람은 나 혼자였어요." 그녀는 미소 짓고 의자 등받이에 등을 기댔고, 조의 담뱃갑에서 또 한 개비를 뽑아 문 다음 불을 붙였다.

"좋아. 차에서 내 테스트 장비를 가지고 오겠어." 조는 현관 쪽으로 갔다.

"5센트입니다." 문손잡이를 잡자마자 현관문이 말했다.

"대신 내줘." 조는 G. G. 애시우드에게 말했다.

차에서 꺼낸 테스트 장비를 한 아름 안고 다시 아파트로 돌아온 그는 회사 전속 스카우터에게 나가보라고 말했다.

"뭐라고?" G. G.는 화들짝 놀라며 말했다. "하지만 내가 찾은 아이잖아. 포상금은 내 거야. 거의 열흘 동안이나 역장을 추적해서 겨우 찾아낸 거라고. 그런데—"

조는 대꾸했다. "자네가 발생시키는 역장 때문에 곁에 있으면 테스트 못 한다는 거 잘 알잖아. 초능력하고 반 초능력은 서로를 왜곡시켜. 안 그런다면 애당초 우리 사업 자체가 성립하지도 않고." 마지못해 일어서는 G. G.에게 그는 손을 내밀었다. "5센트 동전이나 두어 개 주고 가. 나중에 팻하고 함께 아파트에서 나갈 수 있게."

"잔돈이라면 있어요." 팻이 중얼거렸다. "내 백 안에."

G. G.가 말했다. "내 역장이 감쇄한 부분을 확인하면 이 아이가 발생시키는 힘을 측정할 수 있어. 이미 자네가 그런 식으로 측정하는 걸 몇백 번이나 봤다고."

조는 짤막하게 말했다. "경우가 달라."

"5센트 동전이 다 떨어졌어." G. G.가 말했다. "나가고 싶어도 나갈 수가 없어."

팻은 조를 흘끗 보고, 이어서 G. G.를 보며 말했다. "여기 하나 있어요." 그녀가 G. G.에게 동전을 던지자 그는 당혹스러운 얼굴로 그것을 받았다. 당혹스러움은 점점 언짢고 불만스러운 표정으로 바뀌었다.

"정말이지 너무하는군." 그는 현관문의 슬롯에 동전을 넣으며 말했다. "두 사람 모두." 그는 열린 문을 통해 나가며 이렇게 중얼거렸다. "처음 발견한 사람은 나야. 그런데 이렇게 눈 뜨고 코 베어가는 식으로―" 문이 철컥 닫히자 그의 목소리는 점점 희미해졌다. 이윽고 정적이 찾아왔다.

잠시 후 팻이 말했다. "저 아저씨는 흥분해 날뛰는 걸 빼면 시체인 것 같아."

"알고 보면 괜찮은 친구야." 조는 대꾸했고, 평소의 그에게는 어울리지 않는 감정을 느꼈다. 가책이다. 그러나 그리 심하지는 않았다. "하여튼 G. G.는 자기 할 일을 했으니까, 이제는―"

"이제는 당신이 일할 차례라는 거군요. 말하자면." 팻이 말했다. "부츠 벗어도 돼요?"

"물론 괜찮아." 조는 이렇게 대꾸하고 테스트 장비를 준비하기 시작했다. 자기 드럼과 전원을 점검하고, 계기판 바늘의 움직임을 일일이 시험해보고, 특정 서지surge 전류를 흘려보내 그 효과를 기록했다.

"샤워 쓸 수 있어요?" 팻은 부츠를 벗어 가지런히 옆에 놓고 말했다.

"25센트." 조는 중얼거렸다. "25센트 동전을 넣어야 해." 그가 고개를 들자 팻은 이미 블라우스의 단추를 끄르는 중이었다. "난 25센트가 없는데." 그는 말했다.

"키부츠에서는 모든 게 무료였는데." 팻이 말했다.

"무료라고!" 조는 그녀를 빤히 바라보았다. "그건 경제적으로 실현 불가능해. 어떻게 그런 식으로 운영될 수 있는 거지? 한 달 이상은 유지 못 할 텐데."

팻은 태연히 블라우스 단추를 끄르며 말했다. "우리 급료는 현물 지급이니까요. 일을 하고 그걸 크레디트로 받아요. 우리가 버는 크레디트의 총액으로 키부츠 전체의 경비를 조달하는 거죠. 사실 토피카 키부츠는 최근 몇 년 동안 계속 흑자를 기록했어요. 우리는 집단으로서 소요경비 이상의 수입을 올려왔으니까." 팻은 벗은 블라우스를 앉아 있던 의자 등받이에 걸쳤다. 거친 천으로 만든 파란색 블라우스 아래에는 아무것도 입고 있지 않았다. 조의 눈에 그녀의 젖가슴이 들어왔다. 단단하고 탄력 있는 유방과 그것들을 잘 지탱하고 있는 탄탄한 어깨 근육.

"그래도 되는 거야?" 조는 말했다. "그러니까, 그렇게 옷을 훌훌 벗어 던져도 되느냐고?"

팻이 말했다. "기억 못 하는군요."

"뭘 기억 못 해?"

"내가 옷을 안 벗었다는 사실 말이에요. 지금과는 다른 현재에서는 당신이 그걸 별로 마음에 들어하지 않았고, 그래서 난 그 현재를 지웠어요. 그래서 이렇게 된 거죠." 그녀는 유연한 동작으로 일어났다.

"네가 옷을 안 벗었을 때," 그는 신중한 어조로 물었다. "내가 어떻게 행동했는데? 테스트를 안 해주겠다고 했어?"

"애시우드 씨가 내 반 초능력을 과대평가했다, 뭐 그런 말을 중얼거렸어요."

조는 말했다. "난 그런 식으로 일하지는 않아. 내가 그런 짓을 했을 리가 없어."

"자요." 허리를 굽히자 젖가슴이 요동쳤다. 그녀는 블라우스 호주머니를 뒤져 접힌 종이쪽지 한 장을 꺼내 그에게 건넸다. "앞의 현재에서 가져온 거예요. 내가 지운 쪽."

조는 쪽지에 쓰인 글을 읽었고, 마지막 부분에 그가 쓴 한줄 평가를 읽었다. "발생한 반 초능력 역장의 강도―불충분. 일관되게 표준 이하. 기존의 프리코그들에 대해서도 쓸모가 없음." 그리고 그가 쓰는 암호 표시가 되어 있었다. 원을 직선으로 이분二分한 기호. 고용하지 말라는 뜻이다. 이 기호의 뜻을 아는 사람은 조와 글렌 런시터밖에 없었다. 스카우터들조차도 이 기호의 의미를 몰랐기 때문에 애시우드가 팻한테 가르쳐주었을 가능성은 없었다. 조는 말없이 그녀에게 종이를 돌려주었다.

그녀는 그것을 다시 접어 블라우스 호주머니에 넣었다.

"이래도 테스트할 필요가 있어요?" 팻이 물었다. "방금 그걸 보고도?"

"정규 절차는 지켜야 해. 여섯 가지 지표를—"

팻은 말했다. "빚에 쪼들리는 소심하고 무능한 관료주의자 나부랭이, 현관문한테 낼 동전 몇 개가 없어서 자기 아파트 밖으로 나가지도 못하는 작자가 그런 소리를 하다니." 그녀의 담담하지만 통렬한 목소리가 그의 귓속에서 커다랗게 울려 퍼졌다. 조는 자신의 몸이 움찔하며 뻣뻣해지고, 얼굴이 새빨갛게 달아오르는 것을 자각했다.

"지금은 좀 사정이 안 좋아서 그래. 재정 상태는 언제든 다시 정상으로 되돌릴 수 있어. 대출을 받으면 돼. 필요하다면 회사에서." 그는 비틀거리며 일어나서 찻잔 두 개와 받침 접시 두 개를 꺼낸 다음 커피포트의 커피를 따랐다. "설탕이나 크림은?"

"크림." 팻은 여전히 블라우스도 걸치지 않고 맨발로 선 채로 말했다.

그는 우유가 든 종이 용기를 꺼내기 위해 냉장고 손잡이를 잡아당겼다.

"10센트입니다." 냉장고가 말했다. "문을 여는 데 5센트, 크림을 꺼내는 데 5센트."

"크림이 아냐." 조는 말했다. "그냥 우유라고." 그러면서 계속 냉장고 문을 잡아당겼지만 문은 꿈쩍도 하지 않았다. "이번만 봐줘." 그는 냉장고에게 말했다. "하느님께 맹세코 오늘밤까지는 갚을게."

"자, 여기요." 팻이 식탁 위로 10센트 동전을 밀어서 그에게
보냈다. "당신 애인이 될 여자는 돈이 많아야 하겠군요." 조가
냉장고의 슬롯에 동전을 집어넣는 것을 바라보며 팻이 말했다.
"정말이지 파산 상태인 거 맞군요? 애시우드 씨가 그 얘기를
해줬을 때―"

"아냐." 그는 쥐어짜듯이 말했다. "언제나 이런 건 아냐."

"미스터 칩, 내 도움을 받아 이런 곤경에서 빠져나오고 싶지
않나요?" 팻은 청바지 호주머니에 두 손을 꽂은 채로 무표정하
게 그를 바라보았다. 얼굴에는 아무런 감정도 떠올라 있지 않
았고, 단지 기민한 느낌만이 존재했다. "내가 그럴 수 있다는
걸 알잖아요. 그러니까 자리에 앉아서 내 평가 보고서를 써요.
테스트 따윈 잊어버리고. 내 초능력은 어차피 유일무이한 거라
서 당신 기계로는 내가 만들어내는 역장을 측정할 수 없어요.
문제의 역장은 과거에 있고, 지금 당신은 현재의 나를 테스트
하고 있으니까요. 그리고 현재는 그 과거의 결과로서 자동적으
로 생겨난 거고요. 그렇게 생각하지 않나요?"

조는 말했다. "블라우스에 넣어둔 그 평가서를 보여줘. 결정
을 내리기 전에 다시 한 번 보고 싶어."

팻은 또다시 블라우스에서 접힌 노란색 종이를 꺼내서 침착
한 태도로 식탁 너머의 그에게 건넸다. 조는 다시 그것을 읽어
보았다. 내 필적이 맞아. 그는 속으로 생각했다. 진짜야. 팻에
게 그것을 되돌려준 다음 그는 테스트 장비 사이에서 한 번도

사용한 적이 없고 아무것도 쓰여 있지 않은 낯익은 노란색 종이를 한 장 꺼냈다.

거기에 그녀의 이름을 적고, 그다음에는 터무니없이 높은 가짜 테스트 수치를 나열한 다음 마지막으로 그가 내린 결론을 적었다. 새로운 결론을. "믿기 힘들 정도의 능력. 유례를 찾아볼 수 없는 규모의 반 초능력 역장. 아마 모든 종류의 프리코그 집단을 무력화할 수 있으리라고 사료됨." 그러고는 그 뒤에 기호를 하나 끼적였다. 이번에는 밑줄을 그은 두 개의 X표였다. 팻은 그의 뒤에 서서 그가 쓰는 광경을 바라보고 있었다. 조는 목덜미에 닿는 그녀의 숨결을 느꼈다.

"X표 두 개에 밑줄 그은 건 무슨 뜻이에요?" 그녀가 물었다.

"'비용에 상관하지 말고 고용할 것.'" 조는 말했다.

"고마워요." 팻은 핸드백에 손을 넣어 한 다발의 포스크레드 지폐를 꺼냈고, 한 장을 뽑아 그에게 내밀었다. 고액권이었다. "이게 있으면 밀린 경비를 모두 지불할 수 있을 거예요. 정식 평가서를 내게 써주기 전에는 줄 수가 없었어요. 그랬다면 거의 모든 걸 취소해버렸을지도 모르고, 내가 당신을 매수한 일을 갖고 죽을 때까지 고민했을 테니까. 급기야는 나한테 아무런 반 초능력도 없다는 결론을 내렸을 가능성조차 있고." 팻은 청바지의 지퍼를 내리고 재빠르고 조용하게 옷을 벗기 시작했다.

조 칩은 그런 그녀에게는 눈길을 주지 않고 자기가 쓴 글을 훑어보았다.

밑줄을 그은 두 개의 X표는 그가 팻에게 얘기한 것 같은 뜻
이 아니었다. 실제로는 '이 인물을 감시할 것. 회사에 해가 되는
위험인물임'이라는 뜻이었다.

그는 테스트 보고서에 서명을 하고 접은 다음 그녀에게 건넸
다. 그녀는 즉시 그것을 핸드백에 집어넣었다.

"내 짐은 언제 가져오면 돼요?" 그녀는 맨발로 욕실을 향해
걸어가며 말했다. "이제 여긴 내 집이라고 생각하고 있어요. 방
금 당신한테 실질적으로 한 달치 월세를 지불했으니까요."

"언제든지." 그는 말했다.

욕실이 말했다. "50센트입니다. 물을 틀기 전에 넣어주십시
오."

팻은 다시 주방으로 돌아와서 핸드백으로 손을 뻗쳤다.

04

끝내주는 유빅 샐러드 드레싱이 새로 나왔습니다. 이탈리 안도 아니고 프렌치도 아닌, 완벽하게 참신한 맛의 본 제품 은 전 세계에서 선풍을 일으키고 있습니다. 우리 모두 유빅 으로 끝내주는 맛을! 사용상의 주의를 지키면 안전합니다.

'사랑하는 동포를 위한 모라토리엄'으로의 여행을 마치고 다시 뉴욕으로 돌아온 글렌 런시터는 조용하고 위풍당당한 전기식 대여 리무진을 런시터 어소시에이츠 본사 건물의 옥상에 착륙시켰다. 그는 하강 튜브에 올라타 50층에 있는 자신의 집무실로 신속하게 내려갔다. 잠시 후―현지 시각으로 오전 9시 30분에―그는 책상 뒤에서 진짜 호두나무와 가죽을 써서 만든 중후하고 고풍스러운 회전의자에 앉아 영상전화를 통해 본사

홍보부를 불러냈다.

"태미시, 방금 취리히에서 돌아왔네. 엘라하고 의논을 해봤어." 이렇게 말하고 런시터는 비서를 노려보았다. 그녀는 방금 그의 널찍한 개인 집무실로 들어와서 등 뒤로 문을 닫은 참이었다. "무슨 일인가, 미시즈 프릭?" 그는 물었다.

비쩍 마르고 소심한 미시즈 프릭의 얼굴은 전체적으로 늙고 우중충한 외모를 보완하려는 듯이 여기저기를 인공적인 색채로 장식하고 있었다. 그녀는 질문에 부정하듯 어깨를 움츠려 보였다. 방해할 생각은 없지만 어쩔 수 없다는 투였다.

"알았네, 미시즈 프릭." 그는 참을성 있게 말했다. "용건이 뭔가?"

"새로운 의뢰인이 왔습니다, 런시터 씨. 만나보시는 편이 낫겠다고 생각합니다." 그녀는 앞으로 걸어 나오는 동시에 뒤로 물러났다. 이것은 미시즈 프릭에게만 가능한 재주였다. 터득하는 데 백 년이나 걸린.

"이 통화가 끝나는 즉시 그러겠네." 런시터는 이렇게 대꾸하고 다시 전화에 대고 말했다. "전 지구를 대상으로 한 우리 회사의 TV 황금 시간대 광고는 얼마나 자주 방영되나? 여전히 세 시간에 한 번인가?"

"아니, 그 정도로 자주 나오지는 않습니다, 사장님. 하루 단위로 평균을 내보면 안심보장 광고는 각 UHF 채널에서 세 시간에 한 번꼴로 나오지만, 황금 시간대에 집중적으로 내보내려면 경비가—"

"한 시간에 한 번씩 방영되도록 조치해." 런시터가 말했다. "엘라는 그렇게 하는 편이 낫겠다더군." 서반구로 되돌아오던 길에 그는 회사 광고 가운데 가장 마음에 드는 것을 이미 골라놓았다. "최근 나온 대법원 판결 얘기는 들었지? 어떤 상황에서도 아내가 절대로 이혼에 응하지 않을 거라는 사실을 증명할 수 있다면, 남편은 합법적으로 아내를 살해할 수 있다는 판결 말이야."

"예, 이른바—"

"그걸 뭐라고 부르든 난 관심 없어. 여기서 중요한 건 우리가 그에 관한 TV 광고를 이미 제작해놓았다는 거야. 정확히 어떤 내용이었더라? 기억해보려고 했는데 생각이 잘 안 나는군."

태미시는 말했다. "아내를 죽인 사내가 재판을 받는 광경입니다. 처음에는 배심원들을 보여주고, 다음에는 판사, 그다음에는 피고한테 반대심문을 하는 검사의 모습을 팬숏으로 비춥니다. 거기서 검사가 이렇게 말하죠. '그렇다면 피고는 피고의 아내가—'"

"바로 그거야." 런시터는 만족한 듯이 말했다. 처음에 대본을 쓰는 것을 도운 기억이 있었다. 런시터가 보기에 그것은 그의 정신의 놀라운 다면성을 보여주는 한 예였다.

"하지만 사장님," 태미시가 말했다. "종적을 감춘 초능력자들이 어딘가의 메이저 투자회사 중 하나에 한꺼번에 고용되어 일하고 있다는 생각은 안 드십니까? 그럴 가능성이 높다는 점을 감안하면 오히려 기업 관계의 광고를 강조하는 편이 나을지도 모릅니다. 혹시 이 광고 생각나십니까? 일을 끝내고 저녁에 퇴근한 어떤 남편이 등장하는 광고 말입니다. 샛노란 장식 허리띠에 꽃잎 치마, 무릎까지 올라오는 호스* 차림에 군대풍의 챙이 달린 모자를 쓰고 있죠. 그는 지친 모습으로 거실 소파에 앉아서 긴 장갑을 벗으려다가 허리를 굽히면서 찌푸린 얼굴로 이렇게 말합니다. '후유, 질, 최근 난 어디가 좀 이상해진 것 같아. 게다가 날이 갈수록 점점 더 빈번하게 그런 느낌이 들어. 사무실에서 별로 중요하지도 않은 얘기를 언뜻 들을 때마다 뭐랄까, 누군가가 내 마음을 읽고 있다는 생각이 들거든!' 그럼 아내는 이렇게 대답하죠. '그게 그렇게 마음에 걸리면 근처에 있는 안심보장 회사하고 의논해보면 어때요? 우리한테도 금전적으로 별로 무리가 가지 않는 한도 안에서 불활성자 한 사람을 파견해준대잖아요. 그럼 금세 예전의 당신으로 돌아갈 수 있을 거예요!' 그럼 남편은 만면에 웃음을 떠올리고 이렇게 말합니다. '어, 그 얘길 들으니 자꾸 신경 쓰이던 게 벌써—'"

미시즈 프릭이 또 사장실 문간으로 와서 말했다. "죄송하지만, 사장님." 그녀가 낀 안경이 경련하듯이 떨렸다.

런시터는 고개를 끄덕였다. "그 얘긴 나중에 하세, 태미시. 하여튼 방송국들에 연락해서 내가 방금 말했듯이 한 시간 단위로 우리 광고를 내보내라고 해." 그는 영상전화를 끊고 말없이 미시즈 프릭을 바라보았다. 잠시 후 그는 입을 열었다. "일부러

스위스까지 갔다 왔는데. 엘라를 깨운 것도 그런 정보를, 조언을 얻기 위해서였어.”

“이제 들어가셔도 됩니다. 미스 워트.” 비서가 몸을 비틀며 옆으로 비키자 통통한 여자가 사장실 안으로 휘적휘적 걸어 들어왔다. 머리가 농구공처럼 상하로 움직인다. 여자는 둥글둥글한 커다란 몸을 움직여 의자로 곧장 가더니 대뜸 앉아서 가느다란 두 다리를 달랑거렸다. 유행에 뒤떨어진 스파이더 실크 재킷을 걸친 모습은 자기가 자아내지 않은 누에고치에 친친 감싸인 붙임성 있는 벌레를 연상시켰다. 옷으로 완전히 몸을 둘러싼 듯했다. 그러나 이쪽을 보며 싱글거리는 것을 보니 실로 편안해하는 듯한 느낌이었다. 사십대 후반쯤 되어 보이는군. 런시터는 판단했다. 보기 좋은 몸매 따위는 이미 먼 과거의 일인 듯했다.

“아, 미스 워트.” 런시터는 말했다. “그리 시간이 많지 않아서, 단도직입적으로 말씀해주시면 좋겠군요. 용건이 뭡니까?”

겉모습에는 어울리지 않는 여유롭고 쾌활한 목소리로 미스 워트가 말했다. “최근 텔레파스와 관련된 문제가 발생해서요. 의심은 하고 있지만 아직 확신하지는 못하고 있답니다. 우리 회사에도 텔레파스가 한 명 있는데 — 우리가 고용해서 사원들 사이에 섞여 있는 사람이에요. 텔레파스나 프리코그, 기타 다른 종류의 초능력자와 마주칠 경우에는—” 미스 워트는 밝은 표정으로 런시터를 훑어보았다. “그 사람이 상부에 보고를 올리게 되어 있죠. 그리고 지난 주말에 그가 바로 그런 보고를 올린 거예요. 실은 어떤 민간기업이 작성한 안심보장 회사 비교 평가 보고서를 보았는데, 이곳이 최고 평점을 받았더군요."

"그렇겠죠." 런시터는 말했다. 사실, 그도 그 보고서를 읽은 적이 있었다. 그러나 그 보고서가 런시터 사의 실적 향상에 그리 큰 도움이 된 것 같지는 않았다. 이 여자가 찾아오기 전까지는 말이다. "그 친구는 텔레파스를 몇 명이나 발견했습니까? 한 명 이상입니까?"

"적어도 두 명이 있다는군요."

"더 있을 수도 있다?"

"그럴 수도 있다고 했어요." 미스 워트는 고개를 끄덕였다.

"저희가 일하는 방식은 이렇습니다." 런시터는 말했다. "우선 적수가 누군지를 확정하기 위해서 초능력 역장을 객관적으로 측정합니다. 그 작업을 수행하려면 상황에 따라 보통 일주일에서 열흘쯤 걸리는데—"

미스 워트는 그의 말을 가로막았다. "제 고용주는 불활성자들을 당장 파견해달라고 요청하고 있어요. 시간이 걸리고 비싸게 먹히는 사전 테스트는 생략하고."

"그럴 경우는 불활성자들을 몇 명이나 파견해야 하는지 감을 잡을 수가 없습니다. 어떤 종류의 불활성자가 필요한지, 또 그 친구들을 정확히 어디에 배치해야 할지도 알 수 없고요. 초능력자들의 활동을 무효화하려면 체계적으로 접근해야 합니다. 요술 지팡이를 흔들거나 사무실을 훈증 소독하지는 않는다는 뜻입니다. 홀리스의 초능력자 한 명에 대해 이쪽에서도 불활성자 한 명을 할당해야 합니다. 모든 초능력에 대해 거기에 상응하는 반 초능력을 발휘해야 하니까요. 만약 홀리스의 부하가 그쪽 회사 내부에 침입했다면 그들도 똑같은 방식을 취했을 겁니다. 초능력자를 한 사람씩 잠입시키는 거죠. 우선 인사부에 한 사람이 취직하면, 그 인물이 또 다른 초능력자를 고용하는 식입니다. 그러면 그 인물은 새로운 부서를 만들거나, 해당 부서의 책임자가 되어서 또 두 명쯤 초능력자를 고용합니다……. 경우에 따라서는 몇 달에 걸쳐 그러기도 합니다. 그렇게 오랫동안 공을 들여서 만든 네트워크를 단 24시간 만에 와해시키는 것은 불가능합니다. 대규모 초능력 작전은 모자이크를 닮았습니다. 조바심은 금물이고, 그건 우리 쪽도 마찬가지입니다.”

“제 고용주는,” 미스 워트는 쾌활한 어조로 말했다. “조바심을 내고 있어서요.”

“제가 직접 설명해드리죠.” 런시터는 영상전화기로 손을 뻗었다. “그 고용주라는 분의 이름하고 전화번호가 어떻게 됩니까?”

“저를 통해 교섭하셔야 해요.”

“그럼 교섭 자체가 불가능할지도 모르겠군요. 왜 누구 대리로 왔는지 얘기 못 하시는 겁니까?” 런시터는 책상 언저리 밑에 숨겨져 있는 비밀 단추를 눌렀다. 본사 건물에 상주하는 텔레파스 사원인 니나 프리드를 옆방으로 호출하는 단추였다. 프리드는 그곳에서 미스 워트의 사고 과정을 감시할 것이다. 상대가 누군지도 모르고 거래를 할 수는 없는 일이지. 그는 속으로 중얼거렸다. 레이 홀리스 본인일지도 모르는 일이잖나.

"고집이 세시군요." 미스 워트가 말했다. "저희는 단지 신속한 해결을 바랄 뿐이에요. 굳이 그러는 건 신속함이 생명이기 때문이죠. 적어도 이렇게 말씀드릴 수는 있겠네요. 초능력자들에게 오염된 저희 회사의 사업은 실은 이 지구상에서 이루어지고 있는 게 아니랍니다. 잠재적인 이익이라는 관점에서도, 또 투자적인 관점에서도 저희가 가장 힘을 쏟고 있는 프로젝트죠. 제 고용주는 가용 자산을 모두 거기 쏟아부었습니다. 그 사실은 극비예요. 무엇보다도 충격적이었던 건, 현지에서 텔레파스를 발견—"

"잠깐 실례하겠습니다." 런시터는 이렇게 말하고 일어나서 사장실 문 쪽으로 갔다. "이번 일에 동원할 수 있는 직원들이 지금 본사에 몇 명이나 있는지 확인하고 오겠습니다." 등 뒤로 문을 닫은 런시터는 사장실에 면한 사무실들을 차례로 들여다보며 니나 프리드를 찾았다. 그녀는 작은 옆방에 혼자 앉아서 담배를 피우며 정신을 집중하고 있었다. "저 여자가 누구 대리로 왔는지 알아봐." 런시터는 프리드에게 말했다. "그리고 얼마까지 낼 생각이 있는지도." 지금 놀고 있는 불활성자는 서른여덟 명이었지. 런시터는 생각했다. 잘하면 그들 모두, 혹은 대다수에게 이번 일을 떠맡길 수도 있겠군. 홀리스의 그 잘난 척하는 초능력자 부하들이 대체 어디로 사라졌는지를 알아낼 수 있을지도 모르겠어. 부하들을 죄다 보낸 곳을 말이야.

그는 다시 사장실로 돌아가서 책상 앞에 앉았다.

"텔레파스들이 그쪽 사업에 침투한 것이 사실이라면," 런시터는 양손을 깍지 낀 채로 미스 워트에게 말했다. "사업이 존재한다는 사실 자체는 이미 비밀이 아니라는 사실을 직시하고 받아들여야 합니다. 그자들이 어떤 기술 정보를 훔쳐냈는지를 알아내는 것과는 별도로 말입니다. 그러니까 그 사업이 뭔지 얘기해주시겠습니까?"

미스 워트는 주저하며 말했다. "실은 저도 모른답니다."

"그게 어디서 진행되고 있는지도?"

"몰라요." 그녀는 고개를 가로저었다.

런시터는 말했다. "고용주의 정체는 알고 있습니까?"

"저는 그분이 재정적으로 지배하고 있는 자회사에서 일하고 있습니다. 제 직속 상사는 셰퍼드 하워드 씨이지만, 하워드 씨가 누구를 위해 일하고 있는지 들은 적은 없어요."

"우리가 그쪽에서 필요로 하는 불활성자들을 제공한다면, 그들이 어디로 파견되는지 알려주실 수 있습니까?"

"아마 무리일 거예요."

"혹시 우리 직원들이 아예 돌아오지 못한다면?"

"아예 돌아오지 못하다니요? 일단 저희 사업을 정화한 다음에는 돌아와야 하지 않나요?"

"홀리스의 부하들은 자기들을 무력화하기 위해 파견된 불활성자들을 살해한 적이 있습니다. 직원들을 보호하는 것은 제 의무입니다. 어디로 파견되는지도 모르는 일에 부하들을 내보낼 수는 없습니다."

런시터의 왼쪽 귓속에 숨겨진 초소형 스피커가 북북거리더니 그에게만 전하는 니나 프리드의 희미하고 차분한 목소리가 들려왔다. "미스 워트는 스탠튼 믹의 대리인입니다. 믹의 신임을 받고 있는 조수이죠. 셰퍼드 하워드라는 인물은 존재하지 않습니다. 문제의 프로젝트는 주로 달에서 진행되고 있습니다. 그것은 믹의 연구 시설인 테크프라이즈와 관련이 있고, 그 시설의 주식 과반수는 미스 워트의 명의로 되어 있습니다. 미스 워트는 기술적인 세부에 관해서는 아는 것이 없고, 스탠튼 믹도 과학적 평가서나 메모나 중간보고 등을 그녀에게 제공한 적이 한 번도 없습니다. 미스 워트는 이 점에 대해 크게 분개하고 있군요. 그러나 미스 워트는 믹의 부하들로부터 이 프로젝트의 개략적인 성격을 캐냈습니다. 간접적으로 얻은 이 정보가 정확하다고 가정한다면, 달에서 진행 중인 프로젝트는 혁신적이고 새로운 항성간 추진 방식에 관한 것입니다. 이 추진 방식은 광속에 근접한 속도를 낼 수 있고 단가가 낮기 때문에, 어느 정도 경제적인 여유가 있는 정치적 또는 민족적 집단이라면 대여하는 것도 가능합니다. 이 추진 방식에 의해 집단적이고 기본적인 하부구조 차원에서도 우주 식민화가 가능해지고, 고로 특정 정부에 의한 독점은 사라지리라는 것이 믹의 견해입니다."

니나 프리드가 접속을 끊자 런시터는 가죽과 호두나무로 만든 특제 회전의자의 등받이에 등을 기대고 생각에 잠겼다.

"무슨 생각을 하는 거죠?" 미스 워트가 밝은 어조로 물었다.

"실은," 런시터는 대답했다. "우리 회사와 거래를 할 재정적 능력이 있으신지 의아해하고 있었습니다. 일을 진행하기 위한 테스트 데이터가 전무한 탓에 그쪽에서 불활성자를 몇 명이나 필요로 하는지는 추측에 의존하는 수밖에 없어서……. 경우에 따라서는 마흔 명이 필요할 수도 있습니다." 물론 이것은 스탠튼 믹에게 수없이 많은 불활성자를 고용할 재력이 있거나, 혹은 그 비용을 부담해줄 제3자를 찾아낼 능력이 있다는 사실을 뻔히 알면서 한 소리였다.

"마흔 명이라." 미스 워트가 되풀이했다. "흐음, 적지 않은 숫자군요."

"가용 인원이 많으면 많을수록 신속하게 일을 끝낼 수 있습니다. 그쪽도 서두르는 것 같으니 한꺼번에 파견하는 편이 낫겠군요. 고용주를 대신해서 도급 계약서에 서명할 권한을 갖고 계시다면," 런시터는 검지를 들어 단호하게 미스 워트를 가리키며 말했다. 그녀는 눈 하나 깜짝하지 않았다. "또 지금 이 자리에서 착수금을 지불하실 수 있다면, 아마 72시간 내에 일을 마칠 수 있을 겁니다." 그런 다음 그는 상대방을 응시하며, 기다렸다.

귓속의 초소형 스피커가 직직거렸다. "테크프라이즈의 소유주로서 미스 워트에게는 충분한 지불 능력이 있습니다. 법적으로 자기 회사의 자산 전부를 담보로 제공하는 것도 가능합니다. 지금 그녀는 회사 자산을 현 시가로 환산하면 얼마나 될지 계산하고 있는 중입니다." 잠시 침묵이 흘렀다. "몇십억 포스크레드는 된다고 방금 판단했습니다. 하지만 이 자리에서 계약을 체결하고 싶어 하지는 않습니다. 계약서 작성과 착수금 지불에 자신이 직접 관여하는 걸 꺼리고 있습니다. 그러는 대신 믹의 고문 변호사들에게 맡기고 싶어 합니다. 설령 며칠 더 지체하는 한이 있더라도.”

하지만 그쪽에서는 급하다고 했잖아. 런시터는 생각했다. 혹시 말뿐이었던 것일까.

초소형 스피커가 말했다. “미스 워트는 자기가 누구의 대리인인지를 사장님이 알거나 추측했다고 직감했습니다. 그래서 사장님이 더 높은 보수를 요구하지는 않을지 우려하고 있군요. 믹은 자신의 평판을 알고 있습니다. 자기를 세계 최대의 봉으로 간주하고 있죠. 그래서 교섭을 할 때는 누군가 다른 사람이나 다른 회사의 간판을 빌립니다. 한편 그들은 가능한 한 많은 수의 불활성자들을 원하고 있습니다. 그러기 위해서 엄청난 고액의 경비가 들어도 어쩔 수 없다고 생각하고 있군요.”

“불활성자 40명.” 런시터는 멍하니 중얼거렸다. 책상 위에 미리 놓아둔 작은 백지에 펜을 끼적거렸다. “어디 보자. 6 곱하기 50 곱하기 3. 거기에 40을 곱해서.”

미스 워트는 여전히 의미 없는 쾌활한 웃음을 지은 채로 답이 나오기를 기다렸지만, 긴장한 기색이 역력했다.

“궁금하군요.” 런시터는 중얼거렸다. “도대체 누가 홀리스한테 보수를 지불해 그 프로젝트에 초능력자들을 침투시켰는지.”

“그건 별로 중요하지 않아요. 안 그런가요?” 미스 워트가 말했다. “중요한 건 그들이 거기 있다는 사실입니다.”

런시터는 말했다. “때로는 그걸 영영 알아내지 못하는 경우도 있습니다. 하지만 아까 말씀하셨듯이 그건 개미 떼가 부엌에 꼬인 경우와 마찬가지겠죠. 다시 밖으로 쫓아낼 궁리를 하지, 개미한테 왜 거기 와 있느냐고 물어보지는 않을 테니." 그는 비용 계산을 마쳤다.

엄청난 액수였다.

"일단…… 생각을 좀 해봐야겠네요." 미스 워트는 이렇게 말하고 런시터가 제시한 충격적인 견적 액수에서 눈을 떼고 엉거주춤 일어났다. "혹시 방을 하나 빌려주실 수 있나요? 혼자 있고 싶은데. 하워드 씨한테 전화도 걸고요."

런시터도 일어나며 말했다. "안심보장 회사가 그토록 많은 불활성자들을 한꺼번에 동원할 수 있는 것은 매우 드문 일입니다. 너무 시간을 끌면 상황이 바뀔지도 모릅니다. 그러니까 그들이 필요하다면 빨리 행동에 옮기시는 편이 나을 겁니다."

"그럼 정말로 그토록 많은 불활성자들이 필요하다고 보시는 건가요?"

런시터는 미스 워트의 팔을 잡고 사장실 밖의 복도로 나가서 회사 지도실로 이끌었다. "이 지도에는 우리 회사의 불활성자들과 다른 안심보장 기관의 불활성자들의 현재 위치가 표시되어 있습니다. 그뿐 아니라 홀리스 휘하의 초능력자들의 위치도 우리가 아는 한은 표시되어 있죠." 그는 지도에서 차례로 떼어낸 초능력자를 가리키는 깃발들의 숫자를 세어보았다. 마지막으로 그가 손에 쥔 것은 S. 돌 멜리폰의 깃발이었다. "다들 어디로 갔는지 이제 알겠군요." 런시터는 미스 워트에게 말했다. 지도에서 떼어낸 깃발들의 의미를 알아차렸을 때부터 미스 워트의 얼굴에서는 기계적인 미소가 사라져 있었다. 런시터는 그녀의 축축한 손을 잡았고, 멜리폰의 깃발을 그녀의 축축한 손바닥에 올려놓은 다음 쥐여주었다. "이 방에서 숙고해보십시오." 런시터는 말했다. "영상전화기는 저기 있습니다." 그는 그쪽을 가리키며 말했다. "아무도 방해하지 않을 겁니다. 저는 제 방에 가 있겠습니다." 런시터는 지도실에서 나오며 이런 생각을 했다. 놈들이, 사라진 초능력자들이 정말로 거기 가 있다는 확신은 사실 없어. 하지만 가능성은 있어 보이는군. 그리고ー 스탠튼 믹은 평소 절차대로 객관적 테스트를 하겠다는 이쪽 요청을 거부하지 않았는가.

따라서 필요 이상으로 많은 불활성자들을 고용한다 하더라도 그건 스탠튼 믹의 잘못이라는 얘기가 된다.

법적으로 말하자면 런시터 어소시에이츠는 실종된 초능력자들의 일부ー혹은 전부ー를 발견했다는 사실을 '협회'에 통고할 의무가 있었다. 그러나 그 통지를 제출해야 하는 기한은 닷새였고…… 그는 마지막 날까지 기다릴 심산이었다. 이런 종류의 사업 기회는 평생에 한 번 올까 말까 한 것이었기에.

"미시즈 프릭." 그는 비서가 있는 바깥방으로 들어가며 말했다. "마흔 명의 직원을 파견한다는 계약서를 작성ー" 그는 말을 멈췄다.

방 건너편에 두 명의 인물이 앉아 있었다. 사내는 조 칩이었다. 수척하고 숙취에 시달리는 듯한 얼굴은 평소보다 더 침울해 보였다……. 사실, 침울하다는 사실만 제외하면 평소와 똑같다고 해도 무방했다. 그러나 그의 곁에 앉아 있는, 긴 다리에 윤기가 흐르는 치렁치렁한 흑발에 검은 눈을 가진 젊은 여자는……. 그녀의 강렬하고 순수한 아름다움은 그녀가 있는 방의 일부를 등불처럼 밝히고, 음울하게 이글거리며 타오르는 불길로 감싸고 있었다. 저 여자는 마치 자기가 매력적이라는 사실에 저항하고 있는 것 같군, 하고 런시터는 생각했다. 매끄러운 피부와 육감적이고 풍만하며 어두운 느낌을 주는 입술이 싫기라도 하단 말인가.

방금 침대에서 빠져나온 듯한 모습이군. 그는 생각했다. 여전히 어수선하고, 마치 낮이 되었다는 사실에 분개하는 듯한 느낌— 사실, 매일 그러는 것이 아닐까.

두 사람에게 다가가서 런시터는 말했다. "그럼 G. G.는 토피카에서 돌아왔나 보군."

"이 친구는 팻입니다." 조 칩이 말했다. "성은 모르겠습니다." 그는 팻에게 런시터를 소개한 다음 한숨을 쉬었다. 묘하게 패배한 듯한 분위기를 풍기고 있지만, 마음속 깊은 곳에서는 아직 굴복하지 않은 느낌이었다. 체념한 듯한 태도의 이면에 모호하지만 거친 생명력이 잠복해 있다고나 할까. 런시터가 보기에, 조는 정신적으로 조락한 사내인 척하고 있다는 비난을 받아도 별로 할 말이 없어 보였다……. 그러나 진짜로 조락한 것은 아니었다.

"어떤 반反 능력을 갖고 있나?" 런시터는 의자 위에서 여전히 발을 뻗고 앉아 있는 여자에게 물었다.

여자는 중얼거렸다. "반 케토지네시스."

"그게 무슨 뜻이지?"

"케토시스*를 방지한다는 뜻이죠." 여자는 멍한 어조로 말했다. "포도당을 투여해서 치료하는 것처럼."

런시터는 조에게 물었다. "설명해줘."

"테스트 보고서를 런시터 씨에게 보여드려." 조는 여자에게 말했다.

여자는 일어나서 핸드백 속을 뒤졌고, 조에게서 받은 구깃구깃한 노란 검사용지를 꺼냈다. 그녀는 그것을 펴서 런시터에게 건넸다.

"놀랄 만한 점수로군." 런시터는 말했다. "정말로 이렇게 뛰어난가?" 그는 조에게 물었다가 그제야 밑줄을 친 두 개의 X표를 보았다. 이것은 배신 행위를 경고하는 기호였다.

"지금까지 만난 후보 중 최고입니다." 조가 말했다.

"내 방으로 오게." 런시터는 여자에게 말하고 앞장섰다. 두 사람은 그 뒤를 따랐다.

뚱뚱한 미스 워트가 눈을 희번덕거리며 느닷없이 나타나더니 대뜸 말했다. "지금 하워드 씨에게 전화를 하고 왔어요." 그녀는 런시터에게 말했다. "그리고 지시를 받았는데요." 여기까

---

* ketosis. 인체 내의 케톤 수치가 높아지면서 나타나는 신진대사의 불균형.

지 말한 그녀는 조 칩과 팻이라는 젊은 여자의 존재를 깨닫고는
한순간 주저하다가 이내 말을 쏟아냈다. "하워드 씨는 당장 정
식으로 계약을 맺고 싶다고 하시네요. 그러니까 이 순간부터 괜
찮을까요? 이번 일의 긴급성, 촉박함에 관해서는 이미 말씀드
렸으니까요." 그녀는 또다시 예의 멍하고 기계적인 미소를 떠
올렸다. "여러분은 좀 기다리셔도 괜찮겠죠?" 그녀는 조와 팻에
게 물었다. "런시터 씨하고 워낙 중요한 일을 의논해야 해서."

팻은 흘끗 미스 워트를 보더니 낮고 걸쭉한 웃음소리를 냈다.
경멸하는 것처럼.

"미스 워트, 유감이지만 좀 기다려주셔야 하겠습니다." 런시
터가 말했다. 그는 두려웠다. 팻을 보고, 그런 다음 조를 쳐다보
자 두려움은 더 심해졌다. "저기 앉아 기다리고 계십시오." 그
는 미스 워트에게 말하고 바깥쪽 응접실에 있는 의자를 가리
켰다.

미스 워트가 말했다. "런시터 씨, 이제 정확히 몇 명이나 되는
불활성자들을 파견해주시면 될지 말씀드릴 수 있어요. 하워드
씨는 이 문제에 관해서 적절한 판단을 내릴 수 있다는 생각이
시니까요."

"그래서 몇 명을?" 런시터는 물었다.

"열한 명이에요." 미스 워트가 말했다.

"잠시만 기다려주십시오. 이 일만 처리하고 계약서에 서명하
겠습니다." 런시터는 이렇게 말하고 크고 넓적한 손을 들어 올
려 조와 젊은 여자를 사장실 안으로 이끌었다. 그는 문을 닫고

의자에 앉은 다음 말했다. "그래가지고서는 결코 성공하지 못할 거야." 그는 조에게 말했다. "열한 명으로는 말이야. 열다섯 명이나 스무 명으로도 무리야. 특히 상대편에 S. 돌 멜리폰이 관여하고 있는 경우에는." 그는 불안뿐만 아니라 깊은 피로를 느끼고 있었다. "G. G.가 토피카에서 스카우트해 온 유망한 신인이라는 게 여기 이 친구인가? 우리 회사에 고용해야 한다는 의견인 거지? 자네와 G. G. 모두? 그럼 당연히 고용해야겠지." 믹에게 이 여자를 파견하면 어떨까. 그는 속으로 중얼거렸다. 열한 명 중의 한 사람으로 보내는 것이다. "그나저나 이 친구가 무효화하는 초능력이 대체 뭔지 아직 아무도 내게 얘기 안 해 줬어."

"미시즈 프릭한테 사장님이 얼마 전에 취리히에 다녀오셨다는 얘기를 들었습니다." 조가 말했다. "부인께선 뭐라고 하던가요?"

"광고를 더 내보내래." 런시터는 말했다. "TV에서, 매시간마다." 그는 인터컴에 대고 말했다. "미시즈 프릭, 우리 회사와 아직 이름을 모르는 피고용인 사이의 고용 계약서를 한 부 작성해줘. 초봉은 지난 12월에 조합에서 정한 액수를 기준으로 하고, 그다음에는―"

"초봉이 얼만데요?" 팻이라는 이름의 여자가 물었다. 저속하고 유치한, 냉소적인 의혹이 가득한 목소리로.

런시터는 여자를 흘끗 보았다. "난 자네한테 어떤 능력이 있는지도 몰라."

"반 프리코그입니다, 글렌." 조 칩이 쥐어짜는 듯한 목소리로 말했다. "하지만 작용하는 방식이 다릅니다." 그는 더 이상 설명하지 않았다. 오래된 전지식 시계처럼 완전히 방전되어버린 듯한 느낌이었다.

"이 친구는 당장 일을 시작할 수 있나?" 런시터는 조에게 물었다. "아니면 시간을 들여 훈련을 시키고 경험을 쌓게 할 필요가 있나? 우리 회사에서는 거의 마흔 명이나 되는 불활성자들이 놀고 있는데, 거기에 한 명을 더 추가하겠다는 거야. 아니, 마흔 명에서 열한 명은 뺄 수 있을지도 모르니 서른 명에 가까운 불활성자가 한가하게 코나 파면서 봉급을 축내고 있다고 해야겠지. 이젠 나도 잘 모르겠네, 조. 정말로 모르겠어. 스카우터들을 해고해야 할지도 몰라. 하여튼 홀리스의 초능력자들이 모두 어디 갔는지는 알아낸 것 같아. 그 얘긴 나중에 해주지." 그는 인터컴에 대고 말했다. "그다음에는 우리가 이 이름 모를 피고용인을 예고 없이 해고할 수 있고, 그럴 경우에 퇴직금이나 기타 어떤 수당도 지불하지 않는다는 조항을 넣게. 처음 90일 동안은 어떤 연금이나 건강보험, 병가 수당 따위도 받을 자격이 없다고 명기하고." 그는 팻에게 말했다. "초봉은 어떤 경우에도 매월 400포스크레드에서 시작하네. 주 20시간 노동을 상정한 거지. 조합에도 가입해야 하고. 광업, 야금 및 제련공 조합인데, 이 조합에서 3년 전에 안심보장 기관의 전 직원을 가입시켜줬거든. 나는 그런 일에 대해 아무 발언권도 없어."

"토피카 키부츠에서 영상전화선을 보수하면서도 이보다는

더 벌었는데요." 팻이 말했다. "이 회사의 스카우터인 애시우드 씨가 말하기로는—"

"우리 스카우터들은 거짓말쟁이야." 런시터는 말했다. "게다가 그 친구들이 뭐라고 하든 우리에게 법적 책임은 없어. 이건 모든 안심보장 회사에 해당하는 사항이야." 사장실 문이 열리더니 미시즈 프릭이 타이프 친 서류를 들고 휘적휘적 들어왔다. "고맙네, 미시즈 프릭." 런시터는 서류를 받아 들며 말했다. "난 냉동보존 장치에 들어 있는 스무 살 먹은 아내가 있다네." 그는 조와 팻에게 말했다. "아름다운 여자인데, 그녀와 얘기를 나누려고 하면 죠리라는 이름의 괴상한 아이가 나타나서 훼방을 놓고, 엘라 대신에 나한테 말을 거는 거야. 엘라는 반생 상태에서 얼어붙은 채로 점점 스러져가고 있는데— 나는 여기서 저 주름투성이 노파와 하루 종일 얼굴을 맞대고 있어야 해." 런시터는 검고 치렁치렁한 머리와 육감적인 입술을 가진 팻이라는 이름의 여자를 응시했다. 그는 내부에서 슬픈 갈망이 솟구치는 것을 자각했다. 흐릿하고 무의미한 그 욕구는 어디로도 이어지지 않았고, 텅 빈 채로 그에게 되돌아왔다. 기하학적으로 완전한 원을 그린 것처럼.

"서명할게요." 팻은 이렇게 말하고 책상 위의 펜으로 손을 뻗쳤다.

05

*프루그 춤 콘테스트에는 못 나갈 것 같아 헬렌. 배탈이 나
서 말이야. 그럼 유빅으로 고쳐줄게! 유빅이 있으면 어떤
격전도 당장에 치를 수 있어. 사용상의 주의를 지키면, 유
빅은 두통과 복통에 즉각적인 효과를 발휘합니다. 단 몇 초
만에 효과를 보는 유빅. 장기 복용은 피해주십시오.*

부득이하게 긴 무위도식의 나날을 보내는 동안, 반 텔레파스
인 티피 잭슨은 정오까지 자는 습관을 유지했다. 그녀의 뇌에
이식된 전극이 끊임없는 자극을 통해 EREM(극단적 급속 안구
운동) 수면을 유지해줬기 때문에, 얇은 면포를 덮고 침대에서
자고 있을 때에도 할 일은 얼마든지 있었다.

지금 이 순간, 인공적으로 유발된 그녀의 꿈 중심에는 홀리

스 휘하의 엄청난 초능력을 가진 것으로 알려진 신화적인 인물이 자리 잡고 있었다. 추적을 시도한 태양계 내의 불활성자들은 결국 맞대결을 포기했거나 아니면 라드처럼 녹아버렸다. 후보자들이 잇달아 소거된 결과, 이 초자연적인 존재가 발생시킨 초능력 역장을 무효화하는 임무는 마침내 그녀 몫으로 돌아왔던 것이다.

"네가 곁에 있으면 본래의 나를 유지할 수가 없잖아." 정체가 불분명한 그녀의 적수가 그녀에게 말했다. 그의 얼굴에 흉포하고 증오에 가득 찬 표정이 떠올랐다. 광기에 사로잡힌 다람쥐를 연상케 하는 모습.

꿈속에서 티피는 대답했다. "그건 아마 당신의 자아 시스템이 명확한 경계를 결여하고 있기 때문인지도 몰라. 당신은 자기 힘으로는 제어하지 못하는 무의식적 인자들 위에 불안정한 인격을 구축했어. 그래서 내가 있으면 위협당하는 기분이 드는 거겠지."

"너 혹시 안심보장 기관의 앞잡이 아냐?" 홀리스 측 텔레파스는 불안한 듯이 주위를 둘러보며 힐문했다.

"지금까지 호언장담한 대로 그렇게 엄청난 능력을 갖고 있는 게 사실이라면, 내 마음을 직접 읽어보면 될 거 아냐."

"난 누구의 마음도 읽을 수가 없어." 텔레파스가 말했다. "능력이 사라져버렸어. 차라리 내 동생 빌과 얘기를 나누게 해주지. 빌, 여기 이 여자하고 얘기해봐. 마음에 들어?"

텔레파스인 형과 용모가 대동소이한 빌이 말했다. "아주 마음에 들어. 난 프리코그라서 뒷얘기를 들을 염려가 없거든.” 빌은 발을 뒤척였다. 그가 씩 웃자 삽처럼 뭉뚝한, 희끄무레하고 커다란 이가 드러났다. “협잡꾼 같은 자연의 농간으로 인해, 균형 잡힌 육신을 갖추기는커녕―’”그는 말을 멈추고 이마를 찡그렸다. “매트, 그 뒤가 어떻게 되더라?”그는 형에게 물었다.

“‘뒤틀린 불구의 몸으로, 그것도 미완성인 채로 이 잘난 세상에 나왔단 말이다.’”다람쥐 같은 용모의 텔레파스 매트는 곰곰이 생각하는 표정으로 수염을 긁적이며 말했다.

“아, 맞아.” 프리코그인 빌은 고개를 끄덕였다. “이제 기억이 나는군. ‘어찌나 몰골이 사나운지, 절뚝거리며 곁을 지나면 개마저 짖어댄다.’『리처드 3세』에서 인용한 거야.” 그는 티피에게 설명했다. 형제는 씩 웃었다. 송곳니조차도 뭉뚝했다. 마치 씨앗을 날로 까먹고 사는 사람들처럼.

티피는 말했다. “그게 무슨 뜻인데?”

“그건 말이지,” 매트와 빌은 입을 맞춰 동시에 말했다. “우리가 너를 요절내겠다는 뜻이야.”

영상전화가 울렸다. 티피는 잠에서 깼다.

눈앞을 떠다니는 거추장스러운 형형색색의 방울을 없애기 위해 눈을 깜박이며, 비틀비틀 전화기 쪽으로 가서 수화기를 들어 올렸다. “여보세요.” 맙소사, 벌써 이런 시간이잖아. 식물인간이라도 된 기분이야. 글렌 런시터의 얼굴이 화면에 나타났다. “안녕하세요, 런시터 사장님.” 그녀는 영상전화 스캐너 앞에 모습을 드러내지 않고 서서 말했다. "제가 할 수 있는 일거리가 생겼나요?"

"아, 잭슨 부인." 런시터가 말했다. "연락이 되어서 다행이군. 지금 조 칩하고 내가 통솔할 그룹 하나를 짜고 있어. 도합 열한 명인데, 여기 뽑히는 사람들은 중대한 임무를 수행하게 될 걸세. 그래서 사원들의 경력을 모두 훑고 있는데, 조가 자네를 추천하더군. 나도 동감이고 말이야. 회사까지 오려면 얼마나 걸리겠나?" 이 상황에 걸맞은 낙천적인 말투였지만, 조그만 화면에 떠오른 런시터의 얼굴은 피곤하고 힘들어 보였다.

티피는 말했다. "그럼 출장을—"

"응. 짐을 꾸려서 오게." 런시터는 힐난하듯이 말했다. "언제든 즉시 출장을 떠날 준비를 갖추고 있어야 하는 거 모르나. 그 사규만은 결코 어기는 일이 있어서는 안 돼. 특히 이번 임무처럼 시간이 촉박한 경우는."

"준비는 이미 되어 있어요. 15분 안에 뉴욕 본사로 가겠습니다. 남편이 지금 직장에서 근무 중이라서 메모 한 장만 써놓고 떠날게요."

"그래, 알았네." 런시터는 건성으로 대꾸했다. 아마 목록에 있는 다음 이름을 읽고 있는 것이리라. "그럼 그때 보세." 그는 전화를 끊었다.

묘한 꿈이었어. 그녀는 황급히 잠옷 단추를 끄르고 침실로 옷을 갈아입으러 가면서 생각했다. 빌과 매트는 어디서 그 시를 인용했다고 했더라? 그래, 『리처드 3세』였다. 형제의 넓적하고 커다란 이와, 둥그렇게 튀어나온 똑같은 이마와, 잡초처럼 듬성듬성 난 불그스름한 머리카락은 아직도 눈에 선하다. 그런데 난『리처드 3세』따위는 읽어본 적도 없잖아. 전혀 기억에 없는 것을 보면 설령 읽었다고 해도 오래전 소싯적에나 읽었던 것이 틀림없다.

알지도 못하는 시구가 어떻게 꿈에 나올 수 있는 거지? 그녀는 자문했다. 혹시 내가 자는 동안 꿈이 아닌 현실의 텔레파스가 나를 공격했던 것인지도 모른다. 아니면 꿈에 나왔던 것처럼 텔레파스와 프리코그가 협력해서 그랬는지도 모르겠다. 만에 하나 홀리스가 매트와 빌이라는 이름의 형제로 이루어진 팀을 고용하고 있는지 우리 회사의 조사부에 문의해보는 편이 낫지 않을까.

그녀는 당혹하고 불안한 마음을 억누르고 가급적 빨리 옷을 갈아입기 시작했다.

초록색의 아바나산 쿠에스타레이 팔마 슈프림 시가에 불을 붙이며 글렌 런시터는 호화로운 의자 깊숙이 등을 기댔고, 인터컴 단추를 누르고 말했다. "미시즈 프릭, G. G. 애시우드를 수취인으로 해서 100포스크레드의 포상금 수표를 작성해주게."

"예, 사장님."

런시터는 G. G. 애시우드가 넓은 사장실 안을 조증을 앓는 사람처럼 침착지 못하게 돌아다니는 광경을 바라보았다. G. G.의 구둣발이 진짜 경재硬材를 깐 사장실 마루 위에서 조급하게 딱딱거렸다. "조 칩은 그 여자의 능력을 나한테 제대로 설명 못 하더군." 런시터는 말했다.

"조 칩은 한심한 녀석입니다." G. G.가 말했다.

"어떻게 그 팻이라는 여자는 과거로 시간여행을 할 수 있고, 다른 사람은 아예 못 하는 거지? 내가 보기에 그 능력은 새로운 게 아니고, 아마 자네 같은 스카우터들도 지금까지 깜박 모르고 지나쳤을 공산이 커. 하여튼 안심보장 회사에서 그런 인물을 고용하는 건 합리적이라고 할 수 없어. 그건 초능력이지 대對 초능력이 아니잖나. 우리 업계에서는ㅡ"

"방금 제가 설명했고, 또 조가 그 테스트 보고서에 써놓았듯이, 그 아이는 프리코그들을 완전히 무력화할 수 있습니다만."

"하지만 그건 부작용에 불과해." 런시터는 침울한 표정으로 생각에 잠겼다. "조는 그 아이를 위험인물로 간주하고 있어. 왜 그러는지는 모르겠지만."

"이유를 물어보시지 않았습니까?"

런시터는 말했다. "늘상 그러듯이 어물쩍 넘어가더군. 조는 직감 전문이고, 이유 따위는 말하지 않아. 그런데도 믹이 의뢰한 이번 작전에는 그 여자를 데려가고 싶다더군." 그는 자기 앞 책상 위에 널려 있는 인사 관계 서류를 뒤적이다가 다시 차곡차곡 쌓아놓았다. "조한테 여기로 와달라고 하게. 열한 명을 모두 뽑았는지 알아봐야겠어." 그는 손목시계를 보았다. "슬슬 모두 도착했겠군. 조의 얼굴에 대고 직접 얘기해줄 생각이야. 그 팻 콘리라는 여자가 그렇게 위험한 게 사실이라면, 이번 일에 합류시키는 건 미친 짓이라고 말이야. 자네도 그렇게 생각하지 않나, G. G.?"

G. G. 애시우드는 말했다. "조하고 그 여자는 그렇고 그런 관계라서요."

"그렇고 그런 관계라니?"

"성적인 관계 말입니다."

"조한테 성적인 관계 따위가 가당키나 하나. 일전에 니나 프리드가 조의 마음을 읽었는데, 돈이 없는 정도가 아니라 아예—" 런시터는 사장실 문이 열리는 것을 보고 입을 다물었다. 미시즈 프릭은 G. G.에게 지불할 포상금 수표에 런시터의 서명을 받기 위해 휘적거리며 다가왔다. "왜 조가 이번 임무에 그 여자를 함께 데려가고 싶어 하는지는 알아." 런시터는 수표에 서명을 끄적이며 말했다. "함께 있으면 감시할 수 있으니까 말이야. 조도 같이 갈 걸세. 의뢰인이 뭐라고 요구하든 간에 초능력 역장을 측정할 작정인 거야. 우리가 무엇을 상대하고 있는지를 알아야 하니까 말이지. 고맙네, 미시즈 프릭." 런시터는 손을 흔들어 나가라는 시늉을 하고 G. G. 애시우드에게 수표를 내밀었다. "미리 초능력 역장을 측정해두지 않았다가, 우리 불활성자들이 손쓸 수 없을 정도로 강한 상대를 만났다고 가정해보게. 누가 비난받을 것 같나?"

"우리겠죠." G. G.가 말했다.

"열한 명으로는 역부족이라고 주장했지만 소용없었어. 하여튼 최고의 정예를 보낼 거야. 최선을 다해보는 거지. 우리 입장에서는 스탠튼 믹을 단골로 삼을 수 있는 황금 같은 기회를 놓칠 수는 없는 일이니까 말이야. 믹처럼 엄청난 돈과 권력을 가진 사내가 그토록 근시안적이고 인색하다니 정말 믿기 힘들군. 미시즈 프릭, 밖에 조가 와 있나? 조 칩 말일세."

미시즈 프릭이 말했다. "칩 씨는 다른 분들과 함께 바깥 응접실에서 기다리고 계십니다."

"몇 명과 함께 와 있던가? 열 명? 열한 명?"

"그 정도 되어 보였습니다, 사장님. 한두 명 차이는 있을지도 모릅니다만."

G. G. 애시우드를 보며 런시터는 말했다. "그 친구들이야. 모두 한꺼번에 만나봐야겠군. 달로 출발하기 전에 말이야." 그는 미시즈 프릭에게 말했다. "모두 들여보내게." 그는 초록색 시가를 세게 뻐금거렸다.

비서는 몸을 빙그르 돌려 나갔다.

"저 친구들이 개인으로서 우수한 건 알아." 런시터는 G. G.에게 말했다. "여기 서류에 다 쓰여 있지." 그는 책상 위에 놓인 서류들을 툭툭 쳤다. "하지만 함께 일할 경우엔? 함께 있을 때 그 친구들이 얼마나 강한 다뇌多腦 반 역장을 발생시킬 수 있을 것 같나? 잘 생각해보게, G. G. 반드시 고려에 넣어야 할 문제니까."

"아마 시간이 지나면 절로 알게 될 겁니다." G. G. 애시우드는 말했다.

"난 너무 오래 이 업계에 있었어." 런시터가 말했다. 바깥쪽 응접실에서 사람들이 줄지어 들어오기 시작했다. "현대 문명에 나름 공헌했다고 해야 하나."

"옳으신 말씀입니다." G. G.가 말했다. "사장님은 인류의 프라이버시를 지키는 경찰관입니다."

"레이 홀리스가 우리에 관해 뭐라는 줄 아나?" 런시터가 말했다. "우리는 시계를 거꾸로 돌리려고 한다는군." 그는 사장실에 빼곡 들어차기 시작한 사람들을 훑어보았다. 다들 한곳에 뭉쳐 있었고, 입을 여는 사람은 아무도 없었다. 런시터가 운을 떼기를 기다리고 있는 것이다. 정말이지 조화와는 거리가 먼 그룹이로군. 그는 비관적인 기분으로 생각했다. 곧고 샛노란 머리카락을 하고 안경을 낀 키 크고 깡마른 젊은 여자는 이디 돈이었다. 카우보이 모자에 검은색 레이스 만틸라*를 뒤집어쓰고 버뮤다팬츠를 입고 있었다. 그보다는 나이를 먹었고, 광인을 연상시키는 눈을 가진 가무잡잡한 미인은 비단 사리에 일본풍의 나일론 장식띠를 두르고 발목까지 오는 흰 양말 차림이었다. 프랜시 어쩌고 하는 이름이었는데, 베텔게우스**에서 온 지성체들이 이따금 자기 아파트 건물 옥상에 착륙한다고 굳게 믿고 있는 반¾ 정신분열증 환자였다. 꽃무늬 무무***에 스판덱스 반바지를 차려입고, 잘난 체하는, 냉소적인 구름에 휩싸여 있는 듯한 더벅머리의 십대 소년은 런시터도 처음 보는 얼굴이었다. 이런

---

* mantilla. 스페인식 대형 베일.
** Betelgeuse. 오리온자리의 1등성.
*** mumu. 헐거운 하와이식 원피스.

식으로 그는 일동을 훑어보았다. 세어보니 여자가 다섯 명에 남자가 다섯 명이었다. 누군가가 빠져 있었다.

어딘가 응어리진, 우울한 표정을 한 젊은 여자가 조 칩을 앞세우고 들어왔다. 퍼트리셔 콘리, 열한 명째다. 이것으로 멤버가 모두 모였다.

"빨리 와줬군, 잭슨 부인." 런시터는 모래빛 머리카락을 한 30대의 씩씩한 부인을 향해 말했다. 모조 나사羅紗 바지에 빛바랜 버트런드 러셀 경의 초상이 인쇄된 잿빛 스웨트 셔츠 차림이었다. "내가 제일 나중에 연락하는 통에, 다른 사람들에 비해 시간이 촉박했을 텐데 말이야."

티피 잭슨은 핏기 없는 모래빛 미소를 떠올렸다.

"자네들 중 몇 사람과는 안면이 있군." 런시터는 의자에서 일어나며 사람들에게 적당한 의자를 찾아 편하게 앉고, 담배를 피우고 싶으면 피우라는 시늉을 했다. "미스 돈. 미스터 칩하고 내가 자네를 선택한 건 S. 돌 멜리폰을 상대했을 때 자네가 뛰어난 능력을 보였기 때문일세. 결국은 놓쳐버렸지만, 그건 자네 잘못이 아니었어."

"감사합니다, 런시터 씨." 이디 돈은 기어들어가는 듯한 수줍고 가냘픈 목소리로 대답했고, 얼굴을 붉히며 두 눈을 크게 뜨고 반대편 벽을 응시했다. "이번 임무에 참가하게 되어서 기뻐요." 그녀는 불면 날아갈 듯한 확신을 담아 이렇게 덧붙였다.

"자네들 중 앨 해먼드가 누군가?" 런시터는 서류를 훑어보며 물었다.

어깨가 좁고 놀랄 정도로 키가 큰 흑인이 자기 자신을 가리켜 보였다. 길쭉한 얼굴에는 온화한 표정이 떠올라 있었다.

"자네와는 초면이로군." 런시터는 앨 해먼드의 인사 기록을 읽으며 말했다. "우리 회사의 반 프리코그 요원들 중에서 가장 평가가 높군. 진작에 만나봤어야 하는 건데 말이야. 여기 모인 사람들 중 반 프리코그는 몇 명이 있나?" 세 명이 더 손을 들었다. "자네들 네 사람은 G. G. 애시우드가 최근 발굴한 인물을 만나 함께 일하면서 크게 고무될 거라고 생각하네. 완전히 새로운 방법으로 예지능력을 무력화하는 힘을 갖고 있거든. 그래서 말인데, 미스 콘리 본인한테 직접 설명을 들어보면 어떨까." 그는 팻을 향해 고개를 끄덕였고—

정신을 차리자 5번가의 희귀 주화 상점의 진열창 앞에 서 있었다. 현재는 유통되고 있지 않은 미국의 1달러 금화를 구경하며 그것을 자신의 수집품에 포함시킬 여력이 있을지 고민하는 중이었다.

수집품이라니? 런시터는 자문했다. 난 희귀 주화 따위를 수집하지 않아. 그런 내가 이런 데서 뭘 하고 있는 거지? 게다가 나는 얼마나 오래 이런 식으로 어슬렁거리면서 윈도쇼핑을 하고 있었던 것일까. 회사 사무실에서 지시해야 할 일이 잔뜩 있는데— 그러나 그는 자신이 평소에 무엇을 지시하곤 하는지 기억할 수가 없었다. 그것은 일종의 사업이었고, 다양한 재능, 특별한 능력을 가진 사람들에 관계된 일이었다. 그는 눈을 감고 정신을 집중해보려고 했다. 아니, 그 일은 그만두는 수밖에 없었어. 그는 깨달았다. 작년에 심장 발작을 일으켜서 은퇴해야 했지 않나. 하지만 난 바로 거기 있었어. 불과 몇 초 전에. 내 집 무실에. 한 무리의 사람들에게 새로운 프로젝트에 관해 얘기하고 있었지. 런시터는 눈을 감았다. 모조리 사라졌어. 그는 망연자실한 기분으로 생각했다. 내가 이룩한 모든 것이.

눈을 뜨자 다시 사장실로 돌아와 있었다. G. G. 애시우드, 조 칩, 그리고 이름이 생각나지 않는 피부가 가무잡잡하고 강렬한 매력을 가진 젊은 여자를 마주 보고 있었다. 이들을 제외하면 사장실은 텅 비어 있었다. 이유는 알 수 없었지만 이 사실이 매우 묘하게 느껴졌다.

"런시터 사장님." 조 칩이 말했다. "퍼트리셔 콘리를 소개합니다."

여자가 말했다. "마침내 뵙게 되어서 정말 기뻐요, 런시터 사장님." 그녀는 웃었고, 득의양양하게 눈을 반짝였다. 런시터는 그 이유를 알 수 없었다.

조 칩은 깨달았다— 이 여자는 뭔가를 건드려놓았어. "팻." 그는 큰 소리로 말했다. "정확히 뭔지는 모르겠지만, 뭔가 달라졌어." 그는 의아한 눈으로 사장실 안을 둘러보았다. 평소와 다름이 없는 듯 보였다. 융단은 너무 요란스럽고, 조화로움과는 거리가 먼 예술품이 너무 많고, 벽에 걸린 원화原畵들은 아무런 예술적 가치도 없었다. 글렌 런시터는 변하지 않았다. 덥수룩한 잿빛 머리카락, 음울하게 주름 잡힌 얼굴. 런시터는 조의 시선을 맞받아쳤다— 런시터 역시 당혹스러워하는 기색이었다. 여느 때처럼 희끄무레한 판탈롱에 삼 밧줄 허리띠, 안이 다 비쳐보이는 셔츠에 철도 기술자의 실크해트를 착용한 G. G. 애시우드는 창가에 서 있다가 무심하게 어깨를 으쓱해 보였다. 애시우드가 아무런 이상을 느끼지 못한다는 점은 명백했다.

"아무것도 안 달라졌는데요." 팻이 말했다.

"모든 게 달라졌어." 조는 대꾸했다. "아무래도 과거로 돌아가서 우리를 다른 시간선時間線 위에 올려놓은 모양이군. 증명은 할 수 없고 또 정확히 어떤 변화였다고 단언할 수도 없지만—"

"이런 데서 부부 싸움은 하지 말아줘." 런시터는 얼굴을 찡그리며 말했다.

조는 아연실색하며 되물었다. "부부 싸움요?" 그제서야 그는 팻의 손가락에 비취를 끼운 은세공 반지가 끼워져 있다는 사실을 깨달았다. 그녀를 위해 그것을 골라준 기억이 있었다. 결혼하기 이틀 전의 일이었지, 하고 그는 생각했다. 벌써 1년이나 됐군. 당시 나의 재정 상태는 최악이었지만 말이야. 물론 지금은 다르다. 팻이 받는 봉급과 그녀 특유의 금전 감각 덕택에 돈 문제는 해결되었다. 영원히.

"하여튼 하던 얘기를 계속하세." 런시터가 말했다. "왜 스탠튼 믹이 다른 안심보장 회사가 아닌 우리 회사에 의뢰를 했는지 각자가 자문해볼 필요가 있어. 논리적인 관점에서 보면 그 계약은 당연히 우리한테 떨어지는 게 옳아. 우리는 업계 최고

이고 믹이 주로 거래하길 선호하는 뉴욕에 위치하고 있잖나. 자네도 뭔가 짐작이 가는 부분이 있나, 미시즈 칩?" 그는 기대하는 듯이 팻 쪽을 보았다.

팻은 말했다. "정말로 알고 싶으신가요, 사장님?"

"응." 그는 세차게 고개를 끄덕였다. "정말로 알고 싶네."

"제가 그랬어요." 팻이 말했다.

"어떻게?"

"제 초능력을 써서."

런시터가 말했다. "초능력이라니, 무슨? 자네는 아무 초능력도 갖고 있지 않잖아. 자넨 조 칩의 아내일 뿐이야."

창가에 서 있던 G. G. 애시우드가 말했다. "당신은 나하고 조하고 점심 먹으려고 여기로 온 거잖아."

"이 여자는 초능력을 갖고 있습니다." 조는 이렇게 말하고 기억을 더듬어보았지만, 어렴풋하게밖에는 생각나지 않았다. 그가 생각을 하는 사이에도 기억은 점점 더 흐릿해졌다. 다른 시간선. 그는 생각했다. 과거. 이런 것들을 제외하면 영문을 알 수가 없었다. 기억이 거기서 끝났기 때문이다. 내 아내는 유일무이한 존재야. 지구상의 그 누구도 못 해내는 일을 할 수가 있지. 그게 사실이라면, 왜 런시터 사에서 일하고 있지 않은 걸까? 뭔가 이상하다.

"자넨 그걸 측정했나?" 런시터가 물었다. "그러니까, 그게 자네 일이잖아. 자네 말을 들어보니 측정하긴 한 것 같군. 그렇게 자신 있게 대답하는 걸 보니."

"자신은 없습니다." 조는 말했다. 하지만 난 아내에 관해서는 확신이 있어. 그는 생각했다. "테스트 장비를 가지고 오겠습니다. 그걸 써서 이 친구가 어떤 종류의 역장을 만들어내는지 알아보죠."

"어이, 작작해둬, 조." 런시터는 화난 목소리로 말했다. "만약 자네 아내에게 초능력이나 반 초능력이 있었다면 자넨 적어도 1년 전에 이미 그걸 측정했을 거야. 진작에 알고 있었을 게 아닌가." 그는 책상 위에 놓인 인터컴의 단추를 눌렀다. "인사부인가? 혹시 미시즈 칩에 관한 파일이 있나? 퍼트리셔 칩?"

잠시 후 인터컴이 대답했다. "미시즈 칩에 관한 파일은 없습니다. 혹시 결혼 전의 이름으로 등록되어 있지는 않을까요?"

"콘리." 조는 말했다. "퍼트리셔 콘리."

인터컴은 잠시 침묵했다가 말했다. "미스 퍼트리셔 콘리 이름으로 두 가지 서류가 있군요. 애시우드 씨가 제출한 최초의 스카우트 보고서하고, 칩 씨가 제출한 테스트 측정 보고서가 있습니다." 인터컴의 슬롯에서 이 두 서류의 사본이 천천히 인쇄되어 나오더니 책상 위에 떨어졌다.

런시터는 조 칩의 보고서를 훑어보며 얼굴을 찌푸렸다. "조, 자네도 이걸 보는 편이 낫겠군. 이리 오게." 그는 손가락을 쑥 내밀어 서류를 가리켰다. 런시터 옆으로 온 조는 밑줄을 그은 한 쌍의 X자 표시를 보았다. 그와 런시터는 서로를 흘끗 보았고, 그다음에는 팻을 보았다.

"거기 뭐라고 쓰여 있는지 알아요." 팻은 침착한 어조로 말했다. "믿기 힘들 정도의 능력. 유례를 찾아볼 수 없는 규모의 반 초능력 역장.'" 한 단어도 틀리지 않고 기억해내려는 듯이 정신을 집중하는 기색이 역력했다. "아마 모든—"

"우린 믹의 계약을 따냈어." 런시터는 조 칩에게 말했다. "난 여기로 열한 명의 불활성자 집단을 호출했고, 거기 있던 이 여자한테—"

조는 말했다. "질문을 하셨죠. 여기 있는 사람들에게 어떤 능력을 갖고 있는지 보여주라고. 그래서 보여준 겁니다. 글자 그대로 보여줬죠. 그리고 제 평가는 옳았습니다." 그는 손가락 끝으로 서류 제일 아래쪽에 쓰여진 위험을 뜻하는 상징을 더듬었다. "내 아내였다니." 그는 말했다.

"난 당신 아내가 아녜요." 팻이 말했다. "그것도 내가 바꾼 것 중 하나죠. 다시 예전 상태로 돌아가고 싶어요? 세세한 점까지 하나도 바뀌지 않은 상태로? 그렇다면 여기 모여 있던 불활성자들에게는 별로 보여줄 게 없어요. 어차피 다들 눈치채지 못할 게 뻔하고…… 여기 조처럼 옛 기억의 흔적이라도 유지하고 있으면 또 모를까. 하지만 지금쯤이면 그것마저 사라져버렸을 걸요."

런시터는 날선 어조로 말했다. "믹과의 계약은 안 돼. 적어도 그것만은 돌려줘."

"제 스카우트 능력은 아직 녹슬지 않았나 봅니다." G. G. 애시우드가 말했다. 안색이 흙빛으로 변해 있었다.

"응. 정말이지 엄청난 재능을 발굴해냈군." 런시터가 말했다.

인터컴이 울리더니 미시즈 프릭의 늙고 떨리는 목소리가 말했다. "불활성자들 한 무리가 사장님을 뵈려고 왔습니다. 새로운 협동 프로젝트와 관련해서 사장님의 호출을 받았다는군요. 지금 만나보실 수 있겠습니까?"

"들여보내게." 런시터가 말했다.

팻이 말했다. "이 반지는 가지고 있을래요." 그녀는 비취가 박힌 은제 결혼반지를 들어 보였다. 다른 시간선에서는 그녀와 조가 함께 골랐던 반지다. 또 하나의 세계에서 그 부분만은 남겨두기로 한 것이다. 조는 그녀가 혹시 반지 이외에도 뭔가 다른 법적 근거를 보존하고 있지는 않을까 하는 궁금증을 느꼈다. 그러지 않았으면 좋겠군. 그러나 그는 잠자코 있었다. 아예 묻지 않는 편이 나을 듯했다.

사장실 문이 열리더니 불활성자들이 두 명씩 짝을 지어 들어왔다. 잠시 당혹한 듯이 그 자리에 서 있다가, 의자에 앉아 런시터의 책상 쪽을 마주 보았다. 런시터는 그런 그들을 응시하다가 난잡하게 어질러진 책상 위에 놓인 서류를 뒤졌다. 팻이 이 그룹의 구성을 혹시 바꿔놓지는 않았는지 확인할 심산인 듯했다.

"이디 돈." 런시터가 말했다. "아, 거기 와 있군." 그녀를 흘끗 보고는 그 옆에 앉아 있는 사내를 보았다. "해먼드. 그래. 해먼드는 왔군. 티피 잭슨." 그는 그녀를 찾아보았다.

"정말 서둘러야 했어요, 런시터 사장님." 잭슨 부인이 말했다. "거의 시간을 주시지 않아서."

"존 일드." 런시터는 말했다.

더부룩하고 헝클어진 머리를 한 사춘기 소년이 끙 하는 소리로 대답을 대신했다. 불손한 태도가 좀 사라졌군, 하고 조는 생각했다. 소년은 이제 내향적으로 변했고, 조금 동요한 듯한 기색조차 보였다. 저 녀석이 뭘 기억하고 있는지를 알면 재미있겠는데. 그는 생각했다. 그룹 전체가 각자, 또 집단적으로 무엇을 기억하고 있는지를 말이다.

"프란체스카 스패니시." 런시터가 말했다.

집시처럼 가무잡잡한 피부를 한 총명해 보이는 여성이 묘하게 팽팽하고 날카로운 긴장감을 발산하며 대답했다. "런시터 사장님, 우리가 바깥 응접실에서 기다리던 마지막 몇 분 동안에 정체를 알 수 없는 목소리들이 출현해서 제게 이런저런 얘기를 고했습니다."

"자네가 프란체스카 스패니시인가?" 런시터는 참을성 있게 물었다. 평소보다 한층 더 피곤한 모습이었다.

"그렇습니다. 지금까지 줄곧 그래왔고, 앞으로도 줄곧 그럴 겁니다." 미스 스패니시의 낭랑한 목소리는 확신에 차 있었다. "그 목소리들이 저한테 뭐라고 했는지 말씀드려도 될까요?"

"가급적 나중에 그래주게나." 런시터는 다음 인사 서류로 시선을 돌리며 말했다.

"꼭 말씀드리고 싶습니다만." 미스 스패니시는 잘 울리는 목소리로 선언했다.

"좋아." 런시터는 말했다. "2분쯤 휴식하기로 하지." 그는 책상 서랍을 열고 암페타민 정제를 꺼내서 물도 없이 삼켰다. "그럼 미스 스패니시, 그 목소리들이 자네한테 뭐라고 했는지 말해주게나." 그는 조 쪽을 흘긋 보며 어깨를 움츠렸다.

"누군가가," 미스 스패니시가 말했다. "방금 우리를, 우리 모두를 다른 세계로 움직였어요. 우린 거기서 살았고, 시민으로서 계속 살아갔죠. 그러던 어느 날 모든 것을 내포하는 광막한 영적 존재가 우리를 이곳으로, 본래 우리가 살던 우주로 되돌려 보냈어요."

"그건 팻이야." 조 칩이 말했다. "팻 콘리. 오늘 입사한 직원이지."

"티토 애포스터스는 와 있나?" 런시터는 목을 길게 빼고 의자에 앉아 있는 일동을 둘러보았다.

대머리 사내가 염소수염을 흔들며 자기 자신을 가리켰다. 엉덩이에 딱 맞는 고풍스러운 금빛 라메 바지를 입었지만 어딘가 맵시 있는 느낌을 주는 데 성공하고 있었다. 아마 녹조색 블라우스에 달린 달걀 크기의 단추들 덕인지도 모르겠다. 하여튼 당당하고 위엄 있는, 군계일학 같은 인상을 풍기는 사내였다. 조는 압도당했다.

"돈 데니." 런시터가 말했다.

"여기 있습니다, 사장님." 샴고양이를 연상시키는 느긋하고 자신만만한 바리톤 목소리가 대답했다. 그 목소리의 출처는 양손을 무릎 위에 올려놓은 채로 똑바로 의자에 앉아 있던 호리호리하고 성실해 보이는 인물이었다. 합성섬유로 짠 던들*을 입고, 긴 머리를 댕기로 묶고, 카우보이 가죽 바지에 모조 은으로 만든 별을 달고 있었다. 발에는 샌들을 신었다.

"자네는 반 재생능력자로군." 런시터는 해당 서류를 읽으며 말했다. "우리 회사에는 단 한 명뿐인." 그러고는 조에게 말했다. "이 친구가 필요해질지는 의문이야. 그 대신 반 텔레파스를 한 명 더 넣는 편이 낫지 않을까— 반 텔레파스는 많으면 많을수록 좋으니까 말이야."

조는 말했다. "모든 가능성에 대비해야 합니다. 어떤 상황인지를 모르고 가는 셈이니까요."

"그렇겠지." 런시터는 고개를 끄덕였다. "알겠네. 새미 먼도."

빈약한 코에 멜론을 닮은 조그만 머리를 가진 맥시스커트 차림의 청년이 경련하듯이 손을 들었다. 마치 빈혈에 시달리는 육체가 절로 알아서 움직이는 것 같군, 하고 조는 생각했다. 이 사내라면 잘 알고 있다. 먼도는 실제 나이보다 십 년은 더 젊어 보였다. 오래전에 정신적, 육체적 성장이 멈춰버렸기 때문이다. 전문적인 관점에서 보면, 먼도에게는 라쿤**급의 지능밖에는 없었다. 걸어 다니고, 음식을 먹고, 몸을 씻고, 어느 수준까지는 대화가 가능한 정도랄까. 그러나 그는 무시할 수 없는 반 텔레파시 능력을 가지고 있었다. 한번은 단독으로 S. 돌 멜리폰을 완전히 무력화시킨 적조차 있다. 런시터 사의 사내보가 몇 달 동안이나 이 위업을 화제로 삼았을 정도였다.

---

* dirndl. 오스트리아 티롤 지방 농민이 입는 헐렁한 치마.
** racoon. 미국 너구리.

"아, 왔군." 런시터는 말했다. "다음은 웬디 라이트."

이런 기회가 찾아왔을 때의 평소 버릇대로 조는 이름을 불린 젊은 여자를 한참 동안 유심히 바라보았다. 가능하다면 그의 애인으로, 아니 아내로 삼고 싶은 여자였다. 웬디 라이트가 여느 사람들과 마찬가지로 피와 내장 속에서 태어났다고는 도저히 믿기 힘들었다. 그녀 곁에 있으면 조는 자신이 볼품없고 유들유들하며 땀 냄새를 풍기는 교양 없는 얼간이가 된 듯한 기분을 맛보았고, 위장에서 꾸르륵 소리가 나고 숨소리가 씨근거리는 듯한 느낌을 받곤 했다. 그녀에게 다가가면 조 자신을 유지해주는 육체의 메커니즘을 싫어도 자각하게 되었다. 그의 체내에 있는 파이프와 밸브와 가스 컴프레서와 팬벨트 따위가 칙칙거리면서 별 가망이 없는, 결국은 패배할 것이 뻔한 임무를 수행하고 있다는 사실을 말이다. 그녀의 얼굴을 보면 자기 얼굴은 요란스러운 가면에 불과하다는 것을 깨닫게 되고, 그녀의 몸을 보면 자기 몸이 싸구려 태엽 장난감이라도 된 기분에 사로잡혔다. 그녀를 구성하는 모든 색채는 간접조명 아래에서 보는 듯한 미묘한 특질을 갖추고 있었다. 그녀의 눈, 번득이는 두 개의 녹색 보석은 모든 것을 무감동하게 바라보았다. 그녀의 눈에 공포나 혐오나 경멸이 떠오르는 것을 그는 한 번도 본 적이 없었다. 그녀는 사물을 보이는 그대로 받아들였다. 그녀는 언제나 침착해 보였다. 그러나 그가 보기에 그녀는 그 무엇보다도 마모나 피로, 또는 육체적 질병이나 쇠퇴의 영향을 받지 않는 영속적이고, 고민이 없으며, 냉정한 존재라는 인상을 주었다. 나이는 25세나 26세쯤 되었지만, 그보다 더 젊었을 무렵의 그녀 모습을 그는 상상할 수 없었다. 물론 시간이 흐른들 지금보다 더 나이 들어 보일 리도 없었다. 그러기에는 그녀가 자기 자신과 외부의 현실을 너무나도 확고하게 장악하고 있었다.

"여기 와 있어요." 웬디는 온화하게 말했다.

런시터는 고개를 끄덕였다. "좋아. 그럼 프레드 재프스키만 남았군." 그러고는 흐늘흐늘한 비만체에 커다란 발을 가진 중년 사내를 똑바로 바라보았다. 드문드문한 머리카락을 두피에 밀착시키고, 우중충한 피부에 결후結喉가 묘하게 툭 튀어나온 변태적인 느낌의 사내였다. 오늘은 개코원숭이의 엉덩이 빛깔을 띤 헐렁한 드레스 차림이었다. "자네가 그 사람이군."

"정답입니다." 재프스키는 대꾸하고 킥킥거렸다. "잘도 맞히셨군요."

"맙소사." 런시터는 고개를 설레설레 저으며 말했다. "흐음, 만일의 경우 안전을 보장하기 위해서 적어도 한 사람의 반反 염동력자는 필요했어. 그게 바로 자네야." 그는 인사 서류를 책상 위에 던져놓고 녹색 시가를 찾았다. 그는 조에게 말했다. "이상이 이번에 파견할 그룹이야. 거기에 자네와 내가 합류하는 거지. 마지막으로 뭔가 바꾸고 싶은 점은 없나?

"지금 그대로 만족합니다." 조는 말했다.

"이 불활성자들 집단이 우리에게 가능한 최상의 조합이라고 생각하나?" 런시터는 조를 뚫어지게 응시하며 말했다.

"예." 조는 말했다.

“홀리스의 초능력자들에게도 충분히 대항할 수 있고?”

“예.” 조는 말했다.

그러나 이것이 사실이 아님을 그는 알고 있었다.

마음에 걸리는 게 무엇인지를 뚜렷하게 지적할 수 있는 것은 아니었다. 적어도 합리적인 생각은 아니었다. 열한 명의 불활성자들이 생성하게 될 반 초능력 역장은 엄청난 위력을 발휘할 잠재력을 가지고 있었다. 하지만—

“미스터 칩, 잠시 짬을 내줄 수 있겠나?” 대머리에 턱수염을 기른 애포스터스가 금빛 라메 바지를 번득이며 조 칩의 소매를 잡았다. “어젯밤 내가 경험했던 걸 얘기해도 괜찮을까? 어제 선잠을 자던 중에 홀리스 휘하에서 일하는 초능력자 한 명 내지는 두 명과 접촉했다네. 프리코그와 짝을 이뤄서 활동하는 텔레파스인 것 같았어. 이 얘기를 런시터 씨한테 하는 편이 좋을까? 중요한 일이라고 생각하나?”

조 칩은 주저하며 런시터 쪽을 보았다. 애용하는 고가의 안락의자에 앉아 순 아바나산 시가에 다시 불을 붙이려고 하는 중이었다. 완전히 녹초가 된 기색이었다. 뺨이나 턱의 살이 축 늘어져 있었다. “아니, 지금은 얘기 안 하는게 좋겠어.” 조는 말했다. “귀찮게 하지 말자고.”

“제군.” 런시터는 웅성거림 속에서 큰 목소리로 말했다. “이제 달로 출발하겠네. 여기 모인 열한 명의 불활성자에, 조 칩, 나, 그리고 우리 의뢰인의 대리인인 조이 워트까지 모두 열네 명이 말이야. 우리 회사의 전용 우주선을 타고 갈 거야.” 그는 시대착오적인 둥근 금 회중시계를 꺼내 들고 보았다. "3시 반이로군. '엉덩방아 Ⅱ'호는 옥상 발착장에서 4시에 이륙할 걸세." 그는 시계 뚜껑을 닫고 비단 장식띠의 안주머니에 집어넣었다. "흐음, 조. 싫든 좋든 이제 우리는 이번 일에 머리를 들이밀었어. 우리 회사에도 상주 프리코그가 있어서, 이런 우리를 위해 미래를 좀 봐준다면 좋을 텐데 말이야." 얼굴도, 말투도, 근심과 우려로 축 늘어져 있었다. 책임과 노령에서 오는, 결코 돌이킬 수 없는 무거운 짐에 짓눌린 기색이었다.

06

당신이 지금까지 전혀 경험해본 적이 없는 환상적인 면도 체험을 맛보십시오. 이제는 남자들의 얼굴에도 부드러운 사랑이 필요할 때입니다. 유빅의 자동회전식 스위스제 크롬 무한날의 등장으로 무조건 북북 밀어대던 시대는 끝났습니다. 자, 유빅으로 부드러움을 경험하세요. 주의— 설명서대로만 사용하시고, 안전에 유념해주십시오.

"달에 오신 것을 환영합니다." 조이 워트는 명랑한 어조로 말했다. 빨간색 삼각 안경을 쓰고 있는 탓에 쾌활한 두 눈이 한층 더 커 보였다. "하워드 씨를 대신해서 여러분 모두에게 인사를 드립니다. 자기 조직을—특히 여러분들을—파견해주신 글렌 런시터 씨에게 특별히 감사의 말씀을 드리고 싶네요. 이 월면

지하 호텔의 특별 스위트룸은 하워드 씨의 누이이자 뛰어난 예술적 재능을 가진 라다 씨의 손으로 직접 장식되었고, 초능력자들이 침투했다고 하워드 씨가 생각하고 있는 산업 연구 시설에서 정확히 274미터 떨어진 지하에 위치하고 있답니다. 따라서 이 방에 이렇게 모여 있는 여러분은 홀리스의 부하들의 초능력을 이미 억제하고 있을 거예요. 그렇게 생각하니 정말 마음이 놓이네요." 그녀는 말을 멈추고 일동을 둘러보았다. "뭔가 질문이 있으신가요?"

조 칩은 그녀에게는 눈길도 주지 않고 테스트 장비의 조작에 열중하고 있었다. 의뢰인의 요구에도 불구하고 주위의 초능력 역장을 측정할 심산이었다. 지구에서 달로 오는 한 시간 동안 글렌 런시터와 의논해서 내린 결정이었다.

"질문이 하나 있습니다." 프레드 재프스키가 손을 들더니 킥킥 웃었다. "화장실이 어디죠?"

"각자에게 지급해드릴 약도에 나와 있어요." 조이 워트는 이렇게 말하고 곁에 있는 칙칙한 느낌의 여성 조수에게 고개를 까닥해 보였다. 조수는 유광지에 알록달록하게 인쇄된 약도를 나눠주기 시작했다. "이 스위트룸에는 주방 시설이 완비되어 있답니다." 조이 워트는 말을 이었다. "그리고 비치된 주방 기구들은 모두 무료이기 때문에 동전을 넣을 필요가 없어요. 이 거주 유닛의 건설에 거액의 경비가 투입되었다는 사실은 한눈에 아셨겠지요. 스무 명을 수용할 수 있는 넓은 공간에, 전용 자기조절식 공기조절, 광열, 수도 시설을 완비했고, 다양하기 그지없는 저장 식품류에 폐쇄회로 TV에 하이파이 다중음향 시스템까지 갖추고 있지요. 단지 마지막으로 언급한 두 설비는 동전을 넣어야 작동한답니다. 오락시설을 이용하실 분들의 편의를 위해서 게임룸에는 잔돈 교환기가 마련되어 있어요.”

“이 약도에는 아홉 개의 침실밖에는 없습니다만.” 앨 해먼드가 말했다.

“각 침실에는 간이침대가 두 개씩 있습니다.” 미스 워트가 말했다. “따라서 열여덟 명이 숙박할 수 있죠. 그것 말고도 체류 중에 함께 주무시고 싶으신 분들을 위해 더블베드가 다섯 개 더 있고요.”

“같은 직원들끼리의 동침에 관해서는 사규가 있습니다.” 런시터는 신경질적으로 내뱉었다.

“그걸 장려하는 건가요, 아니면 금지하는 건가요?” 조이 워트가 물었다.

“금지하는 겁니다.” 런시터는 약도를 구깃구깃 뭉쳐서 난방이 들어오는 금속 마루에 떨어뜨렸다. “난 이런 식으로 지시를 받는 일에는 익숙하지 않—”

“하지만 런시터 씨는 여기 체류하실 예정이 아니잖아요.” 미스 워트가 지적했다. “직원분들이 일을 개시하는 즉시 지구로 돌아간다고 하시지 않았나요?” 그녀는 그를 향해 직업적인 미소를 지어 보였다.

런시터는 조 칩에게 말했다. “초능력 역장이 검출됐나?”

“우선 우리 불활성자들이 만들어내고 있는 대 초능력 역장부터 측정해야 합니다."

"그런 건 여기로 오는 길에 해놓았어야지." 런시터가 말했다.

"측정을 하실 작정인가요?" 미스 워트가 힐문했다. "전에도 설명드렸듯이, 하워드 씨는 그런 일을 엄중히 금지한다고 하셨는데요."

"그래도 측정은 해봐야 합니다." 런시터는 말했다.

"하워드 씨가—"

"이건 스탠튼 믹이 관여할 일이 아닙니다." 런시터는 잘라 말했다.

미스 워트는 칙칙한 여성 조수를 보며 말했다. "가서 믹 씨더러 여기로 내려와달라고 전해주겠어?" 조수는 엘리베이터들이 모여 있는 곳을 향해 황급히 걸어갔다. "믹 씨가 직접 와서 얘기하실 거예요." 미스 워트는 런시터에게 말했다. "그때까지는 아무 일도 하지 말아주세요. 그분이 도착하실 때까지 기다려주시면 고맙겠군요."

"측정 결과를 하나 얻었습니다." 조는 런시터에게 말했다. "우리의 역장입니다. 강도가 아주 센데요." 아마 팻이 와 있기 때문이겠지, 하고 조는 판단했다. "측정치가 예상했던 것보다 훨씬 높습니다." 왜 상대방은 우리가 측정하는 것을 그렇게 막으려는 걸까? 그는 의아해했다. 이제 우리 회사의 불활성자들이 도착해서 활동을 개시한 마당에, 시간이 촉박한 것도 아니지 않은가.

"옷을 넣어둘 벽장은 없나요?" 티피 잭슨이 물었다. "짐을 풀고 싶어서요."

"각 침실에는 동전 투입식의 큰 벽장이 하나씩 있습니다." 미스 워트가 말했다. "여러분의 편의를 위해서—" 그녀는 커다란 비닐백을 하나 꺼냈다. "동전을 준비해뒀어요." 그녀는 존 일드에게 10센트, 5센트, 25센트 동전을 포장한 원통형 꾸러미를 건넸다. "이걸 골고루 나눠주시겠어요? 믹 씨의 호의랍니다."

이디 돈이 물었다. "이 거주지에는 의사나 간호사가 있나요? 일에 열중할 때 가끔 심인성 발진이 생기는 경우가 있어서요. 그럴 때는 보통 코르티손* 연고를 쓰면 낫는데, 급하게 오느라고 깜박 안 가지고 왔네요."

"이 거주구에 인접한 산업 연구 시설에 의사 몇 명이 상시 대기하고 있습니다." 미스 워트가 대답했다. "환자가 나올 경우에 대비해서 소규모 입원 시설도 있고요."

"동전 넣는 거?" 새미 먼도가 물었다.

"의료 서비스는 모두 무료예요. 정말로 아프다는 사실을 입증할 의무는 환자 측에 있지만." 미스 워트는 이렇게 대답하고 덧붙였다. "그렇지만 약품 디스펜서는 모두 동전 투입식이에요. 그래서 말씀드리는데, 이 스위트룸의 오락실에는 진정제 판매기가 하나 비치되어 있답니다. 원하신다면 인접 시설에서 흥분제 판매기도 한 대 가져다 놓을 수 있을 거예요."

"환각제는요?" 프란체스카 스패니시가 물었다. "일할 때 저

____
* cortisone. 부신 피질 호르몬제의 일종.

는 맥각계麥角系의 환각제를 쓰면 효율이 올라가서요. 그걸 쓰면 누구를 상대하고 있는지를 실제로 볼 수 있기 때문에, 상당히 도움이 되거든요."

미스 워트가 말했다. "믹 씨는 모든 맥각계 환각제의 사용에 반대하시는 입장입니다. 간에 유독하다는 의견을 갖고 계시죠. 지참하고 오셨다면 자유롭게 쓰셔도 됩니다만, 이쪽에서 제공할 수는 없어요. 재고가 있다는 얘긴 들었지만."

"아니, 언제부터 환각을 보기 위해서 환각제가 필요해졌어?" 돈 데니가 프란체스카 스패니시에게 힐문했다. "당신이 살아가는 인생 자체가 환각이면서."

프란체스카는 개의치 않는다는 듯이 대답했다. "이틀 전 밤에 특별히 인상적인 방문을 받았거든."

"알 만하군." 돈 데니가 말했다.

"프리코그하고 텔레파스 한 무리가 최고급 자연산 삼으로 만든 줄사다리를 타고 내 침실 창문 밖에 있는 발코니로 내려왔어. 벽을 녹여서 통로를 만들더니 내 침대 주위로 모여들더라고. 그자들이 떠드는 소리를 듣고 잠에서 깼는데, 오래된 책의 시구에다가 따분한 산문 따위를 인용하는 거 있지. 난 왠지 기뻤어. 다들 정말—" 프란체스카는 적당한 표현을 찾으려는 듯 잠시 머뭇거렸다. "반짝반짝했거든. 그중 하나는 빌이라는 이름이었는데—"

"잠깐 기다려. 나도 비슷한 꿈을 꿨어." 티토 애포스터스는 이렇게 말하고는 조를 돌아보았다. "지구를 떠나오기 직전에 내가 했던 말 기억나?" 흥분한 듯 두 손이 떨렸다. "나도 그 얘기를 했잖아?"

"나도 그 꿈 꿨어." 티피 잭슨이 말했다. "빌하고 매트. 나를 요절낼 거라고 말했어."

런시터의 얼굴이 갑자기 어둡게 일그러졌다. 그는 대뜸 조에게 말했다. "왜 미리 얘기해주지 않았나."

"그때 사장님은—" 조는 해명하려다가 결국 포기했다. "피곤해 보였습니다. 다른 고민거리들도 많아 보였고."

프란체스카가 날카로운 어조로 반박했다. "그건 꿈이 아니라 진짜 방문이었어. 그 정도 구별은 할 수 있어."

"물론 그렇겠지, 프랜시." 돈 데니는 이렇게 말하고 조를 향해 윙크해 보였다.

"나도 꿈을 꿨어요." 존 일드가 말했다. "하지만 내 경우는 호버카에 관한 꿈이었어요. 꿈에서 본 호버카들의 번호판이 다 기억나요. 65대까지 외웠는데, 아직도 뚜렷하게 기억하고 있죠. 그걸 말해볼까요?"

"죄송합니다, 글렌." 조 칩은 런시터에게 말했다. "애포스터스만 그런 경험을 한 줄 알았습니다. 설마 다른 사람들까지 그랬을 줄은 몰랐습니다. 저는—" 그는 엘리베이터 문이 스르르 열리는 소리를 듣고 말을 멈췄다. 일동은 모두 그쪽을 돌아보았다.

땅딸막한 체격에 배가 불룩 튀어나오고 다리가 뭉뚝한 스탠튼 믹이 그들을 향해 어슬렁거리며 다가왔다. 자홍색 페달푸셔*,

분홍색 야크털 실내화, 뱀가죽 민소매 겉옷 차림에 새하얗게 물들인 허리까지 내려오는 머리카락에는 리본을 달았다. 무슨 놈의 코가 저래, 하고 조는 생각했다. 뉴델리의 택시 경적에 달린 고무 손잡이 모양으로 부드러워서 꽉 쥐기 좋게 생겼군. 그렇다면 시끄러운 소음을 낼 게 뻔하지. 지금까지 내가 본 것 중 가장 요란스러운 코야.

"여어, 최고의 반 초능력자 여러분." 스탠튼 믹은 양팔을 벌리고 과장스럽게 환영의 몸짓을 해 보였다. "드디어 해충 구제 업자들이 도착했구먼― 물론 이건 자네들 얘기야." 카스트라토를 연상케 하는, 앵앵거리고 귀에 거슬리는 목소리였다. 금속 꿀벌의 벌집에서 들려올 것 같은 불쾌한 소음이로군, 하고 조칩은 생각했다. "문제의 해충은 이런저런 초능력자의 모습을 취해서 이 무해하고 친절하고 평화로운 스탠튼 믹의 세계를 엄습했다네. 믹빌 입장에서는―이건 이 매력적이고 회가 동하는 달 거주구를 부르는 이름일세―정말이지 재난이라고밖에는 할 수 없는 날이었지. 물론 제군은 내 기대대로 이미 일에 착수했구먼. 그래서 일류라는 거겠지. 런시터 어소시에이츠라는 이름을 들으면 누구든 상상하듯이 말이야. 나는 제군의 활동에 크게 만족하고 있지만, 한 가지 사소한 예외가 있어. 거기서 장비를 만지작거리고 있는 자네 회사의 테스트 기사 말인데. 어이, 테스트 기사, 내가 말할 때는 내 쪽을 봐주지 않겠나?"

---

* pedal pushers. 무릎 아래나 장딴지 중간께까지 오는 여성용 사이클링 바지.

조는 다용도 기록계와 측정기를 멈추고 전원을 껐다.

"이제 자네도 내게 주목하겠나?" 스탠튼 믹이 물었다.

"예." 조는 대답했다.

"그냥 켠 채로 놓아둬." 런시터가 명령했다. "자네는 믹 씨의 부하가 아니라 내 부하야."

"상관없습니다." 조가 대답했다. "이미 이 근처에서 발생하고 있는 초능력 역장의 측정이 끝났으니까요." 측정은 진작에 끝나 있었다. 스탠튼 믹은 너무 늦게 도착했다.

"상대방의 역장은 얼마나 강한가?" 런시터가 물었다.

조는 말했다. "역장은 전혀 없습니다."

"그럼 우리 불활성자들이 그걸 무효화하고 있다는 건가? 우리 측의 대 초능력 역장이 더 강력해서?"

"아닙니다." 조는 말했다. "방금 말했듯이 제 측정 장비의 유효 범위 안에서는 그 어떤 종류의 초능력 역장도 존재하지 않습니다. 우리들 자신의 역장이 검출된 것으로 미루어볼 때, 제가 확인할 수 있는 범위 내에서 장비는 정상적으로 가동하고 있습니다. 정확한 피드백이라고 생각합니다. 우리가 지금 발생시키고 있는 역장은 2000blr 단위이고, 이 수치는 몇 분 간격으로 2100까지 올라가곤 합니다. 아마 서서히 그런 식으로 증가하게 되겠죠. 우리 불활성자들이 협력해서 기능하는 시간이 늘어난다면, 예를 들어 12시간쯤 더 기능한다면, 수치는 더 높아져서―"

"영문을 모르겠군." 런시터는 말했다. 불활성자들은 이제 모두 조 칩 주위로 모여들고 있었다. 돈 데니는 다용도 기록계가 뱉어낸 테이프 하나를 집어 들고 거기에 기록된 전혀 기복이 없는 선을 훑어보다가 티피 잭슨에게 건넸다. 다른 불활성자들도 말없이 그 테이프를 돌려 보았고, 런시터 쪽을 보았다. 스탠튼 믹을 향해 런시터가 말했다. "초능력자가 이곳 달에서 진행 중인 당신 사업에 침투했다는 생각은 도대체 어디서 나온 거요? 우리가 통상적인 테스트를 시행하는 걸 원하지 않은 이유가 도대체 뭐지? 이런 결과가 나오리라는 걸 당신은 알고 있었나?"

"미리 알고 있었다는 점은 명백합니다." 조 칩이 말했다. 확신이 있었다.

동요의 표정이 런시터의 얼굴을 빠르게 스쳐 지나갔다. 그는 스탠튼 믹에게 뭐라고 말하려다가 마음을 바꾸고 조에게 나직하게 말했다. "지구로 돌아가세. 우리 불활성자들을 당장 여기서 데리고 나가야 해."

그는 큰 소리로 다른 부하들에게 말했다. "소지품을 모두 챙기게. 당장 뉴욕으로 돌아갈 수 있도록 15분 안에 우주선에 탑승하도록. 뒤처지는 사람은 그대로 두고 가겠네. 조, 자네의 잡동사니들을 빨리 챙겨. 필요하다면 나도 배까지 운반하는 걸 돕겠네— 하여튼 당장 그걸 가지고 여길 빠져나가야 해." 런시터는 분노로 붉게 물든 얼굴을 하고 다시 믹 쪽을 돌아보며 입을 열어—

금속 곤충을 연상시키는 새된 목소리를 내며, 스탠튼 믹은 두 팔을 뻣뻣하게 좌우로 내민 자세로 천장을 향해 떠올랐다.

"미스터 런시터, 자네의 시상視床을 대뇌피질보다 우선하면 안되네. 이 문제에 필요한 건 신속함보다는 신중함이니까 말이야. 그러니 자네 부하들을 진정시키고 함께 모여 머리를 맞대고 상호 이해를 도모하자고." 믹의 둥글둥글하고 다채로운 의상을 두른 몸이 위아래로 까닥였고, 천천히 옆으로 회전했다. 이제 런시터 쪽을 향하고 있는 것은 그의 머리가 아니라 다리였다.

"저것 얘긴 들어본 적이 있어." 런시터는 조에게 말했다. "저건 자폭식 인간형 폭탄이야. 모두를 추슬러 빨리 여기서 나가. 놈들은 방금 저걸 자동 모드로 바꿨어. 그래서 위를 향해 떠오른 거야."

폭탄이 폭발했다.

자욱한 연기가 악취를 발하는 덩어리가 되어 파괴된 벽과 바닥에 들러붙었고, 서서히 아래로 가라앉으며 조 칩의 발치에 엎드려서 몸부림치고 있는 인물을 뒤덮었다.

조 칩의 귀에 대고 돈 데니가 고함을 지르고 있었다. "미스터 칩, 런시터가 죽었어. 저건 런시터야." 흥분한 나머지 말을 더듬었다.

"그 밖에 또 누가 죽었지?" 조는 숨을 쉬려고 노력하며 탁한 목소리로 말했다. 매캐한 연기 탓에 가슴이 조여드는 듯한 느낌이었다. 폭발의 충격으로 머리가 쾅쾅 울렸고, 목덜미에 뜨뜻한 것이 느껴졌다. 비산한 폭탄 파편에 열상裂傷을 입은 것이었다.

모습은 잘 보이지 않았지만 가까운 곳에 있던 웬디 라이트가 말했다. "다른 사람들은 다치긴 했지만 모두 살아 있는 것 같아."

런시터 곁에서 몸을 숙이며 이디 돈이 말했다. "레이 홀리스한테서 재생능력자를 빌릴 수는 없을까요?" 창백한 얼굴은 크게 낙담한 기색이 역력했다.

"안 돼." 조는 이렇게 대꾸하고 자기도 허리를 굽혔다. "자네 생각은 틀렸어." 그는 돈 데니에게 말했다. "런시터는 아직 안 죽었어."

그러나 엉망진창으로 일그러진 방바닥 위에 쓰러져 있는 런시터는 빈사 상태였다. 2분, 혹은 3분만 있으면 돈 데니의 말은 사실이 될 터였다.

"다들 들어줘." 조는 커다란 목소리로 말했다. "런시터 씨가 부상을 입었기 때문에, 이제는 내가 지휘를 하겠어 — 일시적으로 말이야. 적어도 지구로 돌아갈 때까지는."

"돌아갈 수 있다면 말이지." 앨 해먼드가 말했다. 접힌 손수건으로 오른쪽 눈 위의 깊게 베인 상처를 슬쩍 누르고 있었다.

"호신용 무기를 갖고 있는 사람은 얼마나 돼?" 조가 물었다. 불활성자들은 우왕좌왕할 뿐이었고, 대답하는 사람은 아무도 없었다. "'협회' 규정에 위반된다는 건 나도 알아." 조가 말했다. "하지만 자네들 중 몇몇은 무기를 갖고 있다는 것도 알아. 불법이니 뭐니 하는 건 잊어버려. 임무 수행 중에 총기를 휴대하는 불활성자들에 관한 조항 따위는 모두 잊어버리라고."

잠시 후 티피 잭슨이 말했다. "내 건 짐 속에 있어. 저쪽 방에."

"난 몸에 지니고 있어." 티토 애포스터스가 말했다. 이미 오른손에 탄환을 사용하는 구식 권총을 쥐고 있었다.

조 칩은 말했다. "방에 두고 온 짐에 총이 들어 있는 사람은 가서 가져와."

여섯 명의 불활성자가 문 쪽으로 갔다.

조는 뒤에 남은 앨 해먼드와 웬디 라이트를 향해 말했다. "런시터를 냉동보존 장치에 넣어야 해."

"우리 배에 냉동보존 장치가 있어." 앨 해먼드가 말했다.

"그럼 거기까지 이고 가야겠군." 조는 말했다. "해먼드, 이쪽을 들어. 나는 반대쪽을 들 테니까. 애포스터스, 자넨 선두에 서서 홀리스의 부하들이 방해하려고 하면 쏴버려."

레이저 튜브를 쥔 존 일드가 옆방에서 돌아와 말했다. "홀리스가 믹하고 함께 여기 있는 건가요?"

"함께 있든가, 아니면 혼자 있겠지. 우리 거래 상대는 실은 믹이 아니었을지도 몰라. 처음부터 홀리스였을 수도 있어." 그 인간형 폭탄이 터졌을 때 우리가 몰살당하지 않았다니 정말 놀랍군. 조는 생각했다. 조이 워트는 어떻게 됐을까. 틀림없이 폭발 전에 몸을 피했으리라. 그녀의 모습은 어디에도 없었기 때문이다. 그녀가 지금까지 자기가 봉사해온 사람이 스탠튼 믹이 아니라는 사실을 알아차렸을 때 어떤 반응을 보였을지 궁금했다.

자신의 고용주가―진짜 고용주가―우리를 암살하기 위해 새 임무를 미끼로 이곳으로 유인했다는 사실을 알고서. 아마 놈들은 그녀도 죽일 것이다. 입을 막기 위해서. 어차피 더 이상 쓸모도 없을 테니까 말이다. 도리어 방금 일어난 일의 증인이 될 가능성조차 있었다.

다른 불활성자들도 무기를 가지고 돌아와서 조의 지시를 기다렸다. 현 상황을 감안하면 열한 명의 불활성자들은 비교적 자제심을 발휘하고 있다고 해도 좋았다.

"런시터를 신속하게 냉동보존 장치에 넣을 수만 있다면, 여전히 회사를 경영할 수 있어." 조는 앨 해먼드와 함께 빈사 상태의 고용주를 엘리베이터 쪽으로 운반하며 설명했다. "런시터의 아내가 하는 식으로 말이야." 그러고는 팔꿈치로 엘리베이터 단추를 쿡 눌렀다. "이 엘리베이터가 여기로 내려올 가능성은 거의 없어. 아마 폭탄이 터졌을 때 동력도 모두 차단되었을 게 뻔해."

그러나 엘리베이터는 도착했다. 조와 앨 해먼드는 황급히 런시터를 안으로 운반했다.

"총을 갖고 있는 세 명은 우리와 함께 와." 조는 말했다. "나머지 사람들은―"

"농담하지 마." 새미 먼도가 말했다. "이런 데서 엘리베이터가 돌아오는 걸 기다리고 싶지는 않아. 아예 안 돌아올지도 모르잖아." 그는 앞으로 걸어 나오려고 했다. 공황으로 일그러진 표정이었다.

조는 거칠게 내뱉었다. "런시터가 먼저야." 단추를 누르자 엘리베이터 문이 닫혔다. 이제 엘리베이터 안에는 그와 앨 해먼드, 티토 애포스터스, 웬디 라이트, 돈 데니— 그리고 글렌 런시터만 남았다. "이러는 수밖에 없었어." 엘리베이터가 상승하자 그는 주위 사람들에게 말했다. "게다가 홀리스의 부하들이 우리를 기다리고 있으면 우리가 제일 먼저 죽어. 우리한테 무기가 있다는 생각은 아마 못 하겠지만."

"그게 법이니까 말이야." 돈 데니가 지적했다.

"런시터가 죽었는지 봐줘." 조는 티토 애포스터스에게 말했다.

애포스터스는 몸을 숙이고 축 늘어진 런시터의 몸을 살펴보았다. "아직 희미하게 숨이 붙어 있어." 잠시 후 그는 말했다. "따라서 아직 기회는 있다는 얘기가 되겠군."

"그래. 기회지." 조는 대꾸했다. 마비된 듯한 기분이었다. 폭탄이 터진 이래 육체적으로도, 심리적으로도 줄곧 이런 상태였다. 추웠고, 몸에서 힘이 나지 않는 데다가 양쪽 고막에 손상을 입은 듯했다. 그는 생각했다. 일단 우리 배로 돌아가서 런시터를 냉동보존 장치에 넣은 다음에는 뉴욕 본사에 있는 모두에게 구조 신호를 보낼 수 있어. 아니, 모든 안심보장 기관에 통보해야겠지. 우리 배가 이륙 못 한다면 그쪽에서 원군을 보내줄 거야.

그러나 실제로 그렇게 될 공산은 없었다. 왜냐하면 '협회'가 보낸 구조대가 달에 도착할 무렵이면 달 지하의 엘리베이터 통로나 우주선 안에 있는 사람들은 죽어 있을 것이 뻔했기 때문이다. 따라서 희망은 없다고 보아야 했다.

티토 애포스터스가 말했다. "몇 사람 더 데리고 올 수도 있었는데. 여자들은 억지로라도 모두 끼워 넣을 수 있었어." 그는 동요한 나머지 손을 떨며 비난하는 눈으로 조를 노려보았다.

"우리가 뒤에 남은 사람들보다 암살당할 위험이 더 커." 조는 말했다. "홀리스는 지금 우리가 그러는 것처럼 폭발 생존자들이 엘리베이터를 써서 탈출하려고 하리라는 걸 예상했을 테니까. 그래서 여전히 동력을 끊지 않고 남겨둔 거야. 우리가 우주선으로 돌아가야 한다는 걸 알거든."

웬디 라이트가 말했다. "그 얘긴 아까도 했잖아, 조."

"지금 내 행동을 합리화하려고 이러는 거야." 그는 말했다. "다른 사람들을 아래에 두고 온 일을."

"새로 합류한 그 여자의 능력은 어떻게 됐어?" 웬디가 말했다. "뚱한 표정을 하고 남을 깔보는 듯한 태도를 취하는 그 검은 머리 여자 말이야. 팻 뭐라고 하는. 그 여자를 과거로, 런시터 씨가 부상을 입기 전의 시점으로 보낼 수도 있었잖아. 그럼 이 모든 걸 바꿔놓을 수도 있었을 텐데. 혹시 그 여자 능력이 뭔지 잊었던 거야?"

"응." 조는 굳은 어조로 대답했다. 자욱한 연기 속에서 혼란에 빠져 우왕좌왕하는 통에 까맣게 잊고 있었다.

"아래로 돌아가자고." 티토 애포스터스가 말했다. "방금 자네 입으로 말했듯이 홀리스의 부하들이 지상층에서 우리를 기다리고 있을지도 모르니까. 자네 말대로 우리들이 뒤에 남은 사람들보다 더 위험—"

“이미 지상으로 나왔어.” 돈 데니가 말했다. “엘리베이터가 멈췄잖아.” 창백하고 굳은 표정을 한 그는 엘리베이터 문이 자동으로 열리자 불안한 듯이 입술을 핥았다.

그들의 눈앞에 나타난 것은 중앙홀로 통하는 자동보도였다. 보도 끝의 공기막 문 너머로 그들이 타고 온 우주선의 기부基部를 볼 수 있었다. 이곳에 도착했을 때와 똑같은 상태였다. 그리고 일행과 우주선 사이를 가로막는 사람은 아무도 없었다.

묘하군. 조 칩은 생각했다. 인간형 폭탄으로 우리가 몰살당할 것이라고 굳게 확신했던 것일까? 놈들이 세운 계획 어딘가에 차질이 생긴 것인지도 모른다. 우선 폭발 그 자체가. 그다음은 동력을 끊지 않고 그대로 두었다는 사실이— 이번에는 이 텅 빈 통로이다.

“내가 생각하기로는,” 앨 해먼드와 조가 엘리베이터에서 자동보도로 런시터를 운반하는 동안 돈 데니가 말했다. “그 폭탄이 천장으로 떠오른 건 놈들의 오산이었던 것 같아. 그건 파쇄성 폭탄이었던 것 같은데, 파편 대부분은 우리 머리를 넘어서 위쪽 벽으로 날아가버렸거든. 설마 우리가 살아남을 거라고는 상상도 못 했던 거야. 동력을 끊지 않고 놓아두었던 것도 그걸로 설명이 돼.”

“그럼 폭탄이 그때 위로 떠오른 걸 하느님한테 감사해야겠네.” 웬디 라이트가 말했다. “그런데 여긴 너무 추워. 아까 그 폭발로 난방 장치가 고장 났나 봐.” 그녀는 부르르 몸을 떨었다.

자동보도는 절망적일 정도로 느린 속도로 움직였다. 조는 자동보도가 그들을 2단식 공기막 문 앞에 내려놓을 때까지 5분 이상 걸렸다는 인상을 받았다. 이 기어가는 듯한 전진은 어떤 의미에서는 지금까지 일어난 모든 일 중에서도 최악의 경험처럼 느껴졌다. 마치 홀리스가 일부러 이렇게 꾸며놓은 것이 아닌가 하는 생각이 들 정도로.

"기다려!" 뒤에서 누군가가 부르는 소리가 들렸다. 발소리가 들렸다. 티토 애포스터스는 총을 든 채로 몸을 돌렸다가 총구를 아래로 내렸다.

"뒤따라온 사람들이야." 돈 데니는 뒤를 돌아볼 수 없는 조에게 말했다. 조와 앨 해먼드는 런시터의 몸을 복잡한 구조의 공기막 문 안으로 통과시키는 중이었다. "모두 다 있군. 잘됐어." 데니는 총을 든 손을 흔들며 오라는 시늉을 했다. "빨리 와!"

플라스틱제 연결 터널은 여전히 통로와 그들이 타고 온 우주선을 잇고 있었다. 조는 발치에서 울리는 터널 특유의 둔한 반향음을 들으며 생각했다. **놈들은 우리를 이렇게 그냥 보내줄 작정일까?** 아니면, 우주선에서 우리를 기다리고 있는 것일까? 이건 마치 어딘가의 악의적인 힘이 우리를 갖고 놀면서, 우리가 머리가 돈 쥐처럼 마구 돌아다니며 찍찍거리도록 방치하고 있는 느낌이로군. 우린 놈의 장난감이고, 우리의 노력은 재미있는 구경거리인 거야. 그리고 우리가 우주선에 도착해서 이젠 안전하다고 마음을 놓는 순간, 놈의 손이 우리를 으스러뜨리고 찌꺼기만 남은 우리 유해를 천천히 움직이는 바닥 위로 떨어뜨리겠지. 런시터의 경우처럼.

"데니." 조는 말했다. "자네가 먼저 우주선 안에 들어가서, 혹시 놈들이 매복하고 있지는 않은지 확인해줘."

"매복하고 있으면?" 데니는 말했다.

"그럼 그대로 돌아와." 조는 날카롭게 내뱉었다. "돌아와서 우리더러 포기하라고 얘기해줘. 그럼 놈들은 우리를 모두 죽이겠지."

웬디 라이트가 말했다. "팻인지 뭔지 하는 여자한테 자기 능력을 쓰라고 해봐." 낮지만 집요한 목소리였다. "조, 제발."

"일단 우주선으로 들어가보자고." 티토 애포스터스가 말했다. "난 그 여자가 맘에 안 들어. 그 여자 능력을 신용할 수가 없거든."

"그 여자도, 그 능력도 이해 못 하고 있군." 조는 말했다. 그는 마르고 작은 몸집의 돈 데니가 연결 터널을 후다닥 뛰어올라가서 우주선의 출입문을 제어하는 스위치 여기저기를 누른 다음 선내로 사라지는 광경을 바라보았다. "다시는 돌아오지 못할 거야." 그는 헐떡이며 말했다. 글렌 런시터의 몸은 한층 더 무거워진 느낌이었다. 이제는 제대로 들고 있기도 힘들었다. "런시터를 잠시 내려놓자고." 그는 앨 해먼드에게 말했다. 두 사람은 터널 바닥에 런시터를 동시에 내려놓았다. "노인치고는 무겁군." 조는 허리를 펴며 말했다. 그러고는 웬디를 향해 "팻한테는 얘기해볼게"라고 말했다. 뒤따르던 사람들도 이제는 모두 도착해 있었다. 그들 모두가 동요한 기색으로 터널 안으로 몰려들었다. "이런 아수라장이 있나." 조는 헐떡이며 말했다. "큰 사업 기회라고 기대하고 왔는데 이런 꼴을 당하다니 기가 막히는군. 이번엔 정말 홀리스한테 철저하게 당했어." 그는 손짓으로 팻을 불렀다. 그녀의 얼굴은 검게 그을려 있었다. 갈가리 찢어진 합성 민소매 블라우스 사이로 그녀의 젖가슴을 눌러주고 있던—최근에는 이러는 것이 유행이었다—신축 밴드가 보였다. 밴드에는 엷은 분홍색의 우아한 백합꽃 무늬가 엠보싱 가공되어 있었다. 현 상황과는 무관하고 무의미한 이런 감각 데이터는 아무 논리적인 이유도 없이 그의 마음에 각인되었다.

"이봐." 조는 팻의 어깨에 팔을 얹고 눈을 들여다보며 말했다. 팻은 침착하게 그의 응시를 받아들였다. "과거로 돌아갈 수 있어? 폭탄이 폭발하기 전으로? 그렇게 해서 글렌 런시터를 되살릴 수는 없을까?"

"이미 늦었어요." 팻이 말했다.

"왜?"

"방금 말했잖아요. 그러기에는 너무 많은 시간이 흘렀다고. 하려면 그때 당장 했어야 해요."

"그럼 왜 그때 안 그랬던 거야?" 웬디 라이트는 적의가 담긴 어조로 물었다.

팻은 시선을 돌려 웬디를 훑어보았다. "그때 당신은 그런 생각을 했어? 그게 사실이라면 왜 얘기 안 해준 걸까. 아무도 그런 말을 해준 사람은 없었어."

"그럼 넌 런시터의 죽음에 대해 아무런 책임도 못 느낀다는

거구나." 웬디가 말했다. "네 능력을 썼더라면 그런 일을 미연
에 방지할 수도 있었는데."

팻은 웃음을 터뜨렸다.

우주선에서 돌아온 돈 데니가 말했다. "안은 비어 있어."

"좋아." 조는 손짓으로 앨 해먼드를 불렀다. "런시터를 선내
로 운반해서 냉동보존 장치에 넣자고." 그와 앨은 다시 한 번
육중하고 다루기 힘든 런시터의 몸을 들어 올려 우주선 안으
로 들어갔다. 다른 불활성자들은 빨리 안전한 곳에 들어가려고
앞다투어 그를 밀치고 나아갔다. 조는 그들의 순전한 육체적인
공포가 역장처럼 그들을—그리고 그를—감싸는 것을 느꼈다.
정말로 살아서 달을 떠날 수 있을지도 모른다는 생각은 그들을
진정시키기는커녕 오히려 더 필사적으로 바둥거리게 만들었던
것이다. 마비되고 체념한 듯한 분위기는 이제 완전히 사라지고
없었다.

"키는 어딨어요?" 앨 해먼드와 힘을 합쳐 비틀거리며 냉동보
존실로 가던 조의 귀를 향해 존 일드가 새된 소리를 냈다. 그는
조의 팔을 움켜잡았다. "키는 어디 있느냐고요, 칩 씨."

앨 해먼드가 설명했다. "시동키를 얘기하는 거야. 우주선의.
런시터가 지니고 있었을 거야. 냉동보존실에 집어넣기 전에 꺼
내놓아야 해. 일단 냉동시키면 우리로서는 손을 댈 수가 없으
니까."

런시터의 호주머니들을 뒤지던 조는 가죽제 열쇠 케이스를
발견하고 존 일드에게 넘겼다. "이젠 냉동보존실에 넣어도 되

는 거지?" 그는 노기에 찬 살벌한 어조로 말했다. "자, 해먼드. 런시터를 냉동실에 넣게 제발 좀 도와줘." 하지만 우리는 너무 느리게 움직였어. 그는 속으로 중얼거렸다. 모든 게 끝장났어. 우린 실패했어. 하여튼—그는 기진맥진한 채 생각했다—이걸로 끝이야.

초기 점화 로켓들이 굉음과 함께 불을 뿜었다. 조종 콘솔 앞에 모인 네 명의 불활성자들이 힘을 합쳐 컴퓨터화된 지령 수신 장치를 프로그래밍하는 일에 착수하는 것과 동시에 선체가 진동하기 시작했다.

놈들은 왜 우리를 그냥 보내주는 걸까? 조는 이렇게 자문하면서 앨 해먼드와 함께 런시터의 생명을 잃은—혹은 생명을 잃은 것처럼 보이는—몸을 바닥에서 천장까지 차지하고 있는 냉동보존실에 넣고 세웠다. 자동식 죔쇠가 런시터의 허벅다리와 어깨를 조이며 그의 몸을 지탱했다. 자체적인 의사疑似 생명으로 번득이는 냉기가 반짝반짝 빛을 발하며 조 칩과 앨 해먼드의 눈을 부시게 했다. "이해가 안 돼." 조는 말했다.

"놈들은 일을 그르쳤던 거야." 해먼드가 말했다. "그 폭탄 이외에는 아무런 백업 계획을 세워두지 않았던 거지. 히틀러를 폭탄으로 죽이려고 모의했던 작자들과 마찬가지야. 벙커 안에서 폭발이 일어난 걸 보고 그들은 모두 당연히 성공했을 거라고—"

"냉기로 얼어 죽기 전에 빨리 여기서 나가자고." 조는 해먼드의 등을 찌르며 빨리 나가라고 재촉했다. 일단 밖으로 나오자 힘을 합쳐 폐쇄 핸들을 돌렸다. "맙소사, 뭐가 저래." 조는 말했다. "저런 힘이 생명을 보존한다니 수긍하기 힘들군. 설령 불완전하게라도."

우주선의 선수船首 구획으로 가려던 조를 프랜시 스패니시가 불러 세웠다. 길게 땋은 머리카락이 검게 그을려 있었다. "이 냉동보존 장치에는 교신 회로가 딸려 있나요?" 그녀는 물었다. "지금 당장 런시터 씨와 의논할 수는 없는 건가요?"

"의논할 수 없어." 조는 고개를 가로저었다. "이어폰도 마이크도 없어. 영자靈子도 없고, 반생명도 없어. 일단 지구로 돌아가서 모라토리엄에 수용하기 전에는 아무 일도 할 수 없어."

"그럼 늦기 전에 냉동보존이 이루어졌다는 보장이 어디 있지?" 돈 데니가 물었다.

"그런 보장은 없어." 조가 대꾸했다.

"그럼 뇌가 이미 맛이 갔을 수도 있겠네." 새미 먼도가 킥킥거렸다.

"그래." 조는 말했다. "다들 다시는 글렌 런시터의 목소리나 생각을 들을 수 없을지도 몰라. 앞으로는 런시터 없이 런시터 어소시에이츠를 운영해야 할지도 모르고. 그럴 경우는 엘라의 잔재에 의존하는 수밖에 없을 거야. 결국 취리히에 있는 '사랑하는 동포를 위한 모라토리엄'으로 회사를 옮기고 거기서 사업을 수행해야 할지도 모르겠군." 조는 조종 콘솔 앞에서 우주선의 항로를 정확하게 지정하는 방법에 관해 이러쿵저러쿵 논쟁을 벌이고 있는 네 명의 불활성자들을 볼 수 있는 통로 쪽 좌석에 앉았다. 삭막한, 둔통에 가까운 쇼크의 여파에 감싸인 채로, 몽유병에 걸린 듯한 동작으로 구부러진 담배 한 대를 꺼내서 불을 붙였다.

퀴퀴하게 바싹 말라붙은 담배는 그가 손가락 사이에 끼우자마자 맥없이 허물어졌다. 묘하군. 그는 생각했다.

"폭탄 때문이야." 앨 해먼드가 그 사실을 알아차리고 말했다. "열파가 심했어."

"그 때문에 나이를 먹은 거야?" 웬디가 해먼드 뒤에서 말했다. 그녀는 해먼드 앞으로 나와서 조의 옆자리에 앉았다. "마치 나이를 먹은 것 같은 기분이야. 난 늙었어. 당신의 그 담배도 모두 상했고. 아까 일어난 일 때문에 오늘부로 우리 모두가 폭삭 늙어버렸어. 오늘은 우리 모두에게 유례를 찾을 수 없을 정도로 특별한 날이야."

우주선은 극적인 분사와 함께 달의 지표 위로 상승했다. 우습게도 플라스틱제 연결 터널을 대롱대롱 매단 채로.

07

거칠어진 가재도구 표면을 새로 나온 기적의 유빅으로 깨끗이 닦읍시다. 한번 쓱 닦기만 해도 눈부시게 반짝거리고, 플라스틱으로 코팅하기 때문에 끈적거리지도 않습니다. 사용상의 주의대로 쓴다면 전혀 해가 없습니다. 벅벅 닦아도 끝이 없었던 집안일이여, 이제 안녕! 주방이여, 안녕!

"지금 우리가 취할 수 있는 최선의 방법은 이거라고 생각해." 조 칩이 말했다. "우선 취리히에 착륙하는 거야." 조는 호화 장비를 갖춘 런시터의 우주선에 비치된 극초단파 음성전화기를 집어 스위스의 지역번호를 돌렸다. "런시터를 엘라하고 같은 모라토리엄에 집어넣으면 동시에 두 사람의 조언을 들을 수 있어. 전자적으로 동조시켜서 함께 기능하도록 할 수도 있지."

"영자적靈子的으로." 돈 데니가 정정했다.

조는 말했다. "'사랑하는 동포를 위한 모라토리엄'의 경영주 이름이 뭔지 아는 사람 있어?"

"헤르베르트 어쩌고 하던데." 티피 잭슨이 말했다. "독일 이름이었어."

웬디 라이트가 골똘히 생각에 잠기더니 말했다. "헤르베르트 쉰하이트 폰 포겔장. 예전에 런시터 씨가 그건 '헤르베르트, 새들이 내는 노랫소리의 아름다움'이라는 뜻이라고 얘기해준 적이 있어. 그때는 내 이름도 그렇게 멋지면 좋을 텐데, 하고 생각했지."

"그럼 그 친구와 결혼하라고." 티토 애포스터스가 말했다.

"난 조 칩하고 결혼할 거야." 웬디는 침울하고 내성적인 투로 대답했다. 어린애처럼 엄숙한 어조로.

"정말?" 팻 콘리가 말했다. 반짝거리는 검은 눈에서 불꽃이 튀었다. "정말로 그럴 생각이야?"

"그것도 바꿀 수 있어?" 웬디가 말했다. "네 초능력을 써서?"

팻이 말했다. "난 조하고 함께 살고 있는걸. 애인이니까. 내가 생활비를 대는 걸로 얘기가 되어 있어. 오늘 아침에 현관문한테 돈을 지불하고 조를 내보내준 사람도 나야. 내가 없었더라면 여전히 아파트에 있었을걸."

"그랬더라면 우리도 달에 가는 일은 없었겠지." 앨 해먼드는 이렇게 말하고 복잡한 표정으로 팻을 훑어보았다.

"오늘은 안 갔을지도 모르지." 티피 잭슨이 지적했다. "하지

만 결국은 갔을 거야. 그러니 무슨 차이가 있겠어? 하여튼 현관
문 삯을 대주는 애인이 있다는 건 조한테도 좋은 일이 아닐까."
그러고는 조의 어깨를 가볍게 찔렀다. 잘했다는 듯, 만면에 호
색한 같은 웃음을 떠올리며. 조의 개인적이고 은밀한 사생활을
대리 체험이라도 하고 있는 것일까. 잭슨 부인의 외향적인 표
면 밑에는 관음증이라는 의외의 일면이 숨어 있는지도 몰랐다.

"우주선의 통합 전화번호부를 줘봐." 조는 말했다. "모라토리
엄에 우리가 갈 거라고 전화를 걸어두는 편이 낫겠어." 그는 손
목시계를 보았다. 비행시간은 아직 10분 더 남아 있었다.

"여기 있어요, 미스터 칩." 존 일드는 잠시 여기저기를 뒤져
보다가 키보드와 마이크로스캐너를 갖춘 육중하고 네모난 상
자를 건넸다.

조는 우선 SWITZ라고 찍고, 이어서 ZUR, 그 다음에는 BLVD
BRETH MORA라고 찍었다. "히브리어 같네요."* 등 뒤에서 들
여다보던 팻이 말했다. "의미론적인 압축이라고 해야 하나." 마
이크로스캐너가 앞뒤로 획획 움직이며 필요 없는 정보를 배제
하고 필요한 것들을 선택했다. 마침내 기계는 펀치 카드 한 장
을 뱉어냈다. 조는 그것을 영상전화기의 입력 슬롯에 꽂았다.

전화기가 금속적인 목소리로 앵앵거렸다. "이것은 녹음된 메
시지입니다." 그러면서 펀치 카드를 쑥 뱉어냈다. "방금 거신
번호는 더 이상 쓰이지 않는 번호입니다. 도움이 필요하시면

---

* 히브리어 문장에서는 모음을 표기하지 않는다.

빨간색 카드를—"

"그 전화번호부 발행일이 언제야?" 조는 전화번호부를 근처의 적당한 수납선반 위에 넣고 있던 일드에게 물었다.

존 일드는 상자 뒤쪽에 각인된 정보를 훑어보았다. "1990년. 2년 전 거로군요."

"그럴 리가 없어요." 이디 돈이 끼어들었다. "이 우주선은 2년 전에는 존재하지도 않았잖아요. 선내든 선외든 간에 이 우주선에 있는 물건은 모조리 신품이에요."

티토 애포스터스가 말했다. "런시터가 돈을 아끼려고 조금 장난을 친 건지도 몰라."

"말도 안 돼." 이디가 말했다. "런시터는 '엉덩방아 Ⅱ'호에 애정과 돈과 공학기술을 아낌없이 쏟아부었어요. 누구든 사장 밑에서 일해본 사람이면 잘 아는 사실이죠. 이 배는 사장님의 자랑이자 기쁨이에요."

"자랑이자 기쁨이었던 적이 있지." 프랜시 스패니시가 정정했다.

"난 그 말에는 동의 못 하겠군." 조는 이렇게 대꾸하고 영상전화기의 입력 슬롯에 빨간 카드를 집어넣었다. "스위스 취리히에 있는 '사랑하는 동포를 위한 모라토리엄'의 새 번호를 가르쳐줘." 그러고는 프랜시 스패니시를 보며 말했다. "이 배는 여전히 사장님의 자랑이자 기쁨이야. 그는 아직도 존재하고 있으니까 말이야."

새로 천공된 펀치 카드가 영상전화기에서 튀어나왔다. 조는 그것을 다시 입력 슬롯에 꽂았다. 이번에는 전화의 컴퓨터 장치가 매끄럽게 반응했다. 영상전화의 스크린에 혈색이 나쁜 노회한 얼굴이 떠올랐던 것이다. '사랑하는 동포를 위한 모라토리엄'을 경영하는, 감언이설에 능한 참견쟁이다. 조는 불쾌한 기분으로 이 사내의 기억을 떠올렸다.

"헤르베르트 쉰하이트 폰 포겔장입니다. 혹시 집안에 안 좋은 일이 있어서 전화를 하셨습니까? 전화가 끊길 경우에 대비해서 성함하고 주소를 미리 알려주시지 않겠습니까?" 모라토리엄의 오너 사장은 묻는 듯한 표정으로 말했다.

조는 말했다. "우연한 사고accident를 당했습니다."

"우리가 '액시던트[偶有性]'라고 부르는 것은," 폰 포겔장이 말했다. "예외 없이 신의 섭리가 발현된 결과입니다. 따라서 어떤 의미에서는 모든 삶은 '사고'라고 부를 수 있겠지요. 그럼에도 불구하고—"

"이런 와중에 당신하고 신학 토론을 벌일 생각은 없습니다." 조는 말했다.

"아닙니다. 바로 이런 와중인 고로, 신학 논의가 큰 위안이 되어주는 겁니다. 혹시 고인은 친척분이신지요?"

"우리 고용주입니다." 조는 말했다. "뉴욕에 본사를 둔 런시터 어소시에이츠의 글렌 런시터 사장. 당신의 모라토리엄엔 사장의 아내인 엘라도 있죠. 앞으로 팔구 분 뒤에 착륙할 건데, 공항에 그쪽의 냉동보존차를 대기시켜줄 수 있습니까?"

"고인은 현재 냉동보존 상태에 있습니까?"

"아뇨." 조는 대꾸했다. "플로리다 주 탬파 해변에서 일광욕을 하고 있습니다."

"농담을 하시는 걸 보니 긍정으로 받아들여도 좋겠군요."

"냉동차는 취리히 우주항港에 대기시켜주십쇼." 조는 이렇게 말하고 전화를 끊었다. 이제부터는 저런 작자하고 직접 교섭을 해야 하는 건가. 그는 생각했다. "우린 레이 홀리스를 잡을 거야." 조는 주위에 모여 있는 불활성자들에게 말했다.

"포겔장 씨 대신에 그자를 잡는다고?" 새미 먼도가 물었다.

"잡아 죽인다는 뜻이야." 조는 대꾸했다. "이런 일을 저지른 대가를 치르게 하는 거지." 그는 플라스틱 장미꽃 봉오리로 장식된 투명한 플라스틱관 속에서 똑바로 선 채로 얼어붙어 있는 글렌 런시터의 모습을 머리에 떠올렸다. 한 달에 한 번꼴로 반생명 활동 상태로 각성하게 될 테지. 쇠퇴하고, 약해지고, 점점 희미해져가면서……. 하느님 맙소사. 그는 격분했다. 하고많은 세상 사람들 중에서 하필이면 그토록 중요하고 생명력에 넘치는 인물이 죽다니.

"그렇긴 하지만," 웬디가 말했다. "그는 엘라 곁으로 갈 수 있잖아."

"어떤 의미에서는 그렇겠지. 서둘러 냉동할 수 있었으면 좋았을 텐데—" 조는 말꼬리를 흐렸다. 더 이상 말하고 싶지 않았기 때문이다. "난 모라토리엄이 싫어. 모라토리엄을 경영하는 작자들도 싫고. 헤르베르트 쉰하이트 폰 포겔장이 마음에 안 들어. 런시터는 하필 왜 스위스에 있는 모라토리엄을 선호하는 걸까? 뉴욕에 있는 모라토리엄이 어때서?"

"스위스인이 발명했거든요." 이디 돈이 말했다. "공정한 조사 결과에 따르면, 스위스의 모라토리엄에 수용된 사람의 반생명 지속 기간은 우리 나라의 모라토리엄 수용자의 경우보다 평균해서 죽히 두 시간은 더 길다네요. 스위스인들에게는 특별한 비결이 있는 것 같아요."

"UN은 반생명을 금지해야 해." 조는 말했다. "생과 사의 자연스러운 순환 과정에 간섭하는 그런 기술 따위는."

그러자 앨 해먼드가 조롱하듯이 말했다. "만약 하느님이 반생명에 찬성이라면, 우리 모두는 드라이아이스를 채운 관에 든 채로 태어났겠지."

제어 콘솔 앞에 앉아 있던 돈 데니가 말했다. "우리 배는 이제 취리히의 극초단파 송신 관제 구역에 들어왔어. 나머지는 그쪽에서 다 알아서 해줄 거야." 그는 침울한 얼굴로 콘솔 앞을 떠났다.

"모두 기운을 내요." 이디 돈이 돈 데니에게 말했다. "좀 잔인하게 들릴지는 몰라도, 솔직히 우리 모두가 얼마나 운이 좋았는지를 생각해보라고요. 지금 모두 죽어 있을 수도 있잖아요. 폭탄을 맞고 죽든, 폭발 뒤에 레이저총을 맞고 죽든지 말이에요. 일단 착륙한 뒤에는 기분이 좀 나아질 거예요. 지구 쪽이 훨씬 더 안전하니까."

조는 말했다. "애당초 달로 가달라는 얘기를 들었을 때 알아차렸어야 했어." 런시터 본인이 먼저 알아차렸어야 했지, 하고

그는 생각했다. "달의 현지 당국의 권한에 관한 법률에 허점이
있다는 건 모두 알잖아. 런시터도 언제나 그렇게 말했어. '의뢰
인이 지구를 떠날 것을 요구하면 일단 의심하고 봐라'라고 말
이야. 살아 있다면 지금도 이렇게 말하겠지. '특히 달로 와달라
는 요구에는 절대 응하지 마. 지금까지 그 수법에 낚인 안심보
장 회사는 한둘이 아냐'라고." 모라토리엄이 런시터를 되살리
는 데 성공한다면, 그 즉시 런시터는 이렇게 말할 게 뻔하다.
'난 언제나 달을 경계해왔어.' 그러나 그런 경계도 충분하지 않
았다. 이번 건은 너무나도 매력적인 의뢰였기 때문이다. 런시터
조차도 그 유혹에는 저항할 수 없었다. 적들은 그것을 미끼로
런시터를 잡았다. 런시터가 예상했던 대로.

우주선의 역추진 로켓이 취리히의 초극단파 송신파의 유도
를 받고 점화되었다. 우주선은 굉음을 발하며 진동했다.

"조." 티토 애포스터스가 말했다. "엘라한테 런시터 소식을
전해야 하는 사람은 바로 자네야. 자네도 알지?"

"그 생각은 하고 있었어." 조 칩이 말했다. "달에서 이륙해서
지구로 떠나오는 동안 줄곧."

우주선이 급격하게 감속하며 다양한 항상성 서보 유지 시스
템을 써서 착륙 태세에 들어갔다.

"그뿐만이 아냐." 조는 말했다. "'협회'에 무슨 일이 일어났는
지를 통보해야 해. 엄청 쪼이겠지. 그 즉시 우리가 멍청한 양처
럼 어슬렁거리며 덫으로 걸어 들어갔다고 지적할 게 뻔해."

새미 먼도가 말했다. "하지만 '협회'는 우리 편이잖아."

"아냐." 앨 해먼드가 말했다. "이렇게 엄청난 실책을 저지른 뒤에는 그 누구도 우리 편을 들어주지 않을걸."

'사랑하는 동포를 위한 모라토리엄'이라는 글자가 찍힌 태양전지 구동식 헬리콥터가 취리히 공항의 발착장 가장자리에서 대기하고 있었다. 헬리콥터 옆에는 유럽풍 의상을 걸친, 풍뎅이 같은 인상을 주는 모라토리엄 경영주가 서 있었다. 트위드제 토가, 로퍼, 진홍색 장식띠에 프로펠러가 달린 자줏빛 비니 모자 차림이다. 조 칩이 우주선의 트랩에서 나와 지구의 편평한 지면을 딛자 사내는 점잔 빼는 듯한 종종걸음으로 다가와서 장갑 낀 손을 내밀었다.

"고객님 모습을 보건대, 즐거움으로 충만한 여행은 아니었던 것 같군요." 짧은 악수를 나누며 폰 포겔장이 말했다. "제 직원들을 이 멋진 우주선으로 들여보내서 작업을—"

"예." 조는 대꾸했다. "들어가서 운구해주십쇼." 그는 호주머니에 양손을 집어넣고 공항 건물의 커피숍으로 어슬렁거리며 들어갔다. 삭막하고 암울한 기분이었다. 이제부터는 통상 절차를 따를 뿐이라는 사실을 그는 깨달았다. 그들은 지구로 무사히 돌아왔다. 홀리스의 마수를 벗어난 것은 순전히 운이 좋았던 덕이다. 달에서의 작전은, 쥐덫에 빠진 듯한 그 추악하고 소름 끼치는 경험은 이제 끝난 것이다. 그리고 이제 새로운 단계가 시작된다. 그들이 직접적으로는 아무런 영향력을 행사할 수 없는 단계가.

“5센트입니다.” 커피숍 문이 닫힌 채로 말했다.

조는 남녀 한 쌍이 커피숍 밖으로 나올 때를 기다려서 재빨리 열린 문 사이를 비집고 들어갔고, 빈 스툴로 가서 앉았다. 구부정한 자세로 카운터 위에서 양손을 깍지 낀 채 메뉴를 읽었다. “커피.” 그는 말했다.

“크림입니까, 설탕입니까?” 커피숍을 관할하고 있는 회전탑이 물었다.

“양쪽 다.”

조그만 창이 열리더니 커피 한 잔과 설탕이 든 조그만 종이봉지 두 개와 실험관처럼 생긴 용기에 담긴 크림이 앞으로 미끄러져 나와 그가 앉아 있는 카운터 앞에서 정지했다.

“1국제포스크레드입니다.” 스피커가 말했다.

조는 말했다. “뉴욕에 있는 런시터 어소시에이츠의 글렌 런시터 계좌 앞으로 달아놔.”

“올바른 신용카드를 넣어주십시오.” 스피커가 말했다.

“지난 5년 동안 신용카드 같은 걸 수중에 쥐어본 적이 없어.” 조는 말했다. “아직도 그때 진 빚을 갚는 중—”

“1포스크레드 넣어주십시오.” 스피커는 이렇게 말하고 불길하게 째깍거리기 시작했다. “10초 안에 안 넣으시면 경찰을 부르겠습니다.”

조는 포스크레드를 건넸다. 째깍거리는 소리가 멈췄다.

“손님 같은 분은 안 오시면 좋겠군요.” 스피커가 말했다.

조는 벌컥 화를 내며 말했다. “언젠가 때가 오면 나 같은 사람들이 들고일어나서 너 같은 놈들을 쫓아낼 거야. 자동조절식 기계의 횡포가 종언을 맞고, 인간적 가치, 인정, 따스함의 시대가 되돌아오는 거지. 그러면 힘든 일을 겪은 뒤에 기운을 차리고 억지로 일하기 위해서라도 한 잔의 뜨거운 커피가 절실하게 필요한 나 같은 사람은 1포스크레드가 있든 없든 간에 뜨거운 커피를 마실 수 있게 될걸." 그는 크림이 든 조그만 용기를 집어 들었다가 다시 내려놓았다. "그런데 너, 이 크림인지 우유인지 모를 게 썩었다는 거 알아?"

스피커는 침묵을 지켰다.

"뭔가 할 말 없어?" 조는 말했다. "아까 1포스크레드 내라고 할 때는 그렇게 말이 많더니만."

커피숍의 유료 문이 열리더니 앨 해먼드가 들어왔고, 조 옆자리로 와서 앉았다. "모라토리엄은 런시터를 헬리콥터에 실었어. 이제 이륙하려고 하는데, 자네도 함께 타고 가지 않겠느냐고 묻더군."

조는 말했다. "이 크림 좀 보게." 그는 크림 용기를 들어 올렸다. 안의 액체는 걸죽하게 덩어리진 채로 용기 안쪽 여기저기에 들러붙어 있었다. "지구에서 가장 현대적이고 기술적으로 발전했다는 도시에서 1포스크레드를 내고 산 물건이 이 따위야. 난 이 가게가 돈을 돌려주든가, 아니면 내가 커피를 마실 수 있도록 신선한 크림을 새로 제공할 때까지는 절대로 여기서 못 나가."

앨 해먼드는 조의 어깨에 손을 얹고 동료의 얼굴을 유심히 훑어보았다. "왜 이러는 거야, 조?"

"처음에는 그 담배였어. 다음은 배 안에 있던 2년 묵은 폐물 전화번호부였고. 그리고 지금 여기서는 일주일은 된 썩은 크림이 나왔어. 영문을 알 수가 없어, 앨."

"그냥 블랙으로 마셔. 그리고 헬리콥터를 타고 런시터를 모라토리엄까지 운반하자고. 우린 자네가 돌아올 때까지 선내에서 기다리고 있을게. 자네가 돌아오면 근처의 '협회' 사무소로 가서 자초지종을 보고하기로 하지."

조는 커피 잔을 들어 올렸다. 커피는 차가웠고, 오래됐고, 향기가 사라져 있었다. 커피 표면은 더껑이로 덮여 있었다. 그는 혐오감을 못 이기고 잔을 내려놓았다. 무슨 일이 일어나고 있는 것일까? 그는 자문했다. 도대체 나한테 무슨 일이 일어나고 있지? 그러자마자 또다시 혐오감이 몰려오며 기이하고 막연한 공포로 바뀌었다.

"가자고, 조." 앨은 조의 어깨를 꽉 쥐며 말했다. "커피 따위는 잊어버려. 별일 아니잖아. 정말로 중요한 건 런시터를—"

"내가 낸 포스크레드를 누가 줬는지 알아?" 조가 말했다. "팻 콘리였어. 그리고 난 그 돈을 받자마자 평소 버릇대로 했지. 쓸데없는 데 낭비했어. 작년에 끓인 커피 한 잔에 말이야." 그는 독촉하는 듯한 앨 해먼드의 아귀힘에 못 이겨 스툴에서 내려왔다. "나하고 함께 모라토리엄에 가지 않을래? 뒤에서 날 지원해줄 사람이 필요하거든. 특히 엘라하고 의논을 할 때. 뭐라고 말해야 할까. 다 런시터 탓이라고 할까? 우리가 모두 달로 간

건 런시터의 결정이었다고? 사실 그랬지. 아니면 뭔가 다른 얘기를 해줘야 하나. 우주선이 추락해서 죽었다거나, 자연사를 맞이했다는 식으로."

"하지만 런시터는 늦든 빠르든 엘라와 맺어질 거잖아." 앨이 말했다. "그러면 런시터가 자초지종을 털어놓을 거야. 그러니까 처음부터 사실대로 말하는 수밖에 없어."

그들은 커피숍에서 나와 '사랑하는 동포를 위한 모라토리엄' 소속의 헬리콥터가 착륙해 있는 곳으로 갔다. "런시터 입으로 말하게 하는 편이 나을지도 모르겠군." 조는 헬리콥터에 올라타며 말했다. "그래도 되잖아? 모두들 함께 달로 간다는 건 런시터의 결정이었어. 그러니까 본인이 직접 말하게 하자고. 어차피 평소에도 곧잘 얘기를 나누던 사이라서 익숙할 테고."

"준비는 되셨습니까?" 헬리콥터의 조종석에 앉아 있던 폰 포겔장이 물었다. "런시터 씨의 마지막 안식처를 향해 슬픈 길을 떠날까요?"

조는 신음을 내뱉고 헬리콥터의 창문 밖을 내다보았고, 취리히 공항을 이루고 있는 빌딩 숲에 시선을 못 박았다.

"예, 이륙해주세요." 앨이 말했다.

헬리콥터가 이륙하는 것과 동시에 모라토리엄 경영주는 조종 패널에 있는 단추를 눌렀다. 그러자 헬리콥터의 객실 내부에 설치된 십여 개는 되는 스피커로부터 베토벤의 〈장엄미사〉가 낭랑하게 울려 퍼졌다. 여러 사람의 목소리가 전자적으로 증폭된 교향악단의 반주와 함께 "아뉴스 데이, 키 톨리스 페카

타 문디"*라고 몇 번이나 되풀이하며 합창했다.

"토스카니니가 오페라를 지휘할 때 가수들과 함께 자기도 노래를 불렀던 거 알아?" 조가 말했다. "〈라 트라비아타〉의 녹음 음반을 들어보면, 아리아 〈언제나 자유롭게〉에서 토스카니니 목소리가 들려."

"몰랐어." 앨은 눈 아래로 천천히 흘러가는 취리히의 견고하고 매끈한 조합아파트군#을 바라보았다. 당당하고 위엄 있는 광경이었다. 조도 어느새 그것을 바라보고 있었다.

"리베라 메, 도미네." 조가 말했다.

"그게 무슨 뜻이야?"

조는 말했다. "'주여, 저를 긍휼히 여기소서'라는 뜻이야. 몰랐어? 누구나 다 아는 줄 알았는데."

"왜 그런 말이 생각났어?"

"음악 탓이야. 이 빌어먹을 음악." 조는 폰 포겔장에게 말했다. "음악을 꺼줘. 런시터는 어차피 못 들으니까. 들을 수 있는 사람은 나 혼자뿐이고, 난 지금 그런 걸 들을 기분이 아냐." 그러고는 앨에게 말했다. "자네도 듣고 싶지 않지, 안 그래?"

앨은 말했다. "진정해, 조."

"우린 지금 죽은 보스를 '사랑하는 동포를 위한 모라토리엄'이라는 데로 운반하고 있어." 조는 말했다. "그런데도 나더러 '진정해'라고 말하는 건가. 그런데 말이지, 런시터는 우리하고

---

* Agnus Dei, qui tollis peccata mundi. 신의 어린 양, 세상의 죄를 사하시는 주여.

함께 달로 갈 필요가 없었어. 그냥 부하들을 거기로 파견하고, 자기는 뉴욕에 머물 수도 있었다고. 하지만 그러지 않았던 탓에, 그토록 삶을 사랑하고 삶을 만끽하던 사내가 지금은ㅡ"

"검은 피부를 한 친구의 충고가 옳습니다." 모라토리엄 경영주가 끼어들었다.

"무슨 충고?" 조는 말했다.

"진정하라는 충고 말입니다." 폰 포겔장은 헬리콥터 조종 패널에 딸린 글러브 컴파트먼트를 열더니 형형색색의 상자 하나를 조에게 건넸다. "미스터 칩, 그걸 씹어보세요."

"진정제 껌인가." 조는 상자를 받고서 반사적으로 열어보았다. "복숭아맛 진정제 껌." 그는 앨에게 말했다. "이런 걸 씹어야 해?"

"그러는 편이 나아." 앨이 말했다.

조는 말했다. "런시터라면 이런 상황에서는 절대로 진정제 따위를 먹지 않았을걸. 글렌 런시터는 생전에 단 한 번도 진정제를 쓴 적이 없어. 지금 내가 뭘 깨달았는지 알아, 앨? 런시터는 자기 목숨을 버려가면서까지 우리를 살렸어. 간접적으로."

"아주 간접적으로라고 해야 하겠지." 앨은 말했다. "도착한 것 같군." 헬리콥터는 편평한 옥상 발착장에 그려진 표시를 향해 하강하기 시작했다. "어때, 이젠 좀 진정이 돼?" 그는 조에게 물었다.

"진정될 거야. 런시터의 목소리를 다시 한 번 들으면 말이야. 모종의 생명이, 반생명이 런시터한테 아직 남아 있다는 걸 확인하면."

모라토리엄 경영주가 쾌활하게 말했다. "그 점에 관해서는 걱정하실 필요가 없습니다, 미스터 칩. 대부분의 경우 적절한 영자의 흐름을 잡아낼 수 있으니까요. 처음에는 말입니다. 가슴 아픈 경험을 하게 되는 건 나중에 반생명기가 소진될 때입니다. 하지만 신중하게 계획을 세운다면 오랜 세월에 걸쳐 그걸 저지할 수 있습니다." 그가 헬리콥터의 모터를 멈추고 단추 하나를 누르자 객실문이 스르르 열렸다. "'사랑하는 동포를 위한 모라토리엄'에 오신 것을 환영합니다." 그는 이렇게 말하고 두 사내를 옥상 발착장으로 내려보냈다. "제 개인 비서인 미스 비슨이 두 분을 면회 라운지로 안내해드릴 겁니다. 거기서 기다리고 계시면 주위의 색채라든지 분위기에 잠재의식적인 영향을 받아서 영혼의 평안을 얻게 되실 겁니다. 제 휘하의 기술자들이 런시터 씨와의 접촉을 확립하는 즉시 관을 면회 라운지로 운반해드리겠습니다."

"처음부터 끝까지 참관하고 싶은데." 조가 말했다. "당신 기술자들이 런시터를 부활시키는 걸 보고 싶군."

앨에게 모라토리엄 소유주가 말했다. "친구이신 당신이 설득해주실 수는 없겠습니까."

"우린 라운지에서 기다려야 해, 조." 앨은 말했다.

조는 사나운 눈초리로 앨을 노려보았다. "이 엉클 톰* 같으니

* Uncle Tom. 해리엇 비처 스토의 『톰 아저씨의 오두막』(1852)의 주인공. 이따금 백인에게 종순한 흑인 노예를 비하하는 말로도 쓰인다.

라고.”

“모라토리엄은 모두 이런 식이야.” 앨은 말했다. “그러니까 나하고 함께 라운지로 가자고.”

“얼마나 오래 걸리지?” 조는 모라토리엄 경영주에게 물었다.

“어떤 결과가 나오든 최초 15분 이내에 알 수 있습니다. 그때까지도 측정 가능한 신호를 검출하지 못한다면—”

“겨우 15분 동안만 손을 써보겠다는 얘기야?” 조는 이렇게 말하고 앨에게 고개를 돌렸다. “우리들 모두를 합친 것보다 더 위대한 사내를 위해서 겨우 15분 동안만 손을 써보겠다는군.” 울고 싶은 기분이었다. 소리 내서. “이봐, 가자고.” 그는 앨에게 말했다. “함께—”

“자네야말로 나와 함께 가야 해.” 앨은 되풀이해 말했다. “라운지로 가자고.”

조는 그를 따라 면회 라운지로 들어갔다.

“담배 태우겠나?” 앨은 합성 들소가죽으로 만든 소파에 앉은 다음 조에게 담뱃갑을 내밀었다.

“바싹 말라버렸어.” 조는 말했다. 일부러 건네받아 만져보지 않아도 이미 알고 있는 사실이었다.

“응, 정말이군.” 앨은 담뱃갑을 치웠다. “어떻게 알았어?” 그는 잠시 뜸을 들이다가 말을 이었다. “자네처럼 쉽게 의기소침해지는 사람은 정말이지 처음 봤어. 우리는 살아 있는 것만으로도 행운이라고. 자칫했다간 우리 모두가 지금쯤 그 냉동보존 장치 안에 들어가 있었을 수도 있어. 우리 대신 런시터가 이 돌

아버릴 것 같은 색깔로 둘러싸인 면회 라운지에 앉아 있었을지
도 모른다고." 그는 손목시계를 보았다.

조가 말했다. "세상의 모든 담배가 다 썩어버렸군." 그는 자
기 손목시계를 보았다. "10분 지났군." 그는 생각에 잠겼다. 지
리멸렬하고 침울한 상념이 은빛 물고기 무리처럼 그의 머릿속
을 헤엄쳐 지나갔다. 공포와, 가벼운 혐오감과, 우려가. 그리고
은빛 물고기들은 이번에는 모두 공포로 변해 회유回遊해왔다.
"만약 런시터가 살아서 이 라운지에 앉아 있다면 모든 일이 잘
풀릴 텐데. 이유는 모르겠지만 그런 느낌이 들어." 지금 이 순
간에 모라토리엄의 기술자들과 글렌 런시터의 유해 사이에서
어떤 일이 진행되고 있는지 궁금했다. "치과 의사를 기억해?"
그는 앨에게 물었다.

"기억 못 하지만, 뭐 하는 사람들이었는지는 알아."

"옛날에는 사람 이가 썩곤 했다는군."

"그랬었다지." 앨은 말했다.

"아버지한테 들은 적이 있어. 치과 대기실에 앉아서 기다리
는 기분이 어떤 건지. 간호사가 문을 열 때마다 자기 차례가 온
줄 알고 가슴이 철렁했다는군. 내가 일생 동안 두려워하던 때
가 드디어 왔다, 하는 식으로 말이야."

"그럼 지금 자네 심정이 그렇다는 거야?" 앨이 물었다.

"내 심정? 얼어 죽을. 여길 경영하고 있다는 그 멍청한 얼간
이한테서 살아 있다, 런시터가 살아 있다는 소리를 듣고 싶은
심정이야. 아니면 살아 있지 않다든가. 어느 쪽인지 확실하게

가르쳐주면 돼. 예스인지, 노인지."

"절대다수의 경우는 예스야. 포겔장이 말했듯이, 통계적으로—"

"이번 경우는 노야."

"그걸 자네가 어떻게 아나."

조가 말했다. "레이 홀리스가 이곳 취리히에 지부를 갖고 있는지 궁금하군."

"물론 있어. 하지만 여기로 프리코그를 불러올 즈음이면 어차피 대답은 나와 있을걸."

"프리코그한테 전화를 걸 거야." 조는 말했다. "당장 물어봐야겠어." 그는 벌떡 일어서서 영상전화기가 어디 있는지 찾아보려고 했다. "25센트만 줘."

앨은 고개를 가로저었다.

"보는 관점에 따라서는 자넨 내 부하야," 조는 말했다. "그러니까 내가 하라는 대로 하지 않으면 해고해버리겠어. 런시터가 죽은 시점에서 나는 우리 회사의 경영을 이어받았어. 폭탄이 터졌을 때부터 내가 책임자가 된 거지. 런시터를 여기로 데려온 건 내 결정이었고, 지금 2분쯤 프리코그를 빌려 쓰겠다는 것도 내 결정이야. 그러니까 25센트 동전을 내놓으라고." 그는 손을 내밀었다.

"런시터 어소시에이츠의 경영이 수중에 50센트도 없는 사내의 손에 맡겨졌다니." 앨이 말했다. "여기 있네." 그는 호주머니에서 동전을 꺼내서 조에게 툭 던졌다. "내 급료를 지급할 때 그것도 포함시켜.”

　조는 면회 라운지에서 나와 복도를 걸어가며 멍한 표정으로 이마를 문질렀다. 이곳은 부자연스러운 장소야, 하고 그는 생각했다. 이승과 저승의 중간 지대다. 나는 이제 런시터 어소시에이츠의 최고경영자야. 엘라는 별도지만, 그녀는 살아 있지 않고 내가 직접 이곳으로 찾아와서 부활시키지 않는 이상 말을 할 수도 없어. 나는 글렌 런시터의 유언 내용을 알고 있고, 그건 이미 자동적으로 발효된 상태야. 엘라가, 또는 글렌이 부활하는 경우는 엘라와 글렌 둘이서 나를 대신할 인물을 지명할 때까지 내가 이 회사를 맡아서 경영하라는 유언이지. 누군가가 나를 대체하기 위해서는 두 사람의 합의가 필요해. 두 사람의 유언에 그건 필수 조항으로 포함되어 있어. 결국 완전히 나에게 회사를 물려줘도 괜찮다는 결정을 내릴지도 모르겠군.

　그런 일은 결코 일어나지 않을 것이라는 사실을 그는 깨달았다. 자기 금전 관리 하나도 제대로 못 하는 사내에게 누가 회사를 물려주려 하겠는가. 홀리스의 프리코그에게 물어보면 그 부분도 확인할 수 있을 것이다. 내가 사장으로 승진할지 승진 못 할지 물어보면 그만이다. 다른 것과 함께 알아볼 만한 가치가 있는 정보 아닌가. 어차피 프리코그를 고용할 셈이니까 말이다.

　“공중영상전화는 어디 있습니까?” 조는 제복 차림의 모라토리엄 직원에게 물었다. 직원은 손을 들어 가리켰다. “고마워요.” 조는 이렇게 말하고 어슬렁거리며 그쪽으로 갔고, 마침내 공중영상전화 앞에 왔다. 수화기를 들고 발신음이 들리는지를 확인한 후 앨에게서 받은 25센트 동전을 집어넣었다.

영상전화가 말했다. "죄송하지만 고객님, 폐지된 화폐는 사용하실 수 없습니다." 25센트 동전이 전화 바닥께에서 튀어나와 그의 발치에 떨어졌다. 손대기도 싫다는 듯이.

"그게 무슨 소리야?" 조는 거북한 자세로 허리를 굽히고 동전을 주웠다. "도대체 언제부터 북미 연맹의 25센트 동전이 못 쓰는 돈이 된 거야?"

"죄송합니다만, 고객님," 전화가 말했다. "방금 제 안에 넣으신 동전은 북미 연맹의 25센트 주화가 아니라 미합중국의 필라델피아 조폐국에서 제조되었다가 지금은 회수되어 폐지된 주화입니다. 이제는 고전학古錢學적인 흥미의 대상일 뿐입니다."

조는 동전을 훑어보았고, 변색된 표면에 조지 워싱턴의 옆얼굴이 부조되어 있다는 사실을 깨달았다. 발행 연도도 있었다. 동전은 40년이나 된 것이었다. 그리고 방금 전화가 말했듯이 오래전에 폐지된 것이었다.

"뭔가 문제라도 있으신지요?" 모라토리엄 직원이 다가와서 상냥한 어조로 물었다. "방금 전화가 고객님 동전을 뱉어낸 걸 봤습니다. 제가 좀 봐도 되겠습니까?" 그가 손을 내밀자 조는 미합중국산 25센트 동전을 건넸다. "스위스에서 현재 쓰이는 10프랑 토큰과 교환해드리죠. 그거면 전화가 받아줄 겁니다."

"부탁합니다." 조는 말했다. 동전을 교환하고 전화에 10프랑 토큰을 넣은 다음 홀리스의 국제 무료 안내 번호를 돌렸다.

"홀리스 능력 파견사'입니다." 세련된 여자 목소리가 그의 귀에 들려왔고, 화면에 고도의 인공 미용 보조제를 써서 보정한 젊은 여자 얼굴이 떠올랐다. "아, 미스터 칩." 여자는 단박에 그를 알아보고 말했다. "이쪽으로 연락이 올 거라는 홀리스 씨의 언질을 받았습니다. 오후 내내 기다리고 있었죠."

프리코그를 썼군. 조는 생각했다.

"홀리스 씨는 그쪽 전화를 즉시 연결하라고 지시해놓으셨습니다. 그쪽 요청을 직접 처리하고 싶어 하십니다. 제가 전화를 연결하는 동안 잠시만 기다려주시겠어요? 잠깐만 기다리시면 됩니다, 미스터 칩. 곧 홀리스 씨의 목소리를 들으실 수 있을 겁니다. 운이 따라준다면." 그녀의 얼굴이 사라졌다. 조는 잿빛의 텅 빈 화면을 응시했다.

움푹 들어간 눈을 한 음울한 파란색 얼굴이 화면에서 초점을 맺었다. 목도, 몸도 달려 있지 않은 괴상한 용모였다. 두 눈은 흠이 있는 보석을 연상케 했다. 반짝거리기는 하지만 절삭이 잘못된 느낌이랄까. 엉뚱한 방향으로 빛을 반사하고 있었다. "여어, 미스터 칩."

그럼 이게 그자의 얼굴이란 말이군, 하고 조는 생각했다. 사진은 이 느낌을, 이 불완전한 평면과 곡면을 제대로 표현하지 못했다. 마치 취약한 건축물을 일단 바닥에 떨어뜨려 박살을 냈다가 파편들을 다시 모아 풀로 붙였지만— 제대로 복구하지 못한 것처럼 보였다. "'협회'는," 조는 말했다. "당신이 글렌 런시터를 살해한 건에 관한 완전한 보고서를 받게 될 거야. '협회'는 휘하에 법률 고문들을 잔뜩 두고 있으니까, 당신은 재판을 받으며 여생을 보내게 될걸." 그는 상대의 얼굴이 반응을 보이기를 기다렸지만, 그런 일은 일어나지 않았다. "당신이 했다는 걸 우린 알아." 그는 이렇게 말하면서도 자신이 하는 말의 무익함을, 지금 하고 있는 일의 무의미함을 자각했다.

"자네가 내게 전화를 걸어온 목적 말인데," 홀리스의 미끈미끈한 목소리는 몸을 맞대고 똬리를 틀고 있는 뱀들을 연상케 했다. "런시터 씨 입장에서는 결코—"

조는 전율하며 수화기를 내려놓았다.

그는 방금 왔던 복도로 되돌아가서 앨 해먼드가 뚱한 얼굴로 먼지처럼 말라버린 담배의 잔해를 풀어 헤집고 있는 라운지로 다시 갔다. 잠시 침묵이 흘렀다. 이윽고 앨이 고개를 들었다.

"소용없었어." 조가 말했다.

"포겔장이 자네를 찾으러 왔었어." 앨은 말했다. "아주 묘한 태도였는데, 저기서 무슨 일이 일어나고 있는지 알 것 같아. 십중팔구 자네한테 사실을 털어놓는 걸 두려워하고 있는 거야. 아마 평소에 하는 식으로 장황한 말을 늘어놓겠지만, 결국은 자네가 방금 말했듯이 아무 소용도 없었다는 대답이 돌아올 거야. 그럼 이제는 어떻게 해야 하지?" 그는 대답을 기다렸다.

"이젠 홀리스에게 복수해야지." 조는 말했다.

"홀리스에게 복수하는 건 무리야."

"우리 '협회'가—" 조는 입을 다물었다. 모라토리엄의 경영주가 슬금슬금 라운지로 들어왔기 때문이다. 불안하고 초췌한 얼굴을 하고 있었지만, 그와 동시에 초연하고 엄격한 분위기를 풍기려고 노력하고 있었다.

"할 수 있는 일은 모두 해봤습니다. 그렇게 낮은 온도에서 영자의 흐름은 실질적으로 아무런 저항을 받지 않습니다. 마이너스 150g에서는 측정 가능한 저항이 없는 거나 마찬가지입니다. 따라서 신호는 강하고 명료하게 돌아왔어야 하지만, 저희 증폭기는 60사이클의 잡음밖에는 수신하지 못했습니다. 하지만 최초의 냉동보존을 감독한 주체는 저희가 아니었다는 사실을 기억하시기 바랍니다. 그 부분을 유념해주셨으면 합니다."

앨은 말했다. "그건 알고 있습니다." 그는 굳은 동작으로 일어나서 조를 마주 보았다. "이젠 받아들여야 하겠군."

"엘라하고 얘기해보겠어." 조가 말했다.

"지금?" 앨이 말했다. "무슨 얘기를 해야 할지 마음을 정할 때까지는 기다리는 편이 낫지 않을까. 내일 얘기하라고. 지금은 집에 가서 좀 자두고."

"집으로 간다는 건," 조는 대꾸했다. "팻 콘리가 있는 집으로 가는 거야. 난 그 여자를 다룰 준비 또한 되어 있지 않아."

"그럼 이곳 취리히에서 호텔을 잡아." 앨이 말했다. "일단 모습을 감추는 거야. 난 우주선으로 돌아가서 다른 사람들에게 이 일을 알리고 '협회'에 보고할게. 위임장을 써서 나한테 맡기라고." 그러고는 폰 포겔장에게 말했다. "펜하고 종이 한 장을 가져다주시겠습니까."

"내가 누구하고 얘기를 나누고 싶은 기분인지 알아?" 모라토리엄 소유주가 펜과 종이를 가지러 황급히 떠나자 조는 말했다. "웬디 라이트야. 웬디라면 무슨 일을 해야 할지 알고 있을 거야. 난 웬디의 조언을 높이 사고 있거든. 하지만 어째서일까? 생각해보니 궁금하군. 잘 알지도 못하는 사이인데." 그는 희미한 배경음악이 면회 라운지에 흐르고 있다는 사실을 깨달았다. 줄곧 흐르고 있던 듯했다. 헬기에서 들었던 것과 같은 음악이었다. "디에스 이라이, 디에스 일라."* 암울한 합창이 이어졌다. "솔베트 사이클룸 인 파빌라, 테스테 다비드 쿰 시빌라."** 이것이 베르디의 〈진혼곡〉임을 그는 깨달았다. 아마 폰 포겔장이 매일 아침 9시에 출근해서 자기 손으로 직접 켜놓는 것이리라.

"일단 자네가 호텔방으로 간 뒤에," 엘이 말했다. "웬디 라이트를 설득해서 자네한테 가라고 얘기해볼게."

"그건 부도덕해." 조는 말했다.

"뭐라고?" 앨은 그를 빤히 쳐다보았다. "이런 상황에서? 자네가 정신을 바짝 차리지 않으면 조직 전체가 와해되어서 망각 속으로 가라앉아버릴지도 모르는 이때에? 자네가 제대로 기능할 수 있도록 도와주는 거라면 무조건 바람직해. 사실, 필수적이라고 할 수 있지. 그러니까 호텔에 전화를 걸어서 예약을 하고, 여기로 돌아와서 그 호텔 이름만 알려줘. 그러면―"

"우리가 가진 돈은 모두 쓸모가 없어." 조는 말했다. "전화도 걸 수 없어. 내가 가진 옛 동전을 지금 통용되는 스위스 10프랑

---

* Dies irae, dies illa. 진노의 날, 그날.

** Solvet saeclum in favilla, teste David cum Sybilla. 온 세상은 재가 되리라, 다윗과 시빌라의 예언대로.

화로 맞바꿔주겠다는 기특한 동전 수집가가 또 나타나지 않는 이상."

"맙소사." 앨은 말했다. 그는 신음에 가까운 긴 한숨을 쉬고는 고개를 설레설레 흔들었다.

"그게 내 잘못이야?" 조는 말했다. "자네가 준 25센트 동전을 내가 폐물로 만들기라도 했다는 거야?" 그는 화가 치밀었다.

"뭔가 기괴한 측면에서는," 앨은 말했다. "그래, 자네 탓일지도 몰라. 이유는 나도 모르겠지만 말이야. 아마 언젠가는 이해할 수 있을지도 모르지. 알았어. 그럼 나와 함께 '엉덩방아 Ⅱ' 호로 돌아가자고. 거기서 웬디 라이트를 직접 만나서 호텔로 데리고 가."

"콴투스 트레모르 에스트 푸투루스,"* 합창이 이어졌다. "콴도 유덱스 에스트 벤투루스, 쿤타 스트릭테 디스쿠수루스."**

"호텔비는 뭘로 내고? 저놈의 전화기처럼 우리 돈을 안 받으려고 할걸."

앨은 욕설을 내뱉으며 지갑을 꺼내서 그 안에 들어 있던 지폐들을 조사해보았다. "이것들은 오래됐지만 여전히 쓰이는 거야." 그는 호주머니에 들어 있던 동전들을 살펴보았다. "이것들은 쓰이지 않는 거고." 그는 면회 라운지의 융단 위에 동전들을 내던졌다. 전화기가 그랬던 것처럼 불쾌한 것을 내뱉는 느낌으

---

* Quantus tremor est futurus. 얼마나 많은 자가 진감할까.
** Quando judex est venturus, cuncta stricte discussurus. 심판자가 강림해서, 모든 자를 엄하게 문초하면.

로. "이걸 가지고 가." 그는 조에게 지폐를 모두 건넸다. "호텔 방을 하루 빌리고, 두 사람이 술 두어 잔을 곁들인 저녁 식사를 하기에는 충분한 액수야. 내일 뉴욕에서 자네하고 웬디가 탈 로켓선을 보낼게."

"이 돈은 꼭 갚겠네." 조는 말했다. "런시터 어소시에이츠의 임시 사장이 되면 월급도 오를 테니까 말이야. 빚도 모두 갚을 수 있겠지. 세무서에서 부과한 체납 세금에, 과태료에, 벌금까지 모두 포함해서ㅡ"

"팻 콘리 없이? 그 여자 도움을 받지 않고도?"

"지금이라도 쫓아낼 수 있어." 조는 말했다.

앨은 말했다. "글쎄."

"이건 내게는 새로운 출발이야. 심기일전해서 새로운 인생을 시작하는 거지." 난 그 회사를 운영할 수 있어. 그는 다짐했다. 런시터가 저지른 잘못은 결코 되풀이하지 않을 거야. 스탠튼 믹으로 위장한 홀리스가 나와 부하 불활성자들을 지구 밖으로 유인해서 함정에 빠뜨리는 일도 일어나지 않을 거고.

"내가 보기엔," 앨은 공허한 목소리로 말했다. "자네는 실패하고 싶어 하는 강고한 의지를 갖고 있는 것 같아. 그 어떤 경우의 조합도ㅡ지금의 경우까지 포함해서ㅡ그 사실을 바꿔놓지는 못할걸."

"아냐. 실제로 나의 내부에 있는 건," 조는 대꾸했다. "성공하려는 의지야. 글렌 런시터도 그걸 꿰뚫어보았어. 그래서 유언장에 그렇게 명기해놓았던 거야. 자기가 죽은 뒤에 '사랑하는

동포를 위한 모라토리엄' 또는 내가 지정하는 일류 모라토리엄
에서 자기를 부활시키지 못할 경우, 내가 우리 회사를 승계한
다는 조항을 말이야." 조의 내부에서 자신감이 솟구쳐 올랐다.
마치 프리코그 같은 예지능력이 생겨난 것처럼 미래의 수많은
가능성이 눈앞에 펼쳐지는 것을 그는 자각했다. 그러자 팻의
능력이 머리에 떠올랐다. 그녀가 프리코그들에 대해, 미래를 내
다보려는 그들의 시도에 대해 어떤 일을 할 수 있는지를.

"투바 미룸 스파르겐스 소눔."* 합창이 이어졌다. "페르 세풀
크라 레기오눔 코게트 옴네스 안테 트로눔."**

그의 표정을 본 앨이 말했다. "자넨 그 여자를 쫓아내지 못
해. 그 여자가 그런 능력을 갖고 있는 한은."

"자네 제안을 받아들여서 취리히 로테스 호텔에 방을 잡겠
어." 조는 결단을 내렸다. 하지만 앨 말이 옳아, 하고 그는 생각
했다. 일이 잘 풀릴 리가 없어. 팻이나 그보다 더 악질적인 존재
가 나타나서 나를 파멸시키겠지. 난 그렇게 될 운명인 거야. 고
전적인 의미에서. 동요하고 피로에 지친 그의 마음속으로 어떤
이미지가 뛰어들어왔다. 거미줄에 잡힌 새. 그 이미지는 고색창
연했고, 이 사실은 그를 두려움에 떨게 만들었다. 어떤 의미에
서는 글자 그대로의 현실처럼 보였기 때문이다. 예언적이기도
했다. 하지만 왜 그런지를 정확하게 알아낼 수는 없었다. 그 동

---

* Tuba mirum spargens sonum. 외포畏怖할 만한 나팔 소리.

** Per sepulchra regionum coget omnes ante thronum. 세상 모든 무덤 위로 울
려 퍼지고, 옥좌 앞으로 모든 자를 불러 모은다.

전. 그는 생각했다. 이미 폐지되어서 전화기에게도 거절당하고, 지금은 수집 대상으로 전락한. 박물관에서나 찾아볼 수 있는. 그렇게 되는 것일까? 뭐라고 말하기 힘들다. 그도 제대로 이해하지 못했으므로.

"모르스 스투페비트, 에트 나투라"* 합창이 이어졌다. "쿰 레수르게트 크레아투라, 유디칸티 레스폰수라."** 합창은 계속되었다.

---

* Mors stupebit. et natura. 죽음과 자연은 놀랄 것이다.
** Cum resurget creatura, judicanti responsura. 모든 피조물이 일어날 때, 심판자의 부름에 응해서.

08

만약 돈 문제 때문에 고민하신다면, 유빅 신용금고로 오셔서 대출 담당 여직원에게 문의하십시오. 단박에 고객님의 골치 아픈 채무를 해결해드립니다. 이를테면 59포스크레드를 이자상환대출로 빌린다고 가정해보십시오. 그럴 경우, 합계한 액수는―

햇살이 우아한 호텔방으로 쏟아져 들어오며 장중한 모양을 한 물체들을 비췄다. 조 칩은 눈을 깜박였고, 그것들이 가구나 장식품임을 깨달았다. 수동날염한 네오실크스크린류의 커다란 장막은 캄브리아기의 단세포생물에서부터 20세기 초반에 이루어진 비행기의 첫 비행에 이르는 인류의 진보를 묘사하고 있었다. 장려한 모조 마호가니 경대, 얼룩덜룩하게 크립토크롬* 도금

이 된 네 개의 안락의자. 그는 멍하게나마 호텔방의 호화로움에 감탄했지만, 결국 웬디가 오지 않았다는 사실을 깨닫고 전율에 가까운 날카로운 실망을 맛보았다. 그게 아니라면 문을 두드리는 소리를 못 들었을 가능성도 있었다. 어젯밤에는 세상 모르고 곯아떨어졌기 때문이다.

이런 연유로, 그가 지배하는 새로운 제국은 생겨나자마자 사라져버렸다.

그는 무기력하고 암울한 기분—어제의 잔재—에 푹 잠긴 채로 휘청거리며 커다란 침대에서 나와 옷을 찾아 입었다. 방 안은 기이할 정도로 추웠다. 그 사실을 깨닫고 잠시 생각에 잠겼다. 그러고는 수화기를 집어 들고 룸서비스를 불렀다.

"—가능하다면 당연히 보복해야 해." 수화기에서 목소리가 흘러나왔다. "물론 스탠튼 믹이 실제로 관여했는지, 아니면 단순히 그자로 위장한 모조인간이 우리에게 적대적인 행동을 취한 것인지부터 확인할 필요가 있어. 실제로 그가 관여했다면 왜 그랬는지, 관여하지 않았다면 어떻게 그럴 수 있었는지를—" 이런 식으로 조를 향한 것이 아닌 단조로운 독백이 이어졌다. 조가 듣고 있다는 사실을 모른다기보다는, 마치 조가 존재하지 않는다는 듯한 어조였다. "지금까지 받아본 조사 보고서에 의하면," 목소리가 단언했다. "일반적으로 말해서 믹은 양심적으로 거래하는 인물로 알려져 있고, 태양계 전역에 확립된

---

* crypto-chrome. 청색 광수용체 단백질의 일종. 그리스어로 '숨겨진 색깔'을 의미한다.

합법적이고 윤리적인 기업 활동의 관행에서 벗어난 적도 없는 것처럼 보이네. 이런 사실을 감안한다면―"

현기증을 느낀 조는 수화기를 내려놓고 휘청거리며 정신을 차리려고 노력했다. 런시터의 목소리다. 의심의 여지가 없다. 다시 수화기를 들고 귀를 기울였다.

"―믹에게 고소당할 수도 있어. 그럴 만한 재력이 있고, 그런 식의 소송에도 익숙하니까. 따라서 '협회'에 정식으로 보고하기 전에 우리 측 법률 고문과 의논을 해봐야 하는 건 당연해. 그걸 공표해놓고 입증하지 못한다면 명예훼손으로 고발당할 위험도 있으니까―"

"런시터!" 조는 외쳤다. 큰 소리로. "―당장 입증하지는 못할 거야. 적어도―" 조는 전화를 끊었다. 이해할 수 없어. 그는 이렇게 중얼거리고 욕실로 가서 차가운 물을 얼굴에 끼얹었고, 호텔에서 무료로 제공하는 위생 빗으로 머리를 빗었다. 그런 다음 잠시 골똘히 생각하다가, 호텔에서 무료로 제공하는 일회용 위생 면도기로 수염을 깎았다. 그는 호텔에서 무료로 제공하는 위생 애프터셰이브 로션을 턱과 목과 뺨에 철떡철떡 바른 다음 호텔에서 무료로 제공하는 위생 유리잔의 포장을 뜯고 그것에 물을 받아 마셨다. 혹시 모라토리엄은 결국 런시터를 부활시킬 수 있었던 것일까? 그는 고민했다. 그런 다음 회선을 내 전화에 연결하기라도 했나? 런시터는 아마 깨어나자마자 나와 얘기하고 싶었을 것이다. 다른 누구보다도 먼저. 하지만 그게 사실이라면 왜 내 목소리를 못 듣는 것일까? 왜 대화는 일방통행이었던 것일까? 뭔가 기술적인 결함이 있었을 뿐이고, 곧 시정될 수 있는 성질의 것일까?

다시 영상전화기 앞으로 가서 수화기를 집어 들었다. '사랑하는 동포를 위한 모라토리엄'에 연락을 취할 심산이었다.

"―회사를 믿고 맡길 만한 이상적인 인재가 아냐. 사생활에 워낙 문제가 많으니까. 특히―"

이런 상태에서는 전화를 걸 수가 없잖아. 조는 수화기를 내려놓았다. 룸서비스조차도 부를 수가 없어.

커다란 호텔방 구석에서 차임 소리가 들리더니 맑은 기계음이 말했다. "저는 이 방의 전송신문 장치입니다. 언제나 최상의 경험을 보장하는 저희 루테스 체인이, 지구와 식민 행성 전역에 있는 당사 호텔을 이용해주시는 고객님들께 독점 제공하는 서비스입니다. 원하시는 뉴스의 종류를 입력하시기만 하면, 단 몇 초 만에 고객님의 개인 취향에 최적화된 최신 뉴스가 실린 전송신문을 제공해드립니다. 다시금 말씀드리지만, 모두 무료입니다!"

"알았어." 조는 방을 가로질러 기계 앞으로 갔다. 지금쯤이면 런시터가 살해당했다는 뉴스가 이미 나왔는지도 모른다. 보도기관들은 주기적으로 모라토리엄에 안치되는 인사들의 신원을 체크하기 때문이다. 조는 '태양계 고급 뉴스'라고 쓰인 단추를 눌렀다. 그러자마자 기계는 인쇄지를 뱉어내기 시작했다. 그는 신문이 나오는 대로 족족 집어 들었다.

런시터라는 이름은 지면 어디에도 나와 있지 않았다. 아직 너무 이른 것일까? 아니면 '협회'가 미리 손을 써서 공표를 막았나? 혹은 앨이 한 일일까? 그는 생각했다. 모라토리엄 경영주에게 몇 포스크레드쯤 뇌물을 쥐여주었는지도 모른다. 하지만― 앨의 돈은 모두 내가 가지고 있지 않는가. 앨이 누군가를 매수할 수 있었을 리가 없다.

호텔방 문을 노크하는 소리가 들렸다.

조는 전송신문을 내려놓고 조심스럽게 방문으로 다가갔다. 속으로는 이런 생각을 하고 있었다. 아마 팻 콘리겠지. 나를 여기 가둔 거야. 아니, 그녀가 아니라 뉴욕에서 나를 데리러 온 누군가일지도 모른다. 이론적으로는 웬디일 가능성조차 있었다. 그러나 실제로 그럴 개연성은 낮아 보였다. 이런 시간에, 이토록 늦게 올 리가 없으니까 말이다.

또는 홀리스가 보낸 암살자일 가능성도 있었다. 한 명씩 그들을 죽일 작정일지도 몰랐다.

조는 방문을 열었다.

불안한 듯이 몸을 떨면서, 통통한 두 손을 비비며 문간에 서 있던 사람은 헤르베르트 쉰하이트 폰 포겔장이었다. 그는 웅얼거리듯이 말했다. "이해가 안 되는 일이 일어났습니다, 미스터 칩. 저희들은 교대해가면서 철야 작업을 했습니다만, 아무런 생기도 발견하지 못했습니다. 그래서 뇌파 전위를 측정해보았는데, 희미하지만 의심의 여지가 없는 대뇌 활동을 감지할 수 있었습니다. 고로 후생명後生命은 존재한다는 얘기인데, 그걸 여지껏 끌어내지 못하고 있습니다. 지금은 대뇌피질의 모든 부분을 샅샅이 조사해보고 있습니다. 그렇게 모든 방책을 다 해보았습니다만, 솔직히 두 손 든 상태입니다."

"측정 가능한 대뇌 대사 활동은 있습니까?" 조는 물었다.

"있습니다. 다른 모라토리엄에서 그 분야의 전문가를 초빙했는데, 그의 장비에는 있다고 나왔습니다. 게다가 정상적인 분량이라고 했습니다. 사망 직후에 예상되는 양이라고."

"내가 있는 곳은 어떻게 알았죠?" 조는 물었다.

"뉴욕 본사의 해먼드 씨에게 연락을 취했습니다. 그런 다음이 호텔방으로 연락하려고 했지만, 아침 내내 전화가 통화 중이더군요. 그래서 제가 이렇게 직접 온 겁니다."

"전화는 고장 났습니다." 조는 말했다. "밖으로 전화를 걸 수도 없었죠."

모라토리엄 경영주가 말했다. "해먼드 씨도 칩 씨와 연락을 취하려고 했지만 실패했습니다. 그래서 제게 대신 메시지를 전해달라고 했습니다. 뉴욕으로 돌아가시기 전에 이곳 취리히에서 해줬으면 하는 일이 있다더군요."

"엘라의 조언을 구하는 걸 잊지 말라는 뜻이겠죠."

"남편분이 비명횡사했다는 소식을 전해달라고 했습니다."

"혹시 몇 크레드 빌려주실 수 있습니까?" 조는 말했다. "제가 아침을 먹을 수 있게?"

"해먼드 씨는 당신이 저한테 돈을 빌리려 할지도 모른다고 미리 경고하더군요. 호텔 체류 비용뿐만 아니라 하룻밤 술값까지 이미 주고 왔다는 얘기였습니다만."

"앨은 내가 이곳보다 더 간소한 방을 빌릴 거라는 가정에 입각한 액수를 줬습니다. 하지만 이보다 작은 방은 없다고 해서 어쩔 수 없이 여길 빌린 겁니다. 앨은 그걸 미처 예상하지 못했죠. 이번 월말에 런시터 사에 보낼 청구서에 포함시켜주십쇼. 아마 앨한테 이미 얘기를 들었겠지만, 지금 나는 우리 회사의 사장 대행을 맡고 있습니다. 지금 당신과 얘기를 나누고 있는 사내는 긍정적인 사고를 통해서 밑바닥부터 차곡차곡 경력을 쌓아 최고 경영자의 자리에 오른 민완가입니다. 그쪽도 이미 깨달았겠지만, 나는 우리 회사의 모라토리엄 선택에 관한 기본 방침을 재고할 수 있는 위치에 있습니다. 이를테면 뉴욕에 좀 더 가까운 곳을 고른다든지 하는."

폰 포겔장은 마지못한 기색으로 트위드제 토가 속으로 손을 넣고 모조 악어가죽 지갑을 꺼냈다.

"참 살기 힘든 세상입니다." 조는 돈을 건네받으며 말했다. "약육강식이 지배하는 세계라고나 할까."

"해먼드 씨한테서는 이런 전언도 받았습니다. 뉴욕 본사에서 보낸 로켓선이 두 시간 뒤에 취리히에 도착할 예정이라고 합니다. 대략적인 시간입니다만."

"알겠습니다." 조는 말했다.

"칩 씨가 엘라 런시터와 충분히 얘기를 나눌 시간을 가질 수 있도록, 해먼드 씨는 회사 로켓선을 모라토리엄으로 직접 마중 내보내겠다고 하셨습니다. 그런 고로 모라토리엄으로 저와 함께 가시면 좋겠다는 것이 해먼드 씨의 의견입니다. 호텔 옥상에서 제 헬리콥터가 기다리고 있습니다.”

“앨 해먼드가 그랬다고요? 당신과 함께 모라토리엄으로 돌아가라고?”

“그렇습니다.” 폰 포겔장은 고개를 끄덕였다.

“서른 살쯤 되어 보이는, 키가 크고 어깨가 구부정한 흑인이 맞습니까? 앞니에 금을 씌웠고, 그 위에 장식무늬를 넣은? 왼쪽 금니에는 하트, 그 옆의 것에는 클럽, 오른쪽에는 다이아몬드가 새겨져 있는?”

“어제 취리히 공항에서 칩 씨와 함께 왔던 사람이 맞습니다. 함께 모라토리엄에서 대기하지 않았습니까.”

조는 말했다. “초록색 펠트 반바지에 회색 골프 양말, 오소리 가죽으로 만든 앞이 열린 웃옷 차림에, 모조 에나멜 가죽 펌프스를 신은?”

“뭐를 입고 있었는지는 못 봤습니다. 영상전화 화면에 나온 얼굴을 봤을 뿐입니다.”

“뭔가 본인임을 증명할 수 있는 특별한 암구호를 말하지는 않던가요?”

모라토리엄의 경영주는 화난 어조로 대꾸했다. “뭐가 문제인지 모르겠습니다, 칩 씨. 뉴욕에서 제게 영상전화를 건 인물은 어제 당신과 함께 있던 사내와 동일 인물입니다.”

“경계하지 않을 수 없어서요.” 조는 말했다. “당신과 함께 헬리콥터를 타고 가는 일을 말입니다. 레이 홀리스가 당신을 보냈을 수도 있지 않습니까. 런시터 사장을 죽인 자는 레이 홀리스입니다."

폰 포겔장은 유리알처럼 퀭한 눈이 되어 말했다. "그 사실을 '안심보장 협회'에 통보했습니까?"

"그럴 작정입니다. 때가 오면 말이죠. 하여튼 그때까지 우리는 홀리스에게 또 당하지 않도록 경계해야 합니다. 그는 달에서도 우리 모두를 함께 죽일 작정이었습니다."

"당신은 보호받을 필요가 있습니다." 모라토리엄 경영주는 말했다. "당장 취리히 경찰에 영상전화를 걸어서 신고하는 게 어떻습니까. 그럼 뉴욕으로 출발할 때까지 경호원을 붙여줄 겁니다. 그리고 뉴욕에 도착하는 즉시 —"

"방금 말했듯이 이 방의 전화는 고장입니다. 들리는 거라고는 글렌 런시터의 목소리밖에는 없더군요. 그래서 아무도 나한테 연락하지 못했던 겁니다."

"그게 정말입니까? 그런 기이한 일이." 모라토리엄 경영주는 호텔방 안으로 비집고 들어왔다. "제가 들어봐도 되겠습니까?" 폰 포겔장은 수화기를 집어 들며 묻는 듯한 눈으로 조 칩을 보았다.

"1포스크레드를 넣어야 합니다." 조는 말했다.

모라토리엄의 경영주는 트위드제 토가의 호주머니를 뒤져 동전을 한 줌 꺼냈다. 조그만 비니 모자에 달린 비행기 프로펠러를 짜증스럽게 윙윙 돌리며, 그는 조에게 동전 세 닢을 건넸다.

"이 도시에서 커피 한 잔값에 해당하는 액수를 청구하고 있을 뿐입니다." 조는 말했다. "이거면 최소한 그 정도는 되겠군요." 이렇게 말하자마자 자신이 아직 아침을 먹지 않았고, 그런 상태에서 엘라와 대면해야 한다는 데 생각이 미쳤다. 흐음, 그 대신 암페타민이라도 먹자. 아마 호텔에서 무료로 서비스해줄 테지.

폰 포겔장은 귀에 수화기를 밀착시킨 채 말했다. "아무 소리도 안 들리는데요. 신호음조차도 들리지 않습니다. 아, 이제 잡음이 조금 들리는군요. 아주 먼 데서 들려오는 듯한 소리입니다. 정말로 희미하군요." 그는 조에게 수화기를 내밀었다. 조는 그것을 받아 들고 귀를 기울였다.

그도 먼 잡음을 들었다. 몇천 킬로미터나 떨어진 곳에서 들려오는 듯한 소리다. 섬뜩하다. 런시터의 목소리가 들려왔다는 사실만큼이나 불가사의했다― 그가 들은 것이 런시터의 목소리가 맞는다면 말이다. "방금 주신 포스크레드는 돌려드리죠." 그는 수화기를 내려놓으며 말했다.

"됐습니다." 폰 포겔장이 말했다.

"하지만 내가 말한 목소리를 못 듣지 않았습니까."

"모라토리엄으로 돌아갑시다. 당신 동료인 해먼드 씨가 요청한 대로 말입니다."

조는 말했다. "앨 해먼드는 내 부하입니다. 회사 방침을 정하는 사람은 나고. 그래서 말인데, 엘라와 얘기를 나누기 전에 뉴욕에 돌아가야겠습니다. 내가 보기에, 당장 엘라를 만나는 것보다는 '협회'에 정식 보고서를 제출하는 쪽이 더 시급한 선결문제입니다. 당신이 앨 해먼드하고 얘기를 나눴을 때, 다른 불활성자들도 모두 그 친구와 함께 취리히를 떠났다던가요?"

"이 호텔에서 당신과 밤을 보낸 젊은 여성을 제외하면 모두 떠났다고 들었습니다." 모라토리엄 경영주는 의아한 표정으로 방 안을 둘러보았다. 그녀가 어디 있는지 궁금한 것이 분명했다. 그의 특이한 얼굴에 염려하는 듯한 빛이 떠올랐다. "여기 없습니까?"

"어느 여성을 얘기하는 겁니까?" 조는 물었다. 처음부터 의기소침해 있었지만, 이제는 아예 숫제 바닥으로 굴러떨어진 듯한 암울한 기분이었다.

"해먼드 씨는 아무 얘기도 안 하던데요. 누군지는 당연히 아실 거라고 생각했던 거겠죠. 현 상황을 감안하면, 그 여성 이름을 제게 말한다는 건 실례일 테고. 그럼 그녀는 여기에—"

"아무도 오지 않았습니다." 어느 쪽이었을까? 팻 콘리? 아니면 웬디? 조는 두려움을 떨쳐버리려는 듯이 반사적으로 호텔방 안을 성큼성큼 돌아다니기 시작했다. 하느님 제발. 그는 생각했다. 부디 팻이기를.

"옷장 안." 폰 포겔장이 말했다.

"뭐라고요?" 조는 걸음을 멈췄다.

"붙박이장 안을 살펴보는 게 어떻겠느냐는 뜻입니다. 이런 고급스러운 스위트룸에는 특대 사이즈의 붙박이장이 딸려 있답니다."

조는 붙박이장 문의 단추에 손을 갖다 댔다. 스프링 장치가 풀리며 문이 홱 열렸다.

붙박이장 바닥에는 바싹 말라붙은, 거의 미라화한 물체가 둥글게 말려 있었다. 예전에는 옷이었던 것처럼 보이는 너덜너덜한 천이 물체의 대부분을 감싸고 있었다. 마치 오랜 세월에 걸쳐 현재의 넝마로 쪼그라든 듯한 느낌이었다. 그는 허리를 굽히고 물체를 뒤집어보았다. 무게는 몇 파운드 정도밖에 나가지 않았다. 손으로 누르자 접혀 있던 뼈처럼 가느다란 팔다리가 종이처럼 버스럭거리며 펼쳐졌다. 머리카락은 엄청나게 길었고, 뻣뻣하게 헝클어진 상태로 검은 구름처럼 얼굴을 가리고 있었다. 조는 그 자세로 웅크린 채 꼼짝도 하지 않았다. 누구인지 보고 싶지 않았기 때문이다.

폰 포겔장은 당장이라도 질식할 듯한 쉰 목소리로 말했다. "기괴하군요. 완전히 건조된 상태입니다. 마치 몇 세기나 여기 있었던 것처럼. 1층으로 내려가서 지배인에게 알리겠습니다."

"이게 성인 여자일 리가 없어." 조는 말했다. 어린아이의 유해로밖에는 볼 수 없었다. 어른이라고 하기에는 너무 작았다. "그러니까 팻이나 웬디는 아냐." 그는 이렇게 말하고 유해의 얼굴을 뒤덮은 구름 같은 머리카락을 들어 올렸다. "마치 가마에서 구워진 것 같군. 아주 오랫동안, 고온으로." 그 열기 탓이다. 그는 생각했다. 그 폭탄이 폭발했을 때의 고열이다.

그러고는 쪼그라들어 검게 그을린 조그만 얼굴을 말없이 응시했다. 그리고 그것이 누구의 얼굴인지를 깨달았다. 가까스로 알아볼 수 있는 정도였다.

웬디 라이트.

웬디는 밤사이에 여기로 왔던 거야. 조는 추측했다. 방으로 들어온 후, 그녀의 내부 혹은 그녀 주위에서 모종의 변화가 시작되었다. 웬디는 그것을 감지하고 내게 보이지 않으려고 몰래 붙박이장 안에 숨었다. 그녀 인생의 마지막 몇 시간 혹은 몇십 분 동안─조는 몇십 분이었기를 희망했다─그 변화가 그녀를 엄습했지만, 그녀는 아무 소리도 내지 않았다. 그가 잠에서 깨지 않은 것을 보면 말이다. 아니, 알리려고 했지만 그러지 못했던 것인지도 모른다. 내 주의를 끌 수 있는 상태가 아니었다거나. 아마 그녀가 붙박이장 안으로 기어들어간 것은 나를 깨우려고 하다가 실패한 뒤의 일이었는지도 모르겠다.

하느님 제발 부탁입니다, 하고 그는 생각했다. 부디 그 일이 눈 깜짝할 새에 일어났기를.

"뭔가 해줄 수 있는 일은 없습니까?" 그는 폰 포겔장에게 물었다. "모라토리엄으로 데려가는 건요?"

"그러기에는 너무 늦었습니다. 이렇게 완전히 붕괴되어버린 뒤에는 반생명이 남아 있을 리가 없습니다. 이것이─ 그 여성입니까?"

"예." 그는 고개를 끄덕였다.

"빨리 이 호텔을 떠나시는 편이 낫겠습니다. 지금 당장. 당신의 안전을 위해서 말입니다. 홀리스는─홀리스가 한 짓이 맞죠?─당신도 이렇게 만들려고 할 겁니다."

"내 담배 말인데," 조는 말했다. "완전히 말라버렸죠. 우주선에 있던 2년 전의 전화번호부. 상한 크림에, 찌끼가 생기고 곰팡이가 핀 커피. 폐지된 화폐." 이것들의 공통점은 낡았다는 것이다. "모두와 함께 우주선으로 도망쳤을 때 웬디는 이렇게 말했습니다. '나이를 먹어버린 느낌이야'라고요." 그는 곰곰이 생각에 잠겼고, 불안감을 억눌러보려고 했다. 이제 불안은 공포로 바뀌었다. 그러나 전화에서 들려온 그 목소리는 런시터의 목소리가 아니었던가. 그건 무슨 뜻일까?

그는 거기서 어떤 근원적인 패턴도, 의미도 발견할 수 없었다. 영상전화기에서 들려온 런시터의 목소리는 그가 생각하거나 상상할 수 있는 그 어떤 가설과도 부합하지 않았다.

"방사능일지도 모릅니다." 폰 포겔장이 말했다. "제가 보기에 이 여성은 강한 방사능에 노출되었던 것 같군요. 가까운 과거에 말입니다. 그것도 극히 다량으로."

조는 말했다. "폭탄의 열파 때문에 죽은 것 같습니다. 런시터를 죽인 그 폭발 말입니다." 코발트 입자일지도 몰라. 그는 생각했다. 뜨거운 방사성 먼지를 덮어쓰고 들이마셨던 거야. 하지만 그게 사실이라면 우리 모두가 이런 식으로 죽게 돼. 모두가 똑같이 뒤집어썼을 테니까 말이야. 내 폐 속에도 들어갔겠지. 앨도, 다른 불활성자들의 폐에도. 그게 사실이라면 우리가 할 수 있는 일은 없겠군. 이미 때가 늦었어. 우리 모두 상상조차 하지 못했어. 그 폭발이 극소규모의 핵반응이었다는 사실을.

홀리스가 그들을 그냥 보내준 것도 하등 이상할 게 없었다. 그렇지만—

웬디의 죽음은 그것으로 설명할 수 있고, 바싹 말라버린 담배도 그렇게 설명할 수 있다. 그러나 전화번호부나 오래된 동전, 상해버린 크림과 커피를 설명할 수는 없다.

런시터의 목소리, 이 호텔방의 영상전화기를 통해 들려온 단조로운 독백도 설명할 수 없다. 폰 포겔장이 수화기를 들자 목소리는 멈췄다. 제삼자가 들으려고 했기 때문이라는 사실을 조는 깨달았다.

뉴욕으로 돌아가야 해. 그는 속으로 중얼거렸다. 달에 갔던 사람들 모두가— 폭탄이 터졌을 때 그 자리에 있었던 사람들 모두가 함께 머리를 맞대고 해결책을 찾아봐야 해. 사실, 해결의 실마리는 오직 그 방법을 통해서만 찾을 수 있을 것 같아. 한 사람씩 차례로 웬디처럼 죽어가기 전에. 혹은 더 끔찍한 방식으로 죽어가기 전에. 이보다 더 끔찍한 방식이 존재한다면 말이지만.

"폴리에틸렌 백을 하나 가지고 오라고 호텔 측에 얘기해주십시오." 그는 모라토리엄 경영주에게 말했다. "웬디를 거기 넣어서 뉴욕으로 데려가겠습니다."

"경찰에 맡겨야 하는 일 아닐까요? 이런 끔찍한 살인이 일어났다는 걸 알려야 합니다."

조는 말했다. "그냥 백을 가져다달라고 하세요."

"알겠습니다. 당신 부하의 일이니." 모라토리엄 경영주는 복도로 나가려고 했다.

"부하였죠." 조는 말했다. "이제는 아니지만." 하필 웬디가 제일 먼저 희생되다니. 하지만 어떤 의미에서는 차라리 이러는

편이 나았는지도 모르겠다. 웬디. 그는 속으로 말했다. 너를 고
향으로 데려가줄게.

그가 원했던 방식은 아니었지만 말이다.

진짜 참나무로 만든 육중한 회의용 탁자를 둘러싸고 묵묵히
앉아 있는 다른 불활성자들을 향해 앨 해먼드는 대뜸 말했다.
"슬슬 조가 돌아올 때가 됐어." 확인하려는 듯이 그는 손목시계
를 보았다. 시계는 멈춰버린 것처럼 보였다.

"그럼 조가 올 때까지 이러면 어떨까요." 팻 콘리가 말했다.
"TV의 저녁 뉴스를 틀어서 홀리스가 런시터의 사망 소식을 흘
려보냈는지를 확인하자고요."

"오늘 자 전송신문엔 안 나와 있었는데." 이디 돈이 말했다.

"TV 뉴스 쪽이 훨씬 더 빨라요." 팻은 이렇게 대꾸하고 회의
실 반대편의 커튼 뒤에 거치된 TV세트를 켜는 데 필요한 50센
트 동전을 앨에게 건넸다. 다중 스피커 장치를 갖춘 이 커다란
3D 컬러 TV 수상기는 런시터의 자랑거리였다.

"내가 가서 동전을 넣을까요, 해먼드 씨?" 새미 먼도가 열성
적인 어조로 물었다.

"부탁해." 앨은 이렇게 대꾸하고 침울한 표정으로 동전을 던
졌다. 먼도는 동전을 낚아채서 잰걸음으로 TV세트 쪽으로 다
가갔다.

런시터의 고문 변호사인 월터 W. 웨일스는 침착하지 못한 태
도로 의자 위에서 몸을 움직였고, 정맥이 도드라져 보이는 귀

족적인 손으로 서류가방의 죔쇠를 만지작거리다가 대뜸 말했
다. "취리히에 미스터 칩을 내버려두고 오지 말았어야 했습니
다. 그가 본사로 돌아올 때까지 아무 일도 할 수 없지 않습니까.
런시터 씨의 유언에 관련된 모든 사항을 신속하게 처리하는 것
이 최대의 선결 과제인 마당에."

"유언장은 이미 읽어본 걸로 압니다만." 앨은 말했다. "조 칩
도 읽었죠. 런시터가 회사 경영을 누구에게 맡길 작정이었는지
우리 모두 알고 있습니다."

"하지만 법적인 견지에서는—"

"머지않아 도착할 겁니다." 앨은 퉁명스럽게 말하고, 펜을 끼
적여 그가 작성한 목록 가장자리에 이런저런 선을 긋기 시작했
다. 잠시 목록에 장식무늬를 그려 넣는 일에 열중하다가, 다시
한 번 읽어보았다.

바싹 말라버린 담배

오래되어 쓸모가 없어진 전화번호부

시대에 뒤떨어진 화폐

부패한 음식

성냥첩의 광고

"이걸 다시 돌려보기로 하지." 그는 큰 소리로 말했다. "이 다
섯 가지의 사건인지 뭔지 모를 것들을 하나로 잇는 고리를 발
견한다면 얘기해줘. 이 다섯 가지는—" 그는 모호한 몸짓을

해 보였다.

"—이상하다, 이거겠죠." 존 일드가 말했다.

팻 콘리가 말했다. "처음 네 가지를 잇는 고리는 쉽게 눈에 들어오지만, 성냥첩은 예외예요. 그것만은 다른 것들과 어울리지 않는다고 할까."

"그 종이성냥을 다시 줘봐." 앨은 손을 내밀었다. 팻이 그것을 건네자 그는 다시 그 광고를 읽어보았다.

이 놀라운 기회를 놓치지 마십시오!
능력만 있으면 누구나 성공할 수 있습니다!

취리히의 '사랑하는 동포를 위한 모라토리엄'에 거주하는 글렌 런시터 씨는, 저희 회사가 무료로 제공하는 구두 세트를 수령하고 나서 단 일주일 만에 수입을 두 배로 늘렸습니다. 이 세트에는 저희 회사의 모조 가죽제 로퍼 순정품을 어떻게 하면 일가친지나 거래 상대에게 효과적으로 팔 수 있는지를 보여주는 자세한 설명서가 첨부되어 있습니다. 런시터 씨는 냉동보존 장치 안에서 꼼짝도 하지 못하는 몸임에도 불구하고, 이미 400—

앨은 그 이상 읽는 것을 그만두고 생각에 잠겼다. 손톱으로 아랫니 사이를 파면서 그는 생각했다. 맞아. 이것만은 달라. 이 광고 말이야. 다른 네 가지는 노후화나 부패와 관련이 있지. 하지만 이건 아냐.

그는 소리 내어 말했다. "혹시 이 성냥첩에 쓰인 광고에 응모해보면 무슨 일이 일어날지 궁금하지 않나. 주소는 아이오와주 디모인*에 있는 사서함으로 되어 있군."

"공짜 구두 세트를 보내오겠죠." 팻 콘리가 말했다. "자세한 설명서를 곁들여서—"

"혹은," 앨은 그녀의 말을 가로막았다. "글렌 런시터하고 연락이 닿을지도 몰라." 탁자 주위의 모든 사람들이, 변호사인 월터 W. 웨일스까지도 그를 빤히 쳐다보았다. "진심이야. 자, 이걸 받아." 앨은 티피 잭슨에게 성냥첩을 건넸다. "이 주소로 속달을 보내라고."

"뭐라고 써서?" 티피 잭슨이 물었다.

"쿠폰의 빈칸을 채워 넣기만 하면 돼." 앨은 이렇게 대꾸하고 이디 돈에게 말했다. "지난주부터 그 성냥첩이 당신 핸드백에 들어 있었다는 건 정말로 확실해? 혹시 오늘 어딘가에서 집어온 건 아니고?"

이디 돈이 말했다. "성냥첩 몇 개를 내 핸드백에 넣었던 건 수요일이었어요. 이미 말했듯이 오늘 아침에 여기로 오면서 담뱃불을 붙이려다가 우연히 알아차렸죠. 우리가 달에 가기 전에 내 핸드백 안에 있었다는 건 확실해요. 며칠 전부터."

"그 광고도 함께?" 존 일드가 물었다.

"성냥첩에 뭐라고 쓰여 있는지는 전혀 몰랐고, 오늘이 되어

---

* Des Moines. 미국 아이오와 주의 주도.

서야 알아차렸어요. 그러니까 전에 어땠는지는 나도 모르겠네요. 그걸 누가 알겠어요?"

"누구도 모르겠지." 돈 데니가 말했다. "자네 생각은 어때, 앨? 런시터의 농담이라고 생각해? 그렇다면 죽기 전에 인쇄해놓았던 걸까? 혹시 홀리스의 짓일 가능성은? 런시터를 죽일 작정으로, 일종의 기괴한 장난을 친 거라면? 우리가 이 성냥첩의 존재를 알아차릴 무렵에는, 광고에 나와 있듯이 런시터가 취리히에서 냉동보존 장치에 들어 있을 거라는 사실을 알고 그런 거라면?"

티토 애포스터스가 말했다. "우리가 런시터를 뉴욕이 아닌 취리히로 데려가리라는 걸 홀리스가 어떻게 알고 있었단 거지?"

"엘라도 거기 있으니까 그랬겠지." 돈 데니가 대꾸했다.

새미 먼도는 TV세트 앞에 말없이 서서 앨에게서 받은 50센트 동전을 훑어보고 있었다. 그의 좁고 창백한 이마에는 당혹한 듯한 주름이 잡혀 있었다.

"왜 그러는 거야, 샘?" 앨은 말했다. 이러면서 자신이 내심 긴장하는 것을 자각했다. 또 뭔가 일어날 것이라는 예감이 있었기 때문이다.

"50센트 동전에는 월트 디즈니 얼굴이 새겨져 있는 거 아니었어요?" 새미가 말했다.

"디즈니였지. 그보다 오래된 동전의 경우는 피델 카스트로였고. 이리 줘봐."

"또 못 쓰는 옛 동전이 나온 거군요." 새미가 50센트 동전을 앨에게 건네주려고 다가오자 팻 콘리가 말했다.

"아냐." 앨은 동전을 훑어보며 말했다. "이건 작년에 나온 거야. 그러니까 날짜는 정상이고, 쓰는 데에도 아무런 문제가 없어. 전 세계의 어떤 기계에도 통용될 거야. 저 TV세트도 마찬가지지."

"그럼 뭐가 문제라는 거죠?" 이디 돈이 머뭇거리며 물었다.

"샘이 말한 바로 그거야." 앨은 대답했다. "엉뚱한 얼굴이 찍혀 있어." 그는 일어서서 이디가 앉은 곳으로 가 그녀의 축축한 손바닥 위에 동전을 올려놓았다. "그게 누구 얼굴로 보여?"

잠시 후 이디는 말했다. "글쎄— 잘 모르겠어요."

"아니, 알고 있을걸." 앨은 말했다.

"그래요." 이디는 대답을 강요받은 것이 마음에 들지 않는 듯 날카로운 어조로 대꾸했다. 그녀는 혐오스럽다는 듯이 몸을 부르르 떨며 앨에게 동전을 돌려주었다.

"런시터의 얼굴이야." 앨은 커다란 탁자 주위에 둘러앉은 사람들 모두를 향해 말했다.

잠시 후 티피 잭슨이 말했다. "그럼 그것도 목록에 추가해." 들릴락 말락 한 목소리였다.

"내가 보기엔 두 가지 작용이 진행 중인 것 같아요." 잠시 후 앨이 다시 자리에 앉아 목록에 추가 사항을 적기 시작했을 때 팻이 말했다. "하나는 쇠퇴 작용. 그건 명백해 보여요. 모두 같은 의견이고."

앨은 고개를 들고 팻에게 말했다. "다른 하나는 뭔데?"

"확실하지는 않아요." 팻은 잠시 주저했다. "뭔가 런시터와 관련된 거라는 생각도 드네요. 다들 가지고 있는 동전을 확인해보는 편이 나을 것 같아요. 지폐도. 좀 생각할 시간을 줘요."

탁자 주위에 앉아 있던 사람들은 차례로 지갑이나 핸드백을 열거나 호주머니를 뒤지기 시작했다.

"5포스크레드 지폐 한 장이 있네요." 존 일드가 말했다. "강판 인쇄된 런시터 사장님의 멋진 초상화가 박혀 있어요. 나머지는—" 그는 손에 쥔 것들을 한참 바라보았다. "정상이에요. 아무 이상도 없어요. 이 5포스크레드 지폐를 보여드릴까요, 해먼드 씨?"

앨은 말했다. "나도 같은 게 두 장 있어. 이미. 또 누가 이런 걸 갖고 있지?" 그는 탁자 주위를 둘러보았다. 여섯 명이 손을 들었다. "우리 중 여덟 명이 액수의 차이는 있지만 런시터 화폐라고나 불러야 할 물건을 갖고 있다는 얘기로군. 아마 오늘 중에는 소지한 돈 모두가 런시터 화폐로 바뀔지도 몰라. 이틀쯤 걸릴 수도 있겠지만. 하여튼 간에 런시터 화폐는 쓸 수 있어. 기계나 전기제품을 움직일 수도 있고, 청구된 금액을 지불할 수도 있어."

"안 그럴지도 몰라." 돈 데니가 말했다. "그렇게 단언하는 근거가 뭔데? 자네가 런시터 화폐라고 부르는 이 물건 말인데—" 그는 손에 든 지폐를 툭툭 쳤다. "은행이 이걸 정상 화폐로 받아들이리라는 보장이 있어? 법정통화가 아니잖아. 정부는 이런 걸 발권한 적이 없어. 이건 장난감 돈이나 마찬가지라고.

진짜가 아냐."

"그래." 앨은 온화한 어조로 말했다. "진짜가 아닐지도 모르지. 은행이 안 받아들일 수도 있어. 하지만 진짜 문제는 그게 아냐."

"진짜 문제는 이거겠죠." 팻 콘리가 말했다. "이 두 번째 작용, 런시터의 시현示顯이라고 할 만한 현상이 무엇으로 이루어져 있는가?"

"'런시터의 시현'이 맞아." 돈 데니는 고개를 끄덕였다. "그게 쇠퇴와 함께 진행 중인 두 번째 작용이야. 동전 일부는 폐지되어 더 이상 쓰이지 않는 돈이 되어버렸지만, 다른 돈은 런시터의 초상화나 상반신이 인쇄된 걸로 바뀌었지. 내가 무슨 생각을 하고 있는지 얘기해줄까? 난 이 두 작용이 서로 반대 방향을 향해 움직이고 있다고 생각해. 하나는 멀어져가는 작용이야. 더 이상 존재하지 않게 되는 과정이랄까. 그게 첫 번째 작용이지. 두 번째 작용은 그와는 반대로 존재하게 되는 과정이지. 단 예전에는 결코 존재하지 않았던 것으로 바뀌긴 하지만."

"소망 충족." 이디 돈이 작게 말했다.

"뭐라고?" 앨이 말했다.

"혹시 이런 일들은 런시터가 원했던 것이 아닌가 하는 생각이 들어서 말이에요." 이디가 말했다. "법정화폐― 동전이든 지폐든 모든 돈에 자기 초상이 들어가는 걸 원했는지도 몰라요. 실로 장대한 희망이죠."

티토 애포스터스가 말했다. "하지만 그 성냥첩은?"

“그건 아니겠네요.” 이디는 동의했다. “별로 장대하지가 않잖아요.”

“우리 회사는 예전부터 종이성냥첩에 광고를 내왔어.” 돈 데니가 말했다. “TV나 전송신문, 잡지 광고와 함께 말이야. 광고 우편물도 보냈지. 홍보부가 그 분야를 싸잡아 관할했어. 평소 런시터는 홍보나 광고 쪽에는 영 관심이 없었으니까. 성냥첩 광고 따위에는 물론 신경도 안 썼지. 만약 이게 런시터의 정신이 시현한 예라고 한다면, 돈이나 성냥보다는 TV에 얼굴을 내미는 편이 더 자연스럽지 않을까.”

“실제로 TV에 나오고 있는지도 모르겠군.” 앨이 말했다.

“맞아요.” 팻 콘리가 말했다. “확인해보면 어때요? 지금까지는 모두 TV를 볼 여유가 없었잖아요.”

“새미.” 앨은 다시 새미에게 50센트 동전을 건네며 말했다. “가서 TV를 켜봐.”

새미가 TV의 슬롯에 동전을 집어넣고 옆으로 물러서서 튜너 손잡이를 이리저리 돌리자 이디가 말했다. “뭔가 무섭다는 생각이 들어.”

회의실 문이 열렸다. 조 칩이 그곳에 서 있었다. 앨은 그의 표정을 보았다.

“TV를 꺼.” 앨은 이렇게 지시하고 자리에서 일어났다. 그가 조를 향해 걸어가는 광경을 방 안에 있는 모두가 주시했다. “무슨 일이 일어났지, 조?” 앨은 대답을 기다렸다. 조는 아무 말도 하지 않았다. “자네 왜 그러나?”

"로켓선을 전세 내서 돌아왔어." 조는 쉰 목소리로 말했다.

"웬디하고 같이?"

조는 말했다. "옥상에 착륙해 있으니까 거기 가서 수표로 요금을 지불해줘. 난 돈이 모자라서."

앨은 월터 W. 웨일스에게 물었다. "고문 변호사 권한으로 경비를 내줄 수 있습니까?"

"그런 일이라면 가능하네. 내가 가서 내고 오지." 웨일스는 서류가방을 들고 회의실에서 나갔다.

조는 여전히 문간에 선 채로 침묵했다. 취리히에서 헤어진 이래 백 살은 족히 나이를 먹어버린 것처럼 보였다. "내 방으로 와." 조는 회의용 탁자에 등을 돌렸다가 눈을 깜박이며 주저했다. "아니— 굳이 자네에게 보여줄 필요는 없겠군. 내가 웬디를 발견했을 때 모라토리엄에서 온 사내도 함께 있었어. 손쓸 방도가 없다더군. 너무 긴 시간이 흘러버렸다나. 몇 년씩이나."

"몇 년이라니?" 앨은 오싹한 기분을 느꼈다.

조가 말했다. "일단 내 방으로 가자고." 그는 회의실 밖 복도로 앨을 데리고 나가서 엘리베이터로 걸어갔다. "돌아오는 길에 선내에 비치된 진정제를 먹었어. 그것도 요금에 포함시켰지. 사실 그러고 나니 기분이 훨씬 나아진 것 같아. 아무 감정도 못 느끼는 상태랄까. 진정제 탓일 거야. 그 효과가 사라지면 다시 느끼게 되겠지."

엘리베이터가 도착했다. 두 사내는 안으로 들어가서 엘리베이터를 하강시켰다. 조의 사무실이 있는 3층에 도착할 때까지 두 사람 모두 입을 열지 않았다.

"안 보는 게 낫다고 생각해." 조는 방문의 자물쇠를 열고 앨을 들여보냈다. "자네에게 달렸어. 내가 견딜 수 있었으니, 아마 자네도 그럴 수 있겠지." 조는 천장 조명을 켰다.

잠시 후 앨이 말했다. "하느님 맙소사."

"열지는 마." 조가 말했다.

"열어볼 생각은 없어. 오늘 아침이야, 아니면 어젯밤이야?"

"어젯밤, 그것도 내 방에 도달하기도 전이었던 게 틀림없어. 우리는—나하고 모라토리엄 경영주는—복도에서 옷 조각 몇 개를 발견했어. 내 호텔방까지 이어지는 복도에서 말이야. 하지만 웬디가 1층 로비를 가로지를 무렵에는 말짱했거나, 아니면 그에 가까운 상태였던 것 같아. 하여튼 간에, 뭔가 잘못되었다는 걸 감지한 사람은 아무도 없었어. 그렇게 규모가 큰 호텔에서는 언제나 건물을 감시하고 있는 사람이 있을 텐데도 말이야. 웬디가 그럭저럭 내 방까지 올 수 있었다는 사실을 보면—"

"응. 그걸 감안하면 적어도 자기 힘으로 걸을 수는 있었다는 얘기가 되겠군. 하여튼 그랬을 개연성이 높아 보여."

조는 말했다. "난 남은 우리 생각을 하고 있어."

"어떤 생각을?"

"우리에게도 일어날 수 있지 않은가 하는 생각. 똑같은 일이."

"어떻게 그런 일이 가능하다는 거지?"

"웬디가 왜 이렇게 됐다고 생각해? 그 폭발 때문이야. 우리도 그런 식으로 죽어갈 거야. 한 사람씩. 아무도 남지 않을 때까지. 각자가 무게 5킬로그램의 피부와 머리카락 덩어리로 쪼그라들어서, 바싹 말라붙은 뼛조각 몇 개하고 함께 비닐봉지에 담길 때까지.”

“알았네.” 앨은 말했다. “급속한 쇠퇴를 불러오는 모종의 힘이 작용하고 있어. 달에서 그 폭탄이 폭발한 이래―또는 그 폭발을 계기로―계속 작용하고 있어. 그건 우리도 이미 알고 있네. 그리고 그와는 반대 방향으로 작용하는 또 하나의 힘 내지는 대항력이 존재한다는 것도 알아. 아니, 그런 기분이 든다는 쪽이 더 정확할지도 모르겠군. 런시터와 관계된 무엇인가야. 우리가 가진 돈에 런시터의 초상이 나타나고 있어. 종이성냥첩에도―”

“영상전화에도 나왔어.” 조는 말했다. “내 호텔방에서.”

“거기 나왔다고? 어떻게?”

“잘 모르겠어. 그냥 나타났을 뿐이야. 화면은 아냐. 영상은 꺼져 있었어. 단지 목소리가 들려왔던 거야.”

“뭐라고 했는데?”

“딱히 구체적인 얘긴 안 하더군.”

앨은 찬찬히 조의 얼굴을 훑어보았다. “런시터는 자네 목소리를 들었어?” 이윽고 그가 물었다.

“아니. 이쪽에서 말을 걸어보았지만, 완전한 일방통행이었어. 내 귀에는 들렸어. 단지 그뿐이야.”

“그래서 자네한테 연락이 안 됐던 거로군.”

"맞아." 조는 고개를 끄덕였다.

"자네가 회의실로 왔을 때 우린 TV를 켜려던 참이었어. 신문에는 런시터가 죽었다는 얘기가 전혀 실리지 않은 건 알지? 도대체 어떻게 이런 일이 있을 수 있는지." 앨은 조 칩의 모습이 마음에 들지 않았다. 늙고, 자그마하고, 녹초가 된 모습. 저런 식으로 시작되는 것일까? 무슨 수를 써서라도 런시터와 접촉해야 해. 그는 다짐했다. 단지 런시터의 목소리를 듣는 것만으로는 충분하지 않아. 그쪽에서도 우리하고 접촉하려고 한다는 건 명백하지만—

살아남고 싶거든 우리는 반드시 런시터와 접촉해야 해.

조가 말했다. "TV에서 런시터 얼굴을 본다고 해도 우리한텐 아무 소용이 없어. 보나마나 전화에서 내가 그의 목소리를 들었을 때와 똑같은 꼴이 날걸. 우리가 그쪽으로 연락할 수 있는 방법을 그쪽에서 알려준다면 얘기가 달라지지만. 아마 그래줄지도 모르겠군. 우리 상황을 알고 있을지도 모르니. 런시터는 정확히 무슨 일이 일어났는지를 알아차렸을 수도 있어."

"자기한테 무슨 일이 일어났는지부터 알아차려야 하지 않을까. 우리는 그걸 모르지만." 어떤 의미에서는 런시터는 살아 있을지도 몰라, 하고 앨은 생각했다. 모라토리엄은 그를 부활시키지 못했지만. 의뢰인이 워낙 거물인 고로 모라토리엄 경영주도 최선을 다했을 것이다. "폰 포겔장은 전화에서 런시터 목소리가 흘러나오는 걸 들었어?" 그는 조에게 물었다.

"시도는 했지. 하지만 돌아온 건 침묵이었고, 다음엔 먼 잡음

밖에는 안 들렸어. 나도 옆에서 들었어. 무無였어. 완전무결한 무. 정말이지 묘한 소리더군."

"마음에 안 드는군." 앨이 말했다. 이유는 그도 알 수 없었다. "폰 포겔장도 런시터의 목소리를 들었다면 그나마 맘이 편했을 텐데. 그럼 적어도 그 목소리가 존재했으며 자네가 환청을 들은 게 아니라는 증거가 되니까." 아니, 그건 조뿐만 아니라 우리 모두에게 해당하는 일이다. 종이성냥의 경우와 마찬가지로.

그러나 지금까지 일어난 일들 중 일부는 절대로 환각이 아니었다. 기계들은 예의 폐지된 동전을 받기를 거부하지 않았는가— 물리적인 속성에만 반응하도록 만들어진 객관적인 기계들이 말이다. 그 경우에는 아무런 심리적 인자도 작용하고 있지 않았다. 기계에게는 상상력이 없으므로.

"난 잠시 이 건물을 떠나 있겠어." 앨이 말했다. "어떤 도시나 소도시라도 좋으니까, 머릿속에 아무거나 하나 떠올려봐. 우리와는 아무 관련도 없고, 갈 일도 없고 한 번도 간 적이 없는 곳으로 말이야."

"볼티모어." 조가 말했다.

"알았어. 그럼 난 볼티모어로 갈게. 아무 가게나 골라 들어가서, 거기서 런시터 화폐를 받는지 알아볼게."

"내가 피울 담배도 좀 사 와." 조가 말했다.

"오케이. 담배도 사 올게. 볼티모어에서 아무 가게에나 들어가 거기서 파는 담배가 영향을 받았는지 안 받았는지를 알아보겠어. 다른 상품들도 체크해봐야겠군. 무작위로 샘플을 골라서 말이야. 자네도 나와 함께 가겠나? 아니면 위층으로 올라가서 모두에게 웬디 소식을 전해주겠어?"

조는 말했다. "자네와 함께 가겠네."

"웬디 얘기는 아예 안 알리는 편이 나을지도 모르겠군."

"아니, 알려야 한다고 생각해." 조는 말했다. "어차피 또 일어날 일이니. 우리가 돌아오기 전에 일어날지도 모르잖아. 지금 이 순간에 일어나고 있을 수도 있어."

"그럼 가능한 한 빨리 볼티모어에 갔다 오는 편이 낫겠군." 앨은 이렇게 말하고 사무실 밖으로 걸어 나갔다. 조 칩도 그 뒤를 따랐다.

09

제 머리카락은 너무 건성이라서 두 손 다 들었어요. 저 같은 젊은 여자 머리가 이러면 어떻게 해야 할까요? 크림처럼 부드러운 유빅 헤어 컨디셔너를 머리에 문지르기만 하면 됩니다. 닷새만 지나면 머릿결이 놀랄 정도로 건강해지고 윤기가 되살아납니다. 유빅 헤어스프레이는 사용상의 주의를 지킨다면 절대 안전합니다.

두 사람은 볼티모어 교외에 있는 '럭키피플 슈퍼마켓'을 골랐다.

계산대에서 앨은 컴퓨터화된 자율제어식 현금출납기에 대고 말했다. "폴몰 한 갑."

"윙즈가 더 싸." 조가 말했다.

앨은 짜증스럽다는 듯 대꾸했다. "윙즈는 생산이 중지됐잖아. 훨씬 전부터."

"아직도 생산하지만 광고를 하지 않을 뿐이야." 조는 반박했다. "그건 아무 허풍도 떨지 않는 좋은 담배라고." 그러고는 현금출납기에게 말했다. "폴몰 말고 윙즈를 줘."

판매기 안에서 담뱃갑 하나가 판매대 위로 미끄러져 나왔다. "95센트입니다." 출납기가 말했다.

"10포스크레드 지폐야." 앨이 지폐를 현금출납기에 넣자 내부 장치가 윙윙거리며 지폐를 검사했다. "잔돈입니다, 손님." 현금출납기는 이렇게 말하고 앨 앞에 차곡차곡 쌓인 동전들과 지폐를 뱉어놓았다. "이제 앞으로 가셔도 됩니다."

그럼 런시터 화폐는 통용된다는 얘기군. 앨은 속으로 중얼거리며 조와 함께 다음 손님에게 자리를 양보했다. 블루베리색 직물 코트를 입고 로프로 짠 멕시코풍의 쇼핑백을 든 몸집이 큰 노파였다. 앨은 신중하게 담뱃갑을 뜯었다.

담배는 그가 손으로 집자마자 부스러졌다.

"이게 폴몰이었다면 뭔가를 증명할 수 있었을 텐데." 앨은 말했다. "다시 줄을 서서 사와야겠어." 그리고 이 말을 실행에 옮기려다가— 거무스름한 코트를 입은 몸집 큰 노파가 자율제어식 현금출납기와 격한 말싸움을 벌이고 있음을 깨달았다.

"집으로 가지고 가서 보니 죽어 있었다고." 노파는 새된 목소리로 주장했다. "자, 환불해줘." 그녀는 계산대 위에 화분을 내려놓았다. 앨은 화분 안에 바싹 말라붙은, 진달래처럼 보이는 식물이 있는 것을 보았다. 거의 말라 죽은 탓에 별다른 특징을 찾아볼 수 없었다.

"환불해드릴 수는 없습니다." 현금출납기가 대답했다. "본 점포에서 판매되는 식물류에는 아무런 보증도 포함되어 있지 않습니다. '구입자 책임'이라는 것이 본 점포의 규칙입니다. 자, 앞으로 가주십시오."

"그리고 여기 뉴스 가판대에서 산《새터데이 이브닝 포스트》말인데," 노파는 말했다. "날짜를 보니 1년도 더 됐더군. 도대체 여긴 어떻게 된 거야? 게다가 화성산 나무벌레 냉동식품도—"

"다음 손님." 현금출납기는 노파를 무시하고 말했다.

앨은 줄에서 나왔다. 점포 안을 잠시 돌아다니다가 담배가 든 판지 상자가 쌓여 있는 곳으로 왔다. 온갖 브랜드의 담배가 2미터 반 이상 높이까지 빼곡히 쌓여 있었다. "뭘로 할까?" 그는 조에게 물었다.

"도미노. 윙즈하고 가격이 같아."

"작작 해둬. 그렇게 싸구려만 찾지 말고 윈스턴이나 쿨 같은 걸로 하면 어디 덧나나." 앨은 판지 상자 하나를 잡아 뺐다. "이건 비어 있군." 그는 상자를 흔들어보았다. "무게로 알 수 있어." 그러나 상자 안에서 뭐가 굴러다니는 소리가 났다. 거의 무게가 없고 크기가 작은 무언가였다. 앨은 상자를 뜯고 안을 들여다보았다.

종이쪽지에 휘갈겨 쓴 메모였다. 그나 조에게는 익숙한 필적이었다. 그는 쪽지를 꺼내서 조와 함께 읽었다.

자네들과 연락을 취하는 것이 급선무야. 상황은 심각하고, 앞으로도 시간이 흐를수록 악화될 게 뻔해. 몇 가지 가설이 있는데, 그걸 자네들과 의논하고 싶네. 하여튼 절망하지는 말게. 웬디 라이트 일은 유감이야. 그와 관련해서는 최대한 손을 써보았지만 어쩔 수가 없었네.

G.R.

앨은 말했다. "역시 웬디 일을 알고 있군. 흐음, 그렇다면 남은 우리에게는 그런 일이 안 일어날 거라는 뜻일지도 몰라."

"임의로 고른 도시에서," 조가 말했다. "임의로 고른 가게에 들어가서 임의로 골라낸 담배 상자 안에서 글렌 런시터가 우리에게 보낸 메모를 발견했다, 이건가. 다른 상자들은 어떨까? 같은 메모가 또 들어 있을까?" 조는 L&M 담배가 든 판지 상자를 꺼내서 흔들어본 다음 뜯었다. 일렬로 열 갑, 그 밑에 또 열 갑이 있었다. 완전히 정상이었다. 아니, 그럴까? 앨은 자문하고 판지 상자에서 담뱃갑 하나를 꺼냈다. "보기에도 멀쩡하잖아." 조는 이렇게 말하고 상자 더미 한복판에서 또 다른 상자를 꺼내보았다. "이것도 가득 차 있어." 그는 상자를 열어보는 대신 다른 상자에 손을 뻗쳤다. 그리고 또 다른 상자에. 모두 담뱃갑이 가득 차 있었다.

그리고 앨이 꺼내 든 담배는 모두 손가락 사이에서 부스러졌다.

"우리가 여기 온다는 걸 런시터는 어떻게 알고 있었던 걸까."

194

앨이 말했다. "게다가 우리가 바로 이 담배 상자를 뜯어보리라는 걸." 아귀가 맞지 않는다. 그러나 여기서도 두 가지의 서로 길항하는 힘이 작용하고 있는 것은 확실했다. 퇴화 대 런시터의 승부로군, 하고 앨은 생각했다. 전 세계에서 그런 일이 벌어지고 있어. 어쩌면 전 우주일지도. 혹시 해까지 사라져버릴지도 몰라. 그럼 글렌 런시터는 그걸 대체하는 해를 하늘에 띄워놓겠지. 그럴 수 있다면.

맞아. 문제는 바로 그거야. 런시터는 도대체 어느 정도까지 힘을 미칠 수 있을까?

바꿔 말해서 — 퇴화 작용은 도대체 어디까지 계속되는 것일까?

"다른 걸 시도해보자고." 앨은 이렇게 말하고 통조림과 포장된 상품과 상자 따위가 놓인 진열대 옆을 지나 가전제품 매장에 이르렀다. 그곳에서 그는 충동적으로 고가의 독일제 테이프 녹음기를 집어 들었다. "이건 멀쩡해 보여." 그는 뒤를 따라온 조에게 말하고 아직 포장되어 있는 상태의 두 번째 녹음기를 집어 들었다. "이걸 사서 뉴욕으로 가져가자고."

"여기서 포장을 뜯어보지 않을 거야?" 조가 말했다. "사기 전에 시험도 안 해보고?"

"뭐가 나올지는 이미 감이 오지 않나. 여기서 시험해볼 수도 없는 노릇이고." 그는 테이프 녹음기를 가지고 계산대 쪽으로 갔다.

　뉴욕의 런시터 본사 건물로 돌아온 그들은 사내의 정비실로 그것을 가지고 갔다.

　15분 뒤에 녹음기를 분해해본 주임 정비기사가 보고했다. "테이프 주행 장치의 가동 부품이 모두 마모되어 있어. 고무로 된 구동륜은 여기저기 납작해져 있고. 고속 감기나 되감기용 브레이크는 없는 거나 마찬가지야. 이걸 고쳐 쓰려면 내부를 완전히 청소하고 윤활유를 넣어야 해. 정말이지 마르고 닳도록 썼더구먼— 사실, 완전히 분해해서 정비할 필요가 있어. 구동 벨트도 새 걸로 바꾸고."

　앨은 말했다. "오랫동안 쓴 거라고?"

　"그래 보여. 언제부터 쓰던 건데?"

　"오늘 새로 사온 걸세." 앨은 말했다.

　"그건 말도 안 돼." 주임 기사가 말했다. "정말 오늘 새로 산 거라면, 그건—"

　"우리가 뭘 샀는지는 잘 알아." 앨은 말했다. "포장을 열기 전부터 알고 있었지." 그러고는 조에게 말했다. "신품의 테이프 녹음기를 샀는데 실은 완전한 고물이었어. 지불한 돈은 엉터리였지만 점포 쪽에서는 그걸 받아들였고. 무가치한 돈으로 무가치한 상품을 산 꼴이군. 어느 정도 수지는 맞는다고 해야 하나."

　"오늘은 정말이지 일진이 사납군." 주임 기사가 말했다. "오늘 아침에 일어나 보니 집에서 기르는 앵무새가 죽어 있었어."

　"뭣 때문에 죽었는데?" 조가 물었다.

"몰라. 그냥 죽어 있었어. 판자처럼 딱딱하게 굳어 있더군." 주임 기사는 앨을 향해 뼈마디가 튀어나온 손가락을 흔들어 보였다. "이 테이프 녹음기에 관해서 자네가 모르고 있던 사실을 하나 얘기해주지. 이건 보통 고물이 아니라 40년 전의 골동품이야. 고무제 구동륜이나 벨트식 구동 장치 따위는 이제 쓰이지 않는다네. 부품도 직접 손으로 만들지 않는 이상 손에 넣을 방법이 없어. 그렇게까지 할 가치는 없네. 이건 아무 쓸모도 없는 고물에 불과해. 그냥 버리라고."

"그랬었군. 몰랐어." 앨은 조와 함께 수리실 밖의 복도로 나왔다. "이제는 퇴화와는 다른 무엇인가가 등장했군. 이건 전혀 다른 문제야. 게다가 이제부터는 어디를 가든 먹을 수 있는 음식을 찾기가 어려워질 거야. 어떤 종류의 식품이든 말이야. 슈퍼마켓에서 파는 식품이 그 정도로 오래된 거라면 먹을 수 있는 게 남아날 리가 없잖아?"

"통조림이라면 괜찮을지도 몰라." 조는 말했다. "볼티모어의 그 슈퍼마켓에는 통조림이 잔뜩 쌓여 있었어."

"이제는 왜 그랬던 건지 이해가 되는군." 앨은 말했다. "40년 전의 슈퍼마켓에서는 냉동식품보다는 통조림을 훨씬 더 많이 팔았어. 결국은 그게 우리의 유일한 식량원이 될지도 모르겠군. 자네 말이 맞아." 그는 곰곰이 생각했다. "하지만 단 하루만에 2년에서 40년으로 건너뛰어버렸잖아. 내일 이맘때면 백 년은 지나 있을지도 몰라. 제조되고 나서 백 년이 지나면 그 어떤 식품도 먹을 수 없어. 포장됐든, 통조림이든, 뭐든 간에."

"중국의 피단皮蛋 요리라도 먹지 않는 한은 말이지." 조가 말했다. "땅에 묻는 천년알인가 뭔가 하는 그거."

"게다가 우리만이 아냐." 앨이 말했다. "볼티모어에서 본 그 노파 생각나지? 그 노파가 산 것도 영향을 받았어. 진달래 화분 말이야." 달에서 폭탄 하나가 터졌을 뿐인데 전 세계가 아사할 위험에 처하는 것일까? 앨은 자문했다. 왜 우리뿐만 아니라 다른 사람들까지 말려든 걸까?

조는 말했다. "저기―"

"잠깐 입 다물고 있어." 앨은 말했다. "뭔가 떠오르려고 해. 볼티모어는 우리가 거기 갔을 때만 존재했던 건지도 몰라. '럭키 피플 슈퍼마켓'도 마찬가지야. 우리가 거길 떠나자마자 홀연히 사라져버렸을 수도 있어. 결국 실제로 이런 경험을 하고 있는 건 달에 있었던 우리들뿐일 가능성도 있어."

"일고의 가치도, 의미도 없는 철학적인 문제일 뿐이야." 조가 말했다. "어느 쪽이 사실이든 간에 그걸 증명하는 건 불가능하다고."

앨은 신랄하게 맞받아쳤다. "블루베리색 직물 코트를 입고 있던 그 노친네한테는 중요한 일이었을걸. 다른 인간들에게도 말이야."

"저기 주임 기사가 오는데." 조가 말했다.

"방금 테이프 녹음기에 딸린 사용 설명서를 읽어봤어." 주임 기사는 대뜸 말하고 앨에게 얇은 책자를 내밀었다. 복잡한 표정이었다. "읽어보라고." 그러더니 느닷없이 사용서를 휙 낚아

채더니 말했다. "아니, 읽는 수고를 내가 덜어줄게. 여기 마지막 페이지를 봐. 누가 그 빌어먹을 녹음기를 만들었고, 공장에서 수리를 받으려면 어디로 보내야 하는지 나와 있어."

"'제조사―런시터, 취리히.'" 앨은 소리 내어 읽었다. "그리고 북미 연맹의 고객 서비스 센터는― 디모인에 있군. 성냥첩에 나와 있던 광고처럼." 앨은 조에게 설명서를 건네고 말했다. "디모인으로 가자고. 이 설명서는 두 장소를 잇는 첫 번째 실마리야." 하필 왜 디모인인 것일까. 그는 이렇게 자문하고, 조에게 물었다. "런시터가 생전에 디모인과 도대체 어떤 관계가 있었는지 하나라도 생각나는 게 있어?"

조는 말했다. "런시터는 거기서 태어났어. 태어나고 15년 동안은 거기서 살았지. 이따금 그런 얘기를 하곤 했어."

"그럼 죽은 뒤에 고향으로 돌아간 거로군. 어떤 식으로든." 앨은 생각했다. 런시터는 취리히에 있고, 또 디모인에도 있어. 취리히에서는 뇌 대사 작용을 희미하게나마 유지하고 있지. 반생 상태의 육체를 '사랑하는 동포를 위한 모라토리엄'에 냉동보존하는 방법으로 말이야. 하지만 여전히 연락을 취할 수가 없어. 디모인에서는 아무런 물질적 실체도 존재하지 않지만, 거기서는 그와 접촉하는 게 가능한 것처럼 보여― 사실, 이런 설명서 같은 보조 수단을 통해서 이미 연락이 닿았지. 적어도 일방통행으로나마, 런시터 쪽에서 우리 쪽을 향해서는 말이야. 그리고 그러는 동안에도 우리의 세계는 쇠퇴의 길을 걸으면서 자기 자신을 향해 퇴행하고, 과거에 존재했던 현실의 양상을 잇달아 표면화시키고 있어. 이번 주말쯤에 잠에서 깨어 보면 고색창연한 시내 전차가 덜컹거리면서 5번가를 달리고 있을지도 모르겠군. 트롤리[電車] 다저스. 그는 이 단어를 머리에 떠올리고 그것이 무슨 뜻인지 의아해했다. 지금은 이미 쓰이지 않는 용어가 과거로부터 부활한 것이었다. 흐릿하고 먼 곳에서 발산된 이것이 그의 마음속에서 현재의 현실을 상쇄하고 있었다. 이런 식의 모호한 자각은, 여전히 주관적인 것임에도 불구하고 그를 불안하게 만들었다. 방금 전까지만 해도 전혀 몰랐던 이 존재는 이미 무시무시할 정도의 현실성을 띠기 시작했다. "트롤리 다저스." 그는 큰 소리로 말했다. 적어도 백 년 전에나 존재했던 것이다. 이 단어는 강박관념처럼 그의 의식에 박힌 채로 꿈쩍도 하지 않았다. 떨쳐낼 수가 없었다.

"자네가 어떻게 그걸 아나?" 주임 기사가 물었다. "그런 걸 아는 사람이 우리 회사에 있을 리가 없는데. 그건 브루클린 다저스의 옛 이름이야." 그는 미심쩍은 눈으로 앨을 보았다.

조가 말했다. "위층으로 돌아가는 편이 낫겠어. 다들 무사한지 확인해보자고. 우리가 디모인으로 떠나기 전에."

"빨리 디모인을 향해 출발하지 않으면," 앨이 말했다. "하루 종일, 아니, 경우에 따라서는 이틀을 꼬박 가야 할지도 몰라." 교통수단도 퇴화할 테니까 말이다. 로켓 추진선에서 제트기로, 제트기에서 피스톤 엔진식 프로펠러 비행기로, 그다음에는 석탄을 연료로 쓰는 증기기관차로, 말이 끄는 마차로— 아니, 그렇게까지 퇴행하지는 않을 거야. 그는 자문자답했다. 하지만 현

실적으로 지금 우리 손에 고무 구동륜하고 벨트를 쓰는 40년
이나 된 테이프 녹음기가 들려 있잖아. 정말로 그렇게 될지도
몰라.

그와 조는 잰걸음으로 엘리베이터를 향해 갔다. 조가 단추를
눌렀다. 두 사람 모두 신경이 곤두서 있는 탓에 아무 말도 하지
않았고, 단지 자기 마음속의 생각에만 침잠해 있었다.

엘리베이터가 덜컹거리며 도착했다. 시끄러운 소리를 듣고
앨은 묵상默想에서 깨어났다. 그는 반사적으로 철제의 신축식
안전 창살문을 옆으로 밀쳤다.

그러고는 자신이 반들반들하게 연마된 놋쇠 부품으로 장식
되고 한 줄의 케이블에 매달린 개방식 승강기를 마주 보고 있
다는 사실을 깨달았다. 제복 차림의 흐릿한 눈을 한 조작원이
스툴에 앉아서 핸들을 조작하고 있었다. 사내는 무관심한 표정
으로 그들을 응시했다. 그러나 앨이 느낀 감정은 무관심이 아
니었다.

"타지 마." 앨은 조를 제지하며 말했다. "저걸 보고 생각해.
우리가 오늘 아침에 탔던 엘리베이터를 머리에 떠올려보라고.
유압식에, 완전 밀폐되어 있고, 전자동에 소음도 전혀 없는—"

그는 말을 멈췄다. 낡아빠지고 덜컹거리는 기계가 흐릿해지
더니 그 자리에 눈에 익은 엘리베이터가 다시 출현했기 때문이
다. 그럼에도 불구하고 그는 여전히 또 하나의 구식 엘리베이
터의 존재를 느꼈다. 그와 조가 다른 곳으로 주의를 돌리는 즉
시 앞으로 몰려오려는 듯이, 시야 가장자리에서 어른거리고 있

었다. 돌아오고 싶어 하는군. 그는 깨달았다. 돌아올 작정인 거야. 우리는 일시적으로 그것을 늦출 수 있을 뿐이다. 길어도 몇 시간이야. 퇴행하는 힘이 점점 강해지고 있어. 고색창연한 형태들은 우리가 예상했던 것보다 빨리 우위를 점하는 방향으로 나아가고 있다. 이제는 단 한 번의 흔들림만으로도 백 년을 후퇴하는 상황이야. 우리가 방금 본 엘리베이터는 1세기 전의 유물임이 틀림없어.

그렇지만 우리도 어느 정도는 그것에 대해 지배력을 행사할 수 있는 모양이군. 그는 생각했다. 방금 틀림없는 현대의 엘리베이터를 억지로 부활시키지 않았는가. 만약 우리가 한곳에 모여서, 두 명이 아닌 열두 명의 마음을 합친 존재로서 기능한다면—

"뭘 본 거야?" 조가 말하고 있었다. "도대체 뭘 봤길래 엘리베이터에 들어가지 말라고 했어?"

앨은 말했다. "그 낡은 엘리베이터를 못 봤어? 1910년대에 쓰이던, 놋쇠로 된 새장 모양의 승강기를? 스툴에 조작원이 앉아 있었잖아?"

"못 봤어."

"그럼 아무것도 못 봤다는 거야?"

"이걸 봤지." 조는 손짓했다. "아침에 출근할 때마다 보던 보통 엘리베이터 말이야. 난 평소에 보던 걸 봤고, 지금도 그걸 보고 있어." 그는 엘리베이터로 들어갔고, 몸을 돌려 앨을 마주보았다.

그렇다면 우리 두 사람의 지각에도 차이가 있는 거로군. 앨은 깨달았다. 이 사실은 무엇을 의미하는 것일까.

불길하다. 전혀 마음에 들지 않았다. 음산하고 모호했던 그 경험은 런시터가 죽은 이래 잠재적으로 가장 치명적인 변화인 것처럼 느껴졌다. 조와 그는 더 이상 같은 속도로 퇴행하고 있지 않았다. 앨은 웬디 라이트가 죽기 전에 이것과 완전히 똑같은 경험을 했으리라는 날카로운 직감에 사로잡혔다.

내게 남겨진 시간은 얼마나 되는 것일까.

그러자 그의 내부로 음흉하게 서서히 스며드는 한기가 느껴졌다. 이것은 잘 기억이 나지 않는 과거의 어떤 시점부터 그에게 침투했고— 그뿐 아니라 그를 둘러싼 세계까지 탐색하고 있었다. 이것은 그에게 달에서의 마지막 5분을 떠올리게 했다. 이 한기는 물체의 표면을 열화劣化시키는 식으로 작용한다. 그것에 침식당한 물체는 일그러지고, 부풀어 오르고, 급기야는 식물의 구근을 연상시키는 종기로 변해서 탄식하는 듯한 소리를 내며 툭툭 터졌다. 한기는 무수히 많은 열린 상처 속으로 흘러 들어갔고, 만물의 심장부로, 그들을 살게 하는 핵심으로까지 침입했다. 이제 그의 눈에 비친 것은 삭막한 바위들이 비죽비죽 튀어나와 있는 얼음으로 덮인 황야였다. 현실의 끝자락에 자리 잡은 이 평원을 삭풍이 스치고 지나갔다. 삭풍은 더 두꺼운 얼음으로 응축되었고, 바위들 대부분을 뒤덮었다. 그러자 그의 시야 가장자리에 어둠이 출현했다. 아직은 흘끗 보일 뿐이었지만 말이다.

하지만 이는 나의 관념을 투영한 것에 지나지 않아. 앨은 생
각했다. 바람과 냉기와 어둠과 얼음으로 겹겹이 묻혀버린 것은
실제 우주가 아냐. 이 모든 것은 나의 내부에서 일어나는 일에
불과해. 하지만 마치 밖에서 바라보는 느낌이군. 이상해. 전 세
계가 나의 내부에 있는 것일까? 내 육체에 감싸인 채로? 그런
일은 언제 일어났을까? 이건 죽을 때가 됐다는 징조야. 그는 자
인했다. 내 안의 막연한 불안감, 엔트로피로의 완만한 침하―
이것이야말로 죽음의 과정이고, 내가 보고 있는 얼음은 그 과
정이 완료된 결과이지. 내 목숨이 깜박거리며 사라지면, 전 우
주도 함께 사라지게 돼. 하지만 내가 보아야 할 다채로운 빛깔
들은, 새로운 자궁으로 들어가는 입구들은 어디로 간 걸까? 특
히나, 간음하고 있는 남녀의 흐릿한 붉은빛은 어디 있지? 그리
고 동물적인 탐욕스러움을 상징하는 거무스름한 빛은? 지금 내
게 보이는 거라고는 밀려오는 어둠, 열의 완전한 소멸, 그리고
태양에게 버림받고 차갑게 식어가는 평원뿐이잖아.

이게 정상적인 죽음일 리가 없어. 그는 자신을 향해 말했다.
부자연스러웠기 때문이다. 정상적인 소멸의 타성이 그 위에 겹
쳐진 다른 인자에 의해, 자의적으로 강요된 압력에 의해 대체
된 느낌이다.

혹시 나도 그걸 이해할 수 있을지도 모르겠군. 그는 생각했
다. 잠시 누워서 쉰다면, 생각을 할 수 있는 원기를 회복할지도
모르겠다.

"왜 그래?" 상승 중인 엘리베이터 안에서 조가 말했다.

“아무것도 아냐.” 그는 무뚝뚝하게 대답했다. 남은 사람들은 살아남을지도 모르지만, 난 이제 글렀다.

그와 조는 침묵한 채로 계속해서 위로 올라갔다.

회의실로 들어간 조는 앨이 곁에 없다는 사실을 깨달았다. 몸을 돌리고 복도 쪽을 바라보자 따라오지 않고 우두커니 서 있는 앨의 모습이 눈에 들어왔다. “왜 그러는 거야?” 조는 다시 물었지만 앨은 움직이지 않았다. “자네 괜찮나?” 조는 앨이 있는 곳으로 되돌아가며 물었다.

“피곤해.” 앨은 말했다.

“안색이 안 좋긴 하군.” 조는 깊은 불안감을 느끼며 말했다.

앨이 말했다. “남자 화장실에 갔다 와야겠어. 자넨 가서 다른 친구들과 합류해서 다들 안전한지부터 확인하게나. 나도 곧 가겠어.” 그러고는 멍하니 자리를 뜨려고 했다. 어딘가 혼란을 겪고 있는 듯한 표정이었다. “곧 괜찮아질 거야.” 그는 이렇게 말하고 휘청거리며 복도를 나아가기 시작했다. 마치 눈이 잘 안 보이는 사람처럼.

“함께 가겠네.” 조가 말했다. “자네가 거기까지 가는 걸 봐야겠어.”

“따뜻한 물로 세수를 하면 좀 나아질 거야.” 앨은 남자 화장실의 공짜로 열리는 문 앞으로 가서 조의 도움을 받아 문을 열었고, 안으로 들어갔다. 조는 복도에서 기다리고 있었다. 저 친구 뭔가 이상해. 조는 생각했다. 오래된 엘리베이터를 보고 어떤 내적인 변화를 겪은 거야. 왜 그랬을까.

앨이 나타났다.

"뭐야?" 조는 동료의 얼굴에 떠오른 표정을 보고 말했다.

"이걸 좀 보게." 앨은 조를 남자 화장실로 데리고 들어가서 맞은편 벽을 가리켰다. "낙서야. 자네도 알잖아. 휘갈겨 쓴 글. 남자 화장실에서 언제나 보는 그런 거. 읽어보게."

벽에는 크레용이나 보라색 볼펜 잉크 같은 것으로 이런 글귀가 쓰여 있었다.

소변기로 뛰어들어 물구나무를 서.

난 살아 있네. 자네들은 모두 죽었어.

"저거 런시터의 필적 아냐?" 앨이 물었다. "자넨 알아볼 수 있지?"

"응." 조는 고개를 끄덕였다. "런시터의 필적이 맞아."

"그럼 우린 이제 진실을 알게 된 거군." 앨이 말했다.

"과연 진실일까?"

앨은 말했다. "물론이야. 명백하지 않나."

"정말이지 황당하기 짝이 없는 얘기로군. 하필 남자 화장실 벽에 휘갈긴 글로 그런 소식을 알려주다니." 다른 감정보다도 먼저 솟아오른 것은 쓰디쓴 분노였다.

"낙서라는 건 본디 그런 법이야. 거칠고 직접적이지. TV를 보고, 영상전화기로 통화를 하고, 전송신문을 읽는 정도로는 몇 달이 지나도 알아차리지 못했을 거야. 영영 몰랐을 수도 있지. 저렇게 단도직입적으로 알려주지 않는 이상.”

조는 말했다. “하지만 우린 안 죽었어. 웬디 말고는.”

“우린 지금 반생半生 상태야. 여전히 ‘엉덩방아 Ⅱ’호 안에 있는지도 모르겠군. 아마 지구에서 달로 돌아가는 중일 거야. 그 폭발로 우린 죽었어— 죽은 건 런시터가 아니라, 우리였던 거야. 그래서 런시터는 우리의 영자의 흐름을 포착하려고 노력하고 있어. 지금까지는 성공하지 못했지. 우리 목소리가 그쪽 세계에 닿지 않았으니. 하지만 런시터 쪽에서 불완전하게나마 우리와 접촉하는 데 성공했어. 어디를 가든 런시터가 보낸 전갈이 눈에 띄니까 말이야. 우리가 아무렇게나 고른 장소에서조차도. 런시터의 존재는 모든 방향에서 이 세계로 침입해 들어오고 있어. 오로지 런시터뿐만이야. 왜냐하면 지금 그걸 시도하고 있는 유일한 인물은—”

“문법이 틀렸어.” 조는 앨의 말을 가로막았다. “‘런시터뿐만’이 아니라 ‘런시터뿐’이라고 해야지.”

“몸이 안 좋아.” 앨이 말했다. 그는 세면기의 물을 틀고 세수를 하기 시작했다. 그러나 조는 그것이 온수가 아니라는 사실을 알아차렸다. 물속에서 얼음 조각이 딱딱거리며 깨지는 소리가 들렸기 때문이다. “자넨 회의실로 돌아가 있어. 기분이 좀 나아지면 따라갈게. 나아질지는 모르겠지만.”

“아니, 여기 자네와 함께 있겠네.” 조는 말했다.

“안 돼, 빌어먹을— 당장 여기서 나가!” 앨은 공포에 질린 창백한 얼굴을 하고 남자 화장실 문을 향해 조를 떠밀었다. 조는 복도로 쫓겨났다. "가라고. 가서 모두 괜찮은지 확인해!" 앨은 눈가를 감싸 쥐며 남자 화장실 안으로 뒷걸음질했다. 문이 확 닫히며 웅크린 그의 모습이 시야에서 사라졌다.

조는 망설였다. "알았어. 다른 사람들하고 회의실에 있을게." 그러고 나서 귀를 기울여보았지만 아무 대답도 없었다. "앨?" 하느님 맙소사. 그는 생각했다. 이렇게 끔찍할 수가. 정말이지 이건 보통 일이 아니야. "안 되겠어." 그는 문을 밀치며 말했다. "자네가 괜찮은지부터 똑똑히 확인해야겠어."

낮고 차분한 앨의 목소리가 들렸다. "너무 늦었어, 조. 이쪽을 보지 마." 화장실 내부는 껌껌했다. 앨이 불을 끈 것이 틀림없었다. "날 도우려고 해도 이미 소용없어." 앨은 약하지만 침착한 목소리로 말했다. "우린 다른 사람들하고 떨어져 있지 말았어야 했어. 웬디가 그렇게 된 것도 그 때문이야. 만약 자네가 그 친구들한테 가서 한데 붙어 있으면 적어도 조금은 더 살아 남을 수 있을 거야. 그들한테도 그 얘길 해줘. 똑똑히 이해시키라고. 알겠어?"

조는 전등 스위치로 손을 뻗쳤다.

힘없고 아무 무게도 실려 있지 않은 주먹이 어둠 속에서 조의 손을 때렸다. 조는 전율하며 손을 뺐다. 앨의 펀치의 무기력함에 충격을 받았기 때문이다. 상황을 파악하는 데는 그것만으로도 충분했다. 더 이상 눈으로 볼 필요는 없었다.

"다른 사람들한테 갈게." 조는 말했다. "응. 무슨 얘긴지 알겠어. 그런데 자네, 괴로워?"

침묵. 잠시 후 나른한 목소리가 속삭였다. "아니, 그렇게 괴롭진 않아. 단지—" 목소리가 스러졌다. 또다시 침묵이 흘렀다.

"아마 언젠가 서로 다시 만날 날이 올 거야." 조는 말했다. 이런 말을 하면 안 된다는 것을 알고는 있었다— 자기 입에서 이런 실없고 허튼 말이 흘러나오는 걸 들으니 소름이 끼쳤다. 그러나 그가 지금 할 수 있는 말은 기껏 이 정도였다. "아니, 이렇게 말하는 편이 낫겠군." 그러나 앨이 더 이상 조의 목소리를 듣지 못한다는 사실을 조는 알고 있었다. "빨리 자네가 나았으면 좋겠어. 다른 친구들한테 여기 이 벽에 쓰인 글귀 얘기를 해준 다음에 다시 돌아와볼게. 나 말고는 오지 말라고 얘기할 거야. 왜냐하면—" 조는 말실수를 하지 않으려고 적절한 단어를 찾았다. "자네가 귀찮아하면 안 되니까 말이야." 그는 이렇게 말을 맺었다.

대답은 없었다.

"그럼 잘 있게." 조는 이렇게 말하고 어두운 화장실에서 나와 비틀거리며 복도를 지나 회의실로 돌아갔다. 잠시 멈춰 서서 가쁜 숨을 몰아쉬며 호흡을 가다듬은 다음, 회의실의 문을 밀었다.

반대편 벽에 거치된 TV세트는 세제 광고를 빽빽 내보내고 있었다. 거대한 컬러 입체 화면 속에서는 한 가정주부가 합성 수달피 타월을 자세히 훑어보다가 잘 울리는 새된 목소리로 그것이 자기 집 욕실에는 걸맞지 않은 물건이라고 선언했다. 화

면이 곧 그녀의 욕실을 비췄고— 그 욕실 벽의 낙서에 초점을
맞췄다. 눈에 익은 갈겨쓴 필적으로, 이렇게 쓰여 있었다.

변기 위로 몸을 구부리고 다이빙하라고.
자네들은 모두 죽었어. 나는 살아 있고.

그러나 널찍한 회의실에서 이것을 보고 있는 사람은 단 한
명뿐이었다. 조는 텅 빈 방에 홀로 서 있었다. 다른 사람들은 죄
다 사라지고 없었다.
도대체 어디로 간 걸까. 동료들을 찾아낼 때까지 나는 살아
있을까. 그럴 것 같지는 않았다.

10

혹시 액취증 때문에 수영장에 가는 것을 단념하시지는 않았습니까? 유빅 방취 스프레이나 유빅 방취 도포제를 열흘만 사용하시면 말 못 할 고민을 깨끗이 해결하고 다시 즐거운 생활로 돌아갈 수 있습니다. 안전 위생법에 따른 세심한 주의 사항을 지켜 사용하시면 안전합니다.

텔레비전 아나운서가 말했다. "그럼 다시 짐 헌터의 뉴스로 돌아가겠습니다."

화면에 대머리 뉴스캐스터의 쾌활한 얼굴이 나타났다. "오늘 글렌 런시터는 고향으로 돌아왔지만, 마음이 훈훈해지는 종류의 귀향은 아니었습니다. 지구의 수많은 안심보장 회사들 중에서도 가장 유명한 런시터 어소시에이츠를 비극적인 사건이 엄습한 것은 어제 일이었습니다. 사장인 글렌 런시터 씨는 정확한 위치가 공표되지 않은 달의 어느 지하 시설에서 테러리스트가 설치한 폭발물의 폭발로 치명상을 입었고, 냉동보존 장치로 유해를 이송하기 전에 사망한 것으로 알려졌습니다. 취리히의 '사랑하는 동포를 위한 모라토리엄'에 운반된 런시터 씨를 반생명 상태로 부활시키기 위해 모든 노력이 동원되었지만, 아무 효과도 보지 못했습니다. 관계자들은 더 이상 손쓸 방법이 없다는 사실을 인정하고 시술을 중단했습니다. 고인의 유해는 이제 이곳 디모인으로 운구되었고, 안장일까지 '선한 목자 장례식장'에 안치될 예정입니다."

TV 화면은 고풍스러운 흰색 목조 건물과 그 주위에 몰려든 인파를 비췄다.

디모인으로 시신을 운구하라는 지시를 누가 내렸는지 궁금하군. 조 칩은 생각했다.

"지금 보고 계시는 고인의 마지막 가는 길은," 뉴스캐스터의 목소리가 말했다. "글렌 런시터 부인의 비통하지만 의연한 결정에 따른 것입니다. 글렌 런시터의 아내인 엘라 런시터는 이미 냉동보존 장치 안에 들어가 있고, 원래 계획대로라면 언젠가는 그곳에서 남편과 상봉할 예정이었습니다만, 급거 부활 조치를 받고 비보를 듣게 됐습니다. 오늘 아침 남편의 사망 소식을 접한 런시터 부인은 자신과 정신적으로 융합할 예정이었던 인물이 죽었다는 냉엄한 현실을 인정하고, 그를 반생명 상태로 각성시키려는 뒤늦은 노력을 포기하겠다는 결정을 내렸습니다.” 생전에 촬영된 엘라의 사진이 TV 화면에 잠깐 떠올랐다. “상사를 잃고 슬픔에 잠긴 런시터 어소시에이츠의 사원들은 ‘선한 목자 장례식장’의 영결식장에 모여 고인에게 마지막 조의를 표하고, 고인의 가는 길을 엄숙하게 지킬 수 있도록 최선을 다하고 있습니다.”

스크린이 장례식장의 옥상 이착륙장의 영상을 비췄다. 똑바로 서서 착륙한 한 로켓선의 해치가 열리더니 몇몇 남녀들이 나왔다. 기자들이 마이크를 내밀자 그들은 멈춰 섰다.

“잠깐 질문에 대답해주십시오.” 기자인 듯한 사내의 목소리가 말했다. “글렌 런시터 씨 밑에서 일했다는 사실 외에, 혹시 여러분은 런시터 씨를 개인적으로 잘 알고 있었습니까? 사장으로서가 아니라, 한 사람의 인간으로?”

대낮의 햇빛에 눈이 멀어버린 부엉이처럼 눈을 껌벅이며, 돈 데니는 상대가 내민 마이크를 향해 말했다. “우리 모두 글렌 런시터 씨를 한 인간으로서 알고 지냈습니다. 신뢰할 수 있는 훌륭한 인물이자 시민이었습니다. 이건 저뿐만 아니라 다른 사람들도 같은 의견일 겁니다.”

“런시터 씨 휘하의 사원들— 정확하게는 예전 사원들이 모두 여기에 모였습니까, 데니 씨?”

“대다수가 모였습니다. 뉴욕에서 ‘안심보장 협회’ 회장인 렌니글먼 씨가 글렌 런시터가 사망했다는 소식을 들었다고 연락을 취해왔습니다. 고인의 유해가 디모인으로 운구되는 중이고, 저희도 오는 편이 낫지 않겠느냐는 얘기였습니다. 저희도 그 안에 찬성이었기 때문에, 니글먼 씨가 제공해주신 전용 로켓선을 타고 왔습니다. 저 배입니다." 데니는 방금 동료들과 함께 나온 로켓선을 가리켰다. "취리히의 모라토리엄에서 이곳으로 장지가 변경되었다는 소식을 전해주신 회장님에게는 감사하고 있습니다. 저희 동료들 중 아직 오지 못한 몇 명은 그때 뉴욕 본사에 없었기 때문에 이 자리에 함께하지 못했습니다. 이름을 밝히자면, 불활성자인 앨 해먼드, 웬디 라이트, 그리고 본사의 역장 테스트 기사인 칩 씨입니다. 현재 이 세 사람은 소재가 확실치 않은 상태입니다만, 좀 기다려보면—"

"그렇군요." 마이크를 쥐고 있는 기자가 말했다. "그분들이 위성으로 지구 전체에 나가고 있는 이 방송을 본다면, 고인의 빈소가 있는 이곳 디모인으로 와주실 겁니다. 물론 런시터 씨도, 런시터 부인도 그러길 원한다는 것은 누가 보아도 명백하니까요. 자, 그러면 보도 본부에 있는 짐 헌터에게 마이크를 돌리겠습니다."

짐 헌터가 또다시 화면에 나타나서 말했다. "불활성자들의 무효화 대상이며, 고로 안심보장 회사들의 공격 대상이었던 초능력자 사원들의 지도자인 레이 홀리스는 오늘 내놓은 공식 발표에서, 글렌 런시터가 불의의 죽음을 맞은 것을 애도하며 가능하다면 디모인에서 열릴 장례식에 참석하겠다고 말했습니다. 그러나 '안심보장 협회' 대표인 렌 니글먼은 (전에도 말씀드렸듯이) 홀리스의 참석을 거부할 공산이 큽니다. 이것은 안심보장 기관의 일부 대변인들이 런시터의 사망 소식을 들은 홀리스가 내심 안도하는 기색이 역력했다고 시사한 사실을 고려한 결과로 보입니다." 뉴스캐스터인 헌터는 여기서 말을 멈추고 종이 한 장을 집어 들었다. "그럼, 다음 뉴스를 말씀드리겠습니다―"

조 칩은 TV세트의 조작 페달을 밟았다. 화면이 어두워지고 소리가 스러지면서 다시 정적이 흘렀다.

화장실 벽에 쓰여 있던 낙서하고는 일치하지 않잖아. 조는 곰곰이 생각했다. 결국 런시터는 실제로 죽은 것인지도 모른다. 적어도 TV 관계자들은 그렇게 생각하는 것 같으니까 말이다. 레이 홀리스도 그렇게 생각하고 있다. 렌 니글먼도 마찬가지다. 그들 모두가 런시터는 죽은 것으로 간주하고 있고, 우리가 거기에 반박할 수 있는 근거는 운을 맞춘 두 줄의 낙서밖에는 없지 않은가. 게다가 누가 그걸 썼는지 알 게 뭔가. 앨이 뭐라고 생각하든 말이다.

TV 화면이 다시 켜졌다. 조는 깜짝 놀랐다. 페달 스위치를 밟지도 않았는데. 게다가 멋대로 채널이 바뀌고 있었다. 이런저런 이미지가 휙휙 지나가며 잇달아 나타나더니, 끝으로 하나의 이미지가 남았다. 정체를 알 수 없는 조작자는 그제야 만족한 듯했다.

화면에 떠오른 것은 글렌 런시터의 얼굴이었다.

"나태해진 미각에 진절머리가 납니까?" 런시터는 귀에 익은 걸걸한 목소리로 말했다. "삶은 양배추가 당신의 식단을 점령했습니까? 오븐에 아무리 10센트 동전을 넣어보아도 지겹고 퀴퀴한, 월요일 아침의 냄새가 코를 찌릅니까? 유빅은 그 모두를 바꿔놓을 수 있습니다. 유빅은 음식에 생기를 불어넣고, 본래의 구수한 맛을 끌어내고, 요리의 향을 되살립니다." 화면에 글렌 렌시터의 얼굴 대신 형형색색의 스프레이 캔이 등장했다. "저렴한 가격의 이 유빅 투명 스프레이를 한번 쉭 하고 뿌리는 것만으로, 세계 전체가 굳어버린 우유, 낡아빠진 테이프 녹음기, 시대에 뒤떨어진 새장 모양의 주철 엘리베이터 등으로 바뀌고 그 밖의 아직 눈에 띄지 않는 쇠퇴 현상들을 겪고 있다는 강박적인 두려움이 씻은 듯이 사라집니다. 아시다시피 이런 퇴행형 세계 붕괴는 수많은 반생자들이 겪는 정상적인 경험입니다. 특히 실제 현실과의 유대를 아직도 강고하게 유지하고 있는 초기 단계에서 이런 일은 흔하게 일어납니다. 일종의 미련에 기인한 이 우주는 잔여 전하電荷의 형태로 존속하고, 당사자는 이것을 유사 환경으로서 경험하지만, 이 우주는 극히 불안정하며 그 어떤 에르그*적 하부구조도 이것을 지지하고 있지 않습니다. 특히 복수의 기억계가 융합된 경우 이 경향은 더 현저해집니다. 하지만 오늘날의 새롭고 훨씬 더 강력해진 유빅 덕택에, 이 모든 것이 바뀌었습니다!"

조는 망연자실한 얼굴로 자리에 앉았지만, 두 눈은 TV 화면에 못 박혀 있었다. 만화에 나오는 것 같은 요정이 공중에서 획획 나선을 그리며 여기저기에 유빅을 칙칙 뿌려댔다.

---

* erg. 에너지의 단위.

눈초리가 매섭고 이가 커다랗고 턱이 말만 한 주부가 만화 요정에 이어 나와 쩌렁쩌렁한 목소리로 외쳤다. "내가 유빅을 알게 된 것은 효력도 약하고 시대에 뒤떨어진 현실 증강제를 잔뜩 써본 뒤의 일이었죠. 우리 집 냄비나 프라이팬은 녹이 슬어 아무 쓸모도 없었고, 아파트 마루는 꺼져가고 있었어요. 침실문은 제 남편인 찰리 발에 살짝 닿았을 뿐인데도 구멍이 뻥 뚫리기까지 했죠. 하지만 저렴하고 강력한 최신 유빅을 쓰면서 기적이 일어났어요. 저 냉장고를 보세요." 꼭대기에 포탑 모양의 콘덴서가 달린 G.E. 社의 고색창연한 냉장고가 화면에 나타났다. "보세요, 80년이나 퇴화해버렸어요."

"62년이겠지." 조는 반사적으로 정정했다.

"하지만 이번엔 이걸 보세요." 주부는 이렇게 말하며 포탑형 구식 냉장고에 유빅 스프레이를 뿌렸다. 그러자 마법의 빛이 반짝거리며 구식 냉장고를 후광처럼 둘러싸더니 눈 깜짝할 새에 최신식에다가 문이 여섯 개나 달린 화려하기 그지없는 유료 냉장고로 변신시켰다.

"보셨습니까." 런시터의 음울한 목소리가 이어졌다. "현대과학의 최신 기술을 활용하면 물질이 옛날 형태로 되돌아가는 현상은 역전될 수 있습니다. 그것도 조합아파트 주민이라면 누구나 감당할 수 있는 저렴한 가격으로. 유빅은 전 지구의 가정 예술점에서 판매 중입니다. 내복하지 마시고, 불기 근처에서 사용하지도 마십시오. 설명서에 쓰인 순서를 지켜 사용하시기 바랍니다. 그러니까 그걸 찾아, 조. 그냥 그렇게 앉아 있지 말고,

밖으로 나가서 유빅을 한 통 사서 밤낮으로 주위에 뿌려대라고."

조는 벌떡 일어나서 외쳤다. "내가 여기 있는 걸 알고 있었군요. 그럼 내 목소리가 들리고, 내 모습이 보이는 겁니까?"

"물론 자네 목소리를 듣거나 자네 모습을 볼 수는 없어. 이 광고는 비디오테이프에 녹화된 거야. 2주 전에, 정확하게 말하자면 내가 죽기 12일 전에 녹화해놓은 걸세. 폭탄 공격을 받을 거라는 사실은 알고 있었어. 프리코그를 통해서 말이야."

"그럼 당신은 정말로 죽은 거로군요."

"물론 난 죽었네. 방금 디모인에서 중계된 뉴스를 못 봤나? 자네가 봤다는 걸 난 알아. 내 프리코그도 그걸 봤거든."

"그럼 남자 화장실 벽의 그 낙서는 뭡니까?"

TV세트의 음향 시스템을 통해 런시터의 우렁우렁한 목소리가 대답했다. "퇴화 현상의 일종이야. 나가서 유빅을 한 통 사면 더 이상 그런 일이 일어나지 않을 걸세. 모두 잦아들 거야."

"앨은 우리가 죽었다고 생각하던데요." 조는 말했다.

"앨은 쇠약해지고 있어." 런시터는 웃었다. 낮은 파동이 잇달아 반향을 일으키며 회의실 전체가 진동했다. "이봐 조, 내가 이런 한심한 TV 광고를 녹화한 건 자네들을 돕고 이끌기 위해서라네— 특히 친구 사이였던 자네를 말이야. 자네가 극도로 혼란스러운 상태라는 건 알아. 완전한 혼란, 그게 자네의 지금 모습이야. 자네의 평소 상태를 감안하면 그리 놀랄 일은 아니겠지. 하여튼 노력을 계속하게. 일단 디모인에 가서 정장 차림의 내가 누워 있는 광경을 보면 자네도 침착해질 거야."

"이 '유빅'이라는 건 도대체 뭡니까?" 조는 물었다.

"하지만 앨을 돕기에는 이미 때가 늦었다고 생각하네."

조는 말했다. "이 유빅은 뭘로 만들어진 겁니까? 어떤 식으로 작동합니까?"

"사실, 남자 화장실 벽에 쓰인 글은 앨이 유발한 건지도 몰라. 앨이 없었더라면 자네는 그걸 못 봤을 거야."

"이건 정말로 녹화된 거로군요. 그렇죠?" 조는 말했다. "내 목소리를 듣고 있는 게 아니었어. 정말로."

런시터가 말했다. "게다가, 앨은—"

"염병할." 조는 넌더리 난다는 듯이 내뱉었다. 그래봤자 아무 소용이 없었다. 그는 단념했다.

말 같은 턱을 가진 주부가 다시 TV 화면에 나오더니 광고를 끝맺었다. 아까보다는 나직한 목소리로, 지저귀듯이 말한다. "만약 단골 가정 예술점에 아직 유빅이 입고되지 않았다면 아파트로 돌아오세요, 미스터 칩. 그러면 무료 샘플이, 무료 맛보기 샘플이 우편으로 와 있을 겁니다. 그게 있으면 레귤러 사이즈의 유빅 캔을 살 때까지 견딜 수 있을 거예요." 그녀의 모습이 페이드아웃했다. TV세트가 다시 공백으로 변하며 침묵했다. 아까 TV를 켰던 작용이 다시 TV를 끈 것이다.

그럼 난 앨을 탓해야 하는 건가. 조는 생각했다. 별로 내키는 생각은 아니었다. 논리치고는 괴상했고, 혹시 그를 혼란시키기 위한 고의적인 거짓말이 아닐까 하는 생각마저 들었다. 앨이 무슨 봉인가. 혼자서 모든 죄를 뒤집어쓰고, 모든 잘못은 앨의 행동에서 비롯되었다는 식으로 설명하다니. 이건 난센스야. 그는 뇌까렸다. 그런데— 런시터에게는 내 말이 들렸던 게 아닐까? **단지 녹화인 척한 건 아닐까?** 광고가 진행되는 동안 런시터가 그의 질문에 대답한 것처럼 보인 순간도 몇 번 있지 않았는가. 실제로 런시터가 하는 말이 대화라고 할 수 없게 된 것은 마지막 부분에 불과했다. 마치 현실이라는 유리창 앞에서 날개를 퍼덕거리며, 흐릿한 내부를 들여다보는 한 마리의 무력한 나방이라도 된 듯한 기분이었다.

퍼뜩 새로운 생각이 머리에 떠올랐다. 섬뜩한 생각이었다. 혹시 런시터가 부정확한 미래 예측에 입각해서 그 비디오테이프를 녹화했을 가능성은 없을까. 자기는 폭탄이 터져 죽고 나머지 부하들은 살아남을 것이라는 전제에서 말이다. 그렇다면 그 테이프는 거짓이 아니라 단지 잘못 만들어졌을 뿐이라는 얘기가 된다. 런시터는 죽지 않았다. 죽은 것은 부하들이었다. 남자 화장실의 낙서에 쓰여 있던 것처럼 말이다. 그리고 런시터는 아직도 살아 있다. 폭탄이 폭발하기 전에 그는 테이프에 녹화한 광고를 이 시간에 방송하라는 지시를 내렸고, 런시터가 그 지시를 취소하지 않았기 때문에 네트워크는 원래 지시를 따랐다. 그렇게 생각한다면, 녹화 테이프에서 런시터가 했던 말과 화장실 벽에 쓰여 있던 말이 일치하지 않는다는 사실을 설명할 수 있다. 사실, 양쪽 모두를 설명할 수 있다. 조가 아는 한 그런 일을 풀이할 수 있는 다른 해석은 존재하지 않았다.

런시터가 악의적인 게임을 하고 있고, 한 방향으로 끌고 갔다가 다음에는 다른 방향으로 유도하는 식으로 부하들을 일부러 농락하고 있다면 물론 얘기는 달라지지만 말이다. 기이하고 거대한 힘이 그들의 삶을 재단하고 있는 것일까. 그 힘이 작용하고 있는 곳은 산 자의 세계일까, 아니면 반생자의 세계일까. 아니. 갑작스러운 생각이 그의 뇌리를 스쳤다. 어쩌면 양쪽일지도 몰라. 어느 쪽이든 간에, 그 힘은 그들의 경험을, 아니면 적어도 그 대부분을 지배하고 있었다. 아마 쇠퇴와는 별도의 힘이리라. 그런 감이 든다. 아니, 정말로 그럴까? 쇠퇴도 포함되어 있을지 모른다. 그러나 런시터는 인정하지 않을 것이다. 런시터와 유빅은. **유비쿼티**.* 그는 갑자기 깨달았다. 유빅이라는 조어, 런시터가 스프레이 깡통이라고 주장하는 제품명의 어원은 바로 이것이다. 그리고 그런 제품은 아마 존재하지 않을지도 모른다. 우리를 한층 더 혼란스럽게 만들기 위한 질 나쁜 장난인 것이다.

게다가 런시터가 아직 살아 있다면, 한 명이 아니라 두 명의 런시터가 존재한다는 얘기가 된다. 현실 세계에서 그들과 연락을 취하려고 노력하고 있는 진짜 런시터와, 이 반생 세계에서 시체가 되어 아이오와 주 디모인의 빈소에 안치되어 있는 허깨비 런시터가. 그리고 이 논리를 끝까지 추구한다면 이곳에 존재하는 그들 이외의 다른 사람들, 이를테면 레이 홀리스와 렌 니글먼 등도 실은 허깨비라는 얘기가 된다— 그들의 실물은

---

* ubiquity. (신의) 편재遍在. 어디에나 존재한다는 뜻이다.

산 자의 세계에 여전히 머물고 있기에.

정말이지 골치가 아프군. 조 칩은 중얼거렸다. 전혀 마음에 들지 않았다. 물론 균형의 미美라는 관점에서 보면 어느 정도 만족감을 주었지만, 다른 한편에서는 어딘가 정리가 안 된 느낌을 주었다.

좋아, 내 아파트로 돌아가서 유빅의 무료 샘플을 손에 넣은 다음 디모인으로 가자. 그 TV 광고도 나더러 거기 가라고 하지 않았는가. 유빅 스프레이를 한 통 가지고 가면 좀 안전할지도 모른다. 그 광고가 감언이설에 가까운 말투로 지적했듯이.

앞으로는 그런 충고에 귀를 기울일 필요가 있다는 사실을 그는 깨달았다. 살고 싶다면 — 혹은 반만이라도 살고 싶다면.

어느 쪽이든 간에.

택시가 조를 아파트 옥상의 발착장에 내려놓자 그는 자동 경사로를 타고 아래로 내려가서 자기 집 현관문 앞에 섰다. 앨인지 팻인지는 기억이 모호했지만, 누군가가 전에 그에게 건네준 동전을 써서 현관문을 열고 안으로 들어갔다.

거실에서는 유지油脂 탄내가 희미하게 풍겼다. 어렸을 때나 맡아본 적이 있는 냄새였다. 부엌으로 들어가자 이유를 알 수 있었다. 조리용 레인지가 천연가스를 사용하는 고색창연한 벅 사社의 가스레인지로 퇴행해 있었던 것이다. 버너는 막혀 있었고 기름때가 낀 오븐 뚜껑은 제대로 닫히지 않았다. 오래 써서 낡아빠진 가스레인지를 그는 멍한 눈으로 응시했고 — 그제야 다른 주방 기구들도 비슷한 변화를 겪었다는 사실을 깨달았다. 전송신문 장치는 아예 사라지고 없었다. 토스터도 같은 날에 융해되었는지 폐물에 가까운 구식의 비자동 모델로 변신해 있었다. 조는 삭막한 표정으로 토스터를 쿡쿡 찔러보다가 빵이 튀어나오는 기능조차도 딸려 있지 않다는 사실을 깨달았다. 그를 맞이한 냉장고는 벨트 구동식의 거대한 유물이었다. 그것이 도대체 얼마나 오래전에 만들어진 것인지는 전혀 짐작이 가지 않았다. TV 광고에 나왔던 포탑형 냉장고보다 더 구식이라니 할 말이 없었다. 커피포트는 가장 변화가 적은 편이었다. 사실, 한 가지 면에서는 오히려 개선되었다고 할 수 있었다― 동전 투입용 슬롯이 없는 것을 보니 무료인 게 틀림없었다. 그런 측면은 모든 주방 기기에 공통된 사항이라는 사실을 그는 뒤늦게 깨달았다. 적어도 남아 있는 것들에 한해서는 말이다. 쓰레기 처리기는 전송신문 장치와 마찬가지로 완전히 자취를 감췄다. 그밖에 또 어떤 기계들을 가지고 있었는지 떠올려보려고 했지만 기억이 이미 어렴풋해져 있었다. 그는 포기하고 거실로 돌아갔다.

TV세트는 오랜 세월을 역행한 상태였다. 그를 맞이한 것은 검은 목제 캐비닛에 수납된 애트워터-켄트 사의 다이얼 동조식 구형 AM 라디오였다. 안테나와 접지선까지 갖춰져 있었다. 하느님 맙소사. 그는 아연실색한 표정으로 그것을 바라보았다.

하지만 원래 있던 TV세트는 왜 형태를 찾아볼 수 없는 금속과 플라스틱 덩어리로 되돌아가지 않은 것일까? 따져보면 원료는 그런 물질들이 아니던가. TV는 그것들로 만들어졌지, 구식 라디오를 써서 만든 것이 아니다. 아마 이 현상은 지금은 한물 간 고대 철학인 플라톤의 이데아론을 기이한 방식으로 입증하고 있는 것인지도 모르겠다. 각각의 사물의 범주를 규정하는 보편적인 실재가 존재한다는 주장인데, 이를테면 과거에 TV세 트였던 형상은 영화의 한 시퀀스를 이루는 일련의 영상 프레임들처럼 앞서 존재했던 다른 주형鑄型들의 후계자로서 존재하는 또 하나의 주형이다. 선행하는 형상들은 그것이 포괄하는 모든 물체 속에 눈에 보이지 않는 잔류 생명이라고 할 만한 것을 갖고 있는 것이 틀림없다. 과거는 잠복하고 숨겨져 있어도 여전히 그곳에 존재하며, 더 나중에 생겨난 주형이 사라지는 불행한―그리고 일상 체험과 상반되는―사태가 일어난 뒤에도 다시 표면으로 부상할 수 있는 힘을 가지고 있다. 어른이 내포하는 것은 소년이 아니라 예전에 존재했던 어른인 거야, 하고 그는 생각했다. 그리고 역사는 오래전에 시작되었지.

바싹 말라붙은 웬디의 유해. 통상적으로 일어나는 형상의 연속― 그런 연속이 멈추어버린 것이다. 그리고 마지막 형상은 그 뒤를 잇는 것을 결여한 상태로 그대로 스러져간다. 새로운 형상, 우리가 성장으로 간주하는 다음 단계가 더 이상 일어나지 않는다는 뜻이다. 노년에 우리가 겪게 되는 일이 바로 이런 것인지도 모른다. 이런 결락으로부터 퇴화와 노쇠가 온다. 웬디의 경우는 이런 과정이 급격하게 일어났던 것이다― 단 몇 시간 만에.

그러나 이 오래된 이론은— 무엇인가는 퇴화에서도 살아남으며, 형상 내부에 존재하는 무엇인가는 결코 퇴화하는 법이 없다고 주장하지 않았던가? 고대의 이원론. 영혼과 분리된 육체. 육체는 웬디처럼 종언을 맞지만, 영혼은— 둥지를 떠난 새처럼 어딘가로 날아간다고 했다. 아마 그럴지도 모르겠군, 하고 그는 생각했다. 『티벳 사자의 서』에 쓰여 있는 것처럼, 다시 태어나기 위해. 그건 진실이다. 제발 그랬으면 좋겠다. 그게 사실이라면 우리는 모두 다시 만날 수 있기 때문이다. 〈곰돌이 푸〉에서 그랬던 것처럼, 숲 속 어딘가에서는 소년과 그의 아기곰이 언제나 노닐고 있다……. 그것은 영원히 사라지지 않는 범주다. 우리들 모두처럼. 우리는 모두 푸와 상봉할 것이다. 지금보다 더 뚜렷하고, 더 영속적인 장소에서.

호기심을 만족시키기 위해 그는 선사시대 라디오 수신기의 스위치를 켰다. 노란 셀룰로이드 다이얼이 빛을 발하며 60사이클의 웅 하는 소리가 크게 울려 퍼지더니, 직직거리는 잡음 속에서 어떤 방송이 잡혔다.

"〈페퍼 영 가족〉 시간이 돌아왔습니다." 아나운서의 말과 함께 오르간 음악이 흘러나왔다. "'아름다운 여성을 위한 비누, 마일드 캐메이'의 제공으로 보내드립니다. 어제 페퍼는 몇 달에 걸친 노력이 의외의 결말을 맞는 경험을 했는데, 이것은—"

조는 거기서 라디오를 껐다. 2차 대전 이전의 소프오페라로군. 그는 경탄하며 중얼거렸다. 흐음, 이것은 이 죽어가는 반半 세계인지 뭔지에서 일어나는 형상의 쇠퇴 논리에도 부합된다.

거실을 둘러보던 그는 바로크풍 다리가 달리고 위에 유리판을 얹은 커피 테이블을 발견했다. 테이블 위에는《리버티》지가 놓여 있었다. 역시 2차 대전 이전의 물건이다. 잡지에는 「밤의 번개」라는 제목의 연재소설이 실려 있었다. 원자폭탄에 의한 전쟁을 상정한 미래 판타지다. 그는 망연자실하게 잡지 페이지를 넘기다가, 다른 변화가 있는지 알아보려고 방 전체를 자세히 훑어보았다.

딱딱했던 중간색 마룻바닥은 폭이 넓고 부드러운 판자로 덮여 있었다. 방 한가운데에는 몇 년 묵은 먼지를 머금은 빛바랜 터키 융단이 깔려 있었다.

벽에는 단 한 장의 그림만 걸려 있었다. 유리 액자에 끼워진 흑백화였고, 말을 탄 채로 죽어가고 있는 인디언의 모습을 그린 것이었다. 난생처음 보는 그림이다. 아무 기억도 나지 않았고, 전혀 마음에 들지도 않았다.

영상전화기는 후크식의 검은색 직립형 전화기로 바뀌어 있었다. 다이얼식 전화가 나오기 이전에 쓰이던 물건이다. 후크에서 수화기를 들어 올리자 여자 목소리가 말했다. "몇 번에 연결해드릴까요?" 그는 수화기를 다시 내려놓았다.

자동조절식 난방 시스템은 어딘가로 사라져버린 것이 틀림없었다. 거실 한 켠에 가스 히터가 하나 있는 것이 눈에 들어왔다. 벽을 따라 거의 천장까지 이어지고 있는 커다란 함석제 가스도관까지 딸려 있었다.

침실로 들어가서 벽장 안을 뒤져 복장 일습을 모아보았다.

검은색 옥스퍼드화, 울 양말, 니커 바지, 파란색 면 셔츠, 낙타
털 스포츠코트, 골프모. 좀 더 격식을 차린 복장을 갖춰보려고
그가 침대 위에 배열한 것은 핀스트라이프 무늬의 감색 더블브
레스트 양복, 멜빵, 폭이 넓은 꽃무늬 넥타이, 셀룰로이드 깃이
달린 흰 와이셔츠 등이었다. 맙소사. 벽장을 뒤지던 중에 그는
골프 클럽 일습이 들어 있는 골프백을 발견하고 암울하게 중얼
거렸다. 이런 골동품까지 있다니.

그는 다시 거실로 돌아갔다. 이번에는 원래 다중음향 오디오
컴퍼넌트가 있던 자리를 차지하고 있는 물건이 눈에 들어왔다.
멀티플렉스 FM 튜너, 하이 히스테리시스 턴테이블, 무중력 톤
암에 스피커, 호른 스피커, 다중 트랙 앰프 따위가 모조리 사라
지고 없었다. 그 대신 키가 큰 황갈색 목제 상자가 그것들이 있
던 자리에서 그를 맞이했다. 크랭크 손잡이를 보는 것만으로
굳이 뚜껑을 열지 않아도 이것이 어떤 식의 음향 시스템인지
알 수 있었다. 대나무로 만든 바늘— 그것들이 든 상자 하나가
빅트롤라 축음기 옆의 책장 위에 놓여 있었다. 그리고 10인치
크기에 분당 78회전하는 빅터의 블랙레이블 레코드는 레이 노
블 악단이 연주하는 〈터키시 딜라이트〉였다. 그가 소장했던 테
이프와 LP 컬렉션 따위는 눈을 씻고도 찾아볼 수 없었다.

그리고 내일이 되면 아마 태엽식 원통형 축음기가 이 뒤를
이을지도 모르는 일이었다. 그리고 그것으로 감상할 수 있는
건 고함치듯이 낭독되는 주기도문 정도이리라.

뚱뚱한 소파 끄트머리에 놓인 최근 것처럼 보이는 신문이 그

의 주의를 끌었다. 그는 신문을 집어 들고 날짜를 읽었다. 1939 년 9월 12일 화요일. 주요 제목들을 훑어보았다.

프랑스군 지크프리트선에 돌파구
자르브뤼켄 인근으로 진출
서부전선에서 대규모 전투 예상

흥미롭군. 그는 중얼거렸다. 2차 대전이 막 시작된 참이다. 그리고 프랑스는 자국이 우위에 섰다고 생각하고 있다. 그는 다른 표제를 읽었다.

폴란드, 독일군의 진격을 막았다고 보도
침략군은 새 병력을 투입했지만
새로운 전과를 올리지는 못해

신문의 정가는 3센트였다. 그는 이 사실에도 흥미를 느꼈다. 지금 3센트로 무엇을 살 수 있을까? 그는 자문했다. 신문을 원래 있던 자리에 던져놓으며 그는 그 새로움에 감탄했다. 기껏해야 하루 정도밖에는 지나지 않았어, 하고 그는 추측했다. 그 이상은 아니다. 그렇다면 이제 어느 시대인지 확정했다고 해도 무방할 것이다. 정확히 어디까지 퇴행했는지를 알 수 있다는 뜻이다.

아파트 안을 정처 없이 돌아다니며 이런저런 변화를 확인하다가, 침실에서 서랍이 여러 개 달린 옷장과 대면했다. 옷장 위에는 유리 액자에 끼운 사진 몇 개가 놓여 있었다.

모두 런시터의 사진이었다. 그러나 그가 아는 런시터는 아니었다. 갓난애와 어린 소년, 그리고 청년 시절의 런시터를 찍은 사진들이었다. 그래도 과거의 런시터 얼굴을 여전히 알아볼 수는 있었다.

지갑을 꺼내 보니 런시터를 찍은 스냅 사진들밖에는 없었다. 조의 가족이나 친구 사진은 하나도 없었다. 어디를 보아도 런시터투성이다! 지갑을 다시 호주머니에 집어넣고, 그제야 지갑이 플라스틱이 아닌 천연 소가죽제라는 사실을 깨닫고 움찔했다. 흐음, 아귀는 맞는다. 옛날에는 동물의 가죽을 입수하는 것이 가능했으니까 말이다. 그게 뭐 어때서? 그는 자문했다. 다시 지갑을 꺼내서 곰곰이 살펴보았다. 소가죽을 손가락으로 문질러보자 새롭고 기분 좋은 감촉이 느껴졌다. 플라스틱보다 훨씬 낫군, 하고 그는 판단했다.

다시 거실로 돌아와서 익숙한 우편 슬롯을 찾아 여기저기를 둘러보았다. 오늘 온 우편물이 들어 있는 벽 안의 우묵한 공간이어야 할 것이 아무리 찾아보아도 없었다. 더 이상 존재하지 않는 것이다. 그래서 과거의 우편배달은 어떤 식으로 이루어졌는지를 떠올려보려고 했다. 조합아파트 현관문 앞에 그냥 던져두고 가던가? 아니다, 뭔가 상자를 썼던 것 같다. 아, 생각났다. 우편함이다. 좋아, 그럼 우편물은 우편함에 들어 있을 것이다. 하지만 우편함은 어디에 있는 것일까? 이 건물 현관에? 그것은 모호하게나마 옳은 판단이라는 생각이 들었다. 그렇다면 그의 아파트에서 나가야 한다. 우편물은 20층 아래에 있는 1층에 있다.

"5센트입니다." 현관문을 열려고 하자 문이 말했다. 적어도 한 가지는 변하지 않았다는 얘기로군. 유료 현관문은 타고난 고집을 가지고 있었다. 아마 모든 것이 사라진 뒤에도 이 문만은 끈질기게 이곳에 남아 있을지도 모르겠군. 현관문을 제외한 모든 것이 퇴화해버린 후에도. 이 도시 전체가…… 세계 전체가 퇴화해버린 후에도.

문에 5센트 동전을 집어넣고 불과 몇 분 전에 썼던 자동 경사로로 가기 위해 서둘러 복도를 나아갔다. 그러나 경사로는 이제 꿈쩍도 않는 콘크리트 계단으로 퇴행해 있었다. 이런 걸 20층이나 걸어서 내려가야 한단 말인가. 한 걸음씩. 불가능하다. 아무도 그렇게 많은 계단을 걸어서 내려갈 수는 없다. 엘리베이터를 써야 한다. 그는 그쪽으로 가려다가 앨에게 무슨 일이 일어났는지를 머리에 떠올렸다. 혹시 앨이 봤던 게 이번엔 내게도 보이면 어쩌지? 그는 자문했다. 단 한 줄의 강철 케이블에 매달린 고색창연한 주철제 새장. 그리고 그것을 조작하는 사람은 조작원의 캡을 머리에 쓴, 정신박약아에 가까운 저능아이다. 그것은 1939년이 아니라 1909년의 환영幻影이었고, 그가 지금까지 조우한 그 어떤 것보다 더 심한 퇴행 현상이었다.

그런 위험을 무릅쓸 수는 없었다. 층계로 가는 편이 낫다.

그는 체념하고 층계를 내려가기 시작했다.

거지반 내려갔을 때 어떤 불길한 생각이 그의 뇌리를 스쳤다.

이제는 그의 아파트나 택시가 대기하고 있는 옥상 발착장으로 돌아갈 방법이 없다. 일단 1층까지 내려가면 그곳에 발이 묶이고, 아마 영원히 그곳을 떠나지 못할 것이다. 유빅의 스프레이 깡통이 엘리베이터나 자동 경사로를 되살릴 수 있을 정도로 강력하지 않은 이상은 말이다. 육상 교통. 그는 자문했다. 내가 1층에 도착할 무렵에는 도대체 어떤 이동 수단이 남아 있을까? 기차? 포장마차?

그는 멈추지 않고 뚱한 표정으로 두 계단씩 한꺼번에 뛰어 내려갔다. 이제 와서 마음을 바꾸기에는 너무 늦었다.

마침내 1층에 도달하자 커다란 로비가 나왔다. 대리석판을 얹은 길쭉한 탁자가 있었고, 그 위에는 붓꽃으로 보이는 것을 꽂은 도자기 꽃병이 두 개 놓여 있었다. 폭이 넓은 계단을 네 단 내려가자 커튼을 덧댄 현관문이 보였다. 그는 다면 가공이 된 유리 문손잡이를 움켜쥐고 활짝 열었다.

또 몇 단 내려가서 오른쪽을 보자 자물쇠가 딸린 놋쇠 우편함이 일렬로 늘어서 있었다. 모두 이름이 하나씩 쓰여 있었고, 그것들을 열기 위해서는 열쇠가 필요했다. 그의 생각이 옳았다. 우편물은 여기까지만 배달된다. 그는 자기 우편함을 찾아냈다. 우편함 아래쪽에 부착된 종이 명찰에는 '2075호 조셉 칩'이라고 쓰여 있었고, 그 옆에 버튼 하나가 달려 있었다. 그것을 누르면 필시 위에 있는 그의 아파트 안의 버저가 울리는 구조이리라.

열쇠. 열쇠 따위는 갖고 있지 않았다. 아니, 정말일까? 호주머니를 뒤져보자 열쇠고리에 매달린 각양각색의 금속제 열쇠들이 나왔다. 조는 곤혹스러운 표정으로 이것들을 훑어보았다. 어디에 쓰는 것들일까. 우편함의 열쇠 구멍은 극히 작았다. 따라서 그것과 비슷한 크기의 열쇠가 필요하다는 점은 명백했다. 열쇠고리에서 가장 빈약한 열쇠를 골라서 우편함 자물쇠에 넣고 돌리자 놋쇠 우편함 뚜껑이 탁 열렸다. 그는 우편함 속을 들여다보았다.

우편함 속에는 두 통의 편지와 갈색 포장지로 싸고 갈색 테이프로 봉한 네모난 소포가 하나 들어 있었다. 조지 워싱턴의 초상이 그려진 자줏빛 3센트 우표가 몇 장 붙어 있다. 잠시 과거로부터 온 이 진기한 기념품을 감상하다가 편지들은 무시하고 네모난 소포의 포장을 뜯었다. 여기까지 일부러 내려올 만한 보람이 있는 묵직한 소포였다. 그러다가 갑자기 깨달았다. 스프레이 통치고는 소포 모양이 이상하다. 좀 더 길쭉해야 하는 것 아닌가. 두려움이 몰려왔다. 혹시 유빅의 무료 샘플이 아니라면 어떻게 하지? 아니다, 틀림없이 무료 샘플이 맞다. 그게 아니라면— 앨의 전철을 밟는 수밖에 없다. 모르스 케르타 에트 호라 케르타.* 그는 이렇게 중얼거리며 갈색 종이 포장을 떨어뜨리고 안에 있던 판지 상자를 훑어보았다.

유빅 간신향유**

---

* Mors certa et hora certa. 죽음은 확실하고, 시간도 확실하다.
** 肝腎香油. Liver and Kidney balm.

판지 상자 안에는 커다란 뚜껑이 달린 파란 유리 단지가 들어 있었다. 라벨에는 이렇게 쓰여 있었다. **사용 설명서**. 에드워드 손더바 박사가 40년 이상에 걸친 연구를 통해 개발한 특별 처방으로 제조된 본 진통제는, 밤에 자주 일어나야 하는 번잡함을 영구히 해소해줍니다. 난생처음으로 평온하고 지극히 쾌적한 수면을 만끽할 수 있습니다. 찻숟가락으로 하나 분량의 **유빅 간신향유**를 따뜻한 물 한 잔에 타서 취침 한 시간 반 전에 복용해주십시오. 그래도 통증이나 불쾌감이 지속된다면 복용량을 큰 스푼 하나까지 늘려보십시오. 어린이는 복용하면 안 됩니다. 원료 성분: 가공 정제한 협죽도 잎, 초석, 박하유, N-아세틸-p-아미노페놀, 산화아연, 탄소, 염화코발트, 카페인, 디기탈리스 추출액, 스테로이드 미량, 구연산나트륨, 아스코르브산, 인공 착색제 및 감미료. **유빅 간신향유**는 설명서에 따라 복용하면 강력한 효능을 발휘합니다. 인화성 물질. 고무장갑을 착용할 것. 눈에 들어가지 않도록 주의. 피부에 닿지 않도록 주의. 장기간 흡입하지 말 것. 경고: 장기간의 사용이나 과다 복용은 습관화로 이어질 위험이 있음.

이건 말도 안 돼. 조는 중얼거렸다. 다시 한 번 성분 목록을 읽어보며 당혹과 분노가 치밀어 오르는 것을 자각했다. 그러자 가차 없는 무력감이 뿌리를 내리더니 몸 구석구석으로 퍼져갔다. 난 끝장났어. 그는 생각했다. 이건 런시터가 TV에서 광고하던 물건이 아냐. 이건 옛날 옛적에나 쓰이던 특허 약품에 피부 연고, 진통제, 극약, 기타 아무 쓸모도 없는 잡동사니를 섞은 수상쩍은 혼합물이야— 게다가 하필이면 코르티손까지 들어 있다니. 이 부신피질호르몬계 화합물은 2차 대전 전에는 존재하지 않았다. 녹화된 TV 광고에서 런시터가 내게 설명해준 유빅—적어도 이 샘플—이 퇴행했다는 점은 명백했다. 이것은 견디기 힘든 아이러니로 다가왔다. 퇴화 현상을 역전시키기 위해 만들어낸 물질 자체가 퇴행해버리다니. 오래된 자줏빛 3센트 우표를 봤을 때 일찌감치 알아차려야 했는데.

그는 바깥 거리를 둘러보았다. 그러자 길모퉁이에 주차된 박물관에나 있을 법한 고전적인 육상 차량이 눈에 들어왔다. 라샐*이다.

저 1939년형 라샐을 타고 디모인까지 갈 수 있을까? 그는 자문했다. 만약 일주일 뒤까지도 안정적으로 저 모양을 유지하고 있다면 아마 가능할지도 모른다. 그러나 그 무렵에는 어차피 가봤자 의미가 없다. 그리고 저 차가 저대로 있을 리도 없다. 그 무엇도—아마 내 아파트 현관문을 제외하면—그대로 남아 있지 않을 것이므로.

그래도 라샐 가까이로 가서 자세히 훑어보기로 했다. 어쩌면 내 것인지도 몰라. 내가 가지고 있는 열쇠 중 하나를 쓰면 시동이 걸릴지도 모르지. 육상 차량은 그렇게 작동하는 게 아니었던가? 하지만 운전은 어떻게 하지? 나는 옛날 자동차를 운전하는 법을 모르는데. 특히—그걸 뭐라고 하더라?—수동 변속기

---

* LaSalle. 제너럴 모터스에서 1927년에서 1940년 사이에 발매된 고급차.

가 달린 차는. 그는 차문을 열고 운전대가 달린 자리로 들어가 앉았다. 그렇게 앉아서 멍하게 아랫입술을 만지작거리며 그가 놓인 상황을 파악해보려고 노력했다.

역시 찻숟가락 하나분의 유빅 간신향유를 먹어야 하는 걸까. 그는 음울하게 중얼거렸다. 그런 성분들이 들어 있으니까 죽는 데는 아무 문제도 없을 터였다. 하지만 그것은 그가 환영하는 종류의 죽음일 것 같지는 않았다. 염화코발트는 매우 천천히, 고통에 가득 찬 죽음을 그에게 선사해줄 것이다. 디기탈리스 쪽에서 선수를 치지 않는다면. 게다가 협죽도 잎도 있다. 이것도 결코 만만하게 볼 물건이 아니다. 이런 것들의 조합은 그의 뼈를 한 치 한 치 녹여서 젤리로 만들 게 뻔했다.

잠깐 기다려. 그는 생각했다. 1939년에도 이미 항공 수송이 존재했다. 만약 뉴욕 공항으로 갈 수 있다면—아마 이 차를 타고—비행기를 빌릴 수 있을지도 모른다. 조종사가 딸린 포드 3발기를 빌린다면 어떨까. 그런다면 디모인으로 갈 수 있다.

그는 갖고 있던 열쇠를 차례로 시험해보았고, 마침내 자동차의 시동 장치에 들어맞는 열쇠를 발견했다. 시동 모터가 회전하더니 엔진이 걸렸다. 엔진은 힘찬 소리를 내며 계속 회전했다. 듣기 좋은 소리였다. 진짜 소가죽 지갑처럼, 이 특수한 퇴행은 오히려 개량처럼 느껴졌다. 그가 살던 시대의 수송 수단은 완전한 무음인 탓에 이렇게 명쾌하고 기운찬 현실감을 느낄 수가 없었다.

자, 이제는 클러치야. 그는 중얼거렸다. 어딘가 왼쪽에 있을 텐데. 발로 더듬어 찾아냈다. 클러치를 바닥까지 밟고, 변속 레버를 조작하는 거야. 그가 그것을 시도하자마자 금속과 금속이 부딪치는 날카로운 소음이 터져 나왔다. 아무래도 클러치를 밟고 있던 발을 뗀 탓인 듯했다. 다시 시도해보았다. 이번에는 제대로 기어를 넣을 수 있었다.

차는 덜커덕 앞으로 움직였다. 요동치고 덜덜 떨리기는 했지만 하여튼 움직였다. 차가 뒤뚱거리며 도로를 달리기 시작하자 그는 마음속에서 일종의 낙천주의가 조심스럽게 부활하는 것을 느꼈다. 이제는 그 빌어먹을 공항을 찾아내면 된다. 그는 뇌까렸다. 너무 늦어버리기 전에, 이 세계가 외부 실린더들이 회전하고 윤활유로는 피마자유를 쓰는 노옴 로터리 엔진의 시대로 퇴화해버리기 전에. 시속 75마일의 속도로 초저공을 날아가며 항속거리가 50마일밖에는 안 되는 비행기의 시대로 돌아가기 전에.

한 시간 후 비행장에 도착한 그는 차를 멈추고 격납고와 풍향계와 거대한 목제 프로펠러가 달린 낡은 복엽기 따위를 둘러보았다. 이렇게 황당할 수가. 그는 생각했다. 희미한 역사의 한 페이지가 눈앞에 펼쳐져 있었다. 낯익은 현실 세계와는 아무런 관련도 없는 지난 천년기에서 되살아난 유물. 일시적으로만 잠깐 시야에 들어온 환영. 이 광경 또한 곧 사라질 운명이었다. 현대의 인공물들과 마찬가지로 그리 오래 존속할 수가 없는 것이었기 때문이다. 퇴화 과정은 다른 것들과 마찬가지로 이 또한

휩쓸고 지나갈 게 뻔했다.

조는 휘청거리며—그는 지독한 차멀미에 시달렸다—라샐에서 나와 비행장의 주요 건물들을 향해 터벅터벅 걸어갔다.

"이 돈으로 어떤 비행기를 빌릴 수 있을까요?" 그는 처음 눈에 띈 직원처럼 보이는 인물 앞의 카운터에 가진 돈을 모두 쏟아놓으며 말했다. "최대한 빨리 디모인으로 가야 해서. 당장 출발하고 싶습니다."

콧수염을 왁스로 굳히고 조그맣고 동그란 금테 안경을 낀 대머리 직원은 잠자코 지폐들을 훑어보았다. "어이, 샘." 그는 사과를 닮은 동그란 머리를 돌리며 말했다. "여기 와서 이 돈을 좀 봐."

소매가 부풀어 오른 줄무늬 셔츠에 반짝거리는 시어서커* 바지와 캔버스천 운동화 차림의 두 번째 사내가 쿵쾅거리며 다가왔다. "가짜 돈이로군." 그는 돈을 보고 나서는 대뜸 말했다. "장난감 돈이야. 조지 워싱턴도, 알렉산더 해밀턴의 초상도 없잖아." 두 직원은 조를 뚫어지게 쳐다보았다.

조는 말했다. "주차장에 39년형 라샐을 주차해놓았습니다. 디모인까지 비행기로 데려다 주면 편도 삯으로 그걸 드리겠습니다. 관심이 있습니까?"

잠시 후 조그만 금테 안경을 낀 직원이 생각에 잠긴 얼굴로 말했다. "아마 오기 브렌트라면 관심을 가질지도 모르겠군."

---

* 인도산의 박직薄織 리넨. 청색과 백색의 가는 줄무늬가 들어 있다.

"브렌트?" 시어서커 바지를 입은 직원이 말했다. "그 친구의 제니로? 그 물건은 20년도 더 된 고물이야. 필라델피아까지도 못 갈걸."

"맥기는 어때?"

"가능하지. 하지만 지금은 뉴어크에 가 있어."

"그렇다면 샌디 제스퍼슨 정도겠군. 그 친구의 커티스-라이트는 늦든 빠르든 아이오와로 갈 예정이니까 말이야." 직원은 조에게 말했다. "3번 격납고로 가서 빨간색하고 하얀색 커티스 복엽기를 찾아보게나. 키가 작고 좀 통통한 친구가 거기서 뚝딱거리고 있을 거야. 그 친구도 관심을 보이지 않는다면 자네 제안을 받아줄 사람은 없어. 내일 아이크 맥기가 포커 삼엽기를 타고 올 때까지 기다린다면 또 모르지만."

"고맙습니다." 조는 이렇게 말하고 건물에서 나왔다. 3호 격납고로 서둘러 걸어가자 곧 빨갛고 하얀 커티스-라이트 복엽기의 모습이 눈에 들어왔다. 적어도 1차 세계대전 당시의 JN 연습기를 타는 것만은 피할 수 있었군, 하고 그는 중얼거렸다. 그러고는 흠칫했다. 나는 '제니'가 JN 연습기의 애칭인 것을 어떻게 알고 있는 것일까? 하느님 맙소사. 이 시대의 구성 요소들이 내 마음속에 그에 상응하는 것들을 만들어내고 있는 모양이지. 라샐을 운전할 수 있었던 것도 하등 이상한 일이 아니군. 내 정신이 이 시간연속체와 본격적으로 동조하기 시작한 거야!

키가 작고 살찐 빨간 머리 사내가 기름에 찌든 넝마 조각으로 복엽기 바퀴를 닦고 있었다. 조가 다가가자 사내는 흘끗 그를 올려다보았다.

"제스퍼슨 씨?" 조는 물었다.

"맞아." 사내는 유심히 조를 훑어보았다. 아직 퇴행하지 않은 조의 복장을 보고 당혹스러워하는 기색이 역력했다. "용건이 뭐야?" 조는 용건을 말했다.

"라샐, 그것도 신차를 디모인까지 가는 편도 비행삯으로 주겠다는 거야?" 제스퍼슨은 미간을 찌푸리고 생각하는 기색이었다. "원한다면 왕복 비행이라도 괜찮아. 어차피 여기로 돌아와야 하니까 말이야. 좋아, 우선 차를 구경해보기로 하지. 하지만 약속한 건 아냐. 아직 마음을 정하지 않았어."

두 사내는 함께 주차장으로 갔다.

"39년형 라샐 따위는 어디에도 없잖아." 제스퍼슨은 미심쩍은 표정으로 말했다.

그의 말은 옳았다. 라샐은 사라졌다. 그것이 있던 자리에는 천으로 지붕을 댄 포드 쿠페가 서 있었다. 조그맣고 볼품없는 데다가 낡아빠진 차였다. 조가 보기에는 1929년형인 듯했다. 검은색 1929년 A형 포드다. 거의 무가치하다는 것은 제스퍼슨의 표정만 보아도 알 수 있었다.

아무래도 이것으로 희망은 완전히 사라진 듯했다. 그는 결코 디모인으로 갈 수 없을 것이다. 그리고 런시터가 TV 광고에서 지적했듯이, 이는 죽음을 의미했다― 웬디와 앨을 엄습한 것과 같은 종류의.

이제는 시간문제에 불과했다.

그렇다면 차라리 다른 방법으로 죽는 편이 나아. 그는 생각했다. 유빅. 그는 포드의 문을 열고 안으로 들어갔다.

옆 좌석 위에 그가 우편으로 받은 약병이 놓여 있었다. 그는 그것을 집어 들었고ㅡ

별다른 놀라움도 느끼지 않고 어떤 발견을 했다. 약병은 자동차와 마찬가지로 또 퇴행했던 것이다. 이음매가 없는 납작한 모양의 유리병이었고, 긁은 듯한 자국이 있는 것을 보니 나무틀을 써서 만든 것 같았다. 엄청난 골동품이었다. 부드러운 함석으로 만든 돌려 끼우는 식의 뚜껑은 19세기 후반의 물건으로 보였다. 라벨도 변해 있었다. 병을 위로 들어 올리고 거기 쓰인 글을 읽어보았다.

우비퀘 영약靈藥. 정력 감퇴에 탁월한 효능. 모든 울기鬱氣를 풀어줄 뿐만 아니라 남녀의 신허腎虛 증상을 완화시켜주는 효과가 있음. 만병통치약이므로 사용시에는 세심한 주의를 요함.

그 뒤에는 더 작은 글씨로 뭐라고 쓰여 있었다. 그는 눈을 가늘게 뜨고 잉크가 번진 조그만 글자들을 읽었다.

그러면 안 돼, 조. 다른 방법이 있어.
계속 시도해. 그럼 길이 열릴 거야. 행운을 비네.

런시터. 그는 깨달았다. 여전히 우리를 상대로 고양이가 쥐를 가지고 놀듯이 가학적인 게임을 하고 있는 것일까. 포기하지 말고 조금만 더 노력해보라고 종용하면서. 종언을 최대한 늦추면서. 그가 그러는 이유는 오직 하느님만이 알고 있으리라. 아마 런시터는 우리의 고뇌를 즐기는 것인지도 모르겠다. 하지만 그것은 그답지 않은 행동이다. 내가 알고 지내던 글렌 런시터는 그런 인간이 아니었다.

그러나 조는 유빅 영약을 내려놓았다. 그것을 쓰려는 생각을 포기했던 것이다.

그리고 런시터가 알 듯 말 듯 암시한 다른 방법이란 무엇인지 곰곰이 생각해보았다.

11

설명서의 주의 사항에 따라 유빅을 복용하시면, 각성 후의 어지럼증을 겪는 일 없이 푹 잘 수 있습니다. 상쾌한 기분으로 잠에서 깨면, 골치를 썩이던 시시콜콜한 문제들과 정면으로 맞붙을 수 있는 의욕이 솟아오릅니다. 권고 용량을 초과해서 복용하지 마십시오.

"어이, 당신이 갖고 있는 그 병 말인데," 제스퍼슨은 이렇게 말하고 차 안을 들여다보았다. 어딘가 묘한 말투였다. "그것 좀 구경할 수 없을까?"

조 칩은 비행사에게 '우비퀘 영약'이 든 병을 잠자코 건넸다.

"우리 할머니가 곧잘 이것 얘기를 해주시곤 했지." 제스퍼슨은 병을 햇빛에 비춰보며 말했다. "이거 어디서 난 거야? 남북 전쟁 무렵부터 이미 제조가 중지된 걸로 아는데."

"물려받았어." 조는 말했다.

"그랬겠지. 맞아, 수작업으로 만든 이런 약병은 요즘은 아예 돌아다니질 않으니까. 원래부터 제조량 자체가 그리 많지 않았다고 들었어. 이 약은 1850년경에 샌프란시스코에서 발명되었지. 아예 시판은 되지 않았고, 입수하려면 직접 주문을 넣는 수밖에 없었어. 약효의 세기가 세 단계로 나뉘었는데, 당신이 갖고 있는 건 제일 센 거야." 그는 조를 훑어보았다. "이 안에 뭐가 들어 있는지 알아?"

"알아." 조는 말했다. "박하유에, 산화아연에, 구연산나트륨에, 숯에—"

"됐어." 제스퍼슨은 조의 말을 가로막았다. 얼굴을 찡그리고, 마음속에서 조급하게 뭔가를 검토하는 듯한 표정이었다.

잠시 후 제스퍼슨의 표정이 바뀌었다. 마음을 굳힌 듯했다. "이 '우비퀘 영약' 병을 받는 조건으로 당신을 디모인까지 태워다줄게. 당장 출발하자고. 낮 시간 동안 가능한 한 많이 날고 싶으니까 말이야." 그는 병을 들고 1929년형 포드 곁을 떠나 성큼성큼 걸어갔다.

10분 후 커티스-라이트 복엽기는 급유를 끝마쳤다. 손으로 프로펠러 시동도 걸었다. 복엽기는 조 칩과 제스퍼슨을 태우고 변덕스럽고 엉성한 궤적을 그리며 활주로 위를 달리기 시작했다. 하늘로 퉁 날아오르는가 했더니 다시 푹 내려앉는 식이었다. 조는 이를 악물고 견뎠다.

"하중이 너무 늘어서 이러는 거야." 제스퍼슨은 무표정하게 말했다. 전혀 걱정하는 투가 아니었다. 마침내 복엽기는 활주로를 뒤로하고 비틀비틀 이륙했고, 시끄러운 폭음을 발하며 건물들의 지붕 위를 넘어 서쪽으로 향했다.

조는 고함을 질렀다. "도착하려면 얼마나 걸려?"

"뒷바람이 얼마나 불어주는가에 달렸어. 확실히는 알 수 없어. 운이 좋으면 아마 내일 정오 무렵엔 닿겠지."

"이제 그 약병에 뭐가 들어 있는지 얘기해주겠어?" 조는 외쳤다.

"주성분인 광물성 기름에 금가루를 섞어놓은 거야." 조종사가 외쳤다.

"금가루가 얼마나 들어 있는데? 많이 들어 있어?"

제스퍼슨은 고개를 돌리고 말없이 씩 웃었다. 굳이 대답을 들을 필요는 없었다. 답은 명백했으니까.

낡아빠진 커티스-라이트 복엽기는 털털거리며 아이오와 주 방면으로 계속 날아갔다.

다음 날 오후 3시에 그들은 디모인 비행장에 도착했다. 비행기를 착륙시킨 후 조종사는 금가루가 든 병을 가지고 어딘가로 훌쩍 떠나갔다. 조는 쥐가 나서 욱신거리는 몸을 억지로 움직여 비행기에서 내렸고, 잠시 그 자리에 선 채로 감각이 없는 다리를 문지르다가 공항 사무소 쪽으로 비틀거리며 걸어갔다. 사무소라고 하기에도 뭐한 조그만 건물이었다.

"전화를 써도 될까요?" 그는 기상도 위에서 목을 숙이고 뭔가에 열중해 있는, 촌티가 나는 초로의 직원에게 물었다.

"5센트야." 직원은 곧추선 머리를 까닥하며 공중전화를 가리켜 보였다.

조는 소지하고 있던 돈을 뒤져서 런시터의 옆얼굴이 들어간 동전을 모두 따로 뺐다. 마침내 이 시대의 진짜 버펄로 니켈*을 한 닢 찾아내서 초로의 직원 앞에 놓았다.

"끙." 직원은 고개를 들지도 않고 신음으로 대답을 대신했다.

조는 이 도시의 전화번호부를 꺼내서 '선한 목자 장례식장'의 번호를 찾아냈다. 교환원에게 번호를 말하자 상대가 곧 전화를 받았다.

"'선한 목자 장례식장'의 블리스입니다."

"글렌 런시터의 영결식에 참석하려고 왔습니다." 조는 말했다. "너무 늦었나요?" 그러고는 늦지 않았기를 속으로 빌었다.

"런시터 씨의 영결식은 지금 진행 중입니다." 블리스가 말했다. "지금 계신 곳이 어딥니까? 이쪽에서 차를 마중 보낼까요?" 지각한 것을 넌지시 힐난하는 듯한 말투였다.

"지금 공항에 와 있습니다." 조는 말했다.

"좀 더 일찍 오셨더라면 좋았을 텐데요." 블리스가 비난하듯이 말했다. "영결식의 일부에라도 참석하실 수 있을지 매우 미심쩍군요. 하지만 런시터 씨의 유해는 오늘, 그리고 내일 아침

---

* buffalo nickel. 1913년에서 1938년 사이에 주조된 백통화.

까지는 안치되어 있을 예정입니다. 차를 보낼 테니 기다리고 계십시오, 미스터—"

"칩." 조는 말했다.

"예, 그렇지 않아도 기다리고 있던 참입니다. 유족 몇 분에게서 미스터 칩과 미스터 해먼드, 그리고—" 블리스는 잠시 말을 멈췄다. "미스 라이트가 도착하는지 신경 써달라는 부탁을 받았습니다. 모두 함께 계십니까?"

"아뇨." 조는 전화를 끊고 곡면으로 반들반들하게 연마된 목제 벤치에 앉았다. 여기서라면 공항으로 접근하는 차들이 잘 보인다. 하여튼 늦기 전에 남은 동료들과 합류하는 데는 성공한 것 같군. 그는 생각했다. 아직도 다들 이 도시에 있으니까. 중요한 건 바로 그거야.

나이 든 직원이 그를 불렀다. "어이, 형씨, 잠깐 여기 와보게나."

조는 벤치에서 일어나 대합실을 가로질러 갔다. "무슨 문제라도 있습니까?"

"자네가 준 5센트 동전이 문제야." 그는 지금까지 그 동전을 유심히 훑어보았던 듯했다.

"버펄로 니켈을 드렸는데요." 조는 말했다. "이 시대에 통용되는 동전 아닙니까?"

"1940년 발행이라는 각인이 찍혀 있어." 초로의 직원은 눈 하나 깜짝 않고 조를 훑어보았다.

조는 신음을 흘리고 남은 동전을 모두 꺼내서 다시 분류에 착수했다. 마침내 1938년 발행된 5센트 동전을 찾아내서 직원

앞에 툭 던졌다. "둘 다 드리죠." 그는 이렇게 말하고 다시 반들 반들하고 굽은 벤치로 가서 앉았다.

"가끔 가짜 돈을 내는 사람이 있더라고." 직원이 말했다.

조는 대꾸하지 않고 대합실 구석에서 떠들어대고 있는 반半 하이보이형* 오디올라 라디오 쪽으로 주의를 돌렸다. 아나운서 는 '아이패너'라는 이름의 치약을 선전하는 중이었다. 여기서 얼마나 오래 이렇게 마냥 기다려야 하는지 궁금하군. 조는 생 각했다. 물리적으로 불활성자들에게 이토록 가깝게 접근해 있 다는 사실은 오히려 그를 불안하게 만들었다. 그 먼 길을 날아 불과 몇 킬로미터 떨어진 이곳까지 와서, 설마— 그는 여기서 더 이상 생각하는 것을 그만두고 그냥 앉아 있었다.

반 시간 뒤에 1930년형 윌리스-나이트 87이 털털거리며 공 항 주차장으로 들어왔다. 눈에 띄는 검은색 양복 차림의 투박 한 느낌을 주는 사내가 차에서 나오더니 이마에 손을 대고 대 합실 쪽을 들여다보았다.

조는 그에게 다가갔다. "당신이 블리스 씨?"

"예, 제가 블리스입니다." 블리스는 센센** 냄새를 강하게 풍기 며 조와 짧은 악수를 나눈 후 즉시 윌리스-나이트에 올라타고 다시 시동을 걸었다. "타세요, 칩 씨. 서둘러야 합니다. 영결식 뒷부분에라도 참석할 수 있을지 모르니까요. 애버내시 신부님 은 이렇게 중요한 영결식에서는 상당히 길게 말씀을 하시는 버

---

* highboy. 다리가 높은 서랍장.
** sen-sen. 구강 청정제의 일종.

룻이 있어서."

조는 블리스 옆자리의 조수석에 앉았다. 잠시 후 자동차는 털털거리며 디모인 시내로 이어지는 도로로 들어갔고, 시속 40마일에 가까운 속도로 질주하기 시작했다.

"칩 씨는 런시터 씨의 부하 직원입니까?" 블리스가 물었다.

"그렇습니다." 조는 말했다.

"희귀한 사업을 벌이고 계셨더군요, 런시터 씨는. 저는 아직도 그게 뭔지 잘 이해할 수가 없습니다." 블리스는 아스팔트 포장도로 위로 어슬렁거리며 나온 불그스름한 세터를 향해 경적을 울렸다. 개는 뒤로 물러나며 거드름 피우는 윌리스-나이트에게 길을 비켜주었다. "'사이오닉psionic'이란 무슨 뜻입니까? 런시터 씨의 부하 직원 몇몇이 그 단어를 쓰던데."

"초심리학적parapsychological 능력이라는 뜻입니다. 물리적인 매개물 없이 직접 작용하는 정신력입니다."

"신비력을 말하는 겁니까? 미래를 예지하는 일 같은 거요? 제가 이런 질문을 하는 건 그쪽 직원들 몇몇이 마치 미래가 이미 존재하는 것처럼 얘기하는 걸 들었기 때문입니다. 물론 저더러 들으라고 한 얘기는 아닙니다. 자기들끼리만 나누는 얘기가 곁에 있던 제 귀에 들려왔던 거죠— 무슨 뜻인지 아실 겁니다. 그럼 당신들은 영매라는 얘긴가요?"

"그렇다고도 할 수 있겠죠."

"유럽의 전쟁은 어떻게 될 것 같습니까?"

조는 말했다. "독일과 일본은 전쟁에서 질 겁니다. 미국은

1941년 12월 7일에 참전합니다." 여기까지 말하고 그는 침묵했다. 자기 일만으로도 골치가 아픈 마당에, 더 이상 그런 얘기를 할 기분이 아니었다.

"실은 저도 슈라이너*랍니다." 블리스가 말했다.

다른 동료들은 지금 어떤 경험을 하고 있을까? 조는 궁금증을 느꼈다. 이 현실일까? 1939년의 미합중국? 그게 아니라면 내가 그들과 합류하는 즉시 나의 퇴행은 역전하고, 더 뒤의 시대로 이동하게 될까? 좋은 질문이다. 왜냐하면 우리는 함께 뭉쳐서 53년이라는 세월을 되돌아갈 방법을 찾아야 하기 때문이다. 합리적이고도 적절한 형태들로 구성된, 퇴행하지 않은 현대로. 만약 그룹 전체가 조가 겪은 것과 동일한 양의 퇴행을 경험했다면, 조의 합류는 조 본인에게도 그들에게도 별 도움이 되지 못한다— 한 가지를 제외하면 말이다. 잘하면 이 이상의 세계 붕괴를 겪어야 하는 괴로운 경험으로부터 해방될지도 모른다는 뜻이다. 한편, 1939년의 이 현실은 상당히 안정적으로 보였다. 지난 24시간 동안 실질적으로 거의 똑같은 상태를 유지하고 있지 않는가. 그러나 이것은 그가 동료들에게 접근하고 있기 때문인지도 모른다.

반면에 1939년제의 유빅 간신항유는 80여 년을 더 퇴행했다. 스프레이 통에서 유리 단지로, 거기서 또 나무틀로 만든 유리병으로 단 몇 시간 만에 변화했던 것이다. 마치 앨의 눈에만 보

---

* shriner. 프리메이슨 계열의 봉사친목단체인 Ancient Arabic Order of the Nobles of the Mystic Shrine 회원을 의미한다.

인 1908년도의 주철제 엘리베이터처럼.

그러나 이 경우는 달랐다. 키가 작고 살찐 조종사 샌디 제스퍼슨도 나무틀로 만든 유리병을, '우비퀘 영약'이라고 쓰인 마지막 형태를 함께 목격했기 때문이다. 이것은 개인적인 환각이 아니라는 뜻이었다. 사실 그것 덕택에 이곳 디모인까지 올 수 있었다. 그리고 조종사도 라샐의 퇴행한 모습을 목격했다. 앨을 엄습한 것은 이와는 전혀 다른 현상인 듯했다. 적어도 조는 그것이 사실이기를 희망했다. 기원했다.

혹시 우리가 퇴행 현상을 역전시키지 못한다고 가정해보자. 그는 생각했다. 그리고 여생을 이곳에 남아 보내야 한다는 운명에 처한다고 가정하자. 그게 그렇게 나쁜 일일까? 하이보이 형의 필코 9구 차폐격자식 라디오에 익숙해지는 것도 불가능하지는 않다. 물론 그럴 필요까지는 없을지도 모른다. 실제로 본 일은 아직 없지만, 이 세계에서도 슈퍼헤테로다인 회로는 이미 발명되었기 때문이다. 445달러에 팔리는 아메리칸 오스틴을 운전하는 법을 터득할 수도 있다— 이 가격은 대충 머리에 떠오른 것이었지만, 정확할 것이라는 예감이 있었다. 일단 취직해서 이 시대의 돈을 벌기 시작하면, 더 이상 고색창연한 커티스-라이트 복엽기를 타고 해외여행을 할 필요도 없다. 이미 4년 전인 1935년에 4발 차이나 클리퍼 비행정에 의한 태평양 횡단 항로가 개통되지 않았는가. 포드 3발기는 이미 11년 전의 비행기다. 이 세계 사람들에게는 이미 골동품이나 다름없고, 내가 타고 온 복엽기로 말하자면—여기 사람들에게조차도—박물관에나 가야 할 골동품인 것이다. 내가 탔던 라살은 퇴행하기 전에는 기계로서 상당히 정교한 물건이었다. 그것을 운전하는 일은 실로 만족스러운 경험이었다.

"러시아는 어떻게 됩니까?" 블리스가 묻고 있었다. "전쟁에서 말입니다. 우리는 빨갱이들을 쓸어버리게 될까요? 그렇게 먼 미래까지도 볼 수 있습니까?"

조는 말했다. "러시아는 미합중국 편이 되어 싸울 겁니다." 그리고 이 세계의 다른 물체와 존재와 인공물들은 모두 어떻게 되는 것일까. 그는 곰곰이 생각했다. 의약품은 큰 장애가 될 것이다. 어디 보자— 지금은 술파제가 쓰이고 있을 무렵이다. 병에 걸리기라도 하면 큰일이다. 그리고— 치과 치료도 전혀 만만하지 않다. 여전히 전기식 드릴과 노보카인*의 전성시대이기 때문이다. 불소가 함유된 치약은 아직 출현하지도 않았다. 그것을 입수하려면 20년은 더 기다려야 한다.

"우리 편이 된다고요?" 블리스는 당치도 않다는 듯이 내뱉었다. "공산주의자들이? 그건 불가능합니다. 나치스와 조약을 맺고 있지 않습니까."

"독일은 그 조약을 깰 겁니다. 히틀러는 1941년 6월에 소비에트 연방을 공격합니다."

"아예 몽땅 쓸어버리면 좋겠군요."

자기 생각에만 몰두하고 있던 조는 이 말에 깜짝 놀랐고, 고

---

* Novocaine. 치과용 국부 마취제.

개를 돌려 9년 된 월리스-나이트를 운전 중인 블리스를 새삼 유심히 쳐다보았다.

블리스가 말했다. "우리에게 진짜 위협이 되는 건 공산주의자들이지, 독일인이 아닙니다. 유대인들의 처우 문제를 생각해보십시오. 그 일을 가지고 누가 가장 목소리를 높이는지 아십니까? 이 나라에 사는 유대인들입니다. 이들 대다수는 시민이 아니라 복지 기금으로 먹고사는 난민들이죠. 물론 나치스가 시행한 유대인 정책 중에는 좀 극단적이다 싶은 것들도 있지만, 기본적으로 유대인 문제라는 건 오래전부터 존재해왔고, 강제 수용소처럼 저열한 방법까지는 아니더라도 뭔가 해결책이 필요하다는 점은 바뀌지 않습니다. 우리 미국도 비슷한 문제를 안고 있죠. 유대인들과 검둥이들의 문제 말입니다. 늦든 빠르든 양쪽에 대해서 뭔가 수단을 강구해야 할 겁니다."

"'검둥이'라는 말을 실제로 들어본 건 이번이 처음입니다." 조는 이렇게 말하고, 자신이 갑자기 이 시대를 처음과는 약간 다른 관점으로 보게 되었다는 사실을 깨달았다. 이런 측면이 있다는 것을 잊고 있었다.

"독일에 관해서는 린드버그* 말이 맞다고 생각합니다." 블리스가 말했다. "한 번이라도 그의 연설을 들어본 적이 있습니까? 신문 보도 같은 것 말고, 실제로 본인이 말하는—" 블리스

---

* Charles Augustus Lindbergh, 1902~1974. 세계 최초로 대서양 횡단 무착륙 단독 비행에 성공한 미국인 비행사. 친독일, 반유대인적 언사로 비난의 대상이 되었다.

는 완목 신호기식의 교통신호를 보고 천천히 차를 멈췄다. "이를테면 보라 상원의원과 나이 상원의원 같은 사람이 있습니다. 이 둘이 아니었더라면 루스벨트는 영국에 군수품을 팔았을 테고, 그 결과 우리 미국은 우리 일도 아닌 전쟁에 휘말려 들어갔을 겁니다. 루스벨트가 중립국 법안의 무기 수출 금지 조항을 기를 쓰고 폐기하려고 드는 이유는 우리 미국을 참전시키고 싶어 하기 때문이죠. 하지만 미국인들은 루스벨트를 지지하지 않을 겁니다. 미국인들은 영국이나 기타 어떤 나라의 전쟁에도 참전할 생각이 없습니다." 신호가 딸랑거리며 바뀌고 초록색 완목이 튀어나왔다. 블리스가 기어를 저속에 넣자 윌리스-나이트는 웅웅거리며 전진했고, 디모인 시내를 왕래하는 한낮의 교통 흐름에 합류했다.

"앞으로 5년 동안 일어날 일은 마음에 들지 않을 겁니다." 조가 말했다.

"왜요? 아이오와 주 전체가 나와 같은 생각을 하고 있습니다. 내가 런시터 씨의 직원들에 관해 어떤 생각을 하고 있는지 아십니까? 당신이 내게 한 말, 그리고 다른 사람들이 한 말을 감안한다면, 난 당신들이 직업적인 선동가라고 생각합니다." 블리스는 그런 것은 겁나지 않는다는 듯이 허세를 부리며 조를 흘끗 보았다.

조는 아무 말도 하지 않았고, 그러는 대신 차창 밖을 지나가는 고풍스러운 벽돌이나 목조 또는 콘크리트 건물과 구식 자동차들—대부분 검은색이었다—을 바라보았다. 동료들 중에서

1939년의 세계의 이런 특정 양상과 마주친 사람은 자기 혼자
인지 궁금했다. 뉴욕이라면 다를 거야. 그는 이렇게 뇌까렸다.
이곳은 바이블 벨트, 고립주의를 고수하는 것으로 알려진 미국
중서부이지 않은가. 어차피 이곳은 우리가 살 곳이 아니다. 우
리가 갈 곳은 동해안이나 서해안이다.

그러나 조는 그들이 직면하게 될 가장 큰 문제가 방금 모습
을 드러냈음을 본능적으로 간파했다. 이 시간대에서 편안하게
살기에 우리는 너무 많은 것을 알고 있어. 그는 깨달았다. 만약
20년이나 30년을 역행했다면 아마 심리적으로도 적응이 가능
했을 것이다. 제미니호의 우주 유영이나 고색창연한 아폴로 우
주선의 초기 비행 따위를 다시 체험하는 것은 그리 흥미로운
일이 아닐지도 모르지만, 적어도 견딜 만은 했을 것이다. 하지
만 이 시대는—

이 시대 사람들은 여전히 78회전의 10인치 레코드판으로 〈두
마리의 까마귀〉 촌극에 귀를 기울이고, 조 페너*를 듣는다. 〈머
트와 마지〉도 인기가 있다. 대공황은 여전히 현재 진행형이다.
우리 시대에는 화성과 달에 인류의 식민지가 건설되었고, 실용
적인 항성간 비행도 거의 완성 단계였다— 그러나 이 시대 사
람들은 오클라호마의 먼지 폭풍에도 제대로 대처하지 못하고
있다.

이곳은 윌리엄 제닝스 브라이언**의 웅변을 그대로 체화한 세

계이다. 스코프스*의 '원숭이 재판'은 이곳에서는 여전히 생생한 현실인 것이다. 우리가 이 시대 사람들의 관점에, 그들의 윤리적, 정치적, 사회학적 환경에 적응할 가능성은 전무하다. 그들에게 우리는 직업적 선동가이며, 나치스보다 더 이질적이고 아마 공산당보다 한층 더 위협적인 존재일 것이다. 우리는 이 시간대가 지금까지 대처해야 했던 존재들 중에서도 가장 위험천만한 선동가다. 블리스가 하는 말은 지당하다.

"당신네들은 어디서 온 겁니까?" 블리스가 묻고 있었다. "미합중국 어딘가에서 온 건 아니군요. 그렇죠?"

조는 말했다. "그렇습니다. 우리는 북미 연맹에서 왔습니다." 그는 호주머니에서 런시터의 얼굴이 각인된 25센트 동전을 꺼내 블리스에게 건넸다. "선물입니다." 그는 말했다.

동전을 흘끗 본 블리스는 마른 침을 삼키고 부르르 떨었다. "이 동전에 찍힌 옆얼굴 말인데 ― 고인 아닙니까? 런시터 씨로군요!" 블리스는 다시 한 번 동전을 보고 창백해졌다. "게다가 발행연도. 1990년이라고 나와 있군요."

"한 장소에서 한꺼번에 써버리지 않는 편이 나을 겁니다." 조는 말했다.

월리스-나이트가 '선한 목자 장례식장'에 도착했을 때 영결

---

* John Thomas Scopes. 1900~1970. 미국 테네시 주의 고등학교 교사. 생물학 시간에 주법州法에 반하는 진화론을 가르쳤다는 혐의로 재판을 받았다. 기소인은 윌리엄 제닝스 브라이언이었다.

식은 이미 끝나 있었다. 2층 목조 건물의 폭넓은 나무 계단 위에 한 무리의 사람들이 서 있었다. 조는 그들 모두를 알아보았다. 마침내 상봉하는 데 성공했다. 이디 돈, 티피 잭슨, 존 일드, 프랜시 스패니시, 티토 애포스터스, 돈 데니, 새미 먼도, 프레드 재프스키— 그리고 나의 아내인 팻. 그는 이렇게 뇌까리며 다시 한 번 그녀의 빼어난 용모에 감탄했다. 극적일 정도로 검고 치렁치렁한 머리카락, 짙은 빛깔의 눈동자와 피부, 몸 전체에서 발산되는 강렬한 대비의 감각.

"아냐." 그는 멈춰 선 차에서 내리며 큰 소리로 말했다. "저 여자는 내 아내가 아냐. 자기 손으로 그런 과거를 소거했잖아." 그러나 결혼반지는 버리지 않았다는 사실이 떠올랐다. 은세공에 비취를 박아 넣은 그 희귀한 반지를 고른 사람은 그녀와 나였고…… 결국 남은 것은 그것뿐이었다. 그러나 그녀의 모습을 다시 본다는 경험은 충격으로 다가왔다. 한순간이나마 이미 파기된 결혼 생활의 어렴풋한 수의壽衣를 되찾은 듯한 느낌. 실제로 그런 과거는 아예 존재하지도 않았다— 저 반지를 제외하면 말이다. 반지도 어차피 그녀가 원한다면 얼마든지 소거할 수 있긴 했지만.

"어서 와요, 조 칩." 그녀는 여느 때처럼 서늘하고, 거의 조롱하는 듯한 느낌의 목소리로 말했다. 품평하는 듯한 느낌의 강렬한 시선은 그에게 못 박혀 있었다.

"여어." 그는 어색하게 말했다. 다른 사람들도 그를 반겼지만 별다른 감명은 받지 않았다. 팻이 그의 주의를 온통 독차지했기 때문이다.

"앨 해먼드가 안 보이는데?" 돈 데니가 물었다.

조는 말했다. "앨은 죽었어. 웬디 라이트도 죽었고."

"웬디 일은 다들 알고 있었어요." 팻은 침착한 어조로 말했다.

"아니, 모르고 있었어." 돈 데니가 말했다. "그럴 것 같다는 생각은 했지만 확신하지는 못했으니까 말이야. 적어도 난 그랬어." 돈은 조를 보며 말했다. "그 친구들한테 무슨 일이 일어난 거야? 뭣 때문에 죽었어?"

"기력이 쇠한 탓이야." 조는 말했다.

"왜?" 티토 애포스터스가 조를 에워싼 사람들 사이를 비집고 들어와서 쉰 목소리로 말했다.

팻 콘리가 말했다. "조 칩, 당신이 뉴욕으로 돌아와서, 다시 해먼드하고 떠나기 전에 했던 마지막 말은—"

"나도 기억하고 있어." 조는 말했다.

팻은 말을 이었다. "몇 년이 어쩌고 했었죠. 당신은 '너무 긴 시간이 흘러버렸어'라고 말하지 않았나요? 그게 무슨 뜻이죠? 시간에 관련된 얘기인 것 같은데."

"미스터 칩." 이디 돈이 동요한 기색으로 말했다. "우리가 도착한 이래 이 도시는 극단적으로 변해버렸어요. 아무도 그 이유를 모르는데, 지금 우리한테 보이는 게 보여요?" 그녀는 손을 들어 장례식장이 있는 건물을 가리켰고, 그다음에는 거리와 다른 건물들을 가리켰다.

"정확히 당신들한테 뭐가 보인다는 건지 모르겠는데." 조는 말했다.

"작작해둬, 칩." 티토 애포스터스가 화를 내며 말했다. "그렇게 변죽만 울리지 말고, 제발 부탁이니 이 장소가 자네 눈에 어떻게 보이는지 단도직입적으로 말해보라고. 저기 있는 차 말인데." 그는 윌리스-나이트를 손짓해 보였다. "자넨 저걸 타고 왔지. 저게 뭔지 얘기해봐. 뭘 타고 왔는지 얘기해보라는 말이야." 일동은 조를 뚫어지게 바라보며 대답을 기다렸다.

"미스터 칩." 새미 먼도가 더듬거리며 말했다. "저건 정말로 오래된 자동차죠. 그렇지 않나요?" 그는 킥킥거렸다. "정확히 얼마나 오래된 건가요?"

조는 잠시 생각했다가 대답했다. "62년 된 거야."

"그렇다면 1930년에 만들어졌다는 얘기네." 티피 잭슨이 돈 데니에게 말했다. "우리 추측이 거의 맞았어."

"우리가 추측한 바로는 지금은 1939년이야." 돈 데니는 침착한 목소리로 조에게 말했다. 온화하고 성숙한 바리톤 목소리였다. 과도한 감정 따위는 섞여 있지 않았다. 이런 상황에서조차도 말이다.

조는 말했다. "그걸 확정하는 건 그리 어렵지 않았어. 뉴욕의 내 아파트에 있는 신문을 보니까 9월 12일자더라고. 그러니까 오늘은 1939년 9월 13일이야. 프랑스인들은 자기들이 지크프리트 선을 돌파했다고 믿고 있더군."

"정말로 그렇게 믿고 있다면 진짜 웃기는 작자들이네요." 존 일드가 말했다.

조는 말했다. "난 자네들이 그보다 더 후대後代 쪽의 현실을 경험하고 있기를 바랐어. 이제 그 희망은 사라졌지만."

"1939년이라고 하니 1939년이 맞겠지." 프레드 재프스키가 귀에 거슬리는 새된 목소리로 말했다. "모두가 그걸 체험하는 건 당연하잖아. 달리 무슨 선택의 여지가 있는데?" 그는 동료들의 동의를 구하려는 듯이 긴 팔을 마구 흔들어댔다.

"입 닥치고 얌전히 있어, 재프스키." 티토 애포스터스가 성가신 듯이 말했다.

조 칩은 팻을 보며 말했다. "넌 어떻게 생각해?"

팻은 어깨를 으쓱해 보였다.

"어깨를 으쓱하는 대신 대답을 해."

"우린 과거로 역행했어요." 팻이 말했다.

"그건 사실이 아냐." 조는 말했다.

"그럼 뭘 했다는 건데요?" 팻이 말했다. "미래로 오기라도 했다는 건가요?"

조는 말했다. "우린 어디로도 가지 않았고, 언제나 있던 장소에 그대로 머물러 있어. 하지만 어떤 이유에선가—아마 상정할 수 있는 몇 가지 이유 중 하나 때문이겠지만—현실 쪽이 퇴행했던 거야. 현실은 그걸 지탱하고 있던 토대를 잃고 예전 형상으로 되돌아갔어. 53년 전에 취하고 있었던 형상으로 말이야. 앞으로 한층 더 퇴행할지도 몰라. 지금 나는 런시터가 네 앞에 시현示顯했는지의 여부에 더 관심이 있어."

"런시터는," 돈 데니는 이번에는 과도하게 감정적인 어조로 말했다. "이 건물 안에 안치된 관 속에 누워 있어. 죽어서 꼼짝도 않고 말이야. 우리가 목격한 런시터의 시현은 그것뿐이고, 그 이외의 시현 따위는 존재하지 않아."

"혹시 '유빅'이라는 단어에 뭔가 짐작 가는 데가 있나요, 미스터 칩?" 프란체스카 스패니시가 말했다.

조가 그녀가 한 말의 의미를 이해하는 데는 잠깐 시간이 걸렸다. "하느님 맙소사." 이윽고 그는 말했다. "자기 눈으로 보고도 그게 시현인지 아닌지—"

"프랜시는 꿈을 꿨어." 티피 잭슨이 말했다. "언제나 꿈꾸고 있지만 말이야. 네가 꾼 유빅 꿈 얘기를 조한테 해줘, 프랜시." 그녀는 조에게 말했다. "프랜시는 지금 본인이 유빅 꿈이라고 부르는 것에 관해 얘기해줄 거야. 어젯밤에도 꿨대."

"내가 그걸 유빅 꿈이라고 부르는 건 글자 그대로의 의미로 그러는 거예요." 프란체스카 스패니시는 격하게 응수했다. 상당히 흥분한 듯 양손을 경련하듯이 함께 틀어쥐고 있었다. "미스터 칩, 내 말을 들어봐요. 그때까지 꾼 그 어떤 것과도 닮지 않은 꿈이었어요. 난 하늘에서 거대한 손이 내려오는 걸 봤어요. 신의 팔과 손 같은 것들을. 크기도 엄청나서 산을 보는 것 같았어요. 그걸 보자마자 극히 중요한 계시라는 걸 깨달았죠. 바위처럼 단단해 보이는 주먹 쥔 손이었는데, 그 안에 뭔가 엄청나게 귀중한 것이 들어 있다는 걸 알았어요. 내 목숨뿐만 아니라 지구상에 있는 모든 사람의 목숨이 걸려 있는 무언가가. 그래서 그 주먹이 펴지기를 기다리는데, 곧 주먹이 열리더군요.

그리고 그 안에 있는 것이 보였어요."

"에어로졸 스프레이 통이라나." 돈 데니가 메마른 어조로 말했다.

"그 스프레이 통에는," 프란체스카 스패니시가 말했다. "커다란 금빛 활자로 쓰인 단어 하나가 반짝거리고 있었어요. 금빛 불길로 쓰인 UBIK이라는 글자. 그것 말고는 아무것도 없었어요. 단지 그 기이한 단어 하나뿐이었죠. 그러자 그 손이 다시 한 번 스프레이 통을 쥐더니 손과 팔은 일종의 잿빛 구름 같은 것 안으로 되돌아가면서 모습을 감췄어요. 오늘 영결식이 열리기 전에 사전을 찾아보고, 공립 도서관에도 문의를 해봤지만, 그 단어를 아는 사람은 아무도 없었어요. 무슨 언어인지도 모르는 데다가 사전에도 안 나와 있고. 도서관 사서 말로는 영어는 아니라더군요. 그것에 아주 가까운 라틴어는 있었어요. 우비쿼ubique라는 말인데, 그 뜻은―"

"'모든 곳.'" 조는 말했다.

프란체스카 스패니시는 고개를 끄덕였다. "예, 그런 의미예요. 하지만 Ubik이라는 단어는 없었어요. 꿈속에서는 그런 철자였지만."

"같은 단어야." 조는 말했다. "단지 철자만 다를 뿐이지."

"당신이 그런 걸 어떻게 알아요?" 팻 콘리가 비꼬는 듯한 어조로 물었다.

"런시터가 어제 내 앞에 나타났어. 죽기 전에 녹화해둔 TV 광고를 통해서." 조는 더 이상 자세히 설명하지는 않았다. 설명하기에는 너무 복잡하게 느껴졌기 때문이다. 적어도 지금 이 시기에는.

"멍청하기는." 팻 콘리가 말했다.

"내가 왜?" 조는 반문했다.

"그게 당신이 말한 죽은 사람의 시현인가요? 그건 런시터가 죽기 전에 써서 보낸 편지를 죽음의 '시현'이라고 간주하는 것하고 똑같잖아요. 혹은 그가 몇 년 동안 써 갈겨온 사내社內 메모하고 뭐가 다르죠? 그게 아니라면—"

조는 말했다. "안으로 들어가서 마지막으로 런시터를 만나고 오겠어." 그는 동료들을 그 자리에 남겨두고 폭넓은 판자 계단을 밟고 올라 어둡고 서늘한 장례식장 내부로 들어갔다.

공허함. 안에는 아무도 없었다. 교회의 신도 좌석을 닮은 의자들이 늘어선 휑뎅그렁한 공간 끄트머리에, 꽃으로 에워싸인 관 하나가 놓여 있을 뿐이었다. 옆에 딸린 작은 곁방에는 고풍스러운 리드 오르간과 접이식 목제 의자 몇 개가 놓여 있었다. 장례식장에서는 먼지와 꽃 냄새가 풍겼고, 그 달콤하고 퀴퀴한 냄새의 혼합에 그는 혐오감을 느꼈다. 이 생기 없는 방에서 영원을 맞이한 아이오와인들은 도대체 몇 명이나 되는 것일까. 니스를 칠한 마룻바닥, 손수건, 두꺼운 검정 모직 양복……. 죽은 자의 두 눈 위에 노잣돈 삼아 올려놓는 1센트 동전만 없다뿐이지, 그 밖의 모든 것을 망라하고 있다고 해도 과언이 아니다. 화음을 맞춘 찬송가를 다소곳이 연주하는 오르간도 있다.

그는 관까지 가서 잠시 망설이다가 아래를 내려다보았다.

새까맣게 그을리고 바싹 말라붙은 뼈 무더기가 관 한쪽에 쌓여 있었고, 그 끄트머리에 달린 종이처럼 얇은 해골이 건포도처럼 오그라든 눈으로 그를 올려다보고 있었다. 거친 보풀투성이의 너덜너덜한 옷 조각들이 마치 바람에 날려 오기라도 한 모양으로 조그만 유해 곁에 쌓여 있었다. 아직 숨이 붙어 있던 당시의 육체가 힘들고 미약한 호흡 작용—지금은 멈춰버린—을 통해 주위를 교란시켜놓기라도 한 듯한 광경이다. 지금은 그 무엇도 꼼짝도 하지 않는다. 그 불가사의한 변화, 웬디 라이트나 앨을 퇴화시켰던 그 변화가 이미 오래전에 이루어졌다는 점은 명백했다. 몇 년은 된 것 같아. 그는 웬디를 머리에 떠올리며 생각했다.

동료들 중에서도 이것을 본 사람이 있을까? 아니면 이 변화는 영결식이 끝난 뒤에 일어난 것일까? 조는 관의 참나무 뚜껑을 들어 올려 관을 닫았다. 나무가 나무 위로 떨어지는 쿵 하는 소리가 텅 빈 영결식장 안에서 메아리쳤지만 아무도 그 소리를 듣지 못했다. 아무도 나타나지 않았다.

두려움의 눈물로 흐릿해진 눈으로, 그는 먼지로 뒤덮인 침묵의 방을 떠나 늦은 오후의 약한 햇살 아래로 나왔다.

"왜 그래?" 돈 데니가 일동과 합류한 조에게 말했다.

조는 말했다. "아무 일도 아냐."

"대경실색한 표정인데요." 팻 콘리가 눈치 빠르게 지적했다.

"아무것도 아니라니까!" 조는 깊은 적의를 담은 눈길로 그녀를 노려보았다.

티피 잭슨이 말을 걸어왔다. "저 안에 가 있을 때 혹시 이디 돈 못 봤어?"

"행방불명이에요." 존 일드가 부연하듯이 말했다.

"하지만 아까까지만 해도 여기 있었잖아." 조는 반박했다.

"오한이 돌고 너무 피곤하다는 얘기를 아침부터 줄곧 했어." 돈 데니가 말했다. "혹시 호텔로 돌아간 건지도 모르겠군. 얼마 전에 그런 얘기를 하기는 했어. 영결식이 끝난 직후였는데, 좀 누워서 쉬고 싶다고 하더군. 아마 괜찮을 거야."

조는 말했다. "아마 죽었을 거야." 그러고는 모두를 향해 말했다. "다들 이해하고 있다고 생각했는데. 이 그룹에서 떨어져 나가는 사람은 살아남지 못해. 웬디, 앨, 그리고 런시터한테 일어난 일들을 보더라도—" 그는 말을 멈췄다.

"런시터는 폭탄을 맞고 죽었잖아." 돈 데니가 말했다.

"우리 모두 그 폭발로 죽었어." 조는 말했다. "내가 왜 그걸 아는가 하면 런시터가 가르쳐줬기 때문이야. 뉴욕 본사의 남자 화장실 벽에 그렇게 쓰여 있었거든. 그 뒤에도 또—"

"제정신으로 하는 말이 아니군요." 팻 콘리가 날카로운 어조로 그의 말을 가로막았다. "그럼 런시터는 죽은 건가요, 아니면 안 죽은 건가요? 우리는 죽었어요, 안 죽었어요? 처음에는 이렇댔다가, 다음에는 전혀 다른 애기를 하고. 좀 일관성 있게 애기할 수 없어요?"

"일관성 있게 얘기해주세요." 존 일드가 끼어들었다. 다른 사람들은 마음고생으로 주름이 잡히고 수척해진 얼굴로 말없이 끄덕이며 동의했다.

조는 말했다. "그 낙서에 뭐라고 쓰여 있었는지도, 낡아빠진 테이프 녹음기와 거기 딸려 있던 사용 설명서 얘기도 해줄 수 있어. 런시터의 TV 광고, 볼티모어에서 입수한 담배 상자 안에 들어 있던 메모에 관해서도— '우비쿼 영약' 병에 붙어 있던 라벨에 대해서도 얘기해줄 수 있지. 하지만 그런 것들을 한데 모아서 아귀를 맞출 수가 없어. 하여튼 지금은 자네들이 묵고 있다는 그 호텔로 가봐야 해. 이디 돈이 시들어버리고 돌이킬 수 없는 상태에 이르기 전에 말이야. 택시를 잡으려면 어디로 가야 하지?"

"장례식장 측에서 우리가 여기 있는 동안 쓰라고 차를 빌려 줬네." 돈 데니가 말했다. "저기 주차되어 있는 피어스-애로야." 그는 그쪽을 가리켰다.

그들은 서둘러 차를 향해 갔다.

"모두 한 차에는 못 타." 견고한 철제문을 열고 차에 올라탄 돈 데니를 향해 티피 잭슨이 말했다.

"블리스한테 혹시 저 윌리스-나이트를 빌려도 되는지 물어 봐." 조는 이렇게 대꾸하고 피어스-애로의 시동을 걸었고, 차에 최대한의 인원이 올라타자마자 디모인의 혼잡스러운 메인 스트리트를 향해 달리기 시작했다. 윌리스-나이트도 구슬픈 느낌의 경적을 울려 조에게 신호를 보냈고, 바짝 뒤에 붙어서 따라왔다.

12

맛난 유빅을 여러분의 토스터 속에 쏙 넣어주십시오. 신선한 과일과 건강에 좋은 순식물성 쇼트닝유만 써서 만든 유빅은 아침 식단을 잔칫상으로 바꿔주고, 여러분의 식생활에 활력을 불어넣습니다! 사용상의 주의를 지키면 안전합니다.

조는 대로를 오가는 차들 사이로 대형차를 몰며 생각했다. 한 사람 한 사람씩 무릎을 꿇는군. 내 가설은 어딘가 잘못된 데가 있어. 동료들과 함께 있던 이디는 안전했어야 마땅한데. 차라리 내가—

차라리 내가 희생됐어야 했어. 그 느려터진 복엽기를 타고 뉴욕에서 여기로 오던 도중에.

"지금부터 우리가 해야 할 일은 이거야." 그는 돈 데니에게 말했다. "만약 누군가가 피로를 느낀다면—피로는 최초의 징조인 것 같으니까 말이야—반드시 동료들에게 그 사실을 털어놓아야 해. 혼자서 어딘가로 빠지거나 해도 안 돼."

돈은 몸을 비틀어 뒷좌석에 앉아 있는 사람들을 바라보며 말했다. "다들 들었지? 누구든 피로를 조금이라도 느끼면 여기 미스터 칩이나 나한테 보고해야 해." 그는 다시 조를 바라보고 물었다. "그런 다음엔?"

"그다음엔 뭐죠, 조?" 팻 콘리가 같은 질문을 했다. "그때는 어떻게 할 건데요? 어떤 일이 일어나는지 얘기해줘요, 조. 모두들 알고 싶어 하는 일이에요."

조는 대꾸했다. "네가 그 초능력을 전혀 활용하지 않는다는 사실이 이상하군. 지금이야말로 그런 능력을 발휘하기에 안성맞춤인 상황처럼 보이는데 말이야. 15분 뒤로 되돌아가서 이디 돈이 어딘가로 사라져버리는 걸 막을 수는 없어? 내가 너를 처음으로 런시터에게 소개해줬을 때 했던 일을 하면 되잖아."

"나를 런시터 씨에게 소개해준 사람은 G. G. 애시우드인데요." 팻이 말했다.

"결국 아무것도 안 하겠다는 거로군."

새미 먼도가 킥킥 웃더니 말했다. "어젯밤 저녁 먹을 때 둘이 싸웠거든. 미스 콘리하고 미스 돈이. 미스 콘리는 미스 돈을 싫어해. 그래서 돕고 싶지 않은 거야."

"난 이디를 좋아했는걸." 팻이 말했다.

"능력을 쓰지 않는 이유라도 있는 거야?" 돈 데니가 팻에게 물었다. "조 말이 맞아. 왜 도와주지도 않고 방관하고 있는지 도저히 이해 못 하겠어. 적어도 나는 말이야."

잠시 후 팻은 말했다. "내 능력이 더 이상 작동하지 않아서 그래요. 달에서 폭탄이 터진 이래 줄곧 그랬어요."

"왜 진작에 그 얘길 하지 않은 거지?" 조가 말했다.

팻은 말했다. "그럴 기분이 아니었으니까. 빌어먹을, 왜 내가 그런 정보를 솔선해서 제공해야 한다는 거죠? 내가 아무것도 할 수 없다는 사실을? 난 계속 노력하고 있지만 아무 소용도 없었어요. 아무 일도 일어나지 않아요. 예전에는 단 한 번도 그런 적이 없었는데. 거의 태어날 때부터 그런 능력을 갖고 있었는데도 말이에요."

"그건 언제—" 조는 말하려고 했다.

"런시터와 함께 있었을 때." 팻이 말했다. "달에서 그런 일이 일어나자마자. 당신이 물어보기도 전에."

"그럼 오래전부터 알고 있었단 얘기군." 조는 말했다.

"뉴욕에서 다시 시도해봤어요. 당신이 취리히에서 도착해서, 웬디에게 뭔가 끔찍한 일이 일어났다는 사실이 명백해졌을 때 말이에요. 그리고 지금 여기서도 그러고 있어요. 이디는 아마 죽었을 거라고 당신이 얘기하자마자 시작했죠. 내가 능력을 쓸 수 없는 건 아마 이렇게 오래된 시대로 와 있어서인지도 몰라요. 1939년에는 초능력이 작동 안 하는 건지도 모르죠. 하지만 그걸로는 달에서 있었던 일을 설명할 수 없어요. 그때도 이미

이 시대로 역행한 상태였고, 단지 우리가 그걸 모르고 있었던 것뿐이라면 얘기는 달라지지만." 팻은 생각에 잠긴 침울한 얼굴로 침묵했다. 힘차고 야성적인 얼굴에 쓰디쓴 표정을 떠올린 채로, 창밖으로 디모인의 거리를 응시했다.

아귀가 맞는군. 조는 속으로 중얼거렸다. 팻의 시간여행 능력이 더 이상 기능하지 않는 것도 당연해. 이곳은 실제로는 1939년이 아니고, 우리는 완전히 시간 바깥에 존재하고 있으니까 말이야. 이걸로 앨의 생각이 옳았다는 것이 증명됐어. 낙서는 정확했어. 그 이행시가 지적했듯이 여긴 반생명의 세계인 거야.

그러나 그는 차에 탄 다른 사람들에게는 이 얘기를 하지 않았다. 희망이 없다고 굳이 얘기해줄 필요는 없지 않은가? 어차피 다들 곧 알게 될 것이다. 머리가 좋은 친구들, 이를테면 데니는 이미 깨닫고 있을 공산이 컸다. 내가 한 얘기나, 그들 자신이 체험한 일을 바탕으로.

"정말로 마음에 걸리는가 보군." 돈 데니가 말했다. "팻의 능력이 더 이상 기능하지 않는다는 사실이."

"당연하지 않나." 조는 고개를 끄덕였다. "그걸로 상황을 바꿀 수 있을지도 모른다고 생각하고 있었는데."

"그것뿐만이 아니로군." 데니는 날카로운 직감을 피력했다. "자네의 그—" 그는 몸짓을 해 보였다. "어조라고 해야 하나. 하여튼 들으면 알 수 있네. 그게 뭔가를 의미한다는 걸 말이야. 중요한 거로군. 자네에게 뭔가를 알려준 걸 테지."

"여기서 똑바로 가야 하는 거야?" 조는 교차로에서 피어스-

애로의 속도를 늦추며 물었다.

"오른쪽으로 돌아." 티피 잭슨이 말했다.

팻이 말했다. "위아래로 움직이는 네온사인이 달린 벽돌 건물이 보일 거예요. 미어몬트 호텔이라는 이름인데, 정말 끔찍한 곳이죠. 방 두 개가 욕실 하나를 공유하고 있고, 샤워 대신에 욕조를 써야 해요. 게다가 거기서 파는 음식은 정말. 믿기 힘들 정도예요. 마실 거라곤 니하이*라고 불리는 것 딱 한 종류밖에 없더라고요."

"음식은 마음에 들던데." 돈 데니가 말했다. "합성 단백질이 아닌 진짜 소고기에 진짜 연어가—"

"자네들이 가진 돈은 쓸 수 있었어?" 조가 이렇게 물었을 때 높다랗게 웅웅거리는 소리가 후방의 도로 위로 요란하게 울려 퍼졌다. "저게 무슨 소리지?" 그는 데니에게 물었다.

"모르겠는데." 데니는 불안한 표정으로 말했다.

새미 먼도가 말했다. "경찰 사이렌 소리네요. 아까 차를 돌릴 때 신호를 안 줬어요."

"어떻게 신호를 줘?" 조가 말했다. "운전대에 레버 따위는 안 붙어 있다고."

"수신호를 했어야죠." 새미가 말했다. 사이렌 소리는 이제 매우 가까이서 들려오고 있었다. 고개를 돌린 조는 차 옆에 모터사이클 한 대가 따라붙는 광경을 목격했다. 이럴 경우 어떻게

---

* Nehi. 청량음료의 일종.

행동해야 하는지 자신이 없었기 때문에 그는 차의 속도를 늦췄다. "저기 길모퉁이에 세워요." 새미가 조언했다.

조는 길모퉁이에 차를 세웠다.

경찰관은 모터사이클에서 내린 다음 천천히 조 쪽으로 걸어왔다. 족제비 같은 얼굴에 크고 차가운 눈을 가진 젊은 사내였다. 그는 잠시 조를 훑어보다가 말했다. "면허증을 보여주십시오."

"면허증은 없습니다." 조는 말했다. "그냥 위반 딱지를 떼어주십쇼." 이미 호텔이 보이는 곳까지 와 있었다. 조는 돈 데니에게 말했다. "자네는 먼저 저기 가 있어. 다른 사람들을 모두 데리고." 뒤따르던 윌리스-나이트는 그대로 호텔을 향해 갔다. 돈 데니, 팻, 새미 먼도, 티피 잭슨은 차에서 나가 잰걸음으로 호텔 건너편에서 속도를 늦추기 시작한 윌리스-나이트 뒤를 따라갔다. 조는 혼자서 경찰관과 대면했다.

경찰관이 조에게 말했다. "뭐든 신분을 증명할 만한 게 있습니까?"

조는 그에게 지갑을 통째로 건넸다. 지워지지 않는 자줏빛 연필로 경찰관은 딱지에 뭐라고 쓰더니 그것을 뜯어내서 조에게 건넸다. "신호 불이행. 운전면허증 무소지. 소환 장소하고 일시는 거기 쓰여 있습니다." 경찰관은 고지서첩을 딱 닫은 다음 조에게 지갑을 되돌려주고 모터사이클 쪽으로 어슬렁어슬렁 되돌아갔다. 안장에 앉아 회전속도를 올리더니 뒤를 돌아보지도 않고 교통 흐름 속으로 질주해 들어갔다.

뭔가 막연한 이유에서 조는 위반 딱지를 호주머니에 넣기 전

에 흘끗 보았다. 그러고는 다시 읽어보았다— 이번에는 찬찬
히. 자줏빛의 지워지지 않는 연필로 쓰여진 낯익은 필적의 글
이 이렇게 고하고 있었다.

　　자네는 내가 생각했던 것보다 훨씬 더 큰 위험에 처해 있
　　네. 팻 콘리가 한 말은

메시지는 여기서 이렇게 끝나 있었다. 문장 도중에 말이다.
조는 그 뒤에 어떤 구절이 올지 생각해보았다. 교통위반 딱지
에 뭔가 또 다른 글이 쓰여 있지는 않을까? 뒤집어보았지만 아
무것도 없었기 때문에 다시 앞을 보았다. 손으로 쓴 글은 그것
뿐이었지만, 딱지의 가장 아래쪽에 조그만 아게이트 활자로 이
런 문장이 인쇄되어 있었다.

　　아처 약국을 이용해주십시오. 실험을 통해 효과가 입증된,
　　신뢰할 수 있는 가정상비약 및 조제약을 완비하고 있습니
　　다. 가격도 저렴합니다.

이건 별로 참고가 안 되는군, 하고 조는 생각했다. 하지만—
디모인의 교통위반 딱지에는 전혀 어울리지 않는 글이다. 위쪽
의 자줏빛 필적과 마찬가지로, 또 다른 시현임이 명백했다.
　그는 피어스-애로에서 나와 가장 가까운 곳에 있던 가게로
들어갔다. 잡지와 과자와 담배 따위를 파는 곳이었다.

"전화번호부를 봐도 될까요?" 조는 펑퍼짐한 엉덩이를 가진 중년의 가게 주인에게 물었다.

"뒤쪽에 있네." 가게 주인은 두툼한 엄지손가락으로 그쪽을 가리키며 친절하게 말했다.

조는 전화번호부를 찾아내서 작고 어두운 가게의 어스레한 구석에서 '아처 약국'을 찾았다. 그러나 그런 이름의 약국은 등재되어 있지 않았다.

그는 전화번호부를 덮고 한 소년에게 네코 웨이퍼*를 팔고 있는 가게 주인에게 다가갔다. "혹시 '아처 약국'이 어디에 있는지 아십니까?"

"어디에도 없어." 가게 주인이 말했다. "그러니까, 이젠 없다는 뜻이야."

"그건 왜?"

"이미 몇 년 전에 문을 닫았거든."

조는 말했다. "그럼 예전에 어디 있었는지 가르쳐주시겠습니까? 어떤 식으로든요. 약도를 그려주신다든지."

"약도 따윈 필요 없어. 말로 해도 충분해." 가게 주인은 거구를 앞으로 내밀고 자기 가게의 문밖을 가리켰다. "저기 이발소 간판 기둥이 보이지? 저기까지 가서 북쪽을 바라봐. 이쪽이 북쪽이야." 그는 손으로 가리켰다. "그럼 박공지붕이 있는 낡은 건물이 보일 거야. 노란색 건물. 2층은 아직 아파트로 쓰이고

* wafer. 살짝 구운 얇은 과자.

있지만, 1층의 점포는 비어 있어. 하지만 아직 '아처 약국'이라는 간판은 달려 있으니까 금방 알아볼 수 있을 거야. 약국이 왜 문을 닫았냐 하면, 에드 아처가 후두암에 걸려서—"

"고맙습니다." 조는 이렇게 말하고 가게에서 나와 늦은 오후의 희끄무레한 햇살 속으로 돌아왔다. 그는 잰걸음으로 길을 가로질렀고, 이발소 간판 기둥 옆에 서서 북쪽을 바라보았다.

높고 페인트가 다 벗겨지다시피 한 노란 건물이 시야 가장자리에 들어왔다. 그러나 그 건물에는 어딘가 기이한 느낌이 있었다. 불안정하게 가물거리는 듯한. 마치 건물 전체가 앞으로 번져 나오면서 견고해지는가 싶다가 다시 불확실한 비실체非實體로 후퇴하는 듯한 인상을 주었던 것이다. 일종의 발진發振이라고나 할까. 한쪽 양상이 몇 초 동안 지속되다가, 다시 역의 양상으로 흐릿하게 이행하는 식이었다. 이런 변화는 상당히 규칙적이었고, 마치 건물 자체가 유기적으로 맥동하는 듯한 느낌을 주었다. 마치— 살아 있는 것처럼.

혹시 나는 종점에 다다른 것이 아닐까. 조는 이런 생각을 하며 버려진 약국을 향해 발걸음을 내디뎠다. 시선은 그곳에 못 박혀 있었다. 조는 그것이 맥동하며, 두 가지 상태 사이를 왕복하는 것을 보았다. 그가 그것에 가까이 갈수록 변화하는 두 상태의 성질을 더 잘 식별할 수 있었다. 견고함이 극에 달했을 때 건물은 조 자신의 시대에 존재하던 가정 예술점이 되었다. 현대의 거대 조합아파트 거주민을 위한, 무려 만 가지에 이르는 상품을 파는 자동제어식의 셀프서비스 점포 체인이었다. 그는 어른이 된 뒤로는 줄곧 컴퓨터가 관리하는 이런 식의 고효율 의사疑似 매장을 애용해왔다.

한편, 비실체의 정점에서 건물은 시대착오적인 로코코풍 장식이 된 조그만 약국으로 변했다. 조는 빈약한 약국 진열창 안의 물건들을 볼 수 있었다. 탈장대, 줄줄이 전시해놓은 시력교정용 안경, 조제용 막자사발과 막자, 이런저런 알약이 든 약병, 손으로 직접 쓴 '의료용 거머리 있음'이라는 광고판, 온갖 특효약과 위약僞藥이 판도라의 상자 못지않게 잔뜩 담긴, 유리 마개가 달린 커다란 단지들…… 그리고 진열장 위쪽을 가로지르고 있는 편평한 판자에는 '아처 약국'이라고 쓰여 있었다. 폐업해서 텅 비어버린 가게 모습은 흔적도 없이 사라진 채였다. 어떤 이유에선가 1939년 당시의 상태가 제거된 듯했다. 그는 곰곰이 생각했다. 내가 저기 들어간다면 지금보다 더 과거로 퇴행하든지, 아니면 대충 내가 태어난 시대에 가까운 시점으로 돌아가게 되겠지. 그리고 지금 내게 필요한 것은, 지금보다 더 퇴행한 쪽— 1939년 이전의 양상임이 확실해 보인다.

잠시 후 그는 건물 앞에 서서 조석력潮汐力을 닮은 예의 진동을 물리적으로 경험했다. 과거로 끌려가다가 미래로 가고, 다시 과거로 가는 식이었다. 행인들이 터벅터벅 건물 옆을 지나갔지만 전혀 신경을 쓰지 않는 듯했다. 그가 보고 있는 광경이 그들의 눈에는 보이지 않는다는 점은 명백했다. 그들의 눈에는 '아처 약국'도 보이지 않고, 1992년의 가정 예술점도 보이지 않는 것이었다. 이 사실이 그 무엇보다도 이상하게 느껴졌다.

건물이 오래된 과거의 위상으로 흔들리며 돌아간 순간 그는 앞으로 걸어 나갔고, 문간을 넘어 '아처 약국' 안으로 들어갔다.

오른쪽에 긴 대리석 카운터가 있었다. 선반에는 우중충한 색깔의 상자들이 쌓여 있었다. 약국 전체가 거무칙칙한 분위기를 풍겼다. 단지 빛이 없어서 그런 것이 아니라, 일종의 보호색을 두르고 있는 듯한 느낌이었다. 마치 언제나 불명료하게 보일 목적으로, 의도적으로 그림자와 합쳐지고 주위 모습에 녹아들도록 만들어진 것처럼. 그것은 무겁고 농밀한 성질을 가지고 있었다. 뭔가 그의 등에 영구히 부착된 물체처럼 무겁게 그를 짓누르고, 밑으로 끌어당긴다. 그리고 건물 전체의 발진은 멈춰 있었다. 적어도 안으로 들어온 그가 보는 한은 말이다. 나는 올바른 선택을 한 것일까. 이미 늦긴 했지만 다른 선택을 했다면 어떤 결과가 나왔을지 생각해보았다. 그 자신의 시대로 귀환하는 것이— 가능했을지도 모른다. 시간을 보존하는 능력이 끊임없이 약해지고 있는 이 퇴화한 세계에서 벗어났을지도 모른다— 아마 영구히. 흐음, 이미 엎질러진 물이다. 그는 약국 안 여기저기를 돌아다니며 놋쇠와 목재—호두나무인 듯했다— 장식을 구경했고…… 마침내 약국 안쪽에 있는 조제실의 창구 앞으로 왔다.

가냘픈 체격의 청년이 나타나더니 말없이 그를 마주 보았다. 단추가 잔뜩 달린 회색 양복에 조끼를 받쳐 입고 있었다. 조와 청년은 오랫동안 잠자코 서로를 바라보았다. 유일한 소리는 로마숫자가 쓰인 둥근 문자반이 있는 벽시계에서 들려왔다. 진자가 가차 없이 똑딱거리며 시간을 각인했다. 모든 시계들이 그러듯이. 모든 장소에서.

조는 말했다. "유빅을 한 통 줘."

"연고입니까?" 약사가 말했다. 입술의 움직임이 입에서 나오는 말과 제대로 동조되지 않는 느낌이 들었다. 조는 우선 사내의 입이 열리고, 입술이 움직이는 것을 보았다. 그러고 나서 상당한 짬을 두고 목소리가 들려오는 식이었다.

"연고였나?" 조는 말했다. "내복약인 줄 알았는데."

약사는 잠시 대답이 없었다. 마치 한 시대라는 심연이 두 사람 사이를 갈라놓고 있는 느낌이었다. 마침내 약사의 입이 열리고, 입술이 다시 움직였다. 이윽고 목소리가 들려왔다. "유빅은 제조사에 의해 개량되면서 몇 번이나 형태가 바뀌었습니다. 아마 손님은 새로운 유빅이 아니라 옛날 유빅 얘기를 하고 계시는 것 같군요." 약사는 몸을 옆으로 돌렸다. 마치 순간 정지 화면을 보는 듯한 느낌의 동작이었다. 댄스 스텝을 연상시키는 느리고 정확하게 흐르는 듯한 동작은 심미적으로 기분 좋은 리듬을 갖추고 있었지만, 심리적으로는 충격이었다. "최근에는 유빅을 입수하기가 정말 힘들어졌답니다." 그는 흐르듯이 원래 자리로 돌아왔다. 그는 오른손에 들고 있던 납땜이 된 납작한 깡통을 조 앞의 조제 카운터에 내려놓았다. "이것은 분말 형태인데, 쓰실 때 콜타르를 첨가하시면 됩니다. 콜타르는 별도 판매이지만 아주 싸게 드릴 수 있습니다. 하지만 이 유빅 파우더는 상당히 비싸죠. 40달러입니다."

"어떤 성분인데?" 조는 물었다. 가격을 듣자 오싹했다.

"그건 제조사만의 비밀입니다."

조는 밀봉된 깡통을 집어올리고 빛에 비춰 보았다. "라벨을 읽어봐도 될까?"

"물론입니다."

조는 길가에서 들어오는 희미한 빛을 조명 삼아 깡통의 라벨에 인쇄된 글을 겨우 읽는 데 성공했다. 교통위반 딱지에 직접 손으로 쓴 메시지의 뒷부분이었고, 런시터의 글이 느닷없이 끊긴 대목에서 그대로 이어지고 있었다.

새빨간 거짓말이야. 팻은 그 폭발이 일어난 후에 자기 능력을 사용하려고 한 적이 한 번도—다시 말하는데, 단 한 번도—없어. 웬디 라이트나 앨 해먼드나 이디 돈을 되돌려놓으려는 노력도 하지 않았어. 조, 그 여자는 자네에게 거짓말을 하고 있어. 그 탓에 나는 이번 사태 전체를 재검토할 필요가 있음을 절감했네. 결론이 나오는 즉시 자네에게 알리지. 그때까지는 최대한 신중하게 행동해야 해. 그런데 유빅 파우더는 사용상의 주의 사항을 엄정하게 지킨다면 만병통치의 효과를 발휘합니다.

"수표도 받나?" 조는 약사에게 물었다. "지금 현금으로 40달러는 없지만, 유빅이 절실하게 필요해서 말이야. 내게는 글자 그대로 죽고 사는 문제거든." 그는 수표장을 꺼내려고 웃옷 호주머니에 손을 넣었다.

"손님은 디모인 토박이가 아니군요. 안 그렇습니까?" 약사가 말했다. "억양을 들으면 알 수 있습니다. 아니, 그렇게 큰 금액을 모르는 사람한테서 수표로 받을 수는 없습니다. 지난 몇 주 동안 부도수표를 잔뜩 받아서 골머리를 썩었거든요. 모두 도시 밖에서 온 사람들이 낸 겁니다."

"그럼 신용카드로 결제하면 안 될까?"

약사가 말했다. "'신용카드'가 뭡니까?"

조는 유빅이 든 깡통을 내려놓고 몸을 돌렸고, 잠자코 약국 밖의 보도로 나왔다. 도로를 가로질러 호텔 쪽으로 돌아가려고 하다가, 멈춰 서서 약국을 돌아보았다.

다 무너져가는 노란색 건물이 보일 뿐이었다. 위층 창문에는 커튼이 쳐져 있지만, 아무도 없는 1층은 못질한 판자로 폐쇄되어 있었다. 판자들 사이의 틈새로 보이는 것은 깨진 창문의 공동空洞 같은 어둠뿐. 생명의 징후는 전혀 없었다.

끝장이로군. 조는 깨달았다. 유빅 파우더 한 깡통을 살 수 있는 기회는 사라져버렸다. 설령 보도 위에 떨어져 있는 40달러를 발견하더라도 이제는 소용이 없다. 그러나 적어도 런시터의 경고의 나머지 반은 수령했다. 그게 지금 와서 무슨 소용이 있는지는 모르겠지만 말이다. 사실이 아닐 가능성조차 있지 않은가. 빈사 상태의 뇌가 내놓은 뒤틀리고 그릇된 의견에 불과할 수도 있다. 또는 완전히 사망한 뇌의 산물일지도— 그 TV 광고의 경우처럼. 염병할. 그는 암울하게 뇌까렸다. 만약 그게 진실이라면?

보도 여기저기에서 사람들이 열심히 하늘을 올려다보고 있었다. 조도 그 사실을 깨닫고 하늘을 올려다보았다. 비스듬히 비치는 햇살을 막기 위해 이마에 손을 갖다 대고 보니, 한 개의 점이 흰 연기를 뿜고 있는 광경이 눈에 들어왔다. 단엽기 한 대가 고공을 비행하며 공중에 열심히 광고 문구를 쓰고 있는 중이었다. 조와 다른 행인들이 지켜보는 가운데 이미 흐트러지기 시작한 항적은 다음과 같은 메시지를 이루고 있었다.

좌절하면 안 돼, 조!

말이야 쉽지. 조는 중얼거렸다. 애당초 글로 그렇게 쓰는 것만으로 충분하다면, 하등 고민할 필요가 없지 않은가.

암울한 불안감―그리고 되살아난 공포의 희미한 첫 징후―에 몸을 잔뜩 움츠리고, 그는 미어몬트 호텔 쪽으로 터벅터벅 걸어가기 시작했다.

돈 데니가 천장이 높고 진홍색 카펫이 깔린 촌스러운 로비에서 그를 맞았다. "이디를 찾아냈어." 데니는 말했다. "모든 게 끝장났더군― 적어도 이디 입장에서는 말이야. 게다가 보기 좋은 광경은 아니었어. 전혀 안 좋았지. 이제는 프레드 재프스키가 사라졌어. 난 그 친구가 다른 차에 탔다고 생각했는데, 그쪽 차에서는 우리와 함께 있는 모양이라고 생각했다더군. 어느 쪽

차에도 타지 않은 게 틀림없어. 아직도 장례식장에 있는 거야."

"지금은 더 빨리 일어나고 있어." 조는 말했다. 유빅―수도 없이 많은 방법으로 우리들의 코앞에 감질나게 대롱대롱 매달렸지만 결코 손에 넣을 수 없었던 것―이 있었더라면 상황은 얼마나 달라졌을까. 아마 그 대답을 아는 일은 결코 없을 것이다. "여기서 한잔할 수 없나?" 그는 돈 데니에게 물었다. "돈은 어떻게 됐어? 내 건 휴지 조각이 됐는데."

"장례식장이 모든 경비를 대준다더군. 런시터가 그렇게 지시해놓았다나."

"호텔비까지?" 묘한 얘기다. 어떻게 그런 식으로 미리 준비해놓을 수 있었단 말인가? "이 교통위반 딱지 좀 봐. 누가 또 오기 전에." 그는 돈 데니에게 종잇조각을 건네며 말했다. "나머지 잘린 메시지가 뭔지도 알아. 방금 그걸 손에 넣으려고 다녀온 참이거든."

데니는 위반 딱지를 읽고, 다시 읽었다. 그런 다음 느린 동작으로 조에게 되돌려주었다. "런시터는 팻 콘리가 거짓말을 한다고 생각하고 있군."

"응." 조는 말했다.

"그게 무슨 뜻인지 알아?" 데니의 목소리가 갑자기 높아졌다. "그 여자는 이 모든 걸 무효화할 수 있었다는 뜻이야. 런시터의 죽음으로 시작해서 우리한테 일어난 모든 일을."

조는 말했다. "그보다 더한 걸 의미할 수도 있지."

데니는 조의 얼굴을 훑어보며 말했다. "자네 생각이 옳아. 맞

아. 자네가 말한 대로야." 처음에는 깜짝 놀란 기색이었지만, 이
내 복잡한 표정을 떠올렸다. 그의 얼굴에 이해의 빛이 깃들었
다. 비통하고 안타까운 이해의 빛이.

"나도 가급적 그 생각은 하고 싶지 않아." 조는 말했다. "전혀
마음에 안 드니까. 안 좋은 소식이잖아. 내가 예상했던 것보다
훨씬 안 좋은 소식이야. 앨 해먼드의 가설도 이 정도까지는 아
니었어."

"하지만 있을 법한 얘기야." 데니가 말했다.

"지금까지 이 모든 일을 겪어오면서," 조는 말했다. "난 이유
가 뭔지를 이해해보려고 노력했어. 이유를 알 수만 있다면 나
는ㅡ" 그러나 앨도 여기까지는 생각하지 못했지. 조는 생각했
다. 우리 두 사람 모두 애써 그런 생각을 하지 않으려고 했어.
그럴 만한 이유가 있었으니까.

데니가 말했다. "다른 친구들한테는 아무 말도 하지 말게. 사
실이 아닐지도 모르니까. 설령 사실이라고 해도, 알아봤자 당사
자들에게는 아무 도움도 안 되는 일이야."

"뭘 안다는 거예요?" 팻 콘리가 그들 뒤에서 말했다. "당사
자들에겐 아무 도움도 안 되는 일이 뭐죠?" 팻은 이렇게 말하
며 그들 뒤를 돌아 앞으로 왔다. 칠흑처럼 검은 두 눈은 현명하
고 침착해 보였다. "이디 돈 일은 유감이에요. 프레드 재프스키
도요. 아마 프레드도 그렇게 된 것 같아요. 그 많던 사람들도 이
젠 몇 명 남지 않았네요. 안 그래요? 다음은 누구 차례일지 궁
금하군요." 그녀는 전혀 동요한 기색이 없었고, 완벽하게 자신

을 제어하고 있었다. "티피는 자기 방에 누워 있어요. 피곤하다는 얘긴 안 했지만, 그렇다고 봐야 옳겠죠. 그렇게 생각하지 않아요?"

잠시 후 돈 데니가 말했다. "응. 나도 그렇게 생각해."

"교통위반 딱지는 어떻게 했어요, 조?" 팻은 이렇게 말하며 손을 내밀었다. "보여줄 수 있어요?"

조는 그것을 건넸다. 드디어 그 순간이 왔다. 그는 생각했다. 모든 것이 지금 이곳에 있다. 현재로, 지금 이 순간으로 수렴한 것이다.

"그 경찰관이 어떻게 내 이름을 알고 있는 걸까?" 딱지를 훑어본 팻이 말했다. 고개를 들고 조를 뚫어지게 바라보더니, 곧 돈 데니에게 시선을 옮겼다. "왜 여기에 내 얘기가 적혀 있죠?"

필적을 못 알아본 거야. 조는 속으로 중얼거렸다. 왜냐하면 볼 기회가 없었으니까. 여기 있는 우리와는 달리. "런시터야." 조는 말했다. "모든 건 네가 한 짓이었어. 안 그래, 팻? 범인은 너, 너의 그 능력이었던 거야. 우리가 여기 와 있는 건 너 때문이고."

"그리고 넌 우리를 죽이고 있어." 돈 데니는 팻에게 말했다. "한 사람씩. 하지만 왜?" 그는 조를 보며 말했다. "어떤 이유가 있길래 그러는 걸까? 우리를 잘 알지도 못하면서. 실제로는."

"네가 런시터 어소시에이츠로 온 건 그 때문이었나?" 조는 팻에게 물었다. 침착한 목소리를 내려고 했지만 실패했다. 스스로의 떨리는 목소리를 들은 순간 갑자기 심한 자기 멸시의 감정이 몰려왔다. "G. G. 애시우드는 너를 스카우트해서 회사로 데려왔어. 그럼 애시우드도 홀리스를 위해 일하고 있었던 건가? 우리한테 그런 일이 일어난 진짜 원인이 그거였어? 폭탄 때문이 아니라, 너 때문이었던 거야?

팻은 미소 지었다.

그 순간, 호텔 로비가 조 칩의 눈앞에서 폭발했다.

13

자, 두 팔을 들어 올리고 아름다운 곡선미를 뽐냅시다! 새로 발매된 엑스트라 소프트 유빅 브라와 롱라인 유빅 특제 브라를 착용하면, 두 팔을 들어 올리자마자 곡선미가 살아납니다! 설명서대로 착용하시면 하루 종일 당신의 가슴을 탄탄하고 편안하게 지탱해줍니다.

어둠이 그의 주위에서 웅웅거렸고, 젖어서 딱딱하게 응고해버린 뜨뜻미지근한 양모처럼 달라붙었다. 아까 어렴풋하게 느꼈던 공포는 어둠과 섞여서 완전한 현실이 되었다. 내가 부주의했어. 그는 깨달았다. 런시터가 하라는 대로 하지 않았어. 그 여자한테 위반 딱지를 보여준 건 실수였어.

"왜 그래, 조?" 돈 데니가 우려가 가득한 목소리로 물었다.

"어디 잘못됐어?"

"난 괜찮아." 조금은 시력이 돌아왔다. 어둠은 마치 분해되기라도 하는 것처럼 잿빛의 가로선들을 만들어내기 시작했다. "그냥 지쳤을 뿐이야." 이렇게 말하고는 자기 몸이 정말로 얼마나 녹초가 되어 있는지를 깨달았다. 이토록 격심한 피로를 느껴본 적은 없었다. 지금까지 살아오면서 단 한 번도.

돈 데니가 말했다. "내가 도와줄 테니 의자에 앉게." 조는 상대의 손이 자기 어깨를 움켜쥐는 것을 깨달았다. 데니가 그를 부축하는 것을 느꼈다. 두려움이 몰려왔다. 누군가의 부축을 받아야 하는 상황이라니. 그는 몸을 뺐다.

"난 괜찮아." 조는 같은 말을 되풀이했다. 데니의 윤곽이 곁에 맺히기 시작했다. 그것에 정신을 집중하자, 세기말풍의 장식이 된 호텔 로비와 화려한 크리스털 샹들리에와 그것이 발하는 복잡한 노란빛을 그럭저럭 알아볼 수 있었다. "좀 앉아야겠어." 조는 이렇게 말하고 주위를 더듬어 등나무 의자를 찾아냈다.

돈 데니는 거친 어조로 팻에게 힐문했다. "이 친구한테 무슨 짓을 한 거야?"

"아무 짓도 안 했어." 조는 가급적 단호한 목소리를 내려고 노력하며 말했다. 그러나 그것은 어느새 부자연스러운 울림이 담긴 새된 목소리로 변해 있었다. 마치 테이프를 빨리 돌린 것 같다. 이것은 내 목소리가 아니다.

"사실이에요." 팻이 말했다. "조한테든 다른 누구한테든 난 아무 일도 안 했는걸요."

조는 말했다. "위층으로 올라가서 누워야겠어."

"방을 하나 얻을게." 돈 데니는 불안한 어조로 말했다. 그는 조 근처에서 부유浮遊했고, 모습을 드러냈다가 로비의 조명이 약해지면 다시 사라지는 일을 되풀이했다. 조명이 어두워지며 불그스름하게 변하더니 밝아졌고, 다시 어두워졌다. "자넨 저 의자에 앉아 있게, 조. 당장 돌아올게." 데니는 프런트 데스크 쪽으로 서둘러 갔다. 팻은 그대로 남았다.

"내가 뭔가 해줄 수 있는 일은 없어요?" 팻이 상냥한 투로 물었다.

"없어." 조는 말했다. 이 말을 소리 내어 말하기 위해서는 엄청난 노력이 필요했다. 그의 목소리는 심장 안에 있는 공동空洞에 들러붙었고, 이 공동은 시시각각 커져만 갔다. "아니, 담배 한 대 줄 수 있어?" 조는 말했다. 완전한 문장을 말하는 것만으로도 녹초가 되었다. 심장이 힘겹게 뛰는 것을 느낄 수 있었다. 불확실한 고동이 그의 부담을 증가시켰다. 그를 짓누르는 것의 무게가 늘어나며, 거대한 손이 그를 쥐어짠다. "한 대도 없어?" 그는 이렇게 말하고 불그스름한 빛을 통해 가까스로 그녀를 올려다보았다. 불안하게 깜박이는 허약한 현실의 빛.

"안됐지만 다 떨어졌어요." 팻이 말했다.

조는 말했다. "난 어디가 — 잘못된 거지?"

"심장마비일지도." 팻이 말했다.

"이 호텔에 전속 의사는 있을까?" 그는 가까스로 말했다.

"그럴 것 같지는 않네요."

“가서 데려오지 않을 거야? 찾아보지도 않고?”

팻이 말했다. “그냥 심인성 증세인 것 같아요. 당신은 정말로 아픈 게 아녜요. 그러니까 회복할 거예요.”

돈 데니가 돌아와서 말했다. “방을 하나 잡았어, 조. 2층의 203호실이야.” 그는 말을 멈췄다. 조는 돈이 걱정스러운 눈으로 자신을 훑어보는 것을 느꼈다. “조, 안색이 너무 안 좋아. 마치 불면 당장이라도 날아가버릴 것처럼 쇠약해져 있어. 맙소사. 자네 지금 누구를 닮아가는 줄 알아? 이디 돈하고 똑같아. 우리가 그녀를 찾아냈을 때 봤던 모습하고.”

“에이, 그것하고는 전혀 달라요.” 팻이 말했다. “이디 돈은 죽었지만 조는 안 죽었잖아요. 안 그래요, 조?”

조는 말했다. “위로 올라가서 눕고 싶어.” 가까스로 몸을 일으키자 심장이 쿵 하며 한순간 칠까 말까 망설이는 것처럼 주저하더니 곧 똑바로 세운 철괴를 시멘트 바닥에 내리치는 것처럼 다시 고동치기 시작했다. 한 번 고동칠 때마다 몸 전체가 경련한다. “엘리베이터는 어디 있어?” 조는 말했다.

“내가 데려가줄게.” 데니가 말하고 또다시 조의 어깨를 움켜잡았다. “자네 지금 몸이 깃털처럼 가벼워.” 데니가 말했다. “자네한테 무슨 일이 일어나고 있는 건가, 조? 말할 수 있어? 알아? 나한테 얘기해봐.”

“조는 몰라요.” 팻이 말했다.

“의사한테 보여야 할 것 같아.” 데니가 말했다. “지금 당장.”

“아냐.” 조는 대답했다. 좀 누우면 나아질 거야. 그는 속으로 중얼거렸다. 그는 바다의 인력을 느꼈다. 엄청난 조석력이 그를 잡아당기며 빨리 누우라고 독촉해댔다. 그것은 오로지 한 가지 행위를 그에게 강요했다. 위층에 있는 호텔방으로 올라가서, 몸을 뻗고 홀로 누워야 한다고. 아무도 볼 수 없는 곳에서. 나는 가야 해. 그는 자기 자신을 향해 말했다. 내 힘으로 거기까지 가야 해. 그건 왜? 그는 생각했다. 이유를 알 수 없었다. 이 충동은 이해하거나 설명할 수 없는 비합리적인 본능처럼 그의 마음속에 침입해온 것이었다.

"가서 의사를 불러올게." 데니가 말했다. "팻, 당신은 여기서 조와 함께 있어. 한시도 눈을 떼면 안 돼. 최대한 빨리 돌아올게." 그는 자리를 떴다. 조는 멀어지는 데니의 어렴풋한 모습을 보았다. 데니는 점점 줄어들면서 스러지는 것처럼 보였다가, 다음 순간에는 완전히 사라졌다. 퍼트리샤 콘리는 곁에 남았지만, 그걸로는 그의 고독감이 줄어들지 않았다. 팻이 물리적으로 곁에 존재했음에도 불구하고, 그의 고립은 절대적인 것으로 변해 있었다.

"흐음, 조." 팻이 말했다. "어떻게 했으면 좋겠어요? 내가 뭔가 해줄 수 있는 일이 있나요? 있으면 얘기해줘요."

"엘리베이터."

"저 엘리베이터로 데리고 가달라고요? 기꺼이 그러죠." 그녀는 걷기 시작했고, 조는 혼신의 힘을 쥐어짜서 그 뒤를 따랐다. 그의 눈에 그녀의 걸음걸이는 비정상적으로 빠른 것처럼 보였다. 기다려주지도 않고, 뒤를 돌아보려고 하지도 않는다— 그

런 그녀를 시야에서 놓치지 않기란 거의 불가능해 보였다. 팻
이 저렇게 빨리 움직이고 있는 건 나의 착각에 불과한 것일까?
그는 자문했다. 이유는 나한테 있는 게 틀림없어. 느려진 건 내
쪽이야. 중력에 짓눌려서. 그의 세계는 순수한 질량의 속성을
띠고 있었다. 오로지 그 양상으로밖에는 자기 자신을 자각할
수가 없었다— 중량의 압박에 직면한 물체로서 말이다. 단 하
나의 특질. 단 하나의 속성. 그리고 단 하나의 경험. 무력감.

"너무 빨라." 조는 말했다. 이제 그녀의 모습은 보이지 않았
다. 글자 그대로 그의 시야 밖으로 걸어 나가버린 것이다. 더 이
상 나아갈 힘이 없었기 때문에 그는 그 자리에 우뚝 서서 헐떡
였다. 얼굴에서 땀이 뚝뚝 떨어지며 축축해진 두 눈이 소금기
로 따끔거리는 것을 느꼈다. "기다려." 그는 말했다.

팻이 다시 나타났다. 허리를 굽히고 그의 얼굴을 들여다보는
그녀 얼굴을 알아볼 수 있었다. 완벽하게 평온한 표정. 초연한
눈길, 과학적인 냉정함. "얼굴을 닦아줄까요?" 그녀는 이렇게
묻고 손수건을 꺼냈다. 가장자리에 레이스 장식이 된 우아하고
조그만 손수건. 그녀는 미소 지었다. 예전과 똑같은 미소였다.

"그냥 엘리베이터에 태워줘." 그는 억지로 몸을 끌고 나아갔
다. 한 걸음. 두 걸음. 이제는 엘리베이터와 그 앞에서 기다리고
있는 몇몇 사람들의 모습이 보였다. 슬라이드식 문 위에 달린
고색창연한 숫자판과 층수를 표시하는 바늘. 과도하게 장식된
바늘은 3과 4 사이에서 움직이고 있었다. 왼쪽으로 가더니 3에
도달했고, 그다음에는 2를 향해 움직이기 시작했다.

"곧 올 거예요." 팻은 이렇게 말하고 핸드백에서 담배와 라이터를 꺼내더니 불을 붙였고, 콧구멍에서 잿빛 연기를 길게 뿜어냈다. "아주 옛날에나 쓰이던 구식 엘리베이터네요." 그녀는 침착하게 팔짱을 끼며 말했다. "내가 무슨 생각을 하고 있는지 알아요? 난 이 엘리베이터가 그 오래된 개방식 철제 새장일 거라고 생각해요. 당신, 그게 무섭지 않아요?"

바늘은 이제 2를 지나 1 위에서 우물쭈물하더니, 이내 결연히 1을 가리켰다. 문이 스르르 열렸다.

조는 격자로 둘러친 새장을 보았다. 제복 차림의 조작원이 스툴 위에 앉아 회전식 핸들을 잡고 있었다. "올라갑니다." 조작원이 말했다. "안쪽으로 들어가주십쇼."

"난 안 타겠어." 조는 말했다.

"왜요?" 팻이 말했다. "케이블이 끊어지기라도 할 것 같아요? 그게 두려운 건가요? 그러고 보니 두려워하고 있는 것 같네요."

"앨이 봤던 것도 이거였어." 조는 말했다.

"흐음, 조." 팻은 말했다. "다른 방법으로 당신 방으로 올라가려면 층계를 이용하는 수밖에 없어요. 그렇지만 도저히 층계를 오를 수 있는 상태가 아니잖아요, 당신."

"층계를 올라가겠어." 조는 층계를 찾으며 걷기 시작했다. 앞이 안 보여! 그는 생각했다. 찾을 수가 없어! 그를 누르는 무게는 폐를 짜부라뜨렸고, 숨 쉬는 일조차 힘들고 고통스러웠다. 그는 어쩔 수 없이 멈춰 서서 공기를 빨아들이는 일에 전념했다― 단지 그 일에만. 아마 심장 발작을 일으킨 것인지도 모르겠군. 그게 사실이라면 층계를 오르는 건 어불성설이다. 하지만 그의 내부에 자라난 욕구, 혼자 있고 싶다는 압도적인 욕구는 아까보다 한층 더 강해져 있었다. 텅 빈 방에 틀어박혀서, 그 누구의 시선도 없는 곳에서, 조용히 눕고 싶었다. 말할 필요도 없고, 움직일 필요도 없이, 가만히 대자로 누워 있고 싶다. 그 어떤 인간, 그 어떤 문제에도 대처할 필요가 없는 상태로. 그리고 그 누구도 내가 어디 있는지를 결코 알아차리지 못하도록 해야 해. 그는 소리 없이 뇌까렸다. 이유는 확실하지 않았지만 그 점이 매우 중요하다는 생각이 들었다. 전혀 알려지지 않고 눈에 띄지 않는 존재가 되어 살아가고 싶었다. 특히 팻의 눈에 띄고 싶지 않았다. 절대 안 된다. 그녀가 곁에 있으면 안 돼.

"자, 저기예요." 팻이 말했다. 그녀는 조의 몸을 약간 왼쪽으로 잡아당겨 그를 유도했다. "바로 당신 눈앞이에요. 이제 난간을 잡고 쿵쿵거리면서 2층으로 올라가면 돼요. 알았죠?" 그녀는 춤추는 듯한 경쾌한 발걸음으로 층계를 올라가서 멈춰 서더니, 다음 단으로 가볍게 뛰어올랐다. "할 수 있을 것 같아요?"

조는 말했다. "당신은― 됐어. 같이 안 와도 돼."

"어머, 세상에." 그녀는 짐짓 슬픈 표정을 지으며 혀를 찼다. 검은 눈이 반짝인다. "당신의 그런 상태를 내가 이용할까 봐 두려운 거예요? 당신한테 뭔가를, 무슨 해라도 끼칠 것 같아서?"

"아냐." 그는 고개를 가로저었다. "단지― 그러고. 싶어. 혼자 있고 싶다고." 그는 난간을 움켜잡고 몸을 끌어 올려 가까스로 한 계단을 올라가는 데 성공했다. 그곳에 멈춰 서서 위를 올려다보며 층계 꼭대기를 시야에 담으려고 했다. 그것이 얼마나 멀리 떨어져 있고, 앞으로 몇 계단 더 올라가야 하는지를 확인해보기 위해.

"데니는 나더러 당신하고 함께 있어달라고 부탁했어요. 책을 읽어준다든지, 원하는 걸 가져다주는 식으로. 당신 시중을 들어줄게요."

그는 한 계단을 더 올라갔다. "혼자 있고 싶어." 그는 헐떡였다.

팻이 말했다. "여기서 올라가는 걸 보고 있어도 돼요? 얼마나 오래 걸리는지 구경하고 싶어서. 당신이 끝까지 올라갈 수 있다면 말이지만."

"올라갈 수 있어." 그는 다음 계단에 한쪽 발을 올려놓고 난간을 움켜쥔 다음 몸을 끌어 올렸다. 퉁퉁 부어오른 심장이 목까지 차올랐다. 그는 눈을 질끈 감았고, 씨근거리며 숨을 억지로 들이마셨다.

"혹시," 팻이 말했다. "웬디도 이랬던 게 아닌가 하는 생각이 드네요. 웬디가 제일 먼저였죠. 안 그래요?"

조는 헐떡였다. "난. 그녀를. 사랑했어."

"오, 나도 알아요. G. G. 애시우드한테 모두 들었어요. 당신 마음을 읽었다고 하더군요. G. G.하고 난 아주 좋은 친구 사이였어요. 함께 자주 어울리곤 했죠. 연애를 했다고 해도 되겠네요. 그래요, 그렇게 말해도 될 거예요."

"우리 판단이," 조는 말했다. "옳았어." 그는 더 깊숙이 숨을 들이마셨다. "너하고," 그는 가까스로 이렇게 말하는 데 성공했다. 한 계단 더 올라갔고, 엄청난 노력을 기울여 한 계단 더 올라갔다. "너하고 G. G.는. 레이 홀리스하고 한통속이었어. 우리 회사에 잠입한 거였어."

"맞아요." 팻은 시인했다.

"최고의 불활성자들. 그리고 런시터를. 몰살시키려고 했지." 그는 한 계단을 더 올라갔다. "우린 반생 상태에 있는 게 아냐. 우린 죽지—"

"아, 물론 죽을 수 있어요." 팻은 말했다. "당신은 안 죽었지만. 특히 당신은 말이에요. 하지만 결국은 이렇게 한 사람씩 죽어가는 거죠. 하지만 왜 그 얘기를? 왜 또 그런 얘기를 하는 거죠? 조금 전에도 같은 얘길 했잖아요. 솔직히 말해서 따분하군요. 똑같은 얘기를 두 번 세 번 들어줘야 한다는 건. 조, 정말이지 당신은 멍청하고 알은체하기를 좋아하는 인간이에요. 웬디 라이트와 거의 맞먹을 정도로. 둘이 붙었으면 잘 어울렸을걸요."

"그래서 웬디가 제일 먼저 죽은 거로군." 조는 말했다. "동료들에게서 떨어져 나와서 그런 게 아니었어. 그게 아니라—" 그는 심장을 쑤시는 듯한 격통을 느끼고 몸을 움츠렸다. 또 한 계단을 올라가려고 했다가 발을 헛디뎠던 것이다. 그는 비틀거렸고, 이내 자신이 계단 위에 웅크리고 앉아 있다는 사실을 깨달았다. 그래, 하고 그는 생각했다. 벽장에 있던 웬디도 이렇게 웅크리고 있었지. 그는 손을 뻗어 자기 웃옷 소매를 잡았다. 그러고는 잡아당겼다.

천이 찢어졌다. 바싹 말라서 약해진 섬유는 싸구려 재생지처럼 쉽게 찢어졌다. 아무런 저항도 없었고…… 마치 말벌들이 지어놓은 섬약한 구조물처럼 보였다. 그렇다면 이제 의심의 여지가 없다. 곧 그는 너덜너덜한 천 조각들로 이루어진 흔적을 길게 남기게 될 것이다. 호텔방으로, 그가 그토록 갈망하는 고독이 있는 곳으로 이어지는 천 쪼가리의 길을 말이다. 향성向性의 지배를 받은 그의 마지막 노고의 흔적. 어떤 귀소 본능이 죽음으로, 부패와 비존재 쪽으로 그를 재촉하고 있다. 무덤이라는 종점을 향한 음산한 연금술.

그는 한 계단을 더 올라갔다.

나는 끝까지 올라갈 수 있어. 그는 깨달았다. 나를 지금 재촉하고 있는 힘은 내 육체를 게걸스레 먹고 있다. 그래서 웬디와 앨과 이디는―그리고 지금쯤이면 아마 재프스키도―물리적으로 쇠약해지면서 죽은 것이다. 그들이 뒤에 남긴 것이라고는 아무 무게도 없는, 허물처럼 벗어놓은 빈 껍질뿐이었고, 그 안에는 아무것도 남아 있지 않았다. 당사자의 정수精髓도, 체액도, 유해라고 할 만한 것도 없었다. 이 힘은 수많은 중력의 무게에 대항해서 자기 자신을 전진시키며, 그 대가는 바로 이것, 쇠약해져가는 내 육체의 소모로 나타난다. 그러나 기력의 원천으로서 이 육체는 내게 끝까지 올라갈 수 있는 충분한 힘을 줄 것이다. 일종의 생물학적 필연이 작용하고 있다고나 할까. 아마 이 시점에서는 처음에 이런 일을 촉발한 팻조차도 그 과정을 막을 수 없을 것이다. 팻은 지금 층계를 오르고 있는 나를 도대체 어떤 기분으로 바라보고 있는 것일까. 혹시 나를 존경하고 있을까? 아니면 경멸하고 있을까? 그는 고개를 들고 그녀의 모습을 찾았다. 여러 색조가 포함된 그녀의 활기에 찬 얼굴이 눈에 들어왔다. 흥미밖에는 찾아볼 수 없었다. 악의는 없었다. 중립적인 표정. 그는 놀라지 않았다. 팻은 그를 방해하려고 하지 않았고, 도와주려고도 하지 않았다. 당사자인 그조차도 이것을 지극히 당연한 일로 느꼈다.

"기분이 좀 나아졌나요?" 팻이 물었다.

"아니." 그는 대답하고, 계단 중간으로 반쯤 올라간 상태에서 다음 계단으로 훅 올라갔다.

"아까하고는 달라 보이는데요. 그리 동요한 기색이 아네요." 조는 말했다. "내가 올라갈 수 있다는 걸 알기 때문이야."

"그리 머지않아요." 팻은 동의했다.

"'멀지 않아요'겠지." 조는 고쳐 말했다.

"정말이지 기가 턱 막히네요. 그런 시시콜콜한 걸 가지고. 단말마의 경련을 하는 와중에도—" 그녀는 갑자기 고양이처럼 민첩하게 방금 한 말을 정정했다. "아니, 당신 입장에서는 단말마의 경련처럼 느껴지는 걸 경험하는 와중에도 그런 것에 신경을 쓰다니. 방금 '단말마의 경련'이라고 했지만, 그건 취소할게요. 당신이 낙담하면 안 되니까. 좀 더 낙천적으로 생각하자고요. 당신도 그편이 낫죠?"

"한 가지만 가르쳐줘." 그는 말했다. "몇 계단. 남았는지."

"여섯 계단." 그녀는 그의 곁을 빠져나가서 소리 없이, 아무

힘도 들이지 않고 미끄러지듯이 충계를 올라갔다. "아, 미안. 열 계단이네요. 아니, 아홉 계단이었나? 아홉 계단이 맞다고 생각해요."

또다시 그는 한 계단 올라갔다. 그리고 또 한 계단. 그리고 또 한 계단. 말은 하지 않았다. 보려고조차도 하지 않았다. 몸 밑에 있는 딱딱한 표면을 더듬으면서 달팽이처럼 계단에서 다음 계단으로 기어올라가자, 자신의 내부에 일종의 요령이 생겨나는 것을 자각했다. 정확히 얼마나 힘을 써야 하는지, 거의 고갈되다시피 한 체력을 어떻게 할당해야 하는지를 터득한 것이다.

"거의 다 왔어요." 팻이 위에서 쾌활한 어조로 말했다. "뭐 할 말 없어요, 조? 당신의 이 위대한 등반에 관해서 남길 말이라도? 인류 역사상 가장 위대한 등반이라고 일컬어 마땅하잖아요. 아, 그건 아니겠네. 웬디, 앨, 이디, 프레드 재프스키도 당신에 앞서서 이미 한 일이니까. 하지만 내가 실제로 목격한 건 이번이 처음이에요."

조는 말했다. "왜 나를?"

"조, 내가 당신의 이런 모습을 구경하고 싶었던 건 취리히에서 당신이 꾸민 그 저열하고 치사한 음모 때문이에요. 웬디 라이트하고 호텔방에서 하룻밤을 보내려 하다니. 하지만 오늘은 다를걸요. 혼자 있어야 해요."

"그날 밤도 그랬어. 혼자였어." 또 한 계단. 그러자 기침 발작이 시작되었다. 그나마 남아 있던 체력이 땀으로 줄무늬가 생긴 얼굴 위에서 땀방울로 변해 튀며 헛되이 낭비되었다.

"웬디는 거기 있었어요. 당신 침대는 아니었지만 같은 방 어딘가에. 당신은 세상모르고 곯아떨어져 있었지만." 팻은 웃음을 터뜨렸다.

"난 기침을," 조는 말했다. "참고 있어." 두 계단을 더 올라갔고, 거의 정상에 도달했다는 사실을 깨달았다. 얼마나 오래 이렇게 충계를 오르고 있었던 것일까? 짐작도 되지 않았다.

그제야 자기 몸이 녹초가 되었을 뿐만 아니라 차갑게 식어 있다는 사실을 깨닫고 경악했다. 무슨 일이 일어난 거지? 그는 자문했다. 냉기가 어딘가 과거 시점에서, 너무나도 서서히 침입해온 탓에 미처 깨닫지 못한 듯했다. 하느님 맙소사. 그는 부들부들 떨면서 중얼거렸다. 온몸의 뼈가 사시나무처럼 떨리는 듯한 느낌. 달에서 추위를 느꼈을 때보다 더 나쁘다. 훨씬 더 나쁘다. 취리히의 호텔방에서 그가 시달렸던 한기보다도 나쁘다. 그것들은 모두 전조에 불과했다.

신진대사는—그는 생각했다—연소 작용이다. 기계로 치자면 용광로나 마찬가지다. 그것이 작동을 멈추면 생명도 끝난다. 그렇다면 지옥에 관한 통설은 틀렸어. 그는 생각했다. 지옥은 차가워. 거기서는 모든 게 차가워. 육체는 무게와 열을 의미하지만, 지금 무게는 나를 짓누르는 힘이 되었고, 열은, 내 열은, 밖으로 빠져나가고 있어. 그리고 그것은, 내가 다시 태어나지 않는 한, 결코 돌아오는 일이 없다. 이것이 우주의 운명인 것이다. 그렇다면 적어도 나는 고독하지는 않겠군.

그러나 그는 고독했다. 너무 빨리 나를 집어삼키고 있잖아.

그는 깨달았다. 아직 그럴 만한 시기가 아닌데. 무엇인가가 이 과정을 재촉했다— 뭔가 은밀한 것이 그 과정을 가속화한 것이다. 악의와 호기심으로. 그런 것을 구경하기 좋아하는 여러 형태를 가진 사악한 존재가. 유아적이고, 지금 일어나는 일을 즐기는 아둔한 존재가. 그것이 나를 굽은 다리를 가진 곤충이라도 되는 것처럼 짜부라뜨린 거야. 땅에 달라붙는 것 말고는 달리 하는 일이 없는 단순한 벌레라도 되는 것처럼. 날아서 도망칠 능력도 없고, 단지 광기에 물든 부정不淨한 곳으로 한 계단씩 내려가는 법밖에는 모르는 존재라도 되는 것처럼. 자기 자신의 오물에 둘러싸인 사악한 존재, 팻이라고 하는 존재가 서식하는 무덤 세계를 향해 내려가는 벌레라도 되는 것처럼.

"열쇠는 갖고 있어요?" 팻이 물었다. "방 열쇠 말이에요. 가까스로 2층까지 올라갔는데 열쇠를 가져오는 걸 잊어서 방에 못 들어간다면 기분이 어떻겠어요."

"갖고 있어." 그는 호주머니를 뒤졌다.

웃옷이 너덜너덜하게 찢어졌다. 바닥으로 절로 떨어진 웃옷의 윗호주머니에서 열쇠가 굴러 나왔다. 열쇠는 두 계단 아래로 떨어졌다. 손이 닿지 않는다.

팻이 싹싹하게 말했다. "내가 주워줄게요." 그녀는 그의 곁을 휙 지나가더니 열쇠를 주웠다. 빛에 비춰보고 확인한 다음 층계 꼭대기로 돌아가서 난간 위에 내려놓았다. "여기 놓을게요. 다 올라오면 손에 닿을 거예요. 상이죠. 당신 방은 복도 왼쪽으로 가서 네 번째 방인 것 같네요. 천천히 움직여야 하겠지만,

일단 층계를 다 올라오면 훨씬 편해질 거예요. 더 이상 올라갈 필요가 없으니까.”

“나도 보여.” 조는 말했다. “열쇠가. 그리고 꼭대기가. 층계 꼭대기가 보여.” 그는 양손으로 난간 기둥을 움켜쥐고 몸을 위로 끌어 올렸고, 엄청난 소모의 고통을 겪으며 한꺼번에 세 계단을 올라갔다. 완전히 고갈되어버린 느낌이다. 몸을 짓누르는 압력이 더 강해졌고, 냉기가 강해졌고, 그 자신의 실체성이 약화되었다. 하지만—

정상에 도달했다.

“잘 가요, 조.” 팻이 말했다. 그녀는 위쪽 어딘가에서 자기 얼굴이 보이도록 반쯤 무릎을 꿇었다. “돈 데니가 방을 박차고 들어오는 건 싫죠. 안 그래요? 의사는 아무 도움도 안 될 테니까. 그러니까 데니한테는 택시를 불러달라고 호텔에 부탁했고, 당신은 그걸 타고 병원으로 갔다고 얘기해둘게요. 그럼 방해받을 염려는 없어요. 완전히 혼자 있는 게 좋잖아요. 그렇죠?”

“응.” 그는 말했다.

“여기 열쇠가 있어요.” 그녀는 차가운 금속성 물체를 그의 손바닥 위에 올려놓고 쥐어주었다. “자, 턱을 치켜들어요.* 1939년에는 다들 이 표현을 쓰잖아요. 또 나무 니켈을 받지 않도록 주의하고.** 이 말도 유행하더군요.” 이렇게 말하고는 옆으로 몸을

---

* 힘을 내라는 뜻.
** Don't take any wooden nickels. 니켈은 5센트 동전. 눈 뜨고 코 베이지 말라는
  뜻의 관용구이다.

빼고 일어섰다. 잠시 그렇게 서서 그를 유심히 바라보는가 싶더니 복도의 엘리베이터 쪽으로 뛰어갔다. 그녀가 단추를 누르고 기다리는 것이 보였다. 문이 스르르 열렸다. 팻의 모습이 사라졌다.

그는 열쇠를 꽉 움켜쥔 채로 휘청거리며 웅크린 자세를 취했다. 복도 반대편 벽에 기대며 몸을 지탱하고, 왼쪽으로 몸을 돌린 다음 한 걸음씩 걷기 시작했다. 몸을 여전히 벽에 기댄 채로. 껌껌하군, 하고 그는 생각했다. 불이 켜져 있지 않다. 그는 눈을 질끈 감았다가 다시 떴고, 깜박였다. 이마에서 흐른 땀 때문에 여전히 눈이 따끔거렸고, 제대로 앞을 볼 수가 없었다. 복도가 정말로 껌껌한 건지, 아니면 시력이 사라지고 있는지 확신할 수가 없었다.

첫 번째 문에 도달했을 때는 또다시 바닥에서 기고 있었다. 고개를 옆으로 들어 올려 문에 쓰인 번호를 확인했다. 아니, 이 문이 아니다. 그는 다시 기기 시작했다.

올바른 문을 찾아냈을 때는, 열쇠 구멍에 열쇠를 꽂기 위해 억지로 몸을 일으켜 똑바로 서야 했다. 그 동작만으로 기력이 완전히 고갈되었다. 그는 열쇠를 손에 쥔 채로 쓰러졌다. 머리가 문에 부딪혔다. 그는 먼지투성이의 융단 위로 벌렁 넘어졌다. 융단에서는 노후함과 마모와 차가운 죽음의 냄새가 풍겼다. 방으로 들어갈 수가 없어. 그는 깨달았다. 더 이상 서 있을 수가 없어.

하지만 그래야 했다. 여기서 남의 눈에 띌 수는 없었다.

양손으로 문손잡이를 움켜쥐고 다시 한 번 몸을 일으켜 세웠다. 체중을 완전히 문에 맡긴 채 덜덜 떨리는 손으로 문손잡이와 자물쇠 쪽으로 열쇠를 내밀었다. 이런다면 일단 열쇠를 돌린 뒤에는 문이 절로 열리면서 안으로 쓰러질 수 있을 것이다. 그런 다음 문을 닫을 수만 있다면, 그리고 침대까지 갈 수만 있다면, 이 고통에서 해방될 수 있다.

자물쇠가 삐걱이더니 회전판이 돌아갔다. 문이 열렸고, 그는 양팔을 내밀며 앞으로 고꾸라졌다. 방바닥이 그를 향해 올라오면서 융단의 형태를 알아볼 수 있었다. 적색과 금색의 소용돌이와 도안과 꽃무늬였지만, 마모된 탓에 거칠어지고 윤기도 없는 데다가 빛이 바래 있었다. 방바닥에 부딪혔을 때는 거의 아무 통증도 느끼지 못했다. 이런 생각이 머리에 떠올랐다. 아주 오래됐군, 이 방은. 이 건물이 처음 건조되었을 무렵에는 엘리베이터 대신 새장 모양의 개방형 철장을 정말로 썼을 공산이 컸다. 그렇다면 나는 진짜 엘리베이터를 본 거로군. 원래 있던 진짜를.

잠시 그렇게 쓰러져 있다가, 마치 누군가의 부름을 받은 것처럼 다시 꿈틀거리며 움직이기 시작했다. 몸을 일으켜 손바닥으로 바닥을 짚고 양 무릎을 꿇었다……. 내 손. 그는 생각했다. 하느님 맙소사. 양피지처럼 누렇게 뜨고 우툴두툴한 것이 마치 바싹 구운 칠면조의 엉덩이를 연상케 한다. 각질이 잔뜩 일어난 피부는 인간의 살갗이 아니다. 돋아나기 시작한 새털 같다. 마치 내가 몇백만 년이나 퇴화해서, 피부를 돛 삼아 하늘을 활공하는 생물로 되돌아가버린 것처럼.

눈을 뜨고 침대를 찾았다. 어디 있는지 확인해보려고 애를 썼다. 멀리 있는 커다란 창문, 커튼의 망사 사이로 비치는 거무스름한 햇살. 길쭉한 다리가 달린 꼴사나운 화장대. 그리고 측면 난간 위에 둥그런 놋쇠 장식들이 달린 침대. 구부러지고 울퉁불퉁한 모습. 마치 오랫동안 사용한 탓에 난간은 뒤틀리고, 니스를 바른 목제 헤드보드는 일그러진 느낌이다. 그래도 나는 저 위에서 자고 싶어. 그는 중얼거렸다. 그곳으로 가기 위해, 방 구석을 향해 자기 몸을 질질 끌고 갔다.

그리고 완충재를 잔뜩 채워 넣은 안락의자에 앉아 있는 인물을 보았다. 지금까지 아무 소리도 내지 않고 방관하다가, 지금 일어서서 그를 향해 빠르게 다가오고 있다.

글렌 런시터.

"자네가 층계를 오르는 걸 도와줄 수가 없었어." 런시터는 육중한 얼굴에 가차 없는 표정을 떠올리고 말했다. "그 여자가 봤을 테니까 말이야. 사실, 이 방까지 자네를 따라오지는 않을까 걱정했다네. 그랬더라면 문제가 발생했을 거야. 왜냐하면—" 그는 여기서 말을 끊고 허리를 굽혔고, 조를 획 일으켜 세웠다. 마치 조의 몸에 아무 무게도 없고, 아무런 물질적인 구성요소도 내포하고 있지 않다는 듯 가벼운 동작으로. "그 얘긴 나중에 하지. 자." 그는 조를 옆구리에 끼고 방을 가로질렀다— 침대가 아니라 아까 그가 앉아 있던 육중한 의자 쪽으로. "몇 초만 더 참을 수 있겠나?" 런시터가 물었다. "문을 닫고 자물쇠를 잠그고 싶어서 그래. 그 여자 맘이 바뀔 경우에 대비해서.”

“예.” 조는 말했다.

런시터는 성큼성큼 세 발자국을 걸어가서 문을 쾅 닫고 빗장을 걸었고, 다시 조에게 돌아왔다. 그는 화장대 서랍을 열고는 서둘러 스프레이 통 하나를 꺼냈다. 스프레이 통의 반짝거리는 표면은 선명한 줄무늬와 풍선 무늬와 활자로 화려하게 장식되어 있었다. “유빅이야.” 런시터는 이렇게 말하고 혼신의 힘을 다해 통을 흔들더니 조 앞에 서서 그를 정통으로 겨눴다. “나한테 감사할 필요는 없어.” 그는 이렇게 말하고 왼쪽에서 오른쪽으로 손을 움직이며 한참 동안 내용물을 분무했다. 공기가 깜박이며 빛을 발했다. 마치 밝은 광입자가 방출되고, 태양의 에너지가 이 낡고 오래된 호텔방 안에서 반짝이는 것처럼. “기분이 나아졌나? 즉시 효과가 나타날 거야. 이미 반응할 때가 됐어.” 런시터는 걱정스러운 눈으로 조를 훑어보았다.

14

봉지에 넣는 것만으로는 음식의 맛을 지킬 수 없습니다. 유빅 플라스틱 랩을 써보십시오. 한 장처럼 보이지만 실제로는 네 개의 층을 하나로 겹쳐놓은 것입니다. 음식의 신선함을 보존하고, 공기와 습기를 완벽하게 차단합니다. 이 모의 실험을 보십시오.

"담배 있습니까?" 조는 물었다. 목소리가 떨렸지만 피로 때문은 아니었다. 추위 때문도 아니다. 양쪽 모두 지금은 사라졌다. 난 긴장하고 있어. 그는 스스로를 향해 말했다. 하지만 죽어가고 있지는 않아. 그 과정은 유빅 스프레이가 막아줬어.

녹화된 TV 광고에서 런시터가 말했잖아. 조는 기억했다. 내가 그걸 찾아낼 수 있다면 괜찮아질 거라고 런시터 입으로 약

속했지. 하지만—그는 우울한 기분으로 생각했다—정말 오래
걸렸군. 거의 손에 못 넣을 뻔했어.

"필터 담배가 아냐." 런시터가 말했다. "이 후진적이고 한심
한 시대에는 담배에 여과 장치 따위가 달려 있지 않았거든." 그
는 캐멀 한 갑을 조에게 건넸다. "불을 붙여주지." 그는 불을 켠
성냥을 내밀었다.

"새 담배로군요." 조는 말했다.

"빌어먹을, 물론이야. 염병할. 방금 아래층 담배 가게에서 사
온 거지. 우리는 이 시대 깊숙한 곳까지 들어와 있네. 상한 우
유나 말라붙은 담배의 단계는 이미 졸업한 지 오래야." 런시터
는 삭막한 미소를 떠올렸다. 단호하고 차가운 두 눈은 전혀 빛
을 반사하지 않았다. "이 시대 안으로 와 있는 거야. 밖이 아니
라. 그 차이는 크지." 그는 자기 담배에도 불을 붙였다. 의자 등
받이에 등을 기대고 잠자코 담배를 태우는 그의 표정은 여전히
침울했다. 침울할 뿐 아니라 피곤한 기색이군, 하고 조는 생각
했다. 그러나 조 자신이 경험한 종류의 피로는 아니었다. 조는
말했다. "다른 친구들도 도와주실 수 있습니까?"

"내가 갖고 있는 유빅은 이것 한 통뿐일세. 대부분은 자네한
테 써버렸고." 런시터는 분개한 듯이 손짓을 해 보였다. 억누를
수 없는 분노로 손가락이 와들와들 떨리고 있었다. "이곳의 사
물을 변화시킬 수 있는 내 능력에는 한계가 있다네. 할 수 있는
일은 다 했어." 그는 고개를 홱 들어 조를 노려보았다. "나는 기
회가 있을 때마다 자네에게—모두에게—접촉했어. 내게 주어

진 능력 안에서 할 수 있는 일은 전부 해봤던 거야. 결과는 비참했지. 거의 아무 일도 하지 못했으니." 그는 분노에 찬 묵상 속으로 잠겨들었다.

"화장실 벽의 낙서 말인데." 조가 말했다. "우리는 죽었고 당신은 살아 있다고 하셨죠."

"난 살아 있네." 런시터는 쉰 목소리로 말했다.

"우리는 죽은 겁니까? 남은 우리는?"

긴 침묵이 흐른 뒤에 런시터가 말했다. "응."

"하지만 녹화된 그 TV 광고에서는—"

"그건 자네한테 투지를 불어넣기 위한 거였어. 유빅을 찾도록 하려고. 그걸 본 자네는 유빅을 찾기 시작했고, 그 뒤로도 줄곧 그래왔지. 자네한테 그걸 계속 보내려고 했지만, 뭐가 잘못됐는지 자네도 알 걸세. 그 여자가 줄곧 모두를 과거로 끌어당겼던 거야— 우리 모두를 상대로 예의 능력을 썼던 거지. 그 여자는 몇 번이나 되풀이해서 유빅을 퇴행시켰고, 무가치한 걸로 만들어버렸어." 런시터는 덧붙였다. "자네가 보라고 슬쩍 끼워놓은 단편적인 메시지들은 그대로 남았지만 말이야." 런시터는 참지 못하고 조를 향해 굵은 손가락을 쑥 내밀며 격한 몸짓을 해 보였다. "내가 무엇을 상대해야 했는지 상상해보게. 자네들 모두를 사로잡은 다음 한 사람씩 죽인 존재와 맞서 싸워야 했어. 솔직히 말해서 그나마 대항할 수 있었다는 게 놀라울 정도야."

조는 말했다. "무슨 일이 일어나는지는 언제 알았습니까? 줄곧 알고 있었던 겁니까? 처음부터?"

"처음부터라니." 런시터는 신랄하게 되물었다. "그게 무슨 뜻이지? 그건 몇 달, 경우에 따라서는 몇 년 전에 시작됐어. 홀리스, 믹, 팻 콘리, S. 돌 멜리폰, G. G. 애시우드가 언제부터 그 계획을 꾸미고, 그걸 밀가루 반죽처럼 주무르면서 검토에 재검토를 거듭했는지는 오직 신만이 알고 있을 거야. 진상은 이렇다네. 우리는 달로 유인당했어. 우리는 팻 콘리를 일행에 합류시켰지─ 누군지도 잘 모르고, 우리가 이해하지 못하는 능력을 가진 그 여자를 말이야. 홀리스조차 그 능력을 제대로 이해 못할지도 몰라. 하여튼 그 능력은 시간 역행과 관련이 있네. 엄밀하게 말해서 시간을 여행하는 능력은 아니지만 말이야……. 이를테면 그 여자는 미래로 가지는 못한다네. 어떤 의미에서는 과거로도 못 가지. 내가 이해하는 한 그 여자가 실제로 하는 건 일종의 역행 작용을 일으켜서 물질의 형상에 내재되어 있는 그 이전의 단계들을 노출시키는 일이야. 그건 자네도 이미 알지. 앨하고 함께 알아냈으니." 그는 분노를 못 이기고 이를 북북 갈았다. "앨 해먼드─ 정말 아까운 친구를 잃었어. 하지만 난 아무 일도 해주지 못했어. 그땐 지금처럼 이 세계로 뚫고 들어올 수가 없었으니."

"그런데 지금은 어떻게 그럴 수 있는 겁니까?" 조는 물었다.

런시터가 말했다. "왜냐하면 그 여자가 우리를 데리고 올 수 있는 과거는 여기까지이기 때문이야. 앞으로 가는 정상적인 시간의 흐름은 이미 재개되었다네. 우리는 또다시 과거에서 현재로, 그리고 미래로 흘러가고 있어. 그 여자는 한계에 달할 때까지 자기 능력을 발휘한 것이 틀림없어. 1939년, 그게 한계야. 거기까지 온 다음에 자기 능력을 차단했다네. 당연하지 않나? 레이 홀리스가 자기한테 부과한 임무를 완수했으니.”

“얼마나 많은 사람들이 영향을 받았습니까?”

“달의 그 지하 거주구에 있었던 우리 그룹만. 조이 워트조차도 영향을 받지는 않았어. 팻은 자기가 만들어내는 역장의 범위를 한정시킬 수 있거든. 바깥세상에서 보는 한 우리 일행은 달로 갔다가 불의의 폭발 사고에 휘말려서 사망한 걸로 되어 있다네. 우리는 스탠튼 믹의 노력에 의해 정중하게 냉동보존되었지만, 결국 접촉을 확립하지는 못했다는 줄거리지— 냉동 조치가 너무 늦었던 탓에.”

조는 말했다. “왜 폭발만으로 충분하지 않았던 겁니까?”

런시터는 한쪽 눈썹을 치켜올리고 조를 바라보았다.

“애당초 팻 콘리를 왜 썼던 걸까요?” 조는 말했다. 지쳐빠지고 동요한 지금 같은 상태에서도 조는 뭔가 이상하다고 느꼈다. “그런 식의 거창한 역전 작용을 일으킬 이유는 전혀 없는데도 말입니다. 이렇게 가속화하는 퇴행 시간 속으로 굳이 우리를 빠뜨려서 1939년까지 되돌려 보내야 할 하등의 이유가 없습니다. 그런 일에 무슨 목적이 있단 말입니까.”

“흥미로운 지적이로군.” 런시터는 억세고 무표정한 얼굴을 찌푸리고 천천히 고개를 끄덕였다. “생각해봐야 할 문제야. 좀 시간을 줘.” 그는 창가로 걸어가서 도로 반대편의 상점들을 응시했다.

"우리가 맞선 상대에 대한 건데," 조는 말했다. "어떤 뚜렷한 목적을 가졌다기보다는 악의적인 힘에 가깝다는 인상을 받았습니다. 우리를 죽이거나 무력화한다든지 안심보장 기관으로서의 기능을 박탈하려는 게 아니라—" 조는 골똘히 생각했다. 거의 알 것 같은 기분이었다. "우리에게 그런 짓을 하고 즐거워하는 무책임한 존재처럼 보입니다. 우리를 한 사람씩 죽이는 수법을 보십시오. 그런 식으로 질질 끌 필요가 전혀 없는데 말입니다. 도저히 레이 홀리스의 소행으로는 안 보입니다. 홀리스의 살해 수법은 냉혹하고 실제적입니다. 또 제가 아는 스탠튼 믹은—"

"팻 본인은 어때." 런시터는 퉁명스럽게 조의 말을 끊었다. 그는 창가에서 몸을 돌려 조를 바라보았다. "그 여자는 심리학적으로 말하면 가학적인 인간이야. 파리 날개를 뜯어내는 일을 즐기듯이 우리를 갖고 놀고 있는 건 아닐까." 런시터는 반응을 보려는 듯이 조를 응시했다.

조는 말했다. "그보다는 오히려 어린애에 더 가깝다는 인상을 받습니다만."

"하지만 팻 콘리를 보게. 그녀는 악의에 차 있고 시기심이 많아. 처음 희생자로 웬디를 고른 것도 악감정 때문이었고. 아까도 자네를 따라 층계 위까지 따라와서 열심히 구경하지 않던가. 사실, 그걸 즐기고 있었다는 쪽이 더 정확해."

"그걸 어떻게 알고 있었습니까?" 조는 말했다. 당신은 이 방에서 내가 오기를 기다리고 있었잖아. 그는 소리 없이 되뇌었다. 그 광경을 볼 기회는 없었어. 그리고— 내가 이 방으로 오리라는 걸 런시터는 어떻게 미리 알 수 있었던 것일까?

런시터는 거칠고 귀에 거슬리는 한숨을 내쉬며 말했다. "아직 자네한테 모든 걸 얘기하지는 않았네. 사실을 말하자면……." 그는 말을 멈추고는 세차게 아랫입술을 깨물며 망설였고, 느닷없이 말을 이었다. "지금까지 내가 한 얘기는 엄밀하게는 진실이 아니네. 나는 이 퇴행한 세계에 대해 자네들과 동일한 관계를 맺고 있지는 않아. 자네 생각이 완전히 옳아. 난 너무 많은 걸 알고 있어. 그건 내가 바깥쪽에서 여기로 들어왔기 때문이라네, 조."

"시현示顯." 조는 말했다.

"응. 이 세계에 투입되어 여기저기서 얼굴을 내밀지. 전략적인 지점이나 시점에서 말이야. 그 교통위반 딱지의 경우처럼. '아처 약국'에서 그런 것처럼—"

"그 TV 광고는 녹화된 게 아니었군요." 조는 말했다. "그건 생방송이었습니다."

런시터는 마지못해 고개를 끄덕였다.

"당신이 놓인 상황과 우리가 놓인 상황 사이의 차이점은 뭡니까?"

"그걸 내 입으로 말해야 하나?"

"예." 그는 마음의 준비를 했다. 무슨 대답이 돌아올지는 이미 알고 있었다.

"나는 죽지 않았다네, 조. 그 낙서는 진실을 말하고 있었어. 자네들 모두는 냉동보존되었고, 나는—" 런시터는 조를 똑바로 바라보지 못하고, 어렵사리 말을 이었다. "난 지금 '사랑하는 동포를 위한 모라토리엄'의 면회 라운지에 앉아 있다네. 자네들 모두가 내 지시에 따라 상호 접속되어서 한 집단이 되어 있는 상태야. 난 여기서 자네들과 교신을 시도하고 있다네. 내가 밖에 있다고 말한 건 바로 그런 뜻이었어. 그래서 자네가 시현이라고 부르는 현상이 일어났던 거야. 지난 일주일 동안 나는 자네들이 반생명 상태에서 제대로 기능할 수 있도록 노력해왔네. 하지만— 소용이 없었어. 자네들은 한 사람씩 스러져가고 있어."

잠시 후 조는 말했다. "팻 콘리는?"

"응. 그 여자도 자네와 함께 있네. 반생명 상태에서 그룹의 다른 멤버들과 상호 접속되어 있어."

"이런 퇴행 현상은 팻의 능력에 기인한 겁니까? 아니면 반생자들이 겪는 정상적인 쇠퇴입니까?" 조는 긴장하며 런시터의 대답을 기다렸다. 그가 보기에 모든 것이 이 질문 하나에 걸려 있었다.

런시터는 콧방귀를 뀌고는 얼굴을 찡그렸고, 목쉰 소리로 대꾸했다. "정상적인 쇠퇴 현상이야. 엘라도 그걸 경험했어. 반생명 상태로 들어가는 사람이면 누구든 경험하는 일이야."

"거짓말을 하고 있군요." 조는 말했다. 그러고는 칼날에 찢기는 듯한 감각을 맛보았다.

런시터는 조를 빤히 쳐다보며 말했다. "하느님 맙소사, 조. 난 자네 목숨을 구했어. 방금 가까스로 여기까지 뚫고 들어와서 자네가 완전한 반생명으로 기능할 수 있도록 했다고―그 덕택에 이제 자네는 앞으로도 오랫동안 이대로 지낼 수 있을 거야. 염병할. 자네가 저 문을 통해 이 호텔방으로 기어들어왔을 때 내가 여기서 기다리고 있지 않았다면, 지금쯤 자넨― 어이, 조, 아직도 이해 못 하겠나. 내가 아니었다면 자넨 저 허름한 침대 위에서 싸늘한 시체가 되어 있었을 거야! 난 글렌 런시터야. 자네의 보스고, 자네들의 목숨을 구하기 위해서 싸우고 있어― 이쪽, 현실 세계에서 자네들을 위해 악전고투하고 있는 유일한 사람이라고!" 런시터는 격한 분노와 놀라움이 깃든 표정으로 조를 계속 응시했다. 당혹스럽고, 마음을 상해 어쩔 줄 모르는 듯한 표정이었다. 마치 지금 무슨 일이 일어나고 있는지 이해 못 하겠다는 듯한. "그 여자 말인데." 런시터는 말했다. "그 팻 콘리라는 여자는 자네를 죽였을 거야. 지금까지―" 그는 입을 다물었다.

조는 말했다. "지금까지 웬디와 앨, 이디 돈, 프레드 재프스키, 그리고 지금쯤 아마 티토 애포스터스를 죽인 것처럼 말입니까."

낮지만 억제된 목소리로 런시터는 말했다. "상황은 무척 복잡하다네, 조. 간단하게 대답할 수 있는 계제가 아냐."

"당신도 대답을 모르기 때문이 아닙니까." 조는 말했다. "문제는 바로 그겁니다. 당신은 대답을 날조했습니다. 당신이 여기 와 있다는 사실을 설명하기 위해서는 그러는 수밖에 없었겠죠. 당신의 이른바 시현들을 설명하기 위해서 말입니다."

"내가 그런 이름을 붙인 게 아냐. 앨과 자네가 고안한 표현

아닌가. 그러니까 자네들 둘이 한 일을 내 탓으로 돌리지는—”

“우리에게 지금 일어나고 있는 일, 그리고 우리를 공격하고 있는 존재에 관해서 당신이 나보다 더 많이 아는 것 같진 않군요. 글렌, 우리가 맞서야 하는 상대가 누군지 당신이 가르쳐주지 않는 건, 당신도 그게 누군지 모르기 때문입니다.”

런시터는 말했다. “난 내가 살아 있다는 사실을 아네. 내가 모라토리엄의 이 면회 라운지에 앉아 있다는 사실도 알고.”

“당신 유해는 관에 들어 있었습니다.” 조는 말했다. “이곳의 ‘선한 목자 장례식장’에 있었지요. 그걸 봤습니까?”

“안 봤어.” 런시터는 대꾸했다. “하지만 그건 실제로는—”

“완전히 말라비틀어진 상태였습니다.” 조는 말했다. “웬디나 앨이나 이디처럼 쪼그라들었죠— 한순간 제가 그랬던 것처럼. 당신도 똑같았습니다. 우리보다 더 나은 것도, 더 나쁜 것도 아니었습니다.”

“자네의 경우는 내가 유빅을—” 런시터는 또다시 말을 멈췄고, 형언하기 힘든 묘한 표정을 얼굴에 떠올렸다. 통찰, 두려움, 그 밖의 무엇인가를 뒤섞은 듯한 느낌이었지만— 정확히 무엇인지 조는 꼬집어 말할 수가 없었다. “유빅을 가지고 왔잖아.” 런시터는 말을 맺었다.

“유빅이 뭡니까?” 조는 말했다.

런시터는 대답하지 않았다.

“당신도 모르는군요.” 조는 말했다. “그게 정확히 뭔지, 어떤 식으로 작용하는지. 어디서 왔는지조차도 모르죠.”

길고 고뇌에 찬 침묵이 흐른 후 런시터는 말했다. "자네 말이 옳아, 조. 부정할 길이 없는 사실일세." 그는 떨리는 손으로 새 담배에 불을 붙였다. "하지만 난 자네 목숨을 구하고 싶었어. 적어도 그 부분만은 사실일세. 염병할, 난 자네들 모두의 목숨을 구하고 싶어." 담배가 그의 손가락 사이에서 떨어졌다. 바닥에 떨어진 담배는 옆으로 굴러갔다. 런시터는 힘겹게 허리를 굽히고 바닥을 더듬어 그것을 집으려고 했다. 그러는 그의 얼굴에는 극도의 비애가 뚜렷하게 각인되어 있었다. 거의 절망에 가까운.

"우린 이 안에 있습니다." 조는 말했다. "그리고 당신은 바깥에, 그 면회 라운지에 앉아 있죠. 당신은 우리가 말려든 일을 저지할 수 없습니다."

"사실일세." 런시터는 고개를 끄덕였다.

"여기가 냉동보존 장치 안이라는 건 맞지만," 조는 말했다. "그 이상의 뭔가가 있습니다. 반생 상태에 있는 사람들에게도 부자연스러운 무엇인가가. 앨이 알아차렸듯이, 두 종류의 힘이 작용하고 있는 건 확실합니다. 한쪽은 우리를 도우려고 하고, 한쪽은 우리를 파멸시키려고 하죠. 당신은 우리를 도우려고 하는 존재 또는 인물과 협력하고 있습니다. 당신은 그들에게서 유빅을 입수했고."

"그래."

조는 말했다. "그렇다면 도대체 누가 우리를 파멸로 몰아가고 있는지 아는 사람은 여전히 아무도 없다는 얘기가 되는군요— 또 누가 우리를 보호해주고 있는지도 말입니다. 밖에 있는 당신도 모르고, 안에 있는 우리도 모릅니다. 아마 팻 탓인지도 모르죠."

"난 그렇게 생각하네." 런시터는 말했다. "그 여자가 자네들의 적이야."

조는 말했다. "전혀 틀린 생각은 아닐지도 모르지만, 저는 그렇게 생각하지 않습니다." 우리가 우리의 적이나 친구하고 맞대면한 적이 있는 것 같지는 않으니까.

조는 생각했다. 하지만 곧 그렇게 될 거라고 생각해. 얼마 지나지 않아 우리는 이 두 사람의 정체를 알게 될 거야.

"확신이 있는 겁니까?" 그는 런시터에게 물었다. "그 폭발에서 살아남은 사람이 오직 당신 한 사람뿐이라는 완벽한 확신이? 잘 생각해보고 대답해주십쇼."

"아까 말했듯이, 조이 워트는―"

"우리 중에 있느냐는 얘깁니다." 조는 말했다. "조이 워트는 우리가 있는 이 시간대에 와 있지 않습니다. 이를테면 팻 콘리는 어떻습니까."

"팻 콘리는 흉곽이 으스러졌어. 사인은 쇼크하고 폐 허탈, 그리고 다중 내상이더군. 거기엔 간장 손상하고 세 군데의 다리 골절도 포함되어 있어. 물리적으로 그 여자는 자네가 있는 곳에서 1미터가량 떨어진 곳에 있네. 그러니까, 그 여자 시체가 말이야."

"그럼 다른 사람들도 모두 마찬가지란 얘깁니까? 모두 '사랑하는 동포를 위한 모라토리엄'에서 냉동보존 되어 있다는 얘긴가요?"

런시터는 말했다. "한 사람은 예외일세. 새미 먼도. 그 친구는 광범위한 뇌 손상을 입고 혼수상태에 빠졌어. 다시는 깨어나지 못할 거라더군. 대뇌피질이—"

"그럼 살아 있기는 한 거군요. 냉동보존된 게 아니니까. 이곳에는 없는 겁니다."

"그걸 '살아 있다'고 부르기는 힘들어. 뇌파 검사를 해봤는데, 대뇌피질의 활동이 전무했네. 식물인간, 그 이상도 이하도 아냐. 인격도 없고, 움직임도, 의식도 없어— 먼도의 뇌 안에서는 아무런 일도 일어나고 있지 않네. 미세한 반응조차도 없어."

조는 말했다. "그래서 그 얘기를 안 해주신 거로군요."

"방금 얘기했잖나."

"물어본 다음에야 하지 않았습니까." 조는 곰곰이 생각했다. "지금 먼도는 우리로부터 얼마나 떨어진 곳에 있습니까? 취리히에 있습니까?"

"우린 이곳 취리히에 착륙했어. 먼도는 칼 융 병원에 입원해 있네. 이 모라토리엄에서 4분의 1마일쯤 떨어진 곳이지."

"그럼 텔레파스를 하나 고용하시죠." 조는 말했다. "아니면 G. G. 애시우드 그 작자를 쓰든가. 먼도의 뇌를 스캔해보는 겁니다." 아직 어리잖아. 그는 생각했다. 지리멸렬하고 미성숙한 소년. 잔인하고 미숙한 데다가 성격도 괴팍했지. 범인은 그 녀석일지도 몰라. 그 녀석의 성격은 우리가 지금 경험하고 있는 것들, 변덕스럽고 모순투성이인 사건들과도 일맥상통하잖아. 우리 날개를 하나씩 뜯어낸 다음에 다시 붙여놓았다가 일시적으로 복원한 것도 그래. 내가 죽을 고생을 하며 층계를 오른 다음 이 호텔방에서 경험하고 있는 일이 바로 그런 경우 아닐까.

런시터는 한숨을 쉬었다. "이미 시도해봤네. 그런 뇌 손상 환자에게는 텔레파시를 써서 접촉을 시도하는 것이 통상적인 방법이라더군. 하지만 결과는 실패였어. 아무 반응도 없었거든. 전두엽은 기능조차도 하고 있지 않았어. 유감이네, 조." 런시터는 동정한다는 투로 커다란 머리를 경련하듯이 흔들었다. 조와 마찬가지로 이 소식에 실망한 기색이 역력했다.

귀에 밀착해 있던 플라스틱제 원반을 떼어낸 다음, 글렌 런시터는 마이크에 대고 말했다. "나중에 다시 얘기하기로 하세." 그는 모든 교신 장비를 내려놓고 굳은 동작으로 의자에서 일어났고, 차가운 냉기가 피어오르는 투명한 플라스틱 관 안에서 얼어붙은 채로 꼼짝도 않는 조 칩의 모습을 잠깐 마주 보았다. 직립한, 말 없는 모습은 앞으로도 줄곧 그렇게 남을 것이다.

"저를 부르셨습니까?" 황급히 면회 라운지로 들어온 헤르베르트 쉰하이트 폰 포겔장이 중세의 아첨꾼처럼 굽실거리며 말했다. "칩 씨를 다른 사람들이 있는 곳으로 되돌려놓을까요? 모두 끝나셨습니까?"

런시터는 말했다. "끝났네."

"그럼 교신은―"

"응. 교신은 순조로웠어. 처음으로 서로의 목소리를 제대로 들을 수 있었지." 런시터는 담뱃불을 붙였다. 몇 시간 만에 겨우 짬을 내서 피우는 담배였다. 조 칩과 접촉하기 위한 길고 힘든 시간을 보낸 탓에 기진맥진한 상태였다. "이 근처에 암페타민 자동판매기가 있나?" 그는 모라토리엄 경영주에게 물었다.

"이 면회 라운지 밖의 복도에 있습니다." 비위를 맞추려고 열심인 폰 포겔장은 그쪽을 가리켰다.

라운지에서 나간 런시터는 암페타민 자동판매기 쪽으로 걸어갔다. 동전을 넣고 선택 레버를 누르자 배출 슬롯 안으로 낯익은 조그만 물체가 딸깍 떨어졌다.

알약을 삼키자 기분이 좋아졌다. 그러자 렌 니글먼과 두 시간 뒤에 만날 약속이 있다는 사실을 깨달았다. 시간에 맞춰 갈 수 있을지 의문이었다. 너무 골치 아픈 일들이 많아. 런시터는 생각했다. 나는 아직 '협회'에 정식으로 보고할 준비가 안 되어 있어. 니글먼에게 영상전화를 걸어서 회합을 연기해달라고 해야겠군.

공중전화를 써서 북미 연맹에 있는 니글먼을 불러냈다. "렌." 그는 말했다. "오늘은 더 이상 일을 할 기력이 없어. 지난 열두 시간 내내 냉동보존 된 부하들하고 접촉 시도를 한 탓에 녹초가 됐거든. 내일로 연기해줄 수 있을까?"

니글먼이 말했다. "자네가 완전한 공식 보고서를 빨리 내줄수록 우리도 홀리스 상대로 신속한 행동을 취할 수가 있어. 우리 법률 부서에서는 그걸 명쾌한 사건으로 보고 있다네. 빨리 착수하고 싶어서 안달이야."

"민사소송이 성립한다고 보고 있는 건가?"

"민사와 형사 양쪽이야. 뉴욕 지방검사하고도 협의를 하고 있는 중이라네. 하지만 자네가 공증된 보고서를 우리한테 제출해주지 않으면—"

"내일 그러겠네." 런시터는 약속했다. "좀 눈을 붙인 다음에 말이야. 난 거의 쓰러지기 직전이야." 가장 유능한 부하들을 한꺼번에 잃어버렸어. 그는 속으로 말했다. 특히 조 칩. 우리 회사는 뿌리째 뽑혀버렸고, 기업 활동을 재개하려면 아마 몇 달, 아니 몇 년이 걸릴지도 몰라. 하느님 맙소사. 도대체 무슨 수로 내가 잃은 불활성자들을 대체하지? 또 어디서 조 같은 테스트 기술자를 찾아내란 말인가?

니글먼이 말했다. "알겠네, 글렌. 한숨 푹 자고 내일 아침 내 사무실에서 만나자고. 이쪽 시간으로 10시면 어떤가."

"고맙네." 런시터는 전화를 끊고 전화기 반대편에 있는 분홍색 플라스틱제 소파에 무너지듯이 털썩 앉았다. 조 같은 테스트 기술자는 어디서도 찾을 수 없을 거야. 그는 생각했다. 현실을 직시하자면, 런시터 어소시에이츠는 끝장났어.

모라토리엄 경영주가 평소 버릇대로 가장 안 좋은 순간을 골라 등장했다. "뭔가 필요하신 거라도 있습니까, 런시터 씨? 커피는 어떻습니까? 12시간 지속되는 암페타민을 드릴까요? 제 사무실에는 24시간 지속되는 스팬슐도 있습니다. 그걸 하나 드시면 몇 시간 동안 활발하게 일하실 수 있습니다. 밤새도록 지속된다는 보장은 없지만."

"난 밤새도록 잘 거야." 런시터는 말했다.

"그럼 수면제를—"

"꺼져." 런시터는 거칠게 내뱉었다. 모라토리엄 경영주는 황급히 자리를 떴다. 하필 왜 이런 장소를 골랐던 것일까? 런시터는 자문했다. 아마 엘라가 여기 있기 때문이겠지. 사실, 이 업계에서는 최고의 시설이지 않은가. 그래서 엘라가 여기 있고, 내 부하들도 모두 여기 안치되어 있는 것이다. 지금 관 속에 있는 많은 부하들은 얼마 전까지만 해도 이쪽 세상 사람이었다. 이런 끔찍한 재앙이 어디 있을까.

엘라. 그는 그녀를 떠올리며 뇌까렸다. 잠깐이라도 얘기를 나누고, 일이 어떻게 돌아가는지를 알리는 편이 낫겠다. 내 입으로 그렇게 약속한 일이기도 하고 말이다.

그는 자리에서 일어나 모라토리엄 경영주를 찾으러 갔다.

이번에도 또 그 얼어 죽을 죠리라는 녀석이 나타날까? 그는 자문했다. 아니면 조가 한 얘기를 전달할 수 있을 정도로는 접촉을 지속할 수 있을까? 최근 엘라와 접촉하는 일은 극히 힘들어지고 있었다. 죠리가 그녀를—그리고 아마 다른 반생자들을—양분으로 삼아 무럭무럭 자라나고, 확산하고 있기 때문이었다. 모라토리엄은 그 녀석에 대해 뭔가 대책을 강구할 의무가 있었다. 죠리는 모든 사람에게 위협이 되었다. 왜 그대로 놓아두는 것일까? 그는 스스로에게 질문했다.

아마 막을 방도가 없어서인지도 모르겠군.

아마 죠리와 같은 반생자는 유례가 없는 존재이기 때문일지도 모른다.

15

톰, 혹시 나 입냄새가 나는 것 같지 않아? 흠 에드, 입냄새가 걱정이라면 새로 나온 유빅을 써봐. 강력한 살균 발포 작용 이 있다는군. 설명서대로 사용하면 절대로 안전합니다.

고색창연한 호텔방의 문이 왝 열렸다. 돈 데니가 잿빛 머리 카락을 가지런히 깎은 중년 신사를 대동하고 들어왔다. 데니는 우려와 긴장이 섞인 표정으로 말했다. "좀 어때, 조? 왜 누워 있 지 않고? 부탁이니 침대에 누우라고."

"침대에 누우시는 편이 낫겠습니다, 미스터 칩." 의사는 화장 대 위에 내려놓은 왕진 가방을 열면서 말했다. "허탈감하고 호 흡 곤란 말고 또 다른 통증은 없습니까?" 그는 구식 청진기와 거추장스러워 보이는 기계식 혈압계를 꺼내 들고 침대로 다가

왔다. "심장 질환을 앓은 내력은 없습니까, 미스터 칩? 부모님 쪽은? 셔츠 단추를 끌러주십시오." 그는 침대 곁에 목제 의자를 끌어다 놓고 앉아서 대기했다.

조는 말했다. "이젠 괜찮습니다."

"진찰을 받아." 데니는 무뚝뚝하게 말했다.

"알았어." 조는 침대에 누워 셔츠 단추를 끄르기 시작했다. "런시터 쪽에서 겨우 접촉에 성공했어." 그는 데니에게 말했다. "우린 지금 냉동보존 장치 안에 있어. 런시터는 반대쪽에서 우리와 연락을 취하려 하고 있고. 누군가가 우리에게 상처를 입히고 싶어 하는 것 같아. 팻은 범인이 아냐. 적어도 혼자 그런 건 아냐. 팻도, 런시터도 정확히 무슨 일이 일어나고 있는지는 모르고 있어. 아까 문을 열었을 때 런시터를 봤어?"

"아니." 데니는 말했다.

"이 방에서 나를 마주 보고 앉아 있었어." 조는 말했다. "이삼 분 전에 말이야. '유감이네, 조'라고 내게 말했지. 그게 런시터가 한 마지막 말이었어. 그런 다음 접속을 끊고 교신을 중단했고, 사라져버린 거야. 저기 화장대 위에 혹시 유빅 스프레이 통을 남겨두고 갔는지 확인해줘."

데니는 화려한 색깔로 장식된 스프레이 통을 찾아 들어 보였다. "여기 있군. 하지만 빈 것 같아." 데니는 그것을 흔들었다.

"완전히 비진 않았어." 조는 말했다. "남은 걸 자네 몸에 뿌리라고. 지금 당장." 그는 강조하듯이 손을 흔들어 보였다.

"말하지 마십시오, 미스터 칩." 청진기에 귀를 기울이고 있던

의사가 말했다. 그런 다음 조의 옷소매를 걷어 올리고, 혈압을
재기 위해 고무제 공기주머니가 든 띠를 그의 팔에 감기 시작
했다.

"심장은 어떻습니까?" 조가 물었다.

"정상인 것 같군요." 의사가 말했다. "맥박이 조금 빠르긴 하
지만."

"봤지?" 조는 돈 데니에게 말했다. "난 이제 괜찮아."

데니가 말했다. "다른 친구들은 죽어가고 있어, 조."

조는 흠칫 몸을 일으키며 말했다. "모두?"

"남아 있는 모두가." 데니는 통을 들어 올리기는 했지만 뿌리
지는 않았다.

"팻도?" 조는 물었다.

"방금 엘리베이터로 2층에서 내렸을 때 거기 있더군. 막 시작
된 것 같았어. 지독하게 놀란 얼굴이었지. 도저히 믿기지 않는
다는 표정이더군." 데니는 다시 스프레이 통을 내려놓았다. "자
기가 남들에게 그런 일을 하고 있다고 생각했던 것 같아. 자기
능력을 써서."

조는 말했다. "맞아. 팻은 그렇게 생각하고 있었어. 자네 왜
유빅을 안 쓰는 거야?"

"얼어 죽을. 조, 우린 어차피 모두 죽어. 그건 자네도 알고, 나
도 알아." 데니는 뿔테 안경을 벗고 눈을 문질렀다. "팻의 상태
를 목격하고 나서 다른 방들을 확인해보았는데, 거기서 다른
사람들을 발견했어. 우리 동료들을 말이야. 그래서 자네한테

오는 게 이렇게 늦은 거야. 여기 테일러 선생님한테 부탁해서 진찰을 받게 했는데, 그렇게도 빠르게 쇠약해질 줄은 꿈에도 몰랐어. 엄청난 속도였어. 단 한 시간 만에—”

“유빅을 써.” 조는 말했다. “안 쓰면 억지로라도 뿌릴 거야.”

돈 데니는 다시 스프레이 통을 집어 올린 다음 또 흔들었고, 노즐을 자기 쪽으로 향하게 했다. “알았어. 그게 자네의 소원이라면 그렇게 하지. 그러지 말라는 법은 없으니. 이제 끝장인 거 맞지? 그러니까, 다들 죽었잖아. 이제 남은 사람은 자네하고 나밖에 없고, 유빅의 효력은 몇 시간이면 사라질 거야. 더 이상 손에 넣지도 못할 테고. 그럼 나만 남게 돼.” 드디어 결심을 했는지 데니는 스프레이 통의 단추를 눌렀다. 금속적인 빛을 발하며 민첩하게 춤추는 입자로 충만한 증기가, 반짝거리고 맥동하면서 눈 깜짝할 새에 그를 에워쌌다. 돈 데니의 모습은 휘황찬란한 여기勵起 에너지의 후광 속으로 사라졌다.

테일러 선생은 조의 혈압을 재던 손을 멈추고 뒤를 돌아보았다. 그들이 바라보는 동안 증기는 응축되어 융단 위에서 번들거렸고, 데니 뒤쪽의 벽에서 밝은 줄무늬를 남기며 흘러내렸다.

데니를 감싸고 있던 구름이 증발했다.

유빅이 낡아 해진 우중충한 색깔의 융단을 적시며 생긴 얼룩 한복판에 서 있는 사람은 돈 데니가 아니었다.

아직 사춘기로 보이는 소년이었다. 섬뜩할 정도로 마른 체격에, 북슬북슬한 눈썹 아래에 달린 검은 단추 같은 짝짝이 눈으로 이쪽을 바라보고 있었다. 입고 있는 옷은 시대착오적이었다.

흰색 드립드라이 셔츠에, 청바지와 끈이 없는 가죽 실내화. 20세기 중반의 복장이다. 길쭉한 얼굴에 미소를 떠올리고 있었지만, 그것은 기형적인 미소였고, 웃다가 만 듯한 얼굴 주름은 이제는 거의 비웃음로밖에는 보이지 않았다. 이목구비는 어디 하나 균형 잡힌 곳이 없었다. 둘둘 말린 듯한 주름투성이의 귀는 곤충의 키틴질 같은 느낌을 주는 눈과는 전혀 어울리지 않았다. 곧게 뻗은 머리카락도 고불거리며 얽히고설킨 눈썹과 전혀 조화되지 않기는 마찬가지다. 그리고 저 코. 조는 생각했다. 너무 가늘고 뾰족한 데다가 터무니없이 길다. 턱조차도 얼굴 균형에는 아무런 기여도 못 하고 있었다. 마치 끌로 찍어낸 듯한 자국은, 세로로 갈라진 모양새를 보아하니 필시 뼛속 깊숙한 곳까지 닿아 있는 것이리라……. 마치 이 생물을 만든 조물주가 자신의 창조물을 없애버리려고 일격을 가한 듯한 느낌이로군, 하고 조는 생각했다. 그러나 육체의 소재를 이루는 기본 물질의 밀도가 너무나도 높았던 것임이 틀림없다. 이 소년은 그런 일격을 받고도 금이 가거나 쪼개지지 않았다. 지금은 자신을 만들어낸 힘에게조차도 반항하며 살아가고 있었다. 모든 것을 조소하고, 그 힘마저도 조소하고 있는 것이다.

"넌 누구야?" 조는 물었다.

소년은 경련하듯 손가락을 꼬았다. 아마 말을 더듬지 않으려고 그러는 것이리라. "이따금 매트일 때도 있고, 빌일 때도 있어." 소년은 말했다. "하지만 대개는 죠리라고 해. 그게 내 진짜 이름이거든 — 죠리." 그가 말을 하자 잿빛의 지저분한 이가 드러났다. 구지레한 혀도.

잠시 침묵이 흐른 뒤에 조는 말했다. "데니는 어디 있어? 애당초 이 방에는 안 들어온 거 맞지?" 다른 동료들과 마찬가지로 죽었을 것이다. 조는 생각했다.

"데니는 이미 오래전에 먹어버렸어." 죠리라는 이름의 소년이 대답했다. "이 일이 시작될 무렵, 뉴욕에서 다들 여기로 오기도 전에. 맨 처음에 먹은 건 웬디 라이트였어. 그다음이 데니였고."

조는 말했다. "'먹다니,' 그게 무슨 뜻이야?" 글자 그대로 먹었다는 뜻일까? 그는 혐오감으로 살갗이 스멀거리는 것을 자각했다. 이 소름 끼치는 육체적 반응은 그의 전신을 관통하고, 완전히 감쌌다. 마치 그의 육체가 오그라들고 싶어 하는 듯한 느낌이었다. 그러나 그는 그럭저럭 내색하지 않을 수 있었다.

"내가 평소에 하던 일을 했어." 죠리는 말했다. "설명하기는 힘들지만, 난 오래전부터 여러 반생명자들에게 그런 일을 해왔어. 그 사람들의 생명을, 남아 있는 그걸 먹는 거야. 각자가 정말 조금밖에 안 되는 양을 갖고 있기 때문에 많은 사람들이 필요해. 예전에는 반생명 상태가 되고 나서 좀 시간이 흐를 때까지 기다렸지만, 이제는 들어오자마자 먹지 않으면 안 돼. 내 목숨을 부지하려면 말이야. 나한테 가까이 와서 귀를 기울여보면—자, 입을 열어줄게—그 사람들 목소리를 들을 수 있을 거야. 모두는 아니지만, 그래도 가장 최근에 먹은 사람들 목소리는 들릴 거야. 당신이 아는 사람들 말이야." 그는 손가락으로 위쪽 앞니 사이를 후볐고, 고개를 갸우뚱하며 조를 바라보았다. 그가 반응하기를 기다리는 기색이 역력했다. "뭔가 할 말 없어?" 소년이 말했다.

"아래층 로비에서 나를 죽이려고 한 건 너였군."

"나였어. 팻이 아니라. 난 팻을 엘리베이터 옆 복도에서 먹었고, 그다음엔 다른 사람들을 먹었지. 당신은 죽었다고 생각했는데." 그는 여전히 손에 쥐고 있던 유빅 통을 빙글 돌려보았다. "아직도 이게 뭔지 모르겠어. 이 안엔 뭐가 들어 있어? 런시터는 이걸 어디서 손에 넣은 거지?" 소년은 오만상을 찌푸렸다. "하지만 런시터가 그럴 수 있을 리가 없는데. 당신 말이 맞아. 런시터는 밖에 있어. 이건 우리가 있는 환경 속에서 생겨난 거야. 다른 가능성은 없어. 바깥세상에서 여기로 들어올 수 있는 건 말밖엔 없으니깐."

조는 말했다. "그렇다면 네가 나한테 할 수 있는 일은 아무것도 없다는 얘기로군. 넌 유빅 때문에 나를 먹을 수가 없어."

"한동안은 못 먹겠지. 하지만 언젠가는 효력이 사라질걸."

"그걸 네가 어떻게 알아. 그게 뭔지도 모르고, 어디서 왔는지도 모르는 주제에." 너를 죽일 수 있을지 궁금하군. 조는 생각했다. 이 죠리라는 소년은 약골처럼 보인다. 웬디를 죽인 건 바로 이 괴물이고, 지금 나는 그것과 얼굴을 맞대고 있다. 언젠가는 이런 날이 오리라고 생각했지. 웬디, 앨, 그리고 진짜 돈 테니— 다른 모든 동료들. 이 녀석은 장례식장의 관 속에 누워 있던 런시터의 시체까지 먹어치웠다. 그 안 또는 근처에 미량이나마 잔여 영자 활동이 있었던 것이리라. 그게 아니라면 무엇인가가 이 녀석을 끌어당긴 것일 테지.

의사가 말했다. "미스터 칩, 혈압을 아직 재지 못했습니다. 돌아와서 다시 누워야 합니다."

조는 의사를 빤히 쳐다보다가 말했다. "저 친구는 네가 변신하는 걸 못 본 거야, 죠리? 네가 하는 말이 안 들리는 건가?"

"테일러 선생은 내 마음의 산물이야." 죠리가 말했다. "이 의사疑似 세계에 있는 그 밖의 모든 물건들처럼."

"못 믿겠어." 조는 이렇게 말하고 의사를 향해 말했다. "저 녀석이 하는 얘기를 들으셨죠. 안 그렇습니까?"

조그맣게 펑 하는 공허한 소리와 함께 의사는 사라졌다.

"봤지?" 죠리가 득의양양한 표정으로 말했다.

"나까지 죽으면 이 세계는 어떻게 할 건데?" 조는 소년에게 물었다. "이 1939년의 세계를, 네가 의사 세계라고 부르는 곳을 계속 유지할 거야?"

"설마 그럴 리가. 그럴 필요가 없잖아."

"그럼 이건 모두 나를 위한 거로군. 오직 나 혼자만을 위해 세계 하나를 통째로 만든 건가."

죠리는 말했다. "이건 그리 크지 않아. 디모인에 있는 호텔 한 채에, 창밖으로 내다 보이는 몇몇 사람들하고 차들 정도야. 거기에 덤으로 건물 두어 채를 덧붙였고, 당신이 혹시 밖을 내다볼 경우에 대비해서 도로 건너편에는 가게들을 배치했어."

"그럼 뉴욕이나 취리히, 그런 것들은 아예 있지도 않다는—"

"왜 그래야 하는 건데? 거긴 아무도 안 사는데. 당신이나 당신 동료들이 어딘가로 가면, 나는 당신들이 기대하는 최저한의 구체적인 현실을 만들어냈어. 당신이 뉴욕에서 여기로 날아왔을 때는 몇백 킬로미터나 되는 시골 풍경을 만들어야 했어. 도시들까지 일일이 만들었는데— 녹초가 될 정도로 힘들었지. 그래서 잔뜩 먹을 필요가 있었어. 사실, 당신이 여기 도착한 지 얼마 되지도 않아서 다른 사람들을 모두 처치한 건 바로 그 때문이야. 원기를 회복해야 했거든."

조는 말했다. "왜 1939년인 거지? 우리가 살던 1992년의 현대 세계라도 상관없었잖아?"

"그러려면 너무 힘들어. 물체들이 퇴화하는 걸 막을 수도 없고. 혼자서 그런 일을 다 하는 건 나한테는 무리였어. 처음에는 1992년을 창조했지만, 곧 모든 것들이 무너지기 시작했어. 동전에, 크림에, 담배에— 당신이 알아차린 그 모든 현상이 바로 그 탓이었지. 그런 데다가 런시터는 계속 밖에서 안으로 침입해 들어오려고 했어. 그래서 나만 더 힘들어졌지. 사실, 그런 식으로 간섭 안 했더라면 상황이 지금보다는 나았을 텐데." 죠리는 교활한 웃음을 떠올렸다. "하지만 난 퇴행 현상 따위는 걱정하지 않았어. 팻 콘리를 범인으로 의심할 걸 알고 있었거든. 그런 현상은 그 여자 능력에서 나온 것처럼 보였을 테니까. 실제로 그 여자 능력이 그런 것이기도 하고 말이야. 그래서 남은 당신 동료들이 그 여자를 죽일 거라고 생각했어. 그랬으면 즐거

왔을 텐데." 미소가 더 커졌다.

"나를 위해서 이 호텔이나 바깥 거리를 계속 유지하는 이유가 뭐야?" 조는 말했다. "이렇게 들통 난 마당에?"

"하지만 난 언제나 이런 식으로 하는걸." 죠리의 눈이 휘둥그레졌다.

조는 말했다. "널 죽여야겠어." 그는 비틀거리며 반쯤 쓰러지듯이 죠리를 향해 다가갔다. 두 손을 들어 올린 채 그는 소년을 향해 돌진했고, 목을 움켜잡고 구부러진 파이프 대를 닮은 기도를 손가락으로 더듬었다.

죠리는 으르렁거리며 그를 깨물었다. 삽처럼 커다란 이가 조의 오른쪽 손에 깊게 박혔다. 그렇게 물어뜯으면서 죠리가 고개를 들자 이가 박힌 조의 손도 함께 따라 올라갔다. 죠리는 깜박거리지 않는 눈으로 조를 쏘아보았고, 코를 훌쩍거리며 입을 닫으려고 했다. 이가 살 속에 더 깊이 박히자 조는 고통으로 몸부림쳤다. 이 자식은 나를 먹고 있어. 그는 깨달았다. "그렇게는 못 할걸." 그는 큰 소리로 말하고 죠리의 코를 힘껏 갈겼고, 몇 번이나 거듭 때렸다. "유빅이 있는 한," 그는 죠리의 냉소적인 눈을 주먹으로 갈겼다. "나한테 그런 짓은 못 할걸."

"꺼어어어억." 죠리는 거품을 뿜었고, 양처럼 이를 옆으로 움직이며 조의 손을 갉았다. 고통이 너무나도 심해진 탓에 조는 더 이상 견디지 못하고 죠리를 걷어찼다. 죠리의 이가 그의 손에서 떨어져나갔다. 그는 기다시피 하며 뒤로 후퇴했고, 트롤에게 물린 듯한 손의 잇자국에서 피가 솟구치는 것을 보았다.

하느님 맙소사. 조는 전율하며 뇌까렸다.

"난 그리 간단하게 처지할 수 없을걸." 조는 말했다. "내 동료들처럼 앉아서 당하지는 않아." 그는 유빅 스프레이 통을 찾아내서 피로 물들어버린 상처투성이의 손에 노즐을 갖다 댔다. 그가 빨간 플라스틱 단추를 누르자 미립자들이 약하게 흘러나오며 물려서 찢긴 살 위로 엷게 내려앉았다. 그 즉시 고통이 사라졌다. 보고 있는 동안에도 상처가 아물어갔다.

"그리고 당신도 날 죽일 수는 없어." 죠리는 말했다. 여전히 히죽거리고 있었다.

조는 말했다. "난 아래층으로 갈 거야." 그는 휘청거리며 문간으로 가서 문을 열었다. 밖은 우중충한 복도였다. 그는 주의 깊게 발을 디디며 한 걸음씩 나아갔다. 그러나 복도 바닥은 충분히 실체성을 갖추고 있었다. 의사 세계 또는 비실재 세계로는 도저히 보이지 않았다.

"너무 멀리 가면 안 돼." 죠리가 등 뒤에서 말했다. "난 너무 넓은 지역을 계속 유지할 수가 없거든. 이를테면 당신이 밖에 있는 차를 타고 몇 킬로미터나 드라이브를 한다면…… 늦든 빠르든 세계가 무너지는 곳에 가 닿게 될 거야. 나도 곤란하지만 당신은 더 곤란해질걸."

"그런다고 내가 잃을 게 뭐가 있는지 의문이로군." 조는 엘리베이터 앞에서 하강 버튼을 눌렀다.

죠리가 뒤에서 말했다. "엘리베이터는 언제나 골칫거리야. 너무 복잡해. 층계로 가는 편이 나을지도 몰라."

잠시 더 기다리다가 조는 포기하고 죠리의 충고대로 충계를 내려가기 시작했다— 얼마 전에 그토록 악전고투하며 한 계단씩 올라오던 바로 그 충계를.

흐음. 그는 생각했다. 저게 지금 작용하고 있는 두 힘 중 하나였어. 죠리는 우리를 파멸시키려고 하는— 나를 제외한 모두를 이미 파멸시킨 힘이야. 죠리 배후에는 아무도 없었어. 저 녀석이 끝인 거야. 언젠가 나는 다른 쪽의 힘을 만나게 될까? 만난다고 해도 이미 때가 늦었을 가능성이 높지만. 그는 이렇게 판단하고 다시 한 번 손을 보았다. 멀쩡하다.

로비로 내려가서 주위를 둘러보았다. 사람들을, 머리 위의 거대한 샹들리에를 확인했다. 모든 물체가 오래된 형상으로 퇴화해 있기는 했지만, 죠리는 여러 면에서 괜찮은 성과를 거뒀다. 진짜야. 발아래에 있는 견고한 바닥의 감촉을 느끼며 조는 생각했다. 도저히 현실이 아니라는 걸 믿을 수가 없어.

그는 생각했다. 죠리는 경험한 적이 있을 거야. 예전에도 이와 같은 일을 여러 번 했을 테니까.

조는 호텔 프런트로 가서 직원에게 말했다. "추천할 만한 레스토랑이 어디 없을까?"

"길을 따라 내려가셔서," 프런트 직원은 우편물을 정리하던 손을 멈추고 말했다. "오른쪽을 보시면 '마타도르'라는 데가 있습니다. 훌륭한 음식을 즐기실 수 있을 겁니다."

"혼자라서 좀 그렇군." 조는 충동적으로 말했다. "혹시 이 호텔에서 짝을 제공해주거나 그러지는 않나? 젊은 아가씨라든지?"

프런트 직원은 힐난하는 듯한 어조로 짤막하게 대꾸했다. "여긴 그런 호텔이 아닙니다, 손님. 저희 호텔은 뚜쟁이 노릇까지는 하지 않습니다."

"청결하고 가족적인 호텔이라 이거군." 조는 말했다.

"그러기 위해 노력하고 있습니다."

"좀 시험해봤을 뿐이야." 조는 말했다. "내가 어떤 종류의 호텔에 묵고 있는지 알고 싶었거든." 그는 프런트를 떠나 다시 로비를 가로질렀고, 폭이 넓은 대리석 계단을 내려갔다. 회전문을 지나 밖의 보도로 나갔다.

16

아침에 일어나서 누구나 입맛을 다실 정도로 맛있고 영양가가 풍부한 유빅 토스티드 플레이크 한 공기를 먹으면 속이 든든합니다. 기존 제품들보다 훨씬 더 바삭바삭하고, 맛있고, 만족스러운, 어른들을 위한 시리얼입니다. *미식가의 아침 식사, 유빅 시리얼!* 한 끼 식사 권장량을 넘지 않도록 유의하십시오.

운행 중인 차종의 다종다양함에 조는 감탄했다. 수많은 제조사와 연식과 모델이 망라되어 있었다. 그 대부분이 검은색이라는 사실을 죠리 탓으로 돌릴 수는 없었다. 당시에는 실제로 이랬으니까 말이다.

하지만 죠리는 어떻게 그런 사실을 알고 있는 것일까?

묘하군. 조는 생각했다. 죠리가 1939년에 관해 이토록 시시콜콜한 일까지 알고 있다니. 우리 중에서 이 시대에 살아본 사람은 아무도 없지 않은가— 글렌 런시터를 제외하면.

다음 순간 조는 느닷없이 그 이유를 깨달았다. 죠리는 진실을 말하고 있었다. 죠리가 만들어낸 세계는 이 세계가 아니라 1992년의 현대 세계, 더 정확하게 말하자면 조와 그 동료들의 시대를 복제한 환영이었다. 그리고 지금 눈앞에 보이는 저런 형상들로의 퇴행이 이루어진 것은 죠리 탓이 아니다. 죠리는 오히려 그것을 막으려고 노력했던 것이다. 눈앞의 광경은 죠리의 힘이 기울면서 기계적으로 일어난 자연적 격세유전 현상임을 조는 직감했다. 그 소년이 말했듯이 한 세계를 만들려면 엄청난 노력이 필요하다. 한꺼번에 이토록 다양하고 이토록 많은 사람이 있는 세계를 만든 것은 아마 이번이 처음이었으리라. 이토록 많은 반생자들이 상호 접속되는 경우는 드물기 때문이다.

우리가 죠리에게 비정상적인 부담을 줬군. 그는 중얼거렸다. 그리고 그 대가를 치러야 했어.

각지고 낡은 다지* 택시가 털털거리며 옆을 지나갔다. 조가 손을 흔들자 택시는 끼익하는 소리를 내며 길모퉁이에 멈춰 섰다. 이 의사 세계의 경계선에 관해서 죠리가 한 말이 사실인지를 지금 확인해보기로 할까. 조는 운전사에게 말했다. "시내 구경을 하고 싶으니 적당하게 아무 곳이나 가줘. 거리나 건물이

* Dodge. 크라이슬러사에서 생산하는 중급 승용차의 총칭.

나 사람들을 가급적 많이 볼 수 있도록 말이야. 디모인을 그렇게 한 바퀴 돈 다음에는 여기서 가장 가까운 도시로 가자고. 거기도 구경해야겠어."

"시외 운행은 안 합니다, 손님." 운전사는 조를 위해 문을 열어주며 말했다. "하지만 디모인을 관광하시겠다면 얼마든지 도와드리죠. 아주 좋은 곳입니다. 다른 주에서 오셨나 보군요?"

"뉴욕에서 왔어." 조는 택시를 타며 말했다.

택시는 차들이 왕래하는 도로로 다시 돌아갔다. "뉴욕에서는 이번 전쟁에 관해 어떻게들 생각하고 있습니까?" 잠시 후 운전사가 물었다. "우리 미국도 참전하게 될까요? 루스벨트는 그러고 싶어 하는 것처럼 보이는데—"

"정치나 전쟁 얘기엔 관심 없어." 조는 거칠게 상대의 말을 끊었다.

한동안 침묵 속에서 드라이브가 계속되었다.

창밖으로 흘러가는 건물과 사람들과 자동차들을 보면서 조는 또다시 자문했다. 죠리는 어떻게 이 많은 것들을 유지할 수 있는 것일까. 그 세밀함에 조는 경탄했다. 곧 이 세계의 가장자리에 도달하게 된다. 지금쯤 이미 그곳에 와 있대도 이상할 게 없지.

"어이, 자네. 혹시 디모인에 홍등가는 있나?" 조는 물었다.

"없습니다." 운전사는 대답했다.

아마 죠리는 어린 탓에 그런 것까지는 미처 만들 생각을 못했는지도 모른다. 그게 아니라면 매춘에는 찬성하지 않든가. 조는 갑자기 피로가 몰려오는 것을 느꼈다. 나는 어디로 가고 있는 것일까? 그는 자문했다. 또 무슨 목적으로? 죠리가 한 말이 진실이라는 걸 몸소 확인해보려고? 이미 진실임을 알고 있지 않는가. 그 의사가 홀연히 사라지는 광경을 두 눈으로 똑똑히 목격했다. 죠리가 돈 데니 안에서 출현하는 광경도 보았다. 그런 것들만으로도 충분하지 않은가. 내가 이런 일을 하면 죠리에게는 더 부담이 되고, 그러면 그 녀석의 식욕도 더 왕성해질 뿐이다. 이제 포기하는 편이 낫겠다. 그는 결심했다. 이건 무의미해.

그리고 죠리가 말했듯이 유빅의 효력은 언젠가 사라질 것이다. 인생의 마지막 몇 분 혹은 몇 시간인가를 이렇게 차를 타고 디모인을 돌아다니며 허비하고 싶지는 않다. 그보다는 더 나은 방법이 있지 않을까.

젊은 여자 하나가 느긋하고 가벼운 발걸음으로 인도를 걷고 있었다. 윈도쇼핑 중인 듯했다. 화사한 금발을 두 갈래로 땋아 늘어뜨린 예쁜 여자였다. 단추를 푼 스웨터 안에 블라우스를 받쳐 입고, 빨간 치마에 자그마한 하이힐을 신었다. "천천히 가게." 조는 운전사에게 지시했다. "저기, 머리를 땋은 저 여자 옆에 세워줘."

"상대 안 할 겁니다." 운전사가 말했다. "경찰을 부르려고 할 걸요."

조는 말했다. "상관없어." 이 시점에서는 아무래도 좋은 일이었다.

낡은 다지는 속도를 늦추고 삐걱거리며 길모퉁이로 다가갔다. 타이어가 보도블럭을 스치며 항의하듯이 끼익거렸다. 젊은 여자는 고개를 들었다.

"여어, 아가씨." 조는 말했다.

여자는 호기심을 느낀 듯 조를 훑어보았다. 따스하고 영리해 보이는 파란 눈이 조금 커졌지만, 혐오한다거나 경계하는 기색은 없었다. 오히려 조금 우습다는 듯한 표정이었다. 우호적으로 말이다. "예?" 그녀는 말했다.

"난 곧 죽을 거야." 조는 말했다.

"어머." 여자는 걱정스러운 어조로 말했다. "혹시—"

"아픈 게 아닙니다." 운전사가 끼어들었다. "실은 아까부터 여자를 찾고 있었죠. 아가씨를 꾀려고 이러는 겁니다."

젊은 여자는 웃음을 터뜨렸다. 반감을 느끼지는 않는 듯했다. 자리를 뜰 기색도 없었다.

"슬슬 저녁 먹을 시간인데," 조는 운을 뗐다. "함께 레스토랑에서 식사를 하시지 않겠습니까. '마타도르'에서 말입니다. 꽤 괜찮은 데라고 하던데." 아까보다 더 피곤했다. 이 피로감이 호텔 로비에서 팻에게 교통위반 딱지를 보여준 직후 그를 엄습한 것과 같은 종류의 것이라는 공포스러운 사실을 깨닫고 그는 말없이 진저리쳤다. 그리고 냉기. 그의 육체를 에워싼 냉동보존 장치의 육체적 경험이 은근슬쩍 되돌아온 것이다. 유빅의 효력이 사라지고 있다는 사실을 조는 깨달았다. 시간이 얼마 안 남았어.

무엇인가가 그의 표정에 나타났음이 분명했다. 여자는 그를 향해 걸어와 택시 창문 앞에 섰다. "괜찮아요?" 그녀가 물었다.

조는 가까스로 대답했다. "난 죽어가고 있습니다." 손의 상처, 이에 물린 부분이 또다시 욱신거리기 시작했다. 물린 자국도 다시 나타나고 있었다. 이것만으로도 조를 두려움에 떨도록 만들기에 충분했다.

"운전기사한테 병원으로 데려가달라고 해요." 여자가 말했다.

"함께 저녁 식사를 하시지 않겠습니까?" 조는 물었다.

"꼭 그러고 싶은 건가요?" 여자가 말했다. "상태가 이런데—정확히 뭔지는 모르겠지만. 아파요? 혹시 아픈 건가요?" 이렇게 말하고 여자는 택시 문을 열었다. "혹시 내가 병원에 함께 가줬으면 하는 건가요? 그거였어요?"

"'마타도르'에 가고 싶습니다." 조는 말했다. "거기서 화성 두더쥐귀뚜라미의 필레찜을 먹으면 어떨까요." 이렇게 말하고 나서야, 그는 그 수입 기호품이 이 시대에는 존재하지 않는다는 사실을 깨달았다. "마켓 스테이크*는 어떻습니까. 소고기 스테이크 말입니다. 소고기는 좋아하시는지?"

젊은 여자는 택시에 올라탄 다음 운전사에게 말했다. "이분, '마타도르'로 가고 싶다네요."

"알았습니다, 미스." 운전사는 말했다. 택시는 다시 교통 흐름 속으로 들어갔다. 다음번 교차로에서 운전사는 U턴했다. 조는 자기들이 레스토랑으로 가고 있다는 사실을 뒤늦게 깨달았

---

* market steak. 가슴살 스테이크의 일종.

다. 거기까지 무사히 도착할 수 있을까. 피로와 냉기에 완전히 침식당한 상태였다. 조는 자신의 신체 기능이 하나씩 폐쇄되는 것을 느꼈다. 더 이상의 미래가 없는 장기들. 간은 적혈구를 만들어낼 필요가 없고, 콩팥은 노폐물을 배출할 필요가 없고, 대장 소장은 더 이상 아무런 역할도 수행하고 있지 않았다. 단지 여전히 고투하고 있는 심장과, 점점 힘겨워지는 호흡만이 남아 있을 뿐이었다. 폐로 공기를 빨아들일 때마다 가슴을 짓누르는 콘크리트 덩어리의 존재를 느낄 수 있었다. 내 묘석이로군, 하고 그는 생각했다. 손을 보니 다시 피가 흐르고 있었다. 끈적한 피가 한 방울씩 느리게 떨어진다.

"럭키 스트라이크 안 피울래요?" 여자가 담뱃갑을 내밀며 말했다. "'볶은 담배입니다'라는 광고 문구가 쓰여 있네요. 'L.S.M.F.T.'*라는 슬로건은 나중이 되어서야—"

조는 말했다. "내 이름은 조 칩입니다."

"내 이름을 듣고 싶어요?"

"예." 그는 쉰 소리로 대꾸하고 눈을 감았다. 더 이상 말이 안 나왔다. 적어도 당장은. "디모인을 좋아하십니까?" 잠시 후 그는 이렇게 말하며 피가 흐르는 손을 그녀가 못 보도록 감췄다. "여기 산 지는 오래됐습니까?"

"아주 피곤한 목소리네요, 미스터 칩." 여자가 말했다.

"아, 염병할." 그는 손을 내저으며 말했다. "상관없습니다."

---

* Lucky Strike means fine tobacco의 머리글자.

"아뇨, 상관있어요." 여자는 핸드백을 열더니 재빨리 안을 뒤적였다. "난 죠리의 왜곡된 창조물이 아녜요. 저 사람하고는 다르고―" 그녀는 이렇게 말하며 운전사를 가리켰다. "이 우중충한 거리에 늘어선 낡고 작은 상점들, 신석기시대 차를 타고 있는 저 사람들하고도 다르죠. 자, 이걸 받아요, 미스터 칩." 핸드백 안에서 그녀는 봉투를 꺼내 그에게 건넸다. "당신 앞으로 온 거예요. 지금 당장 열어보세요. 나도 당신도 이렇게까지 지체할 필요는 없었는데."

납처럼 무거워진 손으로 그는 봉투를 뜯었다.

봉투 안에는 장중하게 장식이 된 증명서가 한 장 들어 있었다. 그러나 흐릿해진 그의 눈으로는 글씨를 제대로 판독할 수가 없었다. 무엇인가를 읽을 수도 없을 정도로 피폐해진 탓이었다. "뭐라고 쓰여 있습니까?" 그는 무릎 위에 그것을 내려놓으며 물었다.

"유빅을 제조하는 회사에서 발행한 거예요." 여자가 말했다. "그건 보증서랍니다, 미스터 칩. 일생 동안 무료 제공을 약속하는. 무료인 건 내가 당신의 금전 문제랄까, 돈에 관련된 기벽에 대해 알고 있기 때문이에요. 그리고 뒷면에는 그걸 판매하는 모든 약국들의 목록이 실려 있어요. 디모인에는 두 군데의 약국이―그러니까, 폐업하지 않은 약국이―목록에 나와 있어요. 그러니까 저녁 식사를 하러 가기 전에 그중 하나에 들르면 어떨까요. 자, 기사님." 그녀는 앞으로 몸을 내밀고 운전사에게 이미 뭐라고 써놓은 종이쪽지를 건넸다. "이 주소로 가주세요.

서둘러서. 좀 있으면 문을 닫을 시간이라서요.”

조는 헐떡이며 좌석에 등을 기댔다.

“걱정 마세요. 약국까지 갈 수 있어요.” 여자는 이렇게 말하고 안심하라는 듯이 그의 팔을 두드렸다.

“당신은 누굽니까?” 조는 물었다.

“내 이름은 엘라예요. 엘라 하이드 런시터. 당신 고용주의 아내이죠.”

“당신도 우리와 함께 이쪽에 있는 거로군요. 냉동보존 상태로.”

“예. 당신도 잘 알겠지만 상당히 옛날부터 여기 있었어요.” 엘라 런시터는 말했다. “얼마 안 있어 다른 자궁에서 다시 태어날 거라고 생각해요. 적어도 글렌은 그렇게 생각하는 것 같더군요. 계속 불그스름한 빛의 꿈을 꾸는데, 그건 좋은 소식이 아네요. 아기로 태어나기에는 윤리적으로 적절한 자궁이 아니라나.” 그녀는 깊고 따뜻한 웃음소리를 냈다.

“당신이 다른 한쪽이었던 거로군요.” 조는 말했다. “죠리는 우리를 파괴하려고 했고, 당신은 우리를 도우려고 했고. 당신 배후에는 결국 아무도 없었던 겁니까. 죠리 배후에 아무도 없었던 것처럼. 이제야 궁극적인 두 존재와 조우한 건가.”

엘라는 신랄하게 되받아쳤다. “난 나 자신을 ‘존재’로 간주하지 않아요. 그냥 엘라 런시터라고 생각하죠.”

“하지만 사실 아닙니까.” 조는 말했다.

“그래요.” 그녀는 침울하게 고개를 끄덕였다.

“왜 죠리에게 적대하는 겁니까?”

"죠리가 나를 침범했기 때문이에요." 엘라는 말했다. "당신을 위협한 것하고 같은 방식으로 나를 위협했죠. 당신도 나도 죠리가 뭘 하는지 알아요. 호텔방에서 죠리가 하는 말을 들었잖아요. 이따금 죠리는 매우 강력해질 때가 있어요. 내가 깨어나 글렌하고 얘기를 나누려고 할 때 끼어들어서 나를 쫓아내는 경우도 종종 있었죠. 하지만 나는 유빅이 있든 없든 간에, 다른 반생자들보다는 죠리에게 더 잘 대처할 수 있는 능력이 있는 것 같아요. 이를테면 당신의 그룹이 집단으로서 기능할 때와 비교하더라도 그래요."

"그렇군요." 조는 말했다. 맞다. 이미 충분히 증명된 사실이다.

"내가 환생한 뒤에는," 엘라는 말했다. "글렌은 더 이상 내 조언을 구할 수가 없게 될 거예요. 내가 당신을 돕는 건 매우 이기적이고 실제적인 이유가 있기 때문이랍니다, 미스터 칩. 난 당신이 나를 대체해주기를 원해요. 글렌이 조언과 도움을 받을 수 있고, 의지할 수 있는 인물이 필요한 거예요. 그런 점에서 당신은 이상적이에요. 전숲생명을 갖고 있었을 때 하던 일을 반생명 상태에서도 하는 셈일 테니까. 따라서 어떤 의미에서 내 동기는 고상한 감정에서 우러나온 게 아녜요. 내가 당신을 죠리에게서 구한 건 매우 상식적인 이유 때문이었어요." 그녀는 덧붙였다. "물론 내가 죠리를 정말 혐오한다는 것도 사실이지만."

"당신이 환생해버리면, 내가 죠리에게 지지 않을까요?"

"당신에겐 일생 동안 쓸 유빅이 있어요. 내가 준 증명서에 적혀 있듯이."

조는 말했다. "혹시 나는 죠리에게 이길 수 있을지도 모르겠군요."

"그건 죠리를 파괴한다는 뜻인가요?" 엘라는 생각에 잠겼다. "그 아이도 불사신은 아녜요. 아마 언젠가는 당신도 그 아이를 무력화하는 방법을 터득할지 모르겠네요. 솔직히 말해서, 당신이 기대할 수 있는 최선의 결과는 아마 그 정도일 거라고 생각해요. 당신이 정말로 그 아이를 파괴할 수 있을 것 같지는 않거든요. 바꿔 말해서, 그 아이가 모라토리엄에서 자기 근처에 있는 반생자들을 집어삼키는 것처럼 당신이 그 아이를 집어삼킬 수 있을지 의문이라는 거예요."

"염병할." 조는 말했다. "글렌 런시터한테 상황을 보고하고 죠리를 그 모라토리엄에서 아예 퇴거시키라고 해야겠습니다."

"글렌에게는 그럴 권한이 없어요."

"하지만 쉰하이트 폰 포겔장은—"

엘라는 말했다. "헤르베르트는 죠리의 유족에게서 매년 거액의 돈을 받아 챙기고 있어요. 그 아이를 다른 반생자들과 함께 놓아두고, 그에 관해 그럴듯한 이유를 생각해내는 조건으로. 그리고— 어느 모라토리엄에도 죠리 같은 존재는 있어요. 반생자들이 있는 곳이라면 어디에서든 벌어지고 있는 투쟁이죠. 우리 같은 존재에게는 하나의 진리이자 규칙이나 마찬가지예요." 엘라는 이렇게 말하고 잠시 입을 다물었다. 그녀와 만나고 나서 처음으로 조는 그녀의 얼굴에 분노의 빛이 깃든 것을 보았다. 신경질적이고 굳은 표정이 지금까지의 평온함을 헤치고 있었다. "결국 유리창 이쪽에서 결판을 보아야 할 투쟁인 거예요." 엘라는 말했다. "반생명 상태에 있는 우리, 죠리가 먹이로 삼는 사람들에 의한 투쟁. 그러니까 내가 환생한 뒤에는 당신이 그걸 지휘해야 해요, 미스터 칩. 그럴 수 있겠죠? 어려운 싸움이 될 거예요. 죠리는 언제나 당신의 기력을 흡수하고 무거운 짐을 지우려고 할 테고, 당신 입장에서 그 경험은 마치—" 그녀는 망설였다. "죽음이 다가오는 듯한 느낌일 거예요. 그게 사실이기도 하고. 왜냐하면 반생명 상태에 있는 사람의 기력은 어차피 계속 줄어드니까요. 죠리는 단지 그 과정을 가속화할 뿐이에요. 피로와 냉기는 언젠가는 찾아와요. 그렇게 빨리 오는 건 아니지만."

조는 속으로 생각했다. 난 그 녀석이 웬디에게 무슨 짓을 했는지 기억하고 있어. 내 입장에서 동기는 충분해. 그것만으로도.

"저게 그 약국입니다." 운전사가 말했다. 네모나고 지붕이 높은 구식 다지는 쿨럭거리며 길모퉁이로 가서 멈춰 섰다.

"함께 들어가진 않겠어요." 택시 문을 열고 휘청거리며 밖으로 나가는 조에게 엘라 런시터는 말했다. "안녕. 글렌을 위해서 성실하게 일해줘서 고마웠어요. 앞으로 그이한테 해줄 일에 대해서도 감사해요." 엘라는 그를 향해 허리를 굽히고 뺨에 키스했다. 그녀의 입술은 생의 활력으로 가득 찬 느낌이었다. 그리고 그 활력의 일부는 그에게도 전해졌다. 그는 전보다 조금 강해진 느낌을 받았다. "죠리 상대로 잘할 수 있기를 빌겠어요." 그녀는 좌석에 도로 앉았고, 핸드백을 무릎에 올려놓은 채 침착하게 자세를 가다듬었다.

조는 택시 문을 닫고 허리를 편 다음 불안정한 걸음으로 약국을 향해 걸어갔다. 등 뒤에서 택시가 부르릉 소리를 내며 떠났다. 그는 그 소리를 들었지만 뒤돌아보지 않았다.

램프 빛으로 밝힌 엄숙한 느낌의 약국 내부로 들어가자, 정장용 검은색 조끼에 나비넥타이를 매고 빳빳이 다림질한 샤크스킨 바지를 입은 대머리 약사가 다가왔다. "죄송하지만 폐점 시간이라서요, 손님. 지금 문을 닫으려고 하던 참이었습니다."

"하지만 난 이미 안에 들어와 있잖나. 마지막 손님으로 받아주게." 그는 약사에게 엘라에게서 받은 증명서를 보여주었다. 약사는 동그란 무테 안경을 낀 눈을 가늘게 뜨고 고딕체의 장식 문자를 천천히 읽었다. "어때, 그걸 줄 수 있겠어?" 조는 물었다.

"유빅이라." 약사는 말했다. "그건 일시 품절된 것 같은데, 일단 확인해보겠습니다." 그는 안쪽으로 가려고 했다.

"죠리." 조는 말했다.

약사는 고개를 돌리고 말했다. "예?"

"넌 죠리야." 조는 말했다. 이젠 알아볼 수 있어. 그는 속으로 중얼거렸다. 이젠 만나면 감이 오는 것 같아. "넌 이 약국뿐만 아니라 모든 걸 만들어냈어. 유빅의 스프레이 통을 제외하면 말이야. 넌 유빅에 대해 아무런 영향력도 발휘하지 못해. 그건 엘라한테서 온 거니까." 조는 억지로 몸을 움직여 한 걸음 한 걸음 카운터 뒤에 있는 약품 선반 쪽으로 다가갔다. 어둠 너머로 선반을 하나씩 들여다보며 유빅을 찾아보려고 했다. 약국 내부의 조명은 희미해져 있었다. 고색창연한 램프의 불빛은 스러져가고 있었다.

"이 약국 안에 있는 모든 유빅은 내가 퇴행시켜놓았어." 약사는 젊고 높다란 죠리의 목소리로 말했다. "이젠 그 구닥다리 간신향유밖에는 없어. 아무 효능도 없는."

"그럼 유빅이 있는 다른 약국으로 가야겠군." 조는 말했다. 카운터에 몸을 기대고 고통을 참으며 느리고 불규칙하게 심호흡을 했다.

죠리가 대머리 약사의 내부에서 말했다. "그것도 닫혀 있을걸."

"내일." 조는 말했다. "내일 아침까지는 견딜 수 있을 거야."

"그럴 수는 없을걸." 죠리는 말했다. "어차피 그 약국에 있는 유빅도 모두 퇴행해 있을 테니까."

"그럼 다른 도시로 갈 거야." 조는 말했다.

"네가 어디로 가든 유빅은 퇴행해 있어. 연고나 파우더나 영약이나 향유 따위로 말이야. 조 칩, 네가 스프레이 통을 보게 되는 일은 결코 없을 거야." 대머리 약사의 모습을 한 죠리는 셀룰로이드 같은 틀니를 드러내며 미소 지었다.

"그러면 난—" 그는 말을 멈추고, 얼마 남지 않은 기운을 끌어모았다. 스스로의 힘으로 자신의 경직되고 냉기로 마비된 육체를 덥히려고 노력했다. "그걸 현재 상태로 되돌릴 수 있어. 1992년으로."

"그럴 수 있을까요, 미스터 칩?" 약사는 조에게 네모난 판지 상자를 건넸다. "여기 있습니다. 그걸 열어보시면―"

조는 말했다. "안에 뭐가 들어 있는지는 알아." 그는 간신향유가 든 파란 단지에 정신을 집중했다. 미래로 진화해. 그는 절박한 심정을 한껏 담아 단지를 향해 말을 걸었고, 그나마 남아있던 모든 에너지를 향유의 용기에 쏟아부었다. 그러나 단지는 변하지 않았다. 이곳은 정상적인 세계라고. 그는 단지를 향해 말했다. "스프레이 통." 그는 큰 소리로 말한 다음, 눈을 감고, 쉬었다.

"그건 스프레이 통이 아닙니다, 미스터 칩." 약사는 이렇게 말하고 약국 안 여기저기를 돌아다니며 불을 껐다. 금전등록기 앞으로 가서 키를 하나 누르자 서랍이 덜그럭 튀어나왔다. 약사는 숙련된 동작으로 서랍에 들어 있던 지폐와 동전들을 자물쇠가 달린 금속 상자로 옮겨 담았다.

"넌 스프레이 통이야." 조는 손에 든 판지 용기를 향해 말했다. "지금은 1992년이고." 이렇게 말하고는 모든 힘을 짜내려고 해보았다. 조는 자기 자신의 전부를 이 노력에 쏟아부었다.

가짜 약사의 손끝에서 마지막 불이 깜박이다가 꺼졌다. 밖의 가로등이 발하는 뿌연 빛이 약국 안으로 흘러들어왔다. 그 빛 덕택에 조는 손에 든 물체를 흐릿하게나마 볼 수 있었고, 네모난 윤곽을 확인할 수 있었다. 약사가 문을 열며 말했다. "어이, 미스터 칩, 이제 집에 갈 시간이야. 그 여자 말은 틀렸어. 안 그래? 그리고 넌 다시는 그 여자를 못 볼 거야. 왜냐하면 그녀는 이미 환생의 길에 저만치 들어서버렸거든. 이제 너나 나, 런시터 생각

은 하고 있지 않아. 지금 엘라가 보고 있는 건 형형색색의 불빛
이야. 붉고 우중충한 것이 있는가 하면, 밝은 주황색 빛도—"

"내가 지금 쥐고 있는 건," 조는 말했다. "스프레이 통이야."

"아냐." 약사가 말했다. "그래서 나도 유감이야, 미스터 칩.
진심으로. 하지만 그건 스프레이 통이 아냐."

조는 판지 용기를 근처 카운터에 내려놓았다. 위엄 있는 태도
로 몸을 돌리고, 약사가 열어준 약국 문을 향한 길고 느린 여정
을 개시했다. 조가 문을 지나 밤의 보도로 나갈 때까지 두 사람
모두 한마디도 하지 않았다.

조의 뒤를 따라 약사도 나왔다. 그러고는 허리를 굽히고 문을
잠갔다.

"제조사에 항의해야겠어." 조는 말했다. "너의—" 그는 말을
멈췄다. 무엇인가가 그의 목을 조르는 탓에 숨을 쉴 수도, 말을
할 수도 없었기 때문이다. 이윽고 일시적으로 목의 압력이 줄
어들었다. "퇴행한 약국 일을."

"잘 자." 약사가 말했다. 그는 잠깐 멈춰 서더니 저녁의 어스
름한 빛 아래에서 조를 응시했다. 그러고는 어깨를 으쓱하고
자리를 떴다.

왼쪽을 본 조의 눈에 벤치의 검은 윤곽이 들어왔다. 전차가
오기를 기다리는 사람들이 앉아 있었다. 가까스로 그곳으로 가
서 자리를 잡았다. 벤치에 이미 앉아 있던 두세 명의 사람들은
옆으로 자리를 비켜주었다. 그를 피하려고 하는 것인지 아니면
그냥 자리를 내준 것인지는 알 수 없었지만, 조는 개의치 않았

다. 지금 신경이 쓰이는 것은 그의 몸을 지탱해주는 벤치의 존재와, 그가 짊어지고 있던 거대한 짐으로부터 부분적으로나마 해방되었다는 사실뿐이었다. 몇 분만 참으면 끝이야. 그는 뇌까렸다. 내 기억이 옳다면 말이다. 염병할, 어쩌다가 이런 일을 참고 견뎌야 하는 신세가 되었단 말인가. 그는 되뇌었다. 그것도 두 번씩이나.

하여튼 시도는 해봤어. 조는 깜박거리는 노란 조명과 네온사인, 눈앞에서 쌍방향으로 흐르는 차의 흐름을 바라보며 생각했다. 그리고 자신에게 들려주었다. 런시터는 발버둥치면서 저항하고 있어. 엘라는 손톱으로 물고, 할퀴고, 후벼 파는 일을 오랫동안 계속해왔고. 그리고 나는 유빅 간신향유 단지를 스프레이 통으로 진화시키기 직전까지 갔지. 거의 성공할 뻔했어. 그런 사실을 안다는 것, 그 자신의 위대한 힘을 자각할 수 있다는 사실에 조는 모종의 만족감을 느꼈다. 최후의 초월적인 시도였다고나 할까.

시내 전차라고 불리는 거대한 금속제 덩어리가 끼익거리며 벤치 앞에 멈춰 섰다. 조 곁에 앉아 있던 몇몇 사람들은 자리에서 일어나 전차 뒤쪽의 승강대로 서둘러 가서 탑승했다.

"거기 손님!" 차장이 조를 향해 외쳤다. "탈 겁니까, 안 탈 겁니까?"

조는 아무 말도 하지 않았다. 차장은 조금 기다렸다가 신호줄을 홱 잡아당겼다. 전차는 시끄럽게 움직이기 시작했고, 계속 그렇게 달리다가 마침내 그의 시야에서 사라졌다. 행운을 빌어.

전차 바퀴의 소음이 조금씩 사라지는 것을 들으며 조는 중얼거렸다. 잘 가.

그는 등받이에 등을 기대고 눈을 감았다.

"잠깐 실례합니다." 어둠 속에서 그의 몸 위로 허리를 굽힌 사람은 합성 타조가죽 코트를 입은 젊은 여자였다. 그는 고개를 들고 퍼뜩 정신을 차렸다. "미스터 칩?" 여자가 말했다. 날씬한 미인이었고, 모자, 장갑, 정장 수트, 하이힐 차림이었다. 손에는 뭔가를 들고 있었다. 그는 포장된 꾸러미의 윤곽을 보았다. "뉴욕에서 오신 분이 맞나요? 런시터 어소시에이츠에서? 엉뚱한 사람한테 이걸 전하고 싶지는 않아서요."

"내가 조 칩입니다." 그는 말했다. 한순간 이 여자가 엘라 런시터일지도 모른다고 생각했지만, 잘 보니 한 번도 만난 적이 없는 여자였다. "누가 보내서 왔습니까?" 그는 물었다.

"손더바 박사님요." 여자는 말했다. "젊은 쪽의 손더바 박사님입니다. 창업주이신 손더바 박사님의 아드님이시죠."

"그게 누군데요?" 전혀 들어본 적이 없는 이름이었지만, 그제야 그 이름을 어디서 보았는지 생각이 났다. "간신향유 제조자." 그는 말했다. "가공 정제한 협죽도 잎, 박하유, 탄소, 염화코발트, 산화아연—" 피로가 한꺼번에 몰려왔다. 그는 말을 멈췄다.

여자가 말했다. "현대과학의 최신 기술을 활용하면 물질이 옛날 형태로 되돌아가는 현상은 역전시킬 수 있습니다. 그것도 조합아파트 주민이라면 누구나 감당할 수 있는 저렴한 가격으로요. 유빅은 전 지구의 가정 예술점에서 판매 중입니다. 그러니까 자주 가는 가게에서 찾아보세요, 미스터 칩."

이제 완전히 정신이 든 조가 말했다. "어디서 찾아보라고요?" 그는 몸을 일으켰고, 휘청거리며 그 자리에 섰다. "1992년에서 왔군요. 당신이 방금 한 말은 런시터의 TV 광고에 나왔던 바로 그 말입니다."

밤바람이 산들거리며 불어왔다. 조는 바람이 자신을 잡아당겨 어딘가로 데리고 가려고 하는 것을 느꼈다. 그의 몸은 누덕누덕한 직물과 천으로 이루어진 덩어리였고, 당장이라도 흩어져버릴 듯한 느낌이었다.

"맞아요, 미스터 칩." 젊은 여자는 그에게 꾸러미를 건넸다. "당신은 저를 미래에서 불러냈습니다. 조금 전에 그 약국 내부에서 당신이 한 행위에 의해서, 미스터 칩은 저를 공장에서 직접 불러냈던 거예요. 힘이 없어서 못 하시겠다면 제가 직접 뿌려드릴 수도 있겠네요. 그럴까요? 저는 공장의 정식 대표이자 기술 컨설턴트랍니다. 그러니까 사용법은 잘 알고 있습니다." 그녀는 떨리는 조의 손에서 재빨리 꾸러미를 받아 들었고, 포장을 뜯는 즉시 그에게 유빅을 분사했다. 희미한 어둠 속에서 그는 스프레이 통이 번득이는 것을 보았다. 선명한 형형색색의 글자가 보였다.

"고맙습니다." 잠시 후 그는 말했다. 기분이 나아진 뒤에. 더 따뜻해진 뒤에.

젊은 여자가 말했다. "이번에는 호텔방에서 필요했던 것만큼

뿌릴 필요가 없었어요. 전보다 더 강해지신 게 틀림없습니다. 자, 이 통을 갖고 계세요. 아침이 되기 전에 또 필요해질지도 모르니까요."

"더 입수할 수 있습니까?" 조는 말했다. "이걸 다 쓴 다음에도?"

"일단 저를 여기로 불러낸 걸 보면 당연히 그러실 수 있겠죠. 저를 다시 여기로 불러낼 수 있을 거라고 생각해요. 같은 방법을 써서." 그녀는 그에게서 몸을 떼고 근처의 문을 닫은 점포의 단단한 벽들이 만들어내는 짙은 그림자 속으로 녹아들었다.

"유빅이란 뭡니까?" 조는 그녀가 머물러주기를 바라는 마음으로 말했다.

"유빅의 스프레이 통은," 여자가 대답했다. "최대출력 25킬로볼트의 헬륨 전지로 작동하는 자기 충족형의 고전압 저증폭 유닛을 갖춘 휴대용 음이온화 장치입니다. 음이온은 강한 바이어스가 걸린 가속실에서 반시계 방향의 스핀을 부여받고, 이것이 구심성 경향을 만들어내면서 확산하는 대신 오히려 응고하게 됩니다. 음이온 장場은 대기 중에 통상적으로 존재하는 반영자反靈子의 속도를 감소시킵니다. 반영자는 속도가 감소하는 즉시 반영자의 성질을 잃기 때문에 반전성 보존의 법칙에 의해 더 이상 냉동보존 된 사람들, 바꿔 말해서 반생 상태에 있는 사람들로부터 방사되는 영자와 결합할 수 없게 됩니다. 그 결과 반영자에 의해 소멸하지 않은 영자의 비율이 증가하고, 이것은—적어도 일정한 시간 동안은—영자적 활동에 의해 발생되는 역장 총량의 증대로 이어지는데…… 그런 영향을 받은 반생자는 더 큰 생명력과, 냉동보존 장치의 저온 감각의 감소를 통해 이를 경험하게 되는 거죠. 그래서 왜 유빅의 퇴행 형태들은 그런 효과를 발휘하지 못했는지를—"

조는 반사적으로 말했다. "'음이온'이라는 말은 불필요한 중복 아닌가요. 모든 이온은 음성이니까."*

또다시 젊은 여자는 그에게서 멀어졌다. "다시 뵐 수 있을지도 모르겠네요." 그녀는 상냥하게 말했다. "스프레이 통을 가져다드릴 수 있어서 보람을 느꼈어요. 아마 다음번에는—"

"다음번에는 저녁 식사라도 함께할까요." 조는 말했다.

"기대할게요." 그녀는 점점 더 먼 곳으로 후퇴했다.

"누가 유빅을 발명했습니까?" 조는 물었다.

"죠리에게 위협받고 있던 몇몇 능력 있는 반생자들입니다. 하지만 그들을 이끌고 주동한 인물은 엘라 런시터였죠. 그분은 기나긴 세월 동안 다른 사람들과 힘을 합쳐서 유빅을 만들어냈습니다. 하지만 아직 제공할 수 있는 양은 그리 많지가 않아요." 특유의 균형 잡히고 은밀한 방식으로 그녀는 점점 그에게서 멀어져갔다. 계속 그렇게 멀어지다가, 잠시 후에는 서서히 스러졌다.

"'마타도르'에서 봅시다." 조는 그녀의 등에 대고 외쳤다. "그걸 실체화시킨 것은 죠리치고는 괜찮은 솜씨였다고 생각합니

---

* 이온은 양전하나 음전하를 띠므로 조의 이런 지적은 과학적으로는 오류이다.

다. 아니면 딱 알맞은 정도까지 퇴행시킨 건지도 모르겠지만."
그러고는 귀를 기울였지만, 대답은 없었다.

유빅의 스프레이 통을 조심스럽게 들고, 조 칩은 택시를 잡기 위해 어둠이 깔리기 시작한 차도 쪽으로 걸어갔다.

가로등 아래에서 유빅 스프레이 통의 라벨에 인쇄된 글을 읽었다.

그녀의 이름은 마이라 레이니일 거야.

용기 반대편을 살펴보게.

주소와 전화번호가 쓰어 있을 거야.

"고맙습니다." 조는 스프레이 통을 향해 말했다. 우리는 유기적인 유령들의 도움을 받고 있어. 그는 생각했다. 유령들은 말을 하거나 글을 쓰면서 우리의 이 새로운 환경을 통과하지. 전생명의 세계에서 온, 주의 깊고 현명하며 육체를 가진 유령들. 그들을 구성하는 요소는 우리 영역을 침범하기는 하지만 과거의 심장처럼 맥동하는 실체의 기분 좋은 파편이야. 그리고— 그는 생각했다—그들 중에서도 특히 글렌 런시터에게 감사해야겠지. 설명서와 라벨과 메시지를 써서 보내준 인물에게. 특히 귀중한 메시지를 보내준 데 대해.

조는 손을 들어 올려 미적미적 지나가던 1936년형 그레이엄 택시를 멈춰 세웠다.

17

나는 유빅이다. 이 우주가 존재하기 전에 나는 존재했다. 나는 여러 태양을 만들고, 여러 행성을 만들었다. 나는 생물과 그들이 살아갈 장소를 창조했다. 나는 그들을 이곳으로 움직이고, 저곳에 가져다 놓았다. 그들은 내가 말하는 대로 움직이고, 내가 명하는 대로 행동한다. 나는 '말'이다. 내 이름은 결코 입에 오르지 않으며 내 이름을 아는 자는 아무도 없다. 나는 유빅이라고 불리지만, 그것은 내 이름이 아니다. 나는 존재한다. 나는 앞으로도 언제나 존재할 것이다.

글렌 런시터는 모라토리엄 소유주를 찾아내지 못했다.

"정말로 그 친구가 어디 있는지 모른다는 건가?" 런시터는 모라토리엄 소유주의 비서인 미스 비슨에게 물었다. "난 반드시 엘라하고 얘기를 나눠야 해.”

“그럼 제가 도와드리겠습니다.” 미스 비슨이 말했다. “4-B호 사무실을 쓰시면 되겠네요. 런시터 씨는 그곳으로 가셔서 기다리고 계십시오. 제가 아내 되시는 분을 신속하게 모시고 올 때까지, 잠시만 편하게 기다리고 계시면 됩니다.”

4-B호 사무실을 찾아낸 런시터는 조급하게 방 안을 돌아다녔다. 마침내 모라토리엄 직원이 손수레에 실린 엘라의 관을 밀고 들어왔다. “기다리시게 해서 죄송합니다.” 직원은 이렇게 말하고 즉각 전자 교령交靈 장치의 조절에 들어갔다. 쾌활하게 콧노래를 흥얼거리면서.

곧 작업은 완료되었다. 직원은 마지막으로 한 번 더 회로를 점검하고 만족한 듯이 고개를 끄덕였고, 사무실에서 나가려고 했다.

“이걸 받게.” 런시터는 이렇게 말하고 여기저기의 호주머니를 뒤져 찾아낸 50센트 동전 몇 개를 직원에게 건넸다. “신속하게 처리해줘서 고마워.”

“감사합니다, 런시터 씨.” 직원은 말했다. 그러나 동전들을 흘끗 보고는 미간을 찡그렸다. “그런데 이건 어디 돈입니까?”

런시터는 50센트 동전을 자세히 들여다보았다. 그러자마자 직원이 무슨 뜻으로 그렇게 말했는지를 알아차렸다. 동전들이 어딘가 이상하다는 점은 명백했기 때문이다. 이건 누구 얼굴이지? 그는 자문했다. 이 세 닢의 동전에 옆얼굴이 각인된 인물은 누구란 말인가? 평소 동전에서 보던 얼굴과는 딴판이었다. 그러나 어딘가 낯이 익었다. 아는 사람이다.

그리고 그는 갑자기 그 얼굴을 알아보았다. 이게 무슨 뜻일까. 런시터는 자문했다. 이토록 기이한 물건을 보는 것은 난생 처음이다. 이 세상에서 살아가며 경험하는 것들 대부분은 언젠가 그 의미를 알 수 있기 마련이지만― 50센트 동전에 조 칩의 얼굴이 각인되어 있다니?

그것은 그가 태어나서 처음으로 본 조 칩 화폐였다.

런시터는 어떤 직감을 느끼고 전율했다. 만약 호주머니나 지갑을 뒤져보면, 그런 돈이 더 있을 것이라는 직감을.

이번 일은 시작에 불과했다.

필립 K. 딕에 의한 복음 Ⅲ

엄청난 규모의 은폐가 이루어지는 시스템 내부에서 실재實在를 논하는 것은 헛된 일이다. 실재가 무엇인지를 간파하려고 해도, 베일을 닮은 꿈의 기묘한 소급 작용이 우리의 지각과 기억을 통해 금세 그것을 뒤덮기 때문이다. 이런 식의 상호작용이 끈질기게 이어지는 이유는 우리들 자신이 『유빅』의 등장인물들처럼 반생半生 상태에 있기 때문이라고 생각한다. 죽은 것도 아니고, 산 것도 아닌 상태로 냉동 보존되어 다시 해동되기를 기다리고 있다고나 할까. 계절 변화라는 너무나도 익숙한 현상에 비유하자면 이것은 겨울에 해당한다. 인류 전체가 『유빅』의 등장인물들처럼 겨울을 맞고 있는 것이다. 세계 전체가 오랜 기간에 걸쳐 축적된 얼음과 눈의 층으로 덮여 있으며, 우리는 이것을 도코스[臆想] 혹은 마야[幻影]라는 이름으로 부른다.

—필립 K. 딕, 『안드로이드와 인간』(1972)

1969년에 출간된 『유빅』은 엔트로피와 생명의 대립이라는 작가 필생의 주제를 장르 SF의 형태로 형상화한 장편이며, 1960년대 작품군群의 대미를 장식하는 데 모자람이 없는 딕의 최고 걸작 중 하나이다. 『유빅』의 집필 시기는 『안드로이드는 전기양의 꿈을 꾸는가?』(1968)를 탈고한 직후인 1966년 후반이지만, 실제로 빛을 본 것은 3년 가까이 지난 1969년 5월의 일이었다. 원형이 된 것은 《월드 오브 투머로》지 1964년 6월호에 실린 중편 「죽은 자가 하는 말What the Dead Men Say」이다. 이 중편은 죽은 자들과 의사소통이 가능해진 가까운 미래를 배경으로 삼고 있으며, 여기 등장하는 반생자半生者의 아이디어는 『유빅』에서 고스란히 계승되고, 확장된다. 인간이 직면한 가장 큰 실존적 문제인 '죽음'을 정면으로 다룬 대표적인 과학소설로는 로버트 셰클리의 『불사판매 주식회사』(1958)와 로버트 J. 소여의 『최종 실험』(1995) 등이 있지만, 『유빅』은 문학적 은유가 아닌 냉동 수면이라는 소도구를 통해 죽음의 논리적 귀결 (중 하나)인 사후 세계의 개연성을 심각하게 설파했다는 맥락에서 독보적이다.

『유빅』은 냉동보존된 죽은 사람들의 의식을 주기적으로 되살려 '대화'하는 것이 가능해지고, 텔레파스와 예지능력자를 위시한 각종 초능력자들이 대두해 인류 사회가 근본적으로 변화한 1992년의 '미래'를 무대로 삼고 있다. (이런 식의 초능력 사회는 영화화된 단편 「마이너리티 리포트」(1956) 등을 통해 일반 독자들에게도 익숙한 설정일 터이다.) 이들 초능력자들이 저지르는 개인 프라이버시의 침해와 산업 스파이 활동에 대항하기 위해서, 해당 초능력을 무효화하는 능력을 가진 반反 초능

력자—작품 속에서는 화학적 불활성 작용에 빗대 불활성자라
고 부른다—들의 조직인 '안심보장 기관'들이 일종의 보험사
내지는 해충 구제 회사처럼 기능하면서 아슬아슬하게 사회적
균형을 잡고 있었다. 글렌 런시터 사장이 운영하는 런시터 어
소시에이츠는 그중에서도 일류로 꼽히는 회사였지만, 최근 들
어서는 적수인 레이 홀리스 휘하의 거물 초능력자들이 대거 자
취를 감추는 통에 경영난에 봉착해 있었다. 그러던 중 런시터
는 거액의 보수를 줄 테니 달의 연구소에 잠입한 초능력자 스
파이들을 색출해달라는 거물 기업가의 의뢰를 받고 전속 초능
력 측정 기사 조 칩과 열한 명의 불활성자들을 인솔해 달로 간
다. 그러나 그들은 목적지에 도착하자마자 적의 함정에 빠지
고, 런시터 본인도 폭사한다. 조 칩을 위시한 나머지 부하들은
전용 우주선을 타고 달을 탈출해서 가까스로 지구로 귀환하는
데……

　이렇게 진행되는 도입부는 언뜻 보면 초능력 테마의 고전인
앨프리드 베스터의 『파괴된 사나이』(1953)를 방불케 할 정도
로 장르 친화적이지만, 지구에 도착한 조 칩 일행이 담배와 커
피를 위시한 일상적 소비물의 열화劣化와 시간의 퇴행이라는
기괴한 현상을 경험하기 시작하면서 본서의 무게 중심은 점점
악몽적인 현실 그 자체로 이행하기 시작한다. 런시터와 조 칩
이 대표하는 등가의 두 현실—생과 사—을 교차 대비시킴으
로써 (의도적이든 아니든 간에) 독자의 마음에 일종의 인지 부

조화나 불안을 야기한다는 측면에서는 초기작 『높은 성의 사내』(1962)에서 나타난 디키언 소설의 전형적인 구조적 긴장을 답습하고 있다고 해도 무방하다. 그러나 각 장 앞부분의 시니컬하고 인상적인 광고 문구를 포함해서 작중에서 무려 117차례나 언급되는 키워드 '유빅'이, 소설 말미에 이르러서는 맥거핀이나 단순한 플라톤적 상징을 넘어선 딕 특유의 적극적이고도 '실증적'인 구원 기제로 변모하는 부분은 영지주의적 색채가 짙은 말년의 『발리스』 3부작(1981~1982) 쪽에 더 가깝다. "최대 출력 25킬로볼트의 헬륨 전지로 작동하는 자기 충족형 고전압 저증폭 유닛을 갖춘 휴대용 음이온화 장치"라고 장엄하게 표현된 유빅은 본문 중에서 거듭 암시되듯이 생물학적인 죽음에서 비롯된 '퇴행형 세계 붕괴'를 막아주고 나아가서는 역행시키기까지 하는 '영약/현자의 돌'인 동시에, 열역학 제2법칙의 고립계에 비견되는 반생 세계에서 엔트로피를 감소시키는 근원적인 생명력의 원천인 '말'로서 현시한다.[*]

히피 운동을 이끈 사이키델릭 세대의 퇴장과 오일달러에 의한 대량소비 사회의 도래를 상징하는 듯한 등장인물들의 기괴한 옷차림과 동전 투입식 기계들에 관한 집요하다 싶을 정도의 묘사는 문화적 혼돈과 자원 고갈을 유발하는 엔트로피의 표

---

[*] 소설 말미에서, 구세주 역할을 맡고 있었던 런시터와 구원을 갈구하던 칩의 입장이 '역전되는' 50센트 주화의 에피소드는 바로 그런 맥락에서 매우 시사하는 바가 크다.

상이기도 하다. 일일이 열거할 수 없을 정도로 많은 복선과 상징을 내포하면서도 큰 파탄 없이 플롯이 유지된 점도 본서의 미덕이라 할 수 있다. 훗날 작가 본인이 인터뷰에서 토로한 바에 의하면 『유빅』은 인간 두뇌에서 무의식적이고 본능적인 면을 담당하는 "우뇌를 써서" 집필한, 일종의 자동기술自動記述에 가까운 소설이었다. 그랬던 탓인지 본서는 읽는 이를 마치 자각몽自覺夢으로 이끄는 듯한 기묘한 독서 감각을 선사하며 딕이 프랑스를 필두로 유럽에서 큰 인기를 얻고 지젝과 보드리야르를 위시한 포스트모더니즘 비평가들의 주목을 받는 데 결정적인 역할을 했다. 시간 감각에 관해 연구하던 소련의 천체물리학자 니콜라이 코지레프가 『유빅』에서 술회되는 시간 퇴행 이론에 너무나도 큰 감명을 받은 나머지 딕을 소련으로 초청한 것도 이 무렵이었다. 당시 정치적인 편집증에 사로잡혀 있던 딕은 물론 응하지 않았지만, 자택에서 세 명의 소련 대사관원들의 느닷없는 방문을 받고 한 시간가량 억지 춘향격으로 『유빅』에 관해 담소했다는 카프카적인 후일담이 있다.

딕의 여러 장편 중에서도 가독성과 오락성이 높은 작품으로 꼽히는 『유빅』은 발간 직후부터 영화화 얘기가 끊이지 않았다. 실제로 딕은 1974년에 프랑스의 신예 감독 장피에르 고랭의 의뢰를 받고 불과 한 달 만에 『유빅』 시나리오판을 완성했지만, 제작을 둘러싼 제반 사정으로 인해 결국 영화화는 성사되지 못했다.* 딕의 장편 『스캐너 다클리』(1977)를 2006년에 영화화한 토미 팰로타 감독 또한 영화판 『유빅』을 기획한 적이 있으며, 2012년 현재는 〈이터널 선샤인〉(2004)의 감독인 미셸 공드리를 중심으로 영화화가 진행 중이다.

김상훈 (SF 평론가)

* 이 시나리오는 나중에 『유빅: 스크린플레이』(1985)라는 제목으로 출간되었다.

1928   필립 킨드리드 딕. 12월 16일 일리노이 주 시카고의 자택에서 쌍둥이 누이인 제인 샬럿 딕과 함께 예정일보다 6주 일찍 태어났다. 아버지 조셉 에드거 딕은 제1차 세계대전에 참전했다가 제대 후 농무부에서 일했다. 어머니 도로시 킨드리드 딕은 공문서를 검열하는 비서였으며, 만성 신부전증을 앓고 있어서 쌍둥이들에게 수유를 하기가 힘들었고 의사의 도움도 제대로 받지 못했다. 그래서 쌍둥이들은 둘 다 발육 상태가 좋지 않았다.

1929   1월 26일, 심각한 탈수 증세와 영양실조에 시달리던 갓난애들을 서둘러 병원으로 데려갔지만 누이는 병원으로 가던 중 사망했다. 그는 체중 5파운드*가 될 때까지 인큐베이터 신세를 지게 된다(쌍둥이 누이의 죽음에 괴로워하던 그는 훗날 이렇게 기술했다. "누이는 살기 위해, 나는 누이를 살리기 위해 발버둥을 친다, 영원히……. 그녀는 내게는 전부나 다름없다. 나는 늘 내 누이와 헤어지는 동시에 함께해야 하는 저주를 받았다"). 아버지에게 샌프란시스코로 전근해도 좋다는 농무부의 허락이 떨어졌다. 가족은 콜로라도 주 포트 모건으로 휴가를 떠났고, 그는 어머니 도로시와 함께 현지 친척의 집에 머물며 아버지의 전근 절차가 끝나기를 기다렸다. 누이는 포트 모건 공동묘지에 묻혔다. 가족은 캘리포니아의 베이지역에 있는 소살리토로 이사했고, 퍼

____

* 2.3킬로그램

닌슐러*로 옮겼다가 마지막에는 앨러미다에 자리를 잡았다.

1930   아버지가 네바다 주 리노에 위치한 국가부흥청(NRA) 서부
            지부 국장으로 승진한다. 가족은 버클리에 정착했고, 아버지
            는 주중에는 리노에 머물며 직장과 가정을 오갔다.

1931   캘리포니아 대학의 아동 복지 연구소가 운영하는 실험적인
            탁아소에 다녔다. 기억력과 언어능력 및 손의 협응력 테스트
            에서 높은 점수를 받았다. 음악적 재능이 뛰어나다는 칭찬도
            듣게 되었다.

1933-34   어머니가 이혼을 요구하면서 부모가 별거에 들어간다. 그는
            어머니와 외갓집에서 외조부모 및 매리언 이모와 함께 살게
            되었다. 어머니가 정규직을 얻으면서 집에 남겨지게 된 그는
            '미마Meemaw'라는 애칭으로 부르던 외할머니의 자상한 보
            살핌을 받으며 진보적인 성격이 강한 브루스태틀록 스쿨 부
            설 유치원을 다녔다. 매리언 이모는 신경쇠약으로 가끔 병원
            에 입원하기도 했지만 그를 무척 귀여워했다.

1935-37   부모의 이혼 절차가 마무리되면서 어머니를 따라서 워싱턴
            D.C.로 이사했다. 아버지는 재혼했다. 이 시기부터 천식과
            심계 항진증을 앓기 시작했다. 기숙학교로 보내라는 의사의
            권유를 받고 행동장애를 가진 아동들을 위한 컨트리데이 스
            쿨로 보내졌다. 그곳에서 처음으로 구토 공포증을 경험하며,
            사람들 앞에서는 음식을 삼키지도, 먹지도 못하게 되었다. 6
            개월 뒤 귀가 조치를 받고 처음으로 심리치료사를 만난다.
            프렌즈 퀘이커 데이 스쿨을 다니다가 2학년 때 공립학교로

---

* 샌프란시스코 반도.

전학했다. 학교에서는 소외감 때문에 힘들어했고 이것은 곧
잘 무단결석으로 이어졌다("그 후에는 내가 혐오하는 학교
에 가는 일을 제외하면 딱히 하는 일이 없는 시기가 오래 계
속되었다. 기껏해야 수집한 우표들을 만지작거리거나……
구슬치기, 딱지치기, 볼로배트bolo bats, 당시 갓 출판되기
시작한 코믹북 읽기 같은 남자아이들의 놀이를 하는 정도였
다……"). 자연스럽게 우러나오는 마음의 평화와 감정 이입
을 체험한 것도 이 시기였다. 그는 훗날 인터뷰에서 이 경험
을 어린 시절의 '사토리'*라고 표현했다. 어머니의 격려를 받
고 처음으로 글쓰기를 시작한 것도 이 무렵이었다.

1938   어머니와 함께 버클리로 돌아갔다. 3년 동안 만나지 못했던
            아버지를 찾아갔다. 새로 전학한 공립학교에서 자신을 '짐
            딕'이라고 소개하지만 곧 다시 필립이라는 이름을 사용했다.
            지역 소식과 연재만화를 실은 개인 신문인《더 데일리 딕The
            Daily Dick》을 만들었다.

1940-43   고전 음악과 오페라에 열중하기 시작했고, 평생 그 열정을
            가슴에 품고 살았다. 『어린 왕자』와 『호빗』, 『곰돌이 푸』 및
            『오즈』 시리즈를 읽었다.《어스타운딩》《어메이징》《언노운》
            등의 SF 잡지를 발견하고 열심히 모으기 시작했다. 이 잡지
            들의 내용을 본떠 그림을 그리고 글을 썼다. 독학으로 타자
            치는 법을 익혔고, 라디오 방송으로 접한 제2차 세계대전 소
            식을 들으며 친구들과 전황에 대해 곧잘 토론을 벌였다. 두
            번째 개인 신문인《진실The Truth》을 만들면서 연재만화의
            주인공으로 '미래 인간Future-Human'을 등장시켰다("자신
            의 초超 과학기술을 인류의 복지를 위해 사용하고, 미래의 암

---

* Satori. 일어로 '깨달음'을 의미함.

흑가에 맞서는 인물"이었다). 지금은 소실된 첫 번째 소설 『소인국으로의 귀환Return to Liliput』을 완성했다.《버클리 가제트》지에 정기적으로 단편소설과 시를 기고했다. 가필드 공립 중학교와 오하이 시에 위치한 기숙사제 사립 고등학교 인 캘리포니아 예비 학교를 다녔다. 정서장애를 극복하기는 여전히 어려웠지만, 급우들에게 정신의학과 심리 테스트에 관한 해박한 지식을 피력하기도 했다(1974년에 딸 로라에게 보낸 편지에서 그는 이렇게 쓰고 있다. "어떤 의미에서는, 학 교에 적응을 잘하면 잘할수록 나중에 현실 세계에 적응할 수 있는 확률은 도리어 낮아진다고 할 수 있어. 그러니까 네가 학교에 제대로 적응을 못하면 못할수록, 나중에 학교에서 자 유로워진 뒤에 마주치는 현실에 더 잘 대처할 확률이 높아진 다고도 할 수 있겠지. 그런 날이 정말로 온다면 말이야. 아마 나는 군대에서 말하는 '안 좋은 태도'를 갖고 있는지도 모르 겠구나. 제대로 하든지, 아니면 포기하든지 양자택일하라는 뜻인데, 나는 언제나 그만두는 쪽을 택했어"). 광장공포증과 공황장애로 인한 발작이 더 심해졌다.

1944-47　버클리 고등학교에 입학했다. 독일어를 배우고 칼 구스타프 융의 저서를 읽기 시작했다. 곧잘 현기증 발작을 일으켜 앓 아눕곤 했다. 샌프란시스코의 랭글리 포터 클리닉에서 매주 융 학파의 심리분석가에게 치료를 받았지만 결국은 그 분석 가를 철두철미하게 경멸하기에 이르렀다. 유니버시티 라디 오에 판매원으로 취직했으나, 나중에 아트 뮤직으로 옮겼다. 두 곳 모두 음반, 악보, 전자기기 등을 판매하고 수리도 해 주는 음악 상점이었다. 이 두 가게의 소유주인 허브 홀리스 는 카리스마 넘치는 까다로운 인물이었는데, 딕에게는 멘토 이자 아버지 같은 존재가 되었다(홀리스는 훗날 딕의 소설 에 자주 등장하는 전제적이지만 따스한 마음을 가진 '보스'

의 모델이 된다). 홀리스 밑에서 일하는 동안 딕의 불안장애
는 많이 나아졌지만, 학교에만 가면 악화되는 통에 마지막
1년 과정은 집에서 개인 교습을 받으며 마쳐야 했다. 같은
해 가을이 되자 집에서 나와 로버트 던컨, 잭 스파이서, 필립
라만티어 같은 작가들과 함께 창고를 개조한 공동주택으로
이사를 갔다. 대부분 동성애자로, 작가 특유의 보헤미안적
삶을 즐기던 룸메이트들은 딕의 독자적인 지적 성장의 원천
이 되었다. 딕은 버클리 대학에 잠시 다니며 철학을 전공했
지만 의무적으로 참가해야 하는 ROTC 훈련을 혐오했다. 광
장공포증은 더욱 악화되었고, 11월에는 결국 자퇴를 하고 말
았다. 훗날 그는 ROTC 훈련 도중 소총 분해결합을 거부했다
는 이유로 퇴학당했다고 주장했다.

1948-49   아트 뮤직의 매니저는 여성 경험이 전무하다는 것을 알고 가
게의 지하방에서 젊은 여성과 잠자리를 함께 할 수 있는 기
회를 마련해준다. 재닛 말린과 알게 되고, 서둘러 결혼해 버
클리의 아파트로 이사한다. 갈등으로 점철되었던 6개월 동안
의 서투른 결혼 생활은 연말이 되기 전에 이혼으로 끝이 난
다. 아버지와 다시 재회하고, 지금은 소실된 장편 『어스셰이
커The Earthshaker』를 간간이 집필하기 시작했다.

1950   6월에 두 번째 아내인 클리오 애퍼스털리디스와 결혼한다.
버클리의 프란시스코 거리에 작은 집을 장만했고, 마지막으
로 아버지를 만났다. 작문 교사이자 범죄소설과 SF 분야에서
편집자와 평론가로 활동하던 앤서니 바우처(앤서니 화이트)
와 조우했고 그의 영향을 받아 다수의 SF 단편을 쓰기 시작
했다(훗날 딕은 바우처를 평하며 "성숙한 어른, 그것도 분별
있고 교육받은 어른도 SF를 즐길 수 있다는 사실을 깨닫게
해준 인물"이라고 회고하기도 했다). 당시 딕은 지독한 가난

에 허덕였다(훗날 출간된 단편집 『황금 사나이The Golden
Man』의 1980년도 판 서문에서 딕은 이렇게 술회했다. "럭
키 도그 애완동물상점에서 파는 말고기는 동물 사료로 팔던
것이었다. 그러나 클리오와 나는 그걸 먹었다. 정말 궁핍했
다……").

1951-52   《판타지 앤드 사이언스 픽션》지에 처음으로 팔린 단편 「루
           그Roog」로 데뷔한다. 홀리스에 대한 신의를 저버렸다는 이
           유로 아트 뮤직에서 해고당했다. 잡지 《플래닛 스토리즈》에
           단편 「워브는 그 너머에 머문다Beyond Lies the Wub」를
           게재하고, 스콧 메러디스 출판 에이전시와 전속 계약을 맺
           는다. 최초의 사실주의적 소설인 『거리에서 들리는 목소리
           Voices from the Street』(2007)와 『메리와 거인Marry and
           the Giant』(1987)을 집필했지만 생전에는 출간되지 못했다
           (훗날 딕은 이렇게 술회했다. "나는 1951년 11월에 처음으로
           단편을 팔았고, 이것들은 1952년에 처음으로 잡지에 실렸다.
           고등학교를 졸업할 무렵에는 꾸준히 글을 쓰면서 잇달아 장
           편을 탈고했지만 물론 하나도 팔리지 않았다. 나는 버클리에
           살고 있었고, 주위 환경은 문학을 하기에 안성맞춤이었다.
           주류 문학을 하는 소설가들은 얼마든지 있었고, 베이지역에
           사는 지극히 유망한 전위적 시인들과도 교류했다. 모두들 나
           더러 글을 쓰라고 권했지만, 꼭 그걸 팔아야 한다고 격려한
           사람은 아무도 없었다. 그러나 나는 책을 팔고 싶었고, SF 소
           설도 쓰고 싶었다. 나의 궁극적인 꿈은 주류 문학적 소설과
           SF **양쪽**을 쓰는 것이었다").

1953-54   최초의 SF 장편인 『태양계 제비뽑기Solar Lottery』(1955)와
           『존스가 만든 세계The World Jones Made』(1956)를 판타
           지 소설 『우주 꼭두각시The Cosmic Puppets』(1957) 및 리

얼리즘 소설인 『함께 모여라Gather Yourselves Together』
(1994)와 함께 에이전시에 팔았다. 음반 가게인 '터퍼와 리
드'에서 잠시 일하던 중 공황장애와 광장공포증이 재발했
고, 폐소공포증까지 겪었다. 공포증과 우울증 치료제로 처방
받은 암페타민을 복용하기 시작했다. 수십 편의 단편을 썼
고 그중 대다수를 잡지에 파는 데 성공했다. 딕은 가장 다작
을 하는 SF 작가 중 한 사람이 되었다(1953년 한 해 동안에
만 무려 30편의 작품이 펄프 잡지*에 실렸다). FBI 수사관 두
명이 방문해서 점잖게 그를 심문한다. 이 사건을 계기로 그
는 평생 동안 감시당하고 있다는 생각을 품게 되었다. SF 작
가로 이름을 알리는 것에 대한 모호한 저항감과, 사람들 앞
에 나서기를 두려워하는 광장공포증에 시달리면서도 난생처
음으로 SF 컨벤션에 참가해서 A. E. 밴 보그트를 만났다. 보
그트의 소설은 딕의 초기 SF 소설들에 큰 영향을 미쳤다. 단
편 고료와 아내가 이런저런 시간제 일을 해서 번 돈으로 주
택 융자금을 갚고, 짧은 기간이나마 재정적인 안정을 누렸
다. 매리언 이모가 세상을 떠나자 딕의 어머니는 매리언의
남편인 조 허드너와 결혼하고, 조카인 여덟 살배기 쌍둥이를
입양했다.

1955   장편 데뷔작인 『태양계 제비뽑기』가 에이스 북스에서 페이
퍼백 단행본으로 출간되었다. 첫 번째 단편집 『한 줌의 암흑
A Handful of Darkness』도 리치&코원 출판사에 의해 영국
에서 간행된다. 딕은 같은 해 『농담을 한 사내The Man Who
Japed』(1956)와 『하늘의 눈Eye in the Sky』(1957)을 집필
했다.

---

* pulp magazine. 갱지를 사용한 선정적인 싸구려 잡지.

1956-57   주류 문단의 인정을 받기 위한 노력의 일환으로 일반 소설
           인『조지 스타브로스의 시간A Time for George Stavros』
           (소실됨)『언덕 위의 순례자Pilgrim on the Hill』(소실됨),
           『시스비 홀트의 깨진 거품The Broken Bubble of Thisbe
           Holt』(1988),『좁은 땅에서 빈둥거리며Puttering About in
           a Small Land』(1985)를 집필했다. 클리오와 두 번의 자동차
           여행을 하면서 동쪽으로는 아칸소 지방까지 둘러보았다.『한
           줌의 암흑』 증보판인『변수 인간 외The Variable Man and
           Other Stories』가 에이스 북스에서 페이퍼백 단행본으로 출
           간되었다. 스콧 메러디스 출판 에이전시와 잠시 결별했지만
           곧 재계약했다.

1958   딕은 처음으로 자신의 사실주의적 모티프를 SF 소설에 접목
           했고, 그 결과물인『어긋난 시간Time Out of Joint』이 리핀
           코트 출판사에서 출간되었다. 그의 소설 중에서는 최초의 하
           드커버였으며, SF 소설이 아니라 스릴러를 의미하는 '위협
           에 관한 소설Novel of Menace'로 홍보되었다. 일반 소설인
           『밀튼 럼키의 구역에서In Milton Lumky Territory』(1985)와
           『니콜라스와 히그Nicholas and the Higs』(소실됨)를 집필했
           다. 단편인「포스터, 넌 죽었어!Foster, You're Dead」가 소비
           에트 연방에서 무단으로 잡지에 실린 것을 알게 되었다. 이
           를 계기로 소련 과학자 알렉산드르 톱치예프와 편지로 아인
           슈타인의 상대성 이론에 관해 의견을 주고받았고, 이 편지들
           은 CIA에게 노출되었다(딕은 1970년대에 정보자유법에 의
           거해 공개 요청을 보낸 뒤에야 이 사실을 알았다). 9월에 클
           리오와 마린 카운티의 포인트 러예스 스테이션으로 이사했
           다. 10월에 앤 루빈스타인이라는 미망인을 만나 격정적인 사
           랑에 빠졌고, 12월에는 클리오에게 이혼을 요구했다.

1959   클리오는 이혼 후 포인트 러예스 스테이션을 떠나 버클리로
돌아갔다. 딕은 앤과 함께 살며 그녀의 세 딸(헤티, 제인, 텐
디)의 의붓아버지가 되었다. 이들은 가금류와 양을 키우며
아이들의 양육비 명목으로 세인트루이스에 사는 앤의 전남
편 가족들이 보내준 돈으로 생계를 꾸려갔다. 앤의 정신과
의사에게서 상담을 받기 시작했는데, 이는 1971년까지 간헐
적으로 이어졌다. 만우절에 멕시코의 엔세나다에서 앤과 결
혼했다. 돈을 벌기 위해 초기 중편 중 두 편을 장편 SF로 개
작했다. 이것들은 1960년에 각각 『미래 의사Dr. Futurity』와
『불카누스의 망치Vulcan's Hammer』라는 제목으로 에이스
북스의 '더블 시리즈'*로 출간되었다. 일반 소설인 『허풍선
이 과학자의 고백Confessions of a Crap Artist』(1975)을 집
필했다. 이 소설은 클리오와의 이혼, 그리고 앤과의 연애에
서 대부분의 소재를 얻었으며, 크노프사와 하코트사 양쪽에
서 출간될 뻔했지만 결국 성사되지는 못했다. 그러나 그 과
정에서 딕의 작가적 능력에 주목한 하코트 출판사는 차기 일
반 소설의 선불금을 지불했다. 앤이 임신을 했고, 딕은 암페
타민의 일종인 서모자이드린을 계속 복용했다.

1960   2월 25일에 첫아이인 로라 아처 딕이 태어났다. 하코트 출
판사에서 일반 소설을 내고자 하는 희망은 결국 이루어지지
못했다. 편집자가 휴가를 간 사이에 출판사가 합병을 하면
서, 딕이 쓴 『모두 똑같은 이를 가진 사내 The Man Whose
Teeth Were All Exactly Alike』(1984)와 『조지 스타브로
스의 시간』을 개작한 작품인 『오클랜드의 험프티 덤프티
Humpty Dumpty in Oakland』(1986)의 출간을 제대로 추
진하지 못했기 때문이었다. 가을이 되자 앤이 또 임신을 했

---

* Ace Double. 두 작가의 각기 다른 작품을 앞뒤로 뒤집어 묶은 페이퍼백 시리즈.

지만 경제적으로 더 궁핍해지는 것을 두려워했던 앤은 딕의 반대에도 불구하고 아이를 낙태했다.

1961   앤의 수공예 보석상에서 잠깐 일을 했다. 변화를 다룬 중국의 고전인 『역경I Ching』을 발견하고, 향후 20년 동안 그 점괘를 참고하며 살아갔다. 딕은 자신이 '움막'이라고 부르던 곳에 틀어박혔다. 타자기와 전축, 그리고 책들이 있는 이 오두막에서 그는 『높은 성의 사내The Man in the High Castle』의 집필에 착수했다. 플롯의 일부는 『역경』의 점괘를 참조했다.

1962   『높은 성의 사내』는 퍼트넘 출판사에서 스릴러물로 출간되었고 호평을 받았지만 판매는 부진했다. 그러자 퍼트넘 출판사는 사이언스 픽션 북클럽에 판권을 팔았다. 딕은 장편 『당신을 합성해드립니다We Can Build You』를 집필했는데, 이는 1969년에서 1970년 사이에 《어메이징》지에 「A. 링컨, 시뮬라크럼A. Lincoln, Simulacrum」이란 제목으로 연재되었다. 같은 해에 집필한 『화성의 타임슬립Martian Time-Slip』은 1963년 잡지 《월드 오브 투모로우》에 '우리는 모두 화성인All We Marsmen'이란 제목으로 연재되었다(훗날 딕은 이렇게 회고했다. "『높은 성의 사내』와 『화성의 타임슬립』을 통해 나는 실험적인 주류 소설과 SF 사이의 간극을 줄였다고 생각한다. 어느 날 갑자기 작가로서 하고 싶었던 일을 다 할 수 있는 길을 찾은 기분이었다").

1963   7월에 스콧 메러디스 출판 에이전시에서 팔리지 않는다는 이유로 10여 편 이상의 주류 소설을 돌려보냈다. 돈이 궁해진 나머지 그는 앤의 집을 담보로 레코드 가게를 시작할 것을 고려했다. 9월에는 『높은 성의 사내』가 SF 문학상 중 최

고의 권위를 자랑하는 휴고상 최우수 장편상을 받았다. 그러나 결혼 생활은 악화일로를 걸었다. 딕은 친구들에게 아내가 자기를 죽이려 한다고 주장했다. 오랫동안 부부 싸움을 하다가 앤을 로스 정신병원으로 보냈고, 앤은 랭글리 포터 클리닉에서 2주간 치료를 받는 데 동의했다. 결혼이 깨지는 것을 막기 위해 두 사람은 미국 성공회 예배에 참석하기 시작했다. 딕은 이곳에서 세례를 받았다. 딕의 팬이었던 매런 해켓은 친구의 주선으로 딕을 만났다. 그녀와 그녀의 의붓딸들도 성공회 신도였다. 딕은 암페타민을 연료 삼아 『닥터 블러드머니, 혹은 폭탄이 터진 뒤 우리는 어떻게 살아남았나Dr. Bloodmoney, or How We Got Along After the Bomb』(1965), 『타이탄의 게임 플레이어The Game-Players of the Titan』(1963년, 에이스 북스에서 출간), 『시뮬라크라The Simulacra』(1964), 『작년을 기다리며Now Wait for Last Year』(1966)를 탈고했고, 『알파성의 씨족들Clans of the Alphane Moon』(1964)과 『우주의 균열The Crack in Space』(1966)을 쓰기 시작했다. 집필실이 있는 오두막으로 걸어가면서 그는 하늘에서 기괴한 가면을 쓴 인간 얼굴의 환영幻影을 보았다. 훗날 그는 이 체험을 장편 『파머 엘드리치의 세 개의 성흔The Three Stigmata of Palmer Eldritch』 (1965)에 녹여내었다.

| 1964 | 버클리를 방문하는 일이 잦아졌다. 『파머 엘드리치의 세 개의 성흔』을 탈고한 후 3월에 출판 에이전시에 넘겼다. 3월 9일 이혼 소송을 제기하고 잠시 어머니 집에서 살았다. 베이지역의 활기찬 SF 팬덤에 합류해서 폴 앤더슨, 매리언 짐머 브래들리, 론 굴라트와 레이 넬슨 같은 작가들을 만났다. 『높은 성의 사내』의 속편을 쓰기 시작했다가 포기했다. 『우주의 균열』, 『잽건The Zap Gun』(같은 해 『프로젝

트 플로셰어Project Plowshare』라는 제목으로 잡지에 연재되었고 1967년에 출간됨), 『끝에서 두 번째의 진실The Penultimate Truth』을 탈고했으며, 『텔레포트 되지 않은 사내The Unteleported Man』(1966)를 쓰기 시작했다. SF 작가 아브람 데이비슨의 아내로 당시 그와 별거 중이었던 그래니아 데이비슨(훗날 '그래니아 데이비스'로 소설 출간)과 연애 편지를 교환했다. 7월에는 운전 도중 차가 전복되는 바람에 큰 부상을 입고 심각한 우울증을 겪으면서 집필 의욕을 상실했다. 오클랜드에서 열린 세계 SF 컨벤션에 참석했다. 마약이 횡행했던 집회였다. 친구인 잭과 마고 뉴컴 부부가 오클랜드에 있는 딕의 자택을 방문했다. 12월이 되자 그는 매런 해켓의 의붓딸인 21살의 낸시 해켓에게 구애를 시작했다("네가 나를 위해 우리 집으로 들어왔으면 좋겠어. 안 그런다면 나는 머리가 돌아버려서 점점 더 약을 찾게 될 거고…… 결국 아무런 글도 쓸 수 없을 거야. 나에겐 자극과 영감을 줄 수 있는 네가 필요해").

1965   3월에 낸시 해켓과 함께 살기 시작했다. 가정 생활을 시작하며 다시 집필을 하기 시작했고 고질적인 광장공포증 역시 부활했다. 딕은 LSD를 두 번 복용하고 불편한 환영을 경험했다("나는 '그'를 맥동하고, 격렬하고, 마구 진동하는 존재로서 지각했다. 복수심에 불타는 위압적인 존재, 마치 형이상학적인 IRS*요원처럼 회계 감사를 요구하는 존재라고나 할까"). 팬진**인 《라이트하우스》에 실린 에세이 「마약, 환영 그리고 실체에 대한 탐색Drugs, Hallucinations, and the Quest for Reality」에서 그는 다음과 같이 술회했다. "사람들은 환각

---

* Internal Revenue Service. 미 국세청.
** fanzine. 팬이 발행하는 잡지.

에 매달릴 필요가 없다. 착란으로 몸을 망치는 길은 하나만
있는 것이 아니므로."『텔레포트 되지 않은 사내』를 완성하
고, 캘리포니아의 미국 성공회 주교인 제임스 파이크*와 돈
독한 우정을 쌓았다. 파이크가 비서로 채용한 낸시의 의붓어
머니인 매런 해켓은 파이크의 숨겨진 정부情婦였다. 딕은 파
이크와의 대화를 통해 신학적 고찰과 초기 크리스트교의 기
원에 관한 연구에 심취하기 시작했다. 낸시와 함께 산 라파
엘로 이사했다. 레이 넬슨과 공동으로『가니메데 혁명The
Ganymede Takeover』(1967)을 썼고, 『거꾸로 도는 세계
Counter-Clock World』(1967)의 집필을 시작했다.

1966   『거꾸로 도는 세계』를 탈고하고『안드로이드는 전기양의 꿈
          을 꾸는가?Do Androids Dream of Electric Sheep?』(1968)
          와『유빅Ubik』(1969), 아동 SF인『농부 행성의 글리멍The
          Glimmung of Plowman's Planet』(1988년에 영국에서『닉
          과 글리멍Nick and the Glimmung』이라는 제목으로 출간
          됨)을 썼다. 7월에 낸시와 결혼했다. 딕은 회의적이었지만,
          파이크 주교와 매런 해켓, 낸시와 함께 영매가 주최하는 세
          앙스**에 참석했다. 이 모임의 목적은 자살한 파이크의 아들
          인 짐과 접촉하기 위한 것이었다.『작년을 기다리며』와『텔
          레포트 되지 않은 사내』,『우주의 균열』이 출간되었다.

1967   3월 15일에 둘째 딸 이솔더(이사) 프레이어 딕이 태어났다.
          텔레비전 드라마 〈침략자The Invaders〉의 구성 원고를 썼
          지만 팔리지 않았다.『거꾸로 도는 세계』,『잽건』,『가니메
          데 혁명』이 페이퍼백으로 출간되었다. 6월에 낸시의 의붓어

---

* James A. Pike(1913~1969).
** séance. 교령회. 죽은 사람들의 영혼과 통교하려는 사람을 중심으로 한 모임.

머니 매런 해켓이 자살했다. IRS가 딕에게 체납된 세금과 벌금 및 이자의 납부를 요구하면서 이미 심각했던 가계 재정난이 한층 더 악화되었다. 단편 「부조父祖의 신앙Faith of Our Fathers」이 할런 엘리슨이 편집한 SF 앤솔러지 『위험한 비전Dangeros Visions』에 실렸다. 서문에서 엘리슨은 딕이 LSD에 의한 환각 상태에서 이 단편을 썼다고 주장했지만, 이것은 딕의 고의적인 오도誤導에 의한 것이었다.

<table>
<tr><td>1968</td><td>잡지 《램파츠》 2월호에 실린 '작가와 편집자에 의한 전쟁세 반대운동' 청원서에 서명하면서 IRS와의 갈등이 심화되었다. 낸시와 함께 '마약 SF 컨벤션Drug Con'이라는 이명異名을 얻은 베이컨*에 참가했다. 그곳에서 로저 젤라즈니를 처음으로 만났다. 젤라즈니와는 훗날 장편 『분노의 신Deus Irae』(1976)을 공동 집필하게 된다. 『안드로이드는 전기양의 꿈을 꾸는가?』의 초판이 하드커버로 출간되었다. 이 작품의 영화 판권도 팔렸다. 『은하의 도기 수리공Galactic Pot-Healer』(1969)과 『죽음의 미로A Maze of Death』(1970)를 집필했다. 딕의 오랜 멘토였던 앤서니 바우처가 사망한다. 활자화되지는 않았지만 다음과 같은 자기소개 글을 썼다. "……기혼자이며, 두 딸과 젊고 신경질적인 아내와 함께 살고 있다……. 처음에는 스카를라티**, 다음에는 제퍼슨 에어플레인***, 그다음에는 〈신들의 황혼Götterdämmerung〉에 귀를 기울이며 대부분의 시간을 보내며, 이것들을 어떻게든 한데 엮어보려고 시도하고 있다. 각종 공포증에 시달리고 있다……. 채권자들에게 엄청난 빚을 지고 있지만 갚을 돈이 없다. 경고. 이 작자에게 돈을 빌려주지 말 것. 돈뿐만 아니라 당신의</td></tr>
</table>

---

* BayCon. 샌프란시스코 베이지역에서 개최되는 SF, 판타지 컨벤션.
** Giuseppe Domenico Scarlatti(1685~1757). 이탈리아 작곡가.
*** Jefferson Airplane. 1965년 결성된 미국의 사이키델릭 록 그룹.

약까지 훔치려 들 것이다."

1969   『프로릭스 8에서 온 친구들Our Friends from Frolix 8』
(1970)을 썼다.『은하의 도기 수리공』이 페이퍼백으로,『유
빅』이 하드커버로 출간되었다. 몬트리올의 한 호텔에서 거
행된 존 레넌과 오노 요코의 평화를 위한 '침대 시위bed-in'
에 참석한 티모시 리어리*의 전화를 받았다. 리어리는 레넌
과 오노에게 수화기를 넘겼고, 이들은『파머 엘드리치의 세
개의 성흔』에 감탄했다며 영화화하고 싶다는 희망을 전했다.
저널리스트인 폴 윌리엄스의 방문을 받았다. 처방받은 약물,
특히 리탈린의 복용량이 크게 늘면서 결혼 생활에도 금이 가
기 시작했다. 암페타민을 강박적으로 복용한 나머지, 췌장염
과 초기 신부전증 증세로 응급실 신세를 진다. 예수가 역사
인물로서 존재했다는 증거를 찾기 위해 이스라엘로 탐사 여
행을 떠났던 파이크 주교가 9월에 유대 사막에서 사망했다.

1970   『흘러라 내 눈물, 경관은 말했다Flow My Tears, the Police-
man Said』(1974)를 쓰기 시작했다. 평소의 집필 습관과는
달리 3월과 8월 사이에 여러 번 고쳐 썼다. 낸시의 동생 마
이클 해켓이 아내와의 이혼 소송 중에 딕의 집으로 와서 눌
러앉았다. 딕은 환각제인 메스칼린을 복용한 후 찬란한 사랑
의 비전[幻影]을 체험했고,『흘러라 내 눈물, 경관은 말했다』
에 이를 투영했다. 7월에는 당국에 푸드 스탬프**를 신청했다.
중단편집『보존 기계 The Preserving Machine』가 출간되
었고,『프로릭스 8에서 온 친구들』이 페이퍼백 단행본으로,
『죽음의 미로』가 하드커버로 출간되었다. 9월에 낸시가 딸

---

* Timothy Leary(1920~1996) 미국의 심리학자. LSD와 카운터컬처 옹호자로 유
　명하다.
** food stamp. 저소득자용 식량 배급권.

인 이사를 데리고 집을 떠나면서 다량의 약물—거리에서 구입한 불법 마약까지 포함한—과 암페타민의 기운을 빌린 밤샘 토론, 편집증, 보헤미안적 너저분함으로 점철된 친구들과의 공동 생활 시대를 시작했다. 글은 거의 쓰지 않았고, 『흘러라 내 눈물, 경관은 말했다』를 가끔 개고하는 정도였다. 10월에는 톰 슈미트가 합류했다(11월에 쓴 편지에서 딕은 이렇게 술회했다. "다들 각성제를 복용하고 있고, 다들 죽을 거야……. 하지만 앞으로 몇 년은 더 살겠지. 사는 동안은 지금 모습 그대로 살 거야. 어리석게, 맹목적으로. 토론하고, 함께 시간을 보내고, 농담을 나누고, 서로 의지하면서 말이야").

1971   『흘러라 내 눈물, 경관은 말했다』의 미완성 원고를 엉망진창이 된 일상으로부터 지키기 위해서 변호사에게 맡겼다. 젊은 히피와 폭주족, 중독자들이 딕의 집에 드나들자 마이클 해킷이 떠났다. 5월에 한 친구가 딕을 스탠포드 대학병원의 정신과 병동에 입원시켰다. 8월이 되자 마린 제너럴 정신병원과 로스 정신과 클리닉 양쪽에서 치료를 받았다. 자신이 FBI나 CIA의 감시를 받고 있다고 주장하며, 총을 구입한 것도 이 시기의 일이었다. 11월에는 도둑이 들어 집이 크게 부서졌다. 서류 캐비닛은 누군가에 의해 폭파되었고, 창문과 문은 박살이 났으며, 개인 서신 및 재정 관련 서류들이 도난당했다(침입자의 정체에 관해 딕은 오랫동안 숱한 추측을 했다. 정부 요원, 종교 광신도, 블랙 팬서*, 심지어는 자기 자신까지 의심했다). 딕은 결국 이 집을 포기했다.

1972   2월에 캐나다 밴쿠버에서 열린 SF 컨벤션의 주빈으로 참가했다. 그곳에서 연설한 「안드로이드와 인간」은 호평을 받았

---

* Black Panther. 흑인 해방을 주장하는 미국의 극좌 과격파 조직.

고, 딕은 캐나다에 머무르겠다는 의사를 밝혔다. 그러나 얼마 지나지 않아 밴쿠버에 환멸을 느끼고 또 다른 장소를 물색했다. 오레곤 주 포틀랜드에 있는 어슐러 K. 르 귄에게 편지를 써서 방문해도 될지 타진했다. 캘리포니아 주립대학 풀러턴 캠퍼스의 윌리스 맥넬리 교수에게 풀러턴이 살 만한 곳인지 문의했다(이 시점부터 편지를 쓰는 일이 급격하게 늘어났으며, 이 경향은 죽을 때까지 계속되었다. 르 귄 외에도 제임스 팁트리 주니어, 스타니스와프 렘, 존 브루너, 노먼 스핀래드, 토마스 디시, 브라이언 올디스, 로버트 실버버그, 시어도어 스터전과 필립 호세 파머 등의 동료 작가들과 정기적으로 편지를 주고받았다). 3월에 처음으로 자살 시도를 했다. 주로 헤로인 중독자들을 위한 시설인 X-컬레이 재활센터에 입원해서 공격적 집단 요법*에 참여했다. 몇십 년 동안이나 처방을 받아 남용해오던 암페타민을 끊었다. 맥넬리 교수와 학생들이 오렌지 카운티로 그를 초청하는 편지를 보내왔다. 딕은 풀러턴에 정착해서 일련의 룸메이트들과 함께 살았다. 젊은 친구들이 많이 생겼는데, 그중에는 작가 지망생인 팀 파워스도 있었다. 맥넬리는 딕에게 객원 강사 자리를 알선하고 풀러턴 캠퍼스의 도서관에 다량의 딕 관련 서류를 보관했다. 개인 서신과 꿈에 관련된 글들을 모아 『검은 머리의 소녀The Dark-Haired Girl』 작업을 했다(1988년에 증보판으로 출간되었다). 그해 출판된 『필립 K. 딕 걸작선The Best of Philip K. Dick』의 작품 선정을 도왔다. 7월에는 18세의 레슬리(테사) 버스비를 만나 곧 동거에 들어갔다. 9월에는 로스앤젤레스 SF 컨벤션에 참가했다. 10월이 되자 낸시 해킷과의 이혼 소송을 마무리 짓기 위해 테사와 함

---

* confrontational group therapy. 매우 공격적인 분위기를 통해 고의적으로 환자들을 압박하는 정신 요법의 일종. 주로 약물 중독자들의 치료에 쓰인다.

께 마린 카운티로 여행을 떠났다. 낸시는 이사의 단독 양육
권을 획득했다. 스타니스와프 렘과 편지를 주고받았고, 렘
은 『유빅』의 폴란드어 번역을 주선했다. 『흘러라 내 눈물, 경
관은 말했다』를 완성하고, 단편 「시간비행사들을 위한 조촐
한 선물A Little Something for Us Tempunauts」을 썼다.

1973   다시 꾸준히 글을 쓰기 시작했다. 2월에서 4월까지 『스캐
너 다클리A Scanner Darkly』(1977)를 썼다. BBC와 프랑
스의 다큐멘터리 작가들과 인터뷰를 가졌다. 4월에 테사
와 결혼했고, 7월 25일에 아들 크리스토퍼 케니스 딕이 태
어났다. 당시 박사 과정을 밟고 있었던 장 피에르 고랭이
그를 방문해 프랑스 평론가들이 텔레비전에서 그를 노벨
상 수상자로 추천했다는 사실을 알렸다. 런던의 《데일리 텔
레그래프》지와 인터뷰를 했다. 돈 문제와 건강 문제에 계
속 시달렸다. 유나이티드 아티스트 영화사에서 『안드로
이드는 전기양의 꿈을 꾸는가?』의 영화 판권을 매입했다.

1974   2월에 하드커버로 출간된 『흘러라 내 눈물, 경관은 말했다』
는 『높은 성의 사내』 이래 가장 좋은 평을 받으며 휴고상과
네뷸러상 후보에 올랐고, 1975년도 존 W. 캠벨 기념상을 수
상했다. 《램파츠》 청원서에 서명했던 딕은 혹시 당국으로부
터 불이익을 받지는 않을지 우려하며 4월의 납세 기간이 오
는 것을 두려워했다. 2월에 사랑니 발치 수술을 받으며 소
듐 펜토탈*을 투여받았는데, 이때 일련의 강렬한 환영을 경
험했다. 이 환영은 3월 내내 계속되면서 한층 강도를 더해
갔고, 4월이 되자 간헐적으로 나타나다가 점점 약해졌다. 이
때 받은 여러 계시는 각양각색의 선하고 악한 종교적, 정치

---

* sodium pentothal. 전신 및 국소 마취제의 상품명.

적 영향—신, 그노시스파 기독교도들, 로마 제국, 파이크 주
교, KGB 등을 포함하지만 이것이 전부는 아니었다—의 산
물로 치부되었지만, 딕은 남은 생애 동안 그 의미를 해석하
는 데 골몰하며 많은 시간을 보낸다. "내가 『성스러운 침입
The Divine Invasion』(1981)을 쓴 뒤로는 단 한 마디도 하
지 않았다. 내게 들리는 계시는 구약성서에서 '신의 영혼'
을 의미하는 루아Ruah의 목소리였다. 그것은 여성의 목소
리로 말했고, 메시아 예언에 관련된 얘기를 늘어놓는 경향
이 있었다. 한동안은 그것의 인도를 받았다. 고등학교 시절
부터 가끔 그 목소리를 듣곤 했다. 위기가 닥치면 뭔가 다
시 내게 말해줄 것이다……." 딕은 '2-3-74'라고 부르게 된
것에 관한 사변적인 해설을 쓰기 시작했다. 대부분 손으로
쓴 이 난삽한 원고는 8천여 장에 달했다. 훗날 딕은 이 원고
에 『주해서Exegesis』라는 제목을 붙였다(전체 원고는 미출
간 상태이며 읽으려는 사람도 거의 없지만, 사후에 발췌본
이 출간되었다). 메러디스 출판 에이전시와 결별했다가 일
주일도 되지 않아 다시 계약을 맺고 『흘러라 내 눈물, 경관
은 말했다』의 출판 계약을 더블데이에서 DAW로 이전하
는 데 동의했다. 심각한 고혈압과 경미한 뇌졸중으로 의심
되는 증세로 5일 동안 입원했다. 프랑스 영화감독인 장 피
에르 고랭이 다시 찾아와서 그가 각본을 쓰는 조건으로 『유
빅』의 영화화 판권을 일괄 지급하는 계약을 맺었다. 딕은 한
달 만에 『유빅』의 각본을 썼다(영화화는 되지 않았지만, 각
본은 1985년에 출간되었다). 〈블레이드 러너〉라는 제목으
로 영화화된 『안드로이드는 전기양의 꿈을 꾸는가?』를 각
색하던 시나리오 작가들의 방문을 받았다. 《롤링스톤스》지
의 폴 윌리엄스와 인터뷰를 했다. 1971년에 겪었던 주거 침
입 사건에 관한 상세한 회고와 분석이 주된 내용을 이뤘다.

1975 어깨 부상으로 수술을 받은 후 진행 중이던 장편 『발리시스
템 A Valisystem A』에 관한 메모를 휴대용 녹음기로 녹음했
지만 2주 만에 다시 타이프라이터로 집필하기 시작했다(이
소설은 결국 사후 출간된 『앨버무스 자유 방송Radio Free
Albemuth』(1985)과 1981년에 출간된 『발리스Valis』두 소
설로 분할되었다). 《뉴요커》지는 1월호와 2월호의 '토크 오
브 더 타운Talk of the Town'란에 연속 인터뷰 기사를 싣
고 딕을 '우리가 가장 좋아하는 SF 작가'라 칭했다. 1월과 2
월에 마지막으로 타오르는 듯한 비전[啓示]을 체험했다. 그
노시스주의, 조로아스터교, 불교에 관한 책들을 열독하고 밤
마다 『주해서』를 집필했다. 장편 『허풍선이 과학자의 고백』
을 출간했다. 이것은 딕이 쓴 초기의 사실주의적 작품 중에
서 유일하게 생전에 출간된 것이다. 만화가인 아트 슈피겔만
의 방문을 받았다. 딕은 옛 친구이자 영국 성공회의 사제 훈
련을 받고 있던 도리스 소우터에게 점점 사랑을 느꼈다. 5월
에 도리스가 암이라는 진단을 받았다. 할런 엘리슨과 사이가
틀어졌다. 공동 저자인 로저 젤라즈니와 함께 『분노의 신』을
완성했다. 외국어 판의 출간으로 생겨난 인세 수입이 비교적
많아졌다. 외국에서 들어온 인세 덕에 잠시 풍족한 삶을 누
리며 중고 스포츠카와 브리태니커 백과사전을 구입했지만,
몇 달 지나지 않아 그의 우상이자 멘토인 로버트 하인라인에
게 돈을 빌리는 신세가 되었다. 『스캐너 다클리』의 수정 작
업을 끝냈다. 11월에 《롤링스톤스》에 실린 특집 기사에서 로
큰롤 평론가인 폴 윌리엄스가 딕을 '우주 최고의 SF 마인드
를 가진 인물'로 평했다.

1976 도리스 소우터에게 청혼했지만 거절당했다. 그녀는 딕의 집
안과 얽히고 싶어 하지 않았다. 2월에 크리스토퍼가 탈장으
로 입원했다. 2월 말 딕과 테사는 별거했다. 그러고 나서 몇

시간도 지나지 않아 딕은 여러 방법을 동시에 동원해 자살을 시도했다. 오렌지 카운티 메디컬 센터에 수용되었다가 곧 정신병동으로 보내져 14일 동안 감시를 받으며 격리되었다. 테사가 잠시 집으로 돌아왔지만 딕은 곧 그녀와의 관계를 청산하고 도리스와 함께 산타아나의 아파트로 이사를 갔다. 그곳에서 그는 남은 인생을 보냈다(도리스와는 플라토닉한 관계를 유지했다). 5월에 밴텀 출판사에서 복간을 목적으로 『파머 엘드리치의 세 개의 성흔』, 『유빅』, 『죽음의 미로』 판권을 매입했고, '2-3-74'를 토대로 집필 중인 소설 『발리시스템 A』의 선금을 지불했다. 9월에 도리스는 그의 옆집으로 이사하기로 결정했다. 다시 우울증이 도지면서 자살 충동에 대한 두려움 때문에 딕은 10월에 세인트 조셉 병원의 정신 병동에 입원했다. 연말에는 밴텀의 편집장이 『발리시스템 A』를 조금 수정해줄 것을 요구했지만 딕이 원본 전체를 대폭 수정하는 바람에 『발리스』라는 다른 소설이 탄생했다(1976년에 그가 출판사에 보낸 『발리시스템 A』는 1985년에 『앨버무스 자유 방송』으로 출간되었다). 『분노의 신』이 출간되었다.

1977   처음으로 혼자 사는 것에 적응하기 시작했다. 테사와 크리스토퍼는 정기적으로 딕을 찾아왔다. 2월에 테사와의 이혼이 마무리되었다. 『스캐너 다클리』가 출간되었고, 팀 파워스와의 우정은 절정에 달했다. 훗날 SF 작가로 입신하게 될 파워스와 K. W. 지터, 제임스 블레이록과 정기적으로 저녁을 함께 보냈다. 파워스와 지터에게 그가 본 '2-3-74' 비전에 관해 자세히 얘기하고 토론을 벌였다. 이 두 친구는 딕이 구상 중이던 자서전적 색채가 짙은 장편 『발리스』의 등장인물들의 모델이 된다. 『유빅』, 『파머 엘드리치의 세 개의 성흔』과 『죽음의 미로』가 복간되면서 《롤링스톤스》지의 격찬을 받았고, 딕은 동시대인들에 의해 매우 중요한 미국 작가로 인

정받는다. 4월에 32세의 사회사업가인 조안 심슨을 만나서 오렌지 카운티에서 3주 동안 함께 지낸다. 그 후 심슨을 따라 소노마로 가서 여름 동안 잠시 머물렀다. 딕은 우울증으로 인한 격렬한 발작에 시달렸다. 프랑스의 메스Metz 문학 축제에 주빈으로 초빙받아 출국했다. 해외여행을 감행한 것은 공포증에 대한 승리를 의미했다. 그곳에서 강연한 「만약 이 세상이 끔찍하다고 생각하면, 다른 세상들로 가보라」는 종교적 색채가 짙었던 데다가 동시통역 문제가 겹쳐서 청중을 당혹케 했다. 귀국한 뒤에는 캘리포니아 북부에 뿌리를 내리고 사는 것을 거부한 탓에 심슨과 헤어졌다. 『주해서』의 집필을 계속했다. 단편 「도매가로 기억을 팝니다We Can Remember It For You Wholesale」의 영화 판권을 팔았다 (이 작품은 훗날 〈토탈 리콜Total Recall〉(1990)이라는 제목으로 개봉되었다).

1978   밴텀에서 나올 『발리스』의 수정 작업이 늦어졌다. 대신 『주해서』를 집필했다. 8월에 어머니가 세상을 떴다. 배다른 딸들인 로라와 이사가 처음으로 만났고 딕은 이 만남에 감격했다. 9월이 되자 '2-3-74' 체험을 담을 적절한 소설적 구조를 모색하면서 『주해서』에 이렇게 썼다. "나의 장편—및 단편들—은 지적—개념적—인 미로이다. 그리고 나는 우리가 놓인 상황을 파악하기 위해 지적인 미로에서 헤매고 있다. ……왜냐하면 현 상황 자체가 출구를 찾을 수 없는 미로이기 때문이다……." 메러디스 출판 에이전시의 새 담당자 러셀 갤런이 딕이 낸 장편들의 재간을 적극적으로 추진하고, 논픽션을 한 편 써보라고 권유한 덕분에 상당히 고무되었다. 이 권유가 계기가 되어 『발리스』를 위한 효율적인 접근 방법이 떠올랐다. 11월이 되자 2주에 걸쳐 『발리스』를 썼고, 갤런에게 이 책을 헌정했다.

1979   딸 로라와 이사가 여러 번 방문했다. 『스캐너 다클리』가 프랑스의 메스 문학 축제에서 대상을 수상했다. 『주해서』 집필에 심혈을 기울였고, 자신의 가장 중요한 작품이 될지도 모른다는 언급을 했다. 러셀 갤런은 딕의 신작 단편들을 잡지 《플레이보이》나 《옴니》 같은 높은 고료를 주는 시장에 내놓았다. 갤런이 오렌지 카운티를 방문했을 때 마침내 두 사람은 직접 만났다. 그러나 딕이 평소 버릇대로 밤새도록 얘기를 나누자 갤런은 녹초가 되었다. 임대 아파트 건물이 조합 주택으로 개조되면서 딕은 자기가 살던 아파트를 매입했지만 옆집의 도리스 소우터는 자금을 마련하지 못하고 부득이 다른 곳으로 이사했다. 도리스가 떠나가자 딕은 크게 고뇌했다. 도리스에 대한 자신의 애착을 투영한 「공기의 사슬, 에테르의 그물Chains of Air, Webs of Aether」이라는 단편을 썼다. 단편 「두 번째 변종Second Variety」의 영화 판권이 팔렸다(1995년에 〈스크리머스Screamers〉라는 제목으로 개봉되었다).

1980   「공기의 사슬, 에테르의 그물」을 포함해 『발리스』의 속편으로 간주되는 『성스러운 침입』을 3월 말에 탈고했다. 『주해서』의 집필은 계속했지만 연말까지는 별다른 저술 활동을 하지 않았다. 몇몇 장편소설의 아우트라인을 구상했지만 결국 쓰지는 못했다. 더 이상 환영을 통해 영감을 받지 못할지도 모른다는 불안에 시달리다가 11월 말에 급작스러운 계시를 받았다. 이 계시를 통해 그는 『주해서』의 집필을 중단해야 한다는 결론을 내렸다. 5페이지에 달하는 결말부의 우화를 완성했고, 12월 2일에 '엔드End'라는 단어를 타이프로 친 다음 표제 페이지를 작성했다(이 페이지에는 『변증법: 신과 사탄, 그리고 예고되고 제시된 신의 최후의 승리/필립 K. 딕/주해서/Apologia Pro Mia Vita[*]』라고 쓰여 있다). 열흘

뒤에 참지 못하고 강박적으로 『주해서』의 집필을 재개한다.

1981   2월에 『발리스』가 출간되었다. 깊은 우정을 쌓았던 르 귄과 크게 다투었지만 금세 화해했다. 에너지가 고갈되었다는 생각에 다이어트를 시작하고 체중을 많이 줄였다. 리들리 스콧 감독이 『안드로이드는 전기양의 꿈을 꾸는가?』를 햄프턴 팬처와 데이비드 피플스의 각본으로 영화화한 〈블레이드 러너〉의 제작에 착수했다. 영화화에 대한 딕의 반응은 환호와 경멸 사이를 오락가락했다. 투자자 측에서는 영화 대본을 소설화하기를 원했지만, 러셀 갤런은 딕이 쓴 원작 쪽이 영화와 함께 출간되어야 한다고 주장했다(결국 『안드로이드는 전기양의 꿈을 꾸는가?』는 영화와 같은 제목으로 1982년에 재간되었다). 사이먼 & 슈스터 출판사의 편집장이었던 데이비드 하트웰이 일반 소설과 SF 소설을 한 권씩 써달라는 제안을 했고, 딕은 이 제안을 받아들여 4월과 5월에 『티모시 아처의 환생The Transmigration of Timothy Archer』을 썼다. 이 책은 제임스 파이크 주교의 죽음을 둘러싸고 일어난 사건들을 소설화한 것으로, 1963년에 메러디스 에이전시에서 그가 쓴 주류 소설을 거부한 이래 처음으로 쓴 비非 SF였다. 딕은 6월에 갤런에게 보낸 편지에서 자신의 비 장르 작품들이 빛을 보지 못했던 것은 "나의 작가 인생에서는 비극—그것도 너무나도 오랫동안 계속된 비극—이었네"라고 술회했다. 두 달 후 SF 차기작인 『한낮의 올빼미The Owl in Daylight』를 구상하면서 그는 이렇게 썼다. "SF를 계속 쓸 작정이야. 그건 내 천직이니까……." 그러나 딕은 기력이 고갈되어 글을 쓸 수 없다는 사실을 알게 되었다. 9월 17일 밤에는 '타고르Tagore'라고 불리는 구세주의 환영을 보았다. 딕은 이 사람이 실존 인물이

---

* 라틴어로 '나의 삶을 위한 변론'을 의미한다.

며 실론*에 살고 있다고 확신했고, 그에게서 지시를 받고 있다고 느꼈다. 다시 가정을 꾸릴 수 있을까 하는 희망에서 테사와의 재결합을 고려했다. 11월에는 〈블레이드 러너〉 초기 편집본의 특수 효과 영상 시사회에 초대받았다. 메스 문학 축제에도 재차 초빙을 받고 여행 계획을 세우기 시작했다. 그렉 릭맨과 일련의 인터뷰를 하기 시작했고, 릭맨에게 자신의 공식 전기작가가 되어달라고 부탁했다.『한낮의 올빼미』에 관한 (완전히 상이한) 두 개의 아우트라인을 작성했다.

1982   미래의 부처인 마이트레야**의 세상이 도래한다는 영국의 신비주의자 벤자민 크림의 예언에 심취한다. 릭맨의 인터뷰는 계속되었고, 딕은 영적인 문제에 대해 불안감과 피로감을 느끼고 있다고 토로했다. 도리스 소우터의 친구인 그웬 리가 대학 리포트를 쓰기 위해 딕을 인터뷰했다. 아마 그의 생애 마지막이었을 이 인터뷰에서 딕은『한낮의 올빼미』의 세부적인 사항들에 대해 밝혔지만, 결국 쓰지 못했다. 2월 18일에 자신의 아파트에 홀로 있던 딕은 뇌졸중으로 쓰러져 의식을 잃었다. 이웃 사람들에 의해 발견되어 병원에서 의식을 되찾았지만 말을 할 수 없었고, 몸의 왼쪽이 마비되었다. 3월 2일 딕은 뇌졸중 발작 재발과 심부전으로 인해 병원에서 숨을 거뒀고, 콜로라도 주 포트 모건의 공동묘지에 잠들어 있는 쌍둥이 누이 제인 곁에 나란히 묻혔다.『티모시 아처의 환생』은 그의 사후에 출간되었으며, 5월에 개봉된 〈블레이드 러너〉는 딕에게 헌정되었다. '필립 K. 딕상'이 제정되었다. 이는 미국에서 처음부터 페이퍼백 단행본 형태로 출간되는 뛰어난 SF 장편을 선정해서 매년 수여하는 상이다.

---

* Ceylon. 현 스리랑카.
** 미륵보살. 불교의 보살.

◐ 필립 K. 딕 저작 목록

■ 장편소설

1955   『Solar Lottery』
1956   『The World Jones Made』
        『The Man Who Japed』
1957   『Eye in the Sky』
        『The Cosmic Puppets』
1959   『Time Out of Joint』
1960   『Dr. Futurity』(에이스 더블판)
        『Vulcan's Hammer』(에이스 더블판)
1962   『The Man in the High Castle』(휴고상 수상)
1963   『The Game-Players of Titan』
1964   『The Penultimate Truth』
        『Martian Time-Slip』
        『The Simulacra』
        『Clans of the Alphane Moon』
1965   『The Three Stigmata of Palmer Eldritch』
        『Dr. Bloodmoney, or How We Got Along After the
        Bomb』
1966   『Now Wait for Last Year』
        『The Crack in Space』
        『The Unteleported Man』(에이스 더블판)
1967   『The Zap Gun』
        『Counter-Clock World』
        『The Ganymede Takeover』(레이 넬슨 공저)
1968   『Do Androids Dream of Electric Sheep?』

1969   『Galactic Pot-Healer』

        『Ubik』

1970   『A Maze of Death』

        『Our Friends from Frolix 8』

1972   『We Can Build You』

1974   『Flow My Tears, the Policeman Said』(존 W. 캠벨 기념상
        수상)

1975   『Confessions of a Crap Artist』(일반소설)

1976   『Deus Irae』(로저 젤라즈니 공저)

1977   『A Scanner Darkly』(영국 SF협회상 수상)

1981   『VALIS』

        『The Divine Invasion』(『VALIS』의 속편)

1982   『The Transmigration of Timothy Archer』

1984   『The Man Whose Teeth Were All Exactly Alike』

1985   『Radio Free Albemuth』

        『Puttering About in a Small Land』(일반소설)

        『In Milton Lumky Territory』(일반소설)

1986   『Humpty Dumpty in Oakland』(일반소설)

1987   『Mary and the Giant』(일반소설)

1988   『The Broken Bubble』(일반소설)

        『Nick and the Glimmung』(아동SF)

1994   『Gather Yourselves Together』(일반소설)

2004   『Lies, Inc.』(『The Unteleported Man』의 개정증보판)

2007   『Voices From the Street』(일반소설)

■ 단편집

1955 『A Handful of Darkness』(영국판)

1957 『The Variable Man』

1969 『The Preserving Machine』

1973 『The Book of Philip K Dick』

1977 『The Best of Philip K. Dick』

1980 『The Golden Man』

1984 『Robots, Androids, and Mechanical Oddities』

1985 『I Hope I Shall Arrive Soon』

1987 『The Collected Stories of Philip K. Dick, 1, Beyond Lies the Wub』
『The Collected Stories of Philip K. Dick, 2, Second Variety』
『The Collected Stories of Philip K. Dick, 3, The Father-Thing』
『The Collected Stories of Philip K. Dick, 4, The Days of Perky Pat』
『The Collected Stories of Philip K. Dick, 5, The Little Black Box』

1988 『Beyond Lies the Wub』(영국 Gollancz판. 『The Collected Stories of Philip K. Dick, 1, Beyond Lies the Wub』과 동일)

1989 『Second Variety』(영국 Gollancz판. 『The Collected Stories of Philip K. Dick, 2, Second Variety』와 동일)
『The Father-Thing』(영국 Gollancz판. 『The Collected Stories of Philip K. Dick, 3, The Father-Thing』과 동일)

1990 『The Days of Perky Pat』(영국 Gollancz판. 『The Collected Stories of Philip K. Dick, 4, The Days of Perky Pat』과 동일)
『The Little Black Box』(영국 Gollancz판. 『The Collected Stories of Philip K. Dick, 5, The Little Black Box』와 동일)
『The Short Happy Life of the Brown Oxford』(Citadel

Twilight판. 『The Collected Stories of Philip K. Dick, 1, Beyond Lies the Wub』과 동일)

『We Can Remember It for You Wholesale』(Citadel Twilight판. 『The Collected Stories of Philip K. Dick, 2, Second Variety』에서 단편 「Second Variety」를 「We Can Remember It for You Wholesale」로 대체)

1991   『The Minority Report』(Citadel Twilight판. 『The Collected Stories of Philip K. Dick, 4, The Days of Perky Pat』과 동일)

『Second Variety』(Citadel Twilight판. 『The Collected Stories of Philip K. Dick, 3, The Father-Thing』에 단편 「Second Variety」 추가)

1992   『The Eye of the Sibyl』(Citadel Twilight판. 『The Collected Stories of Philip K. Dick, 5, The Little Black Box』에서 단편 「We Can Remember It for You Wholesale」을 제외)

1997   『The Philip K. Dick Reader』(『Second Variety』의 단편 3편을 영화화된 단편 3편으로 대체)

2002   『Minority Report』(영국 Gollancz판)

『Selected Stories of Philip K. Dick』

2003   『Paycheck』(2004년 출간. 영국 Gollancz판)

『Paycheck and 24 Other Classic Stories by Philip K. Dick』(Citadel Twilight판. 『The Short Happy Life of the Brown Oxford』와 동일)

2006   『Vintage PKD』(장편 발췌. 단편, 에세이, 서간 포함)

2009   『The Early Work of Philip K. Dick, I: The Variable Man & Other Stories』

『The Early Work of Philip K. Dick, II: Breakfast at Twilight & Other Stories』

■ 논픽션, 서간집

1988   『The Dark Haired Girl』(에세이, 시, 편지 모음)
1991   『The Selected Letters of Philip K. Dick』, 1974
1993   『The Selected Letters of Philip K. Dick』, 1975~1976
        『The Selected Letters of Philip K. Dick』, 1977~1979
1994   『The Selected Letters of Philip K. Dick』, 1972~1973
1996   『The Selected Letters of Philip K. Dick』, 1938~1971
2009   『The Selected Letters of Philip K. Dick』, 1980~1982

유빅

초판 1쇄 펴낸날 2012년 10월 31일
초판 8쇄 펴낸날 2025년 4월 1일

지은이 | 필립 K. 딕
옮긴이 | 김상훈
펴낸이 | 김영정

펴낸곳 | 폴라북스
등록번호 | 제22-3044호
주소 | 06532 서울시 서초구 신반포로 321 (잠원동, 미래엔)
전화 | 02-2017-0280
팩스 | 02-516-5433
홈페이지 | www.hdmh.co.kr

ISBN 978-89-93094-42-8 04840
세트 978-89-93094-31-2

* 폴라북스는 (주)현대문학의 새로운 종합출판 브랜드입니다.
* 책값은 뒤표지에 있습니다.